QUMRAN

Eliette Abécassis est née en 1969. Normalienne, agrégée de philosophie, elle enseigne actuellement cette discipline. Pour écrire ce premier roman, elle a voyagé aux Etats-Unis, en Israël et en Angleterre où elle a pu se documenter dans les bibliothèques, visiter les sites archéologiques et observer les différents groupes religieux. Son deuxième roman, *L'Or et la cendre*, a paru en 1997 aux Éditions Ramsay.

ELIETTE ABÉCASSIS

Qumran

RAMSAY

Le lecteur trouvera en fin de volume (p. 469 à 472)
un glossaire des principaux termes hébreux et yiddish (*N.d.E.*).

À Rose Lallier,
ce livre né par l'une de ses visions.

Quiconque s'est jamais avisé de spéculer
Sur ces quatre choses :
Qu'y a-t-il au-dessus ?
Qu'y a-t-il au-dessous ?
Qu'y avait-il avant le monde ?
Qu'y aura-t-il après ?
Il aurait mieux valu pour lui qu'il ne fût pas né.

Talmud de Babylone, Haguigah, 11b.

Prologue

I

Le jour où le Messie rendit l'âme, le ciel n'était ni plus ni moins obscur que les autres jours ; aucune lumière ne l'éclairait, tel un signe miraculeux. Le soleil était caché par d'épais brouillards, mais ses rayons parvenaient à en percer le plafond opaque. Les nuages annonçaient une pluie fine ou grêleuse, qui jamais ne vint rafraîchir le paysage terreux. Les ténèbres n'étaient pas profondes sur le pays, et le ciel encore donnait une faible lueur.

C'était un jour comme un autre en somme, ni triste ni gai, ni sombre ni clair, ni extraordinaire ni même tout à fait ordinaire. Mais peut-être cette normalité était-elle un présage de cette absence de présage, je ne sais pas.

Son agonie fut lente, difficile. Sa respiration s'éternisa en une longue plainte, immense de désespoir. Ses cheveux et sa barbe sans teinte n'exprimèrent plus l'ardeur de la sagesse, partout dispensée comme un soin, comme une guérison. Son regard se vida de la flamme qui toujours l'embrasait lorsque, avec passion, il apportait à tous ses bonnes paroles et ses prophéties, lorsqu'il prononçait l'avènement du monde nouveau. Son corps tordu comme un linge, ravagé, ne fut plus que souffrance, contusion et plaie béante. Les os saillaient sous la chair, stries macabres. Sa peau flétrie, tel un habit déchiqueté, parti en lambeaux, un suaire partagé, était un rouleau déplié puis profané, un parchemin vétuste dont les lettres de sang erraient autour des lignes scarifiées, parmi ratures et remords, un griffonnage. Ses membres étirés, percés par les aiguilles, maculés de taches violacées, semblèrent s'affaisser. De ses mains trouées, recroquevillées sous la douleur, coula le sang ; une lave tiède jaillie du cœur, remontant jusqu'à la bouche desséchée, aride des paroles d'amour qu'il aimait tant prononcer, prostrée en une expression muette de crainte et de surprise, sa dernière, juste avant l'attaque. Sa poitrine, un agneau pris au piège par le loup, se souleva d'un bond, comme si le cœur allait en sortir tel qu'il était, nu, éclatant, sacrifié.

Puis il se figea, enivré de son propre sang comme d'un vin giclant du pressoir. L'horreur et tout autre expression quittèrent les traits tirés de son visage livide, où se peignit certainement, yeux pâmés et bouche entrouverte, l'innocence. Allait-il vers l'Esprit ? Mais l'Esprit l'abandonnait, alors même que, dans l'ultime espoir, il semblait l'invoquer et l'appeler par son nom. Il n'y eut point de signe pour lui, le rabbi, le maître des miracles, le rédempteur, le consolateur des pauvres, le guérisseur des malades, des aliénés et des perclus. Personne ne pouvait le sauver, personne, pas même lui.

On lui donna un peu d'eau. On épongea ses peines. Certains dirent qu'un éclair traça sur l'horizon un trait lumineux, d'autres pensèrent l'avoir entendu appeler son père d'une voix forte qui longtemps résonna, comme si elle descendait des cieux. Inévitablement, il succomba.

Il était déjà âgé et pourtant il n'était pas malade. Les membres de la communauté pensaient qu'il était peut-être immortel et ils étaient partagés entre l'attente d'un événement — sa mort, sa réapparition, sa résurrection — et celle du non-événement qu'impli-

quait sa longévité — l'éternité. Ainsi, qu'il mourût ou
qu'il vécût, il se fût agi d'un miracle.

C'était un après-midi d'avril. Selon les nombreux
médecins qui le suivaient, le coma survenu un jour
plus tôt était dû à une défaillance cardiaque. Entre
trois heures et trois heures trente de l'après-midi, ils
arrêtèrent les transfusions. Son corps fut transféré
en ambulance de l'hôpital, lieu de son agonie, jusqu'à
son domicile. Il fut alors posé à terre et recouvert
d'un drap, selon la tradition. Puis on ouvrit le bureau
où le rabbi priait, étudiait et lisait, et les fidèles y
dirent des textes sacrés. Ceux qui l'aimaient, nombreux, vinrent rendre un dernier hommage à leur
maître. Car il comptait dans le monde des milliers
de disciples, qui avaient foi en lui, qui croyaient qu'il
était le Roi-Messie, l'apôtre des temps nouveaux, le
précurseur d'un autre règne, celui qu'ils attendaient
depuis si longtemps, depuis la nuit des temps.

Les visites se prolongèrent jusqu'au soir. Puis on
posa le corps dans un cercueil fabriqué avec le bois
du labeur et de la prière, celui du grand bureau de
chêne sur lequel le rabbi avait passé tant d'heures à
l'étude. Près de la maison mortuaire, un dispositif de
police parvenait à peine à contenir toute la foule.
Dans la ville, la circulation était bloquée ; aucune
voiture ne pouvait se frayer un passage parmi cette
masse compacte d'hommes en noir, de femmes éplo-
rées et d'enfants en bas âge qui, par centaines de milliers, s'étaient rassemblés pour pleurer le rabbi. Certains se tenaient la tête entre leurs mains, accablés.
D'autres hurlaient leur douleur dans la rue. D'autres
encore, çà et là, dansaient sur des mélodies hassidiques nostalgiques ou enjouées et chantaient sur des
airs connus : « Il vivra notre maître, notre rabbi, le
Roi-Messie. » Ils n'allaient pas à un enterrement ; ils
attendaient la Résurrection, le temps où l'Exode
prendrait fin, et ensuite commencerait celui de la
Délivrance. Alors ils pourraient admettre qu'ils
étaient en terre d'Israël et nommer ce pays comme
le leur. Ne l'avait-il pas dit, par paraboles et par allu-

sions ? On l'avait compris. Tant de souffrance et de dispersion. Tant de brimades et d'exécutions. *Plus tard* avait cessé, plus tard était trop loin. C'était lui, ici et maintenant ; c'était lui que l'on attendait pour plus tard, depuis si longtemps.

Les funérailles furent remises au lendemain de sa mort, pour permettre à tous d'arriver. L'aéroport Ben-Gourion était rempli des hassidim de tous pays, qui avaient pris l'avion dans la précipitation, depuis New York, Paris ou Londres.

Lorsque les disciples sortirent de la maison, ils furent assaillis par ceux qui voulaient approcher le rabbi pour la dernière fois. Ils entamèrent la procession vers le cimetière, suivis par une foule noire et recueillie, telle une immense veuve chapeautée et voilée, parcourue de sanglots. Puis le cortège commença l'ascension vers le cimetière de Jérusalem, perché sur le mont des Oliviers.

Lentement, dans le silence, on le porta jusqu'à la pierre indiquant l'emplacement où reposaient depuis trois cents ans les précédents rabbins de la même lignée. On y ensevelit son corps nu enveloppé dans un suaire. Les trois secrétaires du rabbi prononcèrent le Kaddich. On récita les prières d'usage.

Puis le disciple favori du rabbi, celui qu'il aimait entre tous, prit la parole, et il s'exprima ainsi :

« Frères et sœurs ! dit-il. Jérusalem, la porte des peuples, est rompue en ce jour, ses murailles sont détruites et ses tours démolies, sa poussière est raclée : et voici, elle ressemble à une pierre sèche. Le rabbi, notre maître, n'est plus avec nous comme il l'était auparavant. Nous sommes des orphelins en cette terre, nos demeures sont désolées, notre âme est abattue, nos larmes nous servent de pain, nos yeux se consument et notre gosier se dessèche. Mais le peuple qui marche dans les ténèbres verra bientôt une grande lumière. Regardez autour de vous ! La cavalerie de Dieu se compte par vingt mille, par des milliers redoublés. Partout, l'on se prépare ; chacun à son rythme et selon ses croyances, mais tous s'arment et s'unissent dans la grande fourmilière des temps nouveaux.

« Autour de nous, le monde en débâcle se consume. Nos quartiers sont des armures qui nous protègent contre les innombrables turpitudes des villes tentaculaires, Sodome et Gomorrhe aux visages d'acier et de Plexiglas. Nous fermons les yeux devant la dépravation, le stupre et la luxure, les dynasties maudites d'humains ravagés, bêtes décharnées qui hurlent au clair de lune, errent dans les rues désertes et, l'œil exorbité et le cheveu long, collé sur la nuque molle, tuent sans motif la proie facile, l'enfant sans défense et la femme seule. Hors de nos maisons, la maladie se propage et gagne tous les continents. Telle une nouvelle lèpre, elle isole les hommes les uns des autres, et parque les malades dans les hôpitaux, derniers temples mortuaires où s'officie, plus que la guérison, contre la Rédemption, loin de la Résurrection, l'attente de la fin, annoncée prophétiquement, irrévocablement, par les prêtres en linge blanc. Tout autour, la terre maudite, poubelle nauséabonde, ravagée par la technique et ses déchets, asséchée, brûlée par le soleil, envahie par le désert, désertée par les eaux, la terre vomit et crache, par d'égrotantes convulsions, les os enfouis pêle-mêle et le sang encore frais de la dernière guerre — massacre ou génocide. Ne voyez-vous pas ? La fumée monte, la fleur tombe, l'herbe sèche. Cette terre sera bientôt le domaine du hibou et du hérisson, de la chouette et du corbeau. Mes frères, nous sommes dans un autre temps, nous sommes *à la fin du temps*.

« Le jour parle à un autre jour, la nuit le murmure à l'aube naissante, les gouttes de rosée palpitent sous le vent nouveau et apportent la nouvelle : car voici le rabbi, voici le Messie qui se réveille de son sommeil séculaire, et qui se lève, et qui ressuscite les morts pour sauver le monde. Et déjà il s'assied comme celui qui affine et purifie l'argent. Et déjà il s'approche de nous pour nous juger. Voici que vient le jour,

embrasé comme une fournaise, et tous les orgueilleux et tous ceux qui commettent la méchanceté
seront comme du chaume, et ce jour-là qui vient les
enflammera de son feu inextinguible. Et sur ceux qui
craignent son nom, se lèvera le soleil de la justice, et
leurs yeux le verront, et ils diront : l'Éternel est
magnifié. Et ceux qui ne voient pas seront démolis
par la vengeance immense de l'Éternel — et ainsi son
nom sera glorifié. »

Alors les proches du rabbi sortirent du cimetière
afin de laisser la place aux myriades de fidèles qui
attendaient à la porte et qui s'y succédèrent jusque
très tard dans la nuit sans ombre, dans cette nuit
sombre comme toutes les autres nuits. Peut-être fallait-il qu'il s'échappât de sa tombe pour monter aux
cieux, mais personne ne le vit. Ou alors, ceux qui
étaient là n'en parlèrent pas. Ou alors, la nuit de son
enterrement était-elle simplement comme son jour :
le ciel n'était ni plus clair ni plus foncé ; aucune
lumière ne l'éclairait, comme un signe miraculeux.
La lune, cachée par d'épais brouillards, n'était ni
pleine ni rouge. Des nuages grisâtres, à peine blan-
chis par le fond noir, annonçaient quelque pluie fine
ou grêleuse, qui jamais ne vint rafraîchir le paysage
lourd et terreux. Les cieux ne s'évanouirent pas
comme la fumée et ne se roulèrent pas comme un
document. La terre ne se brisa pas pour voler en
éclats, elle ne vacilla pas comme une ivrogne, elle ne
fut pas remuée comme une cabane. La mer n'était
pas agitée, et ses ondes tranquilles ne jetèrent ni
fange ni écume. Les montagnes ne s'écoulèrent pas,
et ne fondirent pas sous le feu. Le Saron n'était pas
désolé comme la Arava ; le Bashan et le Carmel
n'étaient point dégarnis. Ni cieux nouveaux, ni terre
nouvelle, nul royaume : la terre, ici-bas, rien. Qui
s'était enfermé, captif dans les grottes, qui s'y était
terré pendant quarante jours pour y lire le document scellé ? La jarre du potier n'était point brisée en
mille petits morceaux, et aucuns débris ne pouvaient

servir à prendre du feu au foyer ou puiser de l'eau dans la mare. La jarre du potier était pleine. Elle contenait mille trésors divins et les fouilles étaient riches en tessons.

Le vin nouveau n'était point en deuil, la vigne n'avait pas dépéri, et tous les agneaux vivants ne gémissaient pas plus que de coutume. Le rythme joyeux des tambourins n'avait pas cessé, le son délicieux de la harpe retentissait encore dans les maisons. La cité n'était pas gaulée, ni grappillée comme le raisin quand la vendange est finie. Jérusalem, la porte des peuples, n'était point la ville de la paix, aux pierres fondues de saphir, aux créneaux de rubis et aux toiles distendues. Le Temple en son sein n'était point reconstruit, de cyprès, d'orme et de buis. Tout était calme, sans bruit, sans bruit éclatant de la vie, sans bruit venu du Temple, sans bruit de l'Éternel, pour rendre la pareille à ses ennemis, pour souffler contre eux le souffle de sa colère, pour déployer sur eux de terribles représailles et des châtiments de fureur.

Pourtant, il aurait pu y avoir un signe, un infime petit indice, manifestant que tout n'était pas normal. Le cas échéant, quelqu'un aurait pu le faire savoir. Car les médecins s'étaient trompés. Il était si vieux, et pourtant si robuste et si vigoureux dans les sermons qu'il donnait à travers le monde, pour les gens qu'il recevait indéfiniment, pour les conseils qu'il prodiguait au téléphone ou chez lui, en privé ou en public, par écrit ou par la parole, face à face ou par la médiation de ses disciples. Il était le dernier de la lignée et n'avait pas de fils ; et c'était comme s'il s'accrochait à la vie pour qu'elle dure. Il était si vieux qu'ils n'avaient pas fait attention. Depuis longtemps ils prévoyaient ce moment, avec appréhension ou avec peur ; ils l'avaient prédit, et avaient plié la réalité à leurs déclarations, à leur science prophétique. Mais qui aurait pu savoir, alors que lui-même annonçait sa fin prochaine et sa future résurrection ?

Pourtant il n'était pas mort d'une défaillance survenue un jour plus tôt ; il était mort d'un choc violent, d'un coup brutal sur la tête, qui l'avait plongé dans la torpeur. Mais cela, personne ne le savait. Personne, sauf moi, qui ne possède pas l'omniscience.

Car le rabbi n'était pas mort de mort naturelle. Son heure était venue par la main de l'homme qui l'avait rappelé à Dieu. Car, en vérité, le rabbi n'était pas mort de mort naturelle : on l'avait tué. C'est moi qui l'ai assassiné.

Car voici, un jour vient, embrasé comme une fournaise, et tous les orgueilleux, et tous ceux qui commettent la méchanceté, seront comme du chaume ; et ce jour-là qui vient les embrase, a dit l'Éternel des Armées, et ne leur laisse ni racine ni rameau.

II

Je suis né en l'an 1967 de l'ère chrétienne, mais ma mémoire a cinq mille ans. Je me rappelle les siècles passés comme si je les avais vécus car ma tradition les a habités par les paroles, les écrits et les exégèses prononcées dans le cours du temps, accumulés et ajoutés bout à bout ou perdus à jamais ; mais ce qu'il en reste à présent est en moi, qui forme une trace dont le contour linéaire se dessine par la geste des familles et des générations, et ainsi se prolonge, de proche en proche, vers la descendance. Ce n'est pas de l'Histoire que je parle, ce défilé de figures figées dans la cire et la pierre tombale des musées qui, dans une éternité morte, font tourner les pages impavides et glacées des livres d'histoire. C'est de la mémoire qui s'épanche dans les souvenirs vivants et les pensées insoumises à l'ordre chronologique, car l'ordre du temps ne connaît ni la méthode ni l'événement, préjugés tenaces de la science, mais il est celui du sens, c'est-à-dire de l'existence. C'est dans le présent que la mémoire trouve son élément, par l'introspection et la décomposition minutieuse, qui découvre l'absence et l'irréalité de son être, car le présent n'existe pas, n'étant que l'énonciation directe de la chose qui se passe et, passant, est déjà passée et donc déjà *du* passé.

Dans la langue que je parle, il n'y a pas de temps présent pour le verbe être ; pour dire « je suis », il faut employer un futur ou un passé et, pour commencer mon histoire dans votre langue, je voudrais pouvoir traduire un passé absolu, non un passé composé, qui, dans sa traîtrise, rend présent le passé en mêlant les deux temps. Et je préfère le passé simple qui est simplement révolu dans son unicité et sa belle totalité autant que dans ses sonorités fermées. C'est le vrai passé du temps passé. Le présent qui s'analyse, comme le présent qui s'énonce dans le passé, s'éconduit vers lui comme s'il y découvrait sa condition, car le passé est bien la condition de toute chose. Dans la Bible que je lis, il n'y a pas de présent, et le futur et le passé sont presque identiques. En un sens, le passé s'exprime à travers le futur. On dit que, pour former un temps passé, on ajoute une lettre, *vav*, au temps futur. On l'appelle le « vav conversif ». Mais cette lettre signifie aussi « et ». Ainsi, pour lire un verbe conjugué, on a le choix entre, par exemple, « il fit » ou « et il fera ». J'ai toujours pris la deuxième solution. Je crois que la Bible ne s'exprime qu'au futur, et qu'elle ne fait jamais qu'annoncer des événements qui n'eurent point lieu, mais qui se produiront dans les temps prochains. Car il n'y a pas de présent, et le passé est le futur.

Il y a deux mille ans débuta une histoire qui changea la face du monde une première fois, et une seconde fois, il y a cinquante ans maintenant, lors d'une surprenante révélation archéologique. Quand je dis « surprenante », je ne parle pas pour les miens, qui savaient depuis le début, c'est-à-dire depuis les premiers temps de l'ère chrétienne, mais pour tous les autres ; et c'est aussi pour eux que je parle d'« archéologie » car, pour moi, il n'y a rien de moins historique ni de plus vivant que cette science. Je peux dire en un sens que c'est moi et les miens qui la faisons et qui en sommes l'objet, mais je m'expliquerai plus tard sur cela.

Cette histoire dont je vous parle, qui fait partie de l'Histoire, mais qui n'est pas mon histoire, c'est le christianisme. Je ne suis pas chrétien ; j'appartiens à une communauté de juifs religieux qui vivent en marge, à contre-courant de la société actuelle, et que l'on appelle les hassidim. En tant que juifs, par une tradition millénaire, nous sommes voués à transcrire les paroles et les faits importants pour que perdure la mémoire. C'est pourquoi je vais accomplir mon devoir et écrire cette histoire dans sa vérité et son exactitude, ce qui est mon but ici.

Je dois dire tout d'abord que les hassidim ne cherchent ni à convaincre ni à convertir les peuples. Ainsi, je n'écris pas pour être lu ; j'écris pour conserver la vérité des faits et la pérennité de la mémoire. C'est pour elle que j'écris et pour la postérité : c'est par mes pères et les pères de leurs pères que j'ai appris qu'il fallait consigner et conserver secrètes dans un petit coin du monde les choses et les pensées, non en vue de l'actualité et des lecteurs présents, car nous avons vocation monastique et vivons à l'écart de tous, mais pour les lecteurs futurs, les générations à venir qui sauront découvrir et comprendre : découvrir nos secrets et comprendre notre langue. Je n'écris pas pour moi, car l'écriture n'est ni un exutoire ni un épanchement impie et païen. Pour moi et pour les miens, l'écriture est sacrée, elle est un rite auquel je me donne presque à contrecœur, avec le goût du devoir. C'est ma façon de prier ; de chercher le pardon ; de sacrifier.

Mais je dois confesser que je ne suis pas un scribe minutieux. Je n'ai pas l'amour du détail. Je m'en vais toujours à grands pas vers le sens, comme un coureur, comme un sauteur de haies. La beauté n'est pas mon fort, non plus que les choses de la vue. L'écriture n'est pas mon extase. Je n'y trouve que peu d'enthousiasme, face à la piété. Je voudrais ne garder que les mouvements car ils sont gestes et verbes — des mouvements et point de description. J'aurais voulu donner accès au sens, directement à l'intériorité. Mais peut-elle se donner sans une forme ? Celle-ci, du moins, ne sera pas le voile trompeur et opaque de la beauté qui ne révèle jamais rien sinon elle-même : une splendeur vide. Le Talmud enseigne qu'il ne faut pas admirer les paysages, les belles plantes ou les arbres charmants que l'on trouve sur son passage lorsque l'on est en train d'étudier : *Quiconque étudie en marchant sur un chemin, et s'arrête d'étudier pour dire « comme cet arbre est beau, comme ce buisson est joli » mérite la peine de mort*. Je crois qu'au fond de moi j'ai toujours gardé ce pli. Je suis myope : pour écrire, j'enlève mes lunettes. Quand je relève les yeux, je n'ai devant moi qu'un monde très flou, dont certaines formes et certains gestes se détachent ; d'autres, plus ténus, restent inaperçus. Et ce qui est devant moi est si vague que je le devine plus que je ne le vois. Peut-être me trompé-je. Aurai-je réussi à dire autre chose que cette parole qui est mienne et qui n'est que mienne ? Je veux du moins mettre en mouvement les lettres et, par l'éclat des mots, dire, non ce que je fus, mais ce que j'ai à être, ce que je serai. Qui sait me lire, déchiffrera le futur à travers le passé, la synthèse à travers l'analyse, l'ébauche à travers l'exégèse. Car je m'invente par mes interprétations, et me comprends devant mon texte. *Chaque lettre est un monde, chaque mot un univers*. Chacun est responsable des mots qu'il écrit, et de ceux qu'il lit, car chacun est libre devant sa lecture.

Comme mes ancêtres, j'écris sur une peau d'animal très fine, sur laquelle, avant de commencer, j'ai tracé des lignes avec un instrument acéré pour empêcher ma plume de s'éloigner de sa route et d'errer dans le vague, entre les lettres, vers le haut ou vers le bas, en dehors des lignes tracées où, besogneuse, elle doit poursuivre son chemin. La ligne droite que je tire n'est pas une couche ajoutée au-dessus de la feuille par l'encre noire comme mon texte, elle est une incision pratiquée à même la peau, qui doit être assez forte pour que la scarification soit visible, et assez légère pour ne jamais trouer la peau. Cette blessure est délicate, car certains parchemins sont plus fragiles que d'autres, et toutes les peaux n'ont pas été tannées de la même façon. Ainsi, pour se garder de les percer, il faut savoir reconnaître celles qui ont un teint proche de l'ivoire, plus friables que d'autres qui se rapprochent du citron ou de l'ivoire noir.

Je poursuis ma tâche lentement. Quand j'arrive au bout d'un rouleau, je le couds sans endommager la peau, et j'aborde le suivant. J'écris d'un seul jet, car je ne peux effacer mon texte ni le recommencer indéfiniment. Je commence avant toute chose par rassembler mes pensées et mes souvenirs, car je sais que je n'ai pas droit à l'erreur. Si, toutefois, ma plume me trahit, si ma droite glisse, et ma mémoire me fait défaut, je peux corriger ma faute, sans la faire disparaître, soit en traçant une petite lettre au-dessus ou au-dessous de la lettre qui n'aurait pas dû être écrite. Ou alors je peux insérer la lettre juste ou manquante dans l'espace blanc juste au-dessus de la ligne d'écriture. Ainsi pour lire mon texte en sa justesse, il ne faut pas oublier de lire entre les lignes.

L'histoire que j'écris n'est pas belle à raconter. Elle parle de la cruauté autant que de l'amour. Mais si je la consigne, c'est parce que je ne peux me dérober à la loi qui commande de conserver les faits importants ; et ce que je vais décrire est tellement inouï qu'on l'oubliera ou qu'on le niera pour l'effacer si je ne le couche pas sur le papier. Pour moi, le scribe, c'est ma façon de célébrer l'Éternel, c'est ma prière. Et pour moi, le hassid, il n'y a rien de plus important que la liturgie, qui nous rend fidèles aux prescriptions de la Loi divine. J'aurais voulu donner le goût à cette terre de la vie des anges qui entourent le trône de Dieu pour chanter ses louanges, mais je ne peux rapporter que les malheurs. Depuis des millénaires, nous attendons que la perfection de notre culte soit atteinte sous la Jérusalem nouvelle, et dans cette attente pénible, sans Temple ni Ville Sainte, nous vivons dans l'obscurité, et remplaçons les sacrifices par les louanges de nos lèvres et l'offrande de notre vie.

Et c'est ainsi que s'écoule, au gré de notre calendrier précis, de ses jours et de ses fêtes, la vie rituelle et monastique de notre communauté, en retrait de tous pendant ces millénaires où nous avons abrité notre existence dans nos maisons cachées. Mais nous avions connaissance du temps qui passait, et nous savions qu'en dehors de nous nos frères les juifs se perdaient parmi les nations, pendant que nous restions les gardiens du Rouleau. Nous vécûmes ainsi, jusqu'au moment où survint un fait qui bouleversa notre existence : en 1948, les juifs eurent un pays, une partie de notre communauté gagna la terre de ses ancêtres, une autre resta en diaspora pour mieux y attendre le Messie.

Mais je m'avance un peu car c'est là que commence le premier rouleau de mon histoire ; et là aussi mon labeur de scribe.

Pour l'amour de Sion, je ne me tairai point, et, pour l'amour de Jérusalem, je ne serai point en repos, jusqu'à ce que Sa justice sorte comme une splendeur, et que Sa délivrance s'allume comme une lampe.

Premier rouleau

LE ROULEAU DES MANUSCRITS

Annonce de la naissance d'Isaac

Après ces événements, Dieu apparut à Abram dans une vision et lui dit : « Voici que dix années se sont écoulées depuis le jour que tu es sorti de Haran : tu en as passé deux ici, sept en Égypte et une depuis que tu es revenu d'Égypte. Et maintenant, examine et compte toutes tes possessions, et vois combien elles se sont accrues, au double de toutes celles que tu avais emportées avec toi le jour où tu sortis de Haran. Et maintenant, ne crains pas : je suis avec toi, et je serai pour toi un appui et une force. Moi, je serai un bouclier sur toi, et ton nimbe, au-dehors de toi, te servira d'abri robuste. Tes richesses et tes biens s'accroîtront énormément. » Et Abram dit : « Mon Seigneur Dieu, immenses sont mes richesses et mes biens. Mais à quoi bon pour moi tout cela ? Pour moi, quand je mourrai, tout nu, je m'en irai sans enfant, et l'un de mes domestiques sera mon héritier ; Éliézer, fils de [...] sera mon héritier. » Et Dieu lui dit : « Celui-ci ne sera pas ton héritier, mais quelqu'un qui sortira de [tes entrailles...]. »

Rouleaux de Qumran,
Apocryphe de la Genèse.

I

À l'origine, il y eut un matin d'avril 1947. Au commencement, si l'on peut dire.

En fait, tout a débuté il y a bien longtemps, il y a plus de deux mille ans. Au IIe siècle avant Jésus, fut créée une secte de juifs pieux qui donnaient leur propre interprétation des Cinq Livres de Moïse, de ses lois et de ses commandements. Ils critiquaient avec violence les autorités religieuses juives de Jérusalem et accusaient les prêtres du Temple de laxisme et de corruption. Ils voulaient vivre loin des autres ; c'est pourquoi ils s'installèrent en un lieu désert où leur communauté pouvait vivre isolée, à Qumran, sur les rivages de la mer Morte. Toute richesse était mise en commun, afin que chacun pût vivre dans l'indépendance. Le petit monastère avait ses prêtres et ses propres sacrements, car ils estimaient que ceux de Jérusalem n'étaient pas légitimes et que le Temple n'avait pas été construit selon les règles strictes de la pureté et de l'impureté. Ils vécurent à Qumran jusqu'au moment où les Romains détruisirent l'endroit, dans la troisième année de la guerre des Juifs. On les appelait les « esséniens ».

Ou peut-être, bien que la genèse de tout cela remonte à environ cinq mille ans, quand Dieu créa le monde, lorsqu'il sépara le ciel et la terre pour qu'y vivent le premier homme et la première femme, Adam et Ève. Ensuite, il y eut le déluge, le temps des patriarches, l'exil en Égypte, la libération de l'esclavage grâce à Moïse, et le retour d'Israël sur la terre de Canaan.

À moins que tout ne soit issu du chaos antérieur à toute chose et condition du commencement comme organisation ; lorsque la terre était déserte et vide, recouverte par l'abîme des eaux au-dessus duquel planait le souffle suprême, et que tout était plongé dans l'obscurité. C'est alors que Dieu eut pour la première fois l'idée de créer le monde, idée folle sans doute, car nous ignorons toujours pourquoi il l'a fait.

Une génération passe, et l'autre génération vient. Mais la terre demeure toujours ferme. Le soleil se lève aussi, et le soleil se couche, et il aspire vers le lieu d'où il se lève.

Mais disons simplement que tout commence un matin d'avril 1947 après Jésus, que tout commence ou tout reprend, car il n'y a rien de fini avant la venue du Messie, ni rien de nouveau tant que son soleil ne brille pas de la lumière éternelle.

Ce jour-là, les manuscrits des esséniens furent découverts, tels qu'ils avaient été conservés depuis des siècles, enveloppés de lin et scellés dans de hautes jarres. Ces rouleaux avaient été écrits à l'époque où la secte occupait encore les campements de Qumran. Lorsqu'ils virent que la défaite face aux Romains était inévitable et qu'ils allaient bientôt être écrasés, les esséniens cachèrent leurs livres sacrés dans les grottes inaccessibles des falaises avoisinantes, afin de les sauver des mains des conquérants infidèles. Ils les enveloppèrent si bien, dans les tissus et dans des jarres, que les manuscrits restèrent intacts jusqu'en ce jour dramatique de 1947 où les hommes les découvrirent. Ils mirent également au jour les ruines du site où avaient vécu les esséniens ; ils déterrèrent les restes de leurs habitations, de leurs bâtiments et installations communautaires.

Ils pénétrèrent dans d'autres grottes, qui recelaient d'autres manuscrits, qu'ils s'approprièrent pour en faire commerce.

Or il y avait en Israël un homme, un juif nommé David Cohen. Il était le fils de Noam, qui était le fils de Havilio, qui était le fils de Micha, qui était fils d'Aaron, qui était fils de Eilon, qui était fils de Hagaï, qui était fils de Tal, qui était fils de Rony, qui était fils de Yanaï, qui était fils d'Amram, qui était fils de Tsafi, qui était fils de Samuel, qui était fils de Raphaël, qui était fils de Schlomo, qui était le fils de Gad, qui était fils de Yoram, qui était fils de Yohanan, qui était fils de Noam, fils de Barak, fils de Tohou, qui était fils de Saül, qui était fils de Adriel, qui était fils de Barzillaï, qui était fils d'Ouriel, qui était fils d'Emmanuel, qui était fils d'Asher, qui était fils de Ruben, qui était fils d'Er, qui était fils d'Issacar, qui était fils de Nemouël, qui était fils de Siméon, qui était fils d'Éliav, qui était fils d'Éléazar, qui était fils de Yamin, qui était fils de de Loth, qui était fils d'Élihou, qui était fils de Jessé, qui était fils de Ythro, qui était fils de Zimri, qui était fils d'Éphraïm, qui était fils de Mickaël, qui était fils d'Ouriel, qui était fils de Joseph, qui était fils d'Amram, qui était fils de Manassé, qui était fils d'Ozias, qui était fils de Jonathan, qui était fils de Réouven, qui était fils de Nathan, qui était fils d'Osée, qui était fils d'Isaac, qui était fils de Zimri, qui était fils de Josias, qui était fils de Boaz, qui était fils de Yoram, qui était fils de Gamliel, qui était fils de Nathanaël, qui était fils d'Éliakim, qui était fils de David, qui était fils d'Achaz, qui était fils d'Aaron, qui était fils de Yéhouda, qui était fils de Jacob, qui était fils de Yossef, qui était fils de Joseph, qui était fils de Jacob, qui était fils de Mathan, qui était fils d'Éléazar, qui était fils d'Élioud, qui était fils d'Akhim, qui était fils de Sadok, qui était fils d'Éliakim, qui était fils d'Abioud, qui était fils de Zorobabel, qui était fils de Salathiel, qui était fils de Jéchonias, qui était fils de Josias qui était fils d'Amon, qui était fils de Manassé, qui était fils d'Ézéhias, qui était fils d'Achaz qui était fils de

Jonathan, qui était fils d'Ozias qui était fils de Yoram qui était fils de Josaphat qui était fils d'Asa, qui était fils d'Abia, qui était fils de Roboam, qui était fils de David, fils de Jessé, qui était fils de Joped, fils de Booz, fils de Salomon, fils de Naasson, fils d'Aminabab, fils d'Aram, fils d'Esrom, fils de Pharès, fils de Juda, fils de Jacob, fils d'Isaac, fils d'Abraham.

Et cet homme était mon père, et il était un savant de grande renommée dans tout le pays, car il connaissait toute l'histoire d'Israël depuis les origines. Et plus particulièrement les origines : il dirigeait des fouilles et des excavations en Israël afin de faire revivre le passé antique. Sa passion, son travail et son occupation de tous les jours étaient l'archéologie. Il avait une grande connaissance et une grande mémoire des temps anciens, dont il voulait retrouver tous les vestiges. Il avait écrit de nombreux livres sur ses découvertes, qui, comme ses conférences, étaient appréciés de tous, car ils étaient vivants ; car il racontait l'histoire comme s'il l'avait vécue. Et quand mon père parlait du passé, tous ses auditeurs avaient l'impression de le revivre. Cet homme n'évoquait pas l'histoire comme une époque révolue, et jamais ne s'enterrait dans le regret des temps anciens. Il fécondait le présent par le passé, et vivifiait le passé par le présent. Il rappelait sans cesse les faits mémorables. « Souviens-toi », me disait-il en commençant ses narrations, comme si je pouvais me rappeler des événements survenus il y a deux mille ans ou cent vingt mille ans. Mais lui, il semblait avoir tout à l'esprit, comme s'il avait tout vécu sans jamais avoir rien appris, comme s'il commémorait.

Il avait cinquante-cinq ans. Sa chevelure était abondante comme celle d'Absalom ; sur son corps étaient dessinés des muscles de guerrier, car il était fort et combatif comme le roi David. Ses yeux noirs sur sa figure rayonnante de soleil étaient vifs et mobiles. Mais pour moi, il n'avait pas d'âge. Je n'avais jamais craint de le voir vieillir, et quand je le regardais, je pensais à la sentence qu'aimait répéter mon rabbi : « Il est interdit d'être vieux. » Par l'esprit divin qui semblait souffler en lui et par la mémoire qui revivait à travers lui, il semblait transcender les âges et le temps, et toutes les marques de l'humaine déchéance. Par son esprit, il traversait les obstacles et les vicissitudes du présent car il était investi d'un projet plus vaste et plus puissant.

Je dois préciser qu'à l'époque où j'habitais encore avec mon père, je n'avais pas encore rejoint les hassidim. J'étais parmi les autres, car je n'avais pas encore trouvé la trace de mes semblables. Je m'ignorais à moi-même avant cette seconde naissance que fut pour moi leur rencontre. Je vivais donc dans le monde moderne comme tout Israélien. Après l'armée, je suis allé étudier. Ainsi c'est à la yéchiva que j'ai appris la Torah et le Talmud. J'y avais déjà séjourné, trois années durant, avant de faire mon service militaire, et je sentais que cette vie recluse et contemplative me plaisait plus que toute autre chose, sans savoir réellement pourquoi.

J'avais un camarade, Yéhouda, avec qui j'étudiais la plupart du temps. Il était très instruit : fils d'un grand rabbin hassid, il connaissait tout le Talmud par cœur. Au début, j'avais beaucoup de retard sur lui, car je n'avais pas été élevé dans la religion ni dans la connaissance des textes. Ma mère, juive russe, était d'un athéisme militant et antireligieux, dernier vestige du communisme et seule chose qu'elle ait rapportée d'URSS, avec un accent indélébile. Jamais nous n'avions chabbath à la maison. Mon père ne semblait n'en avoir que pour l'archéologie, qui était en vérité son Talmud à lui, sa façon de revivre l'histoire juive. Entraîné par ma mère, ainsi que par le tempérament rationaliste des scientifiques, ses collègues et amis, il ne priait pas, et ne lisait les textes que sur les parchemins, les pierres ou les papyrus. Sa spécialité était en effet la paléographie ; et, à y réfléchir, je crois que ce n'était pas un hasard s'il avait consacré sa vie à l'étude des écrits anciens.

La paléographie n'est pas une science exacte. Elle ne peut avoir la précision de la chimie ni procéder à des classements aussi exacts que ceux de la botanique ou de la zoologie. J'irais même jusqu'à dire que la paléographie n'est pas une science du tout, même si elle peut arriver à estimer des dates, avec un haut degré d'exactitude. Et ce n'était pas un hasard non plus si, de même que le père de Yéhouda lui avait transmis les enseignements de ses pères, de même mes premières lectures et mes seules prières furent celles que sa main suivait, guidant la mienne sur les stries évanescentes des précieux manuscrits.

Il m'apprit à examiner minutieusement le matériau sur lequel le scribe a tracé ses lettres, ainsi que la forme de l'écriture adoptée, car ce sont des indices qui permettent de déterminer l'origine géographique et historique du manuscrit. Ainsi, lorsque les inscriptions sont gravées sur la pierre ou sur l'argile, où il serait bien difficile de tracer des caractères curvilignes, leur forme va naturellement s'adapter au matériau et sera « carrée ». Tels sont les écrits anciens de la Perse, de l'Assyrie ou encore, pendant une certaine époque, de la Babylonie. À l'inverse, lorsque le scribe a utilisé des papyrus ou des parchemins, les caractères sont « ronds » et constituent une forme d'écriture plus cursive, spécifique à d'autres régions du monde. Mon père m'enseigna ainsi que le premier fait pris en compte par la paléographie est le changement continu des formes alphabétiques utilisées dans les Écritures. Il m'apprit à reconnaître le passage d'un alphabet à l'autre, tâche difficile et sinueuse, tant les leurres qui guettent le paléographe sont nombreux. Un alphabet désuet peut être encore utilisé longtemps après que le nouveau a été adopté, pour des motifs précis ou par l'écrivain nostalgique. Les époques, que l'on croit toujours distinctes, tant notre vision du temps est linéaire, peuvent ainsi être enchevêtrées de façon inextricable sur un parchemin, et un texte que l'on croyait avoir daté de façon définitive, peut être à la fois d'un siècle et de l'autre, sans que l'on puisse décider lequel, tant les signes du temps sont rebelles au temps.

Le paléographe dispose heureusement d'autres indications : les liens ou les points qui joignent deux lettres ensemble, ou encore la position des lettres par rapport aux lignes. Parfois l'écriture tient sur une ligne dont la base est uniforme ; parfois elle s'accroche d'une ligne à une autre, les lettres s'étirant vers le haut avec des variations considérables à la base. Mon père disait que l'homme aussi est formé par son milieu, modelé comme voyelles et consonnes sur des pierres. Je crois qu'il était lui-même comme un parchemin, un rouleau de cuir recouvert de lettres rondes et liées. Il ne parlait jamais de son passé ni de sa famille. Je pensais qu'elle avait disparu dans la Shoah. Malgré l'éloignement et le rejet qu'il manifestait pour ses origines, il m'avait transmis, presque malgré lui, une petite écriture noire et serrée, difficile à interpréter. Inscrite en moi, gravée sur mon cœur, je ne pus la déchiffrer que bien plus tard, après une série d'événements dramatiques qui me la dévoilèrent.

Comme l'hébreu ancien, ainsi était mon père à mes yeux, difficile et périlleux à décrypter. Car l'hébreu n'a pas de voyelles, excepté certaines consonnes qui sont utilisées parfois en tant que telles. Celles-ci, malheureusement, n'ont pas toujours la même valeur, et leur signification varie. Que ce soit en leur présence ou en leur absence, le mot auquel elles participent n'est jamais tout à fait apparent, à moins que le lecteur ne le connaisse, en quelque sorte, avant de le lire et, dans ce cas, il utilise le texte comme un simple aide-mémoire. Les écrits sacrés étaient toujours lus à voix haute, et parfois ils étaient simplement transmis par la tradition orale. Ainsi, le rôle de l'écrit était surtout de rappeler au lecteur ce qui lui était déjà familier. Il n'y eut pas de difficulté pendant des siècles, tant que les utilisateurs des documents originaux connaissaient le sens des écrits. Mais celui-ci tomba peu à peu dans l'oubli et, quand, quelque deux mille ans plus tard, les archéologues mirent au jour des documents très anciens, les paléographes eurent grande peine à comprendre des mots consonantiques. Comment traduire un mot comme *lm* : lame, lamé, lime ?... Parfois, bien sûr, le contexte était clair, mais comment faire s'il ne contenait pas de mots qui puissent être identifiés facilement ? C'était la voie ouverte aux erreurs, aux errances et aux doutes ; mais aussi à l'interprétation et à la création. Comme le disait l'un de nos rabbins, pour attirer les voyelles vers les consonnes, il faut beaucoup d'attente et de désir, comme lorsqu'un homme veut faire une mitsva. Tout comme il est impossible d'accomplir un acte sans désir, le mot en puissance se matérialise par les voyelles qui sont fruits du désir. Mais cela, je ne le compris vraiment que plus tard, lorsque je fus confronté à la terrible emprise de l'appétence charnelle.

Mon père m'initia à la lecture critique des textes et aux règles sévères de l'étude. Il m'enseigna que l'écriture était apparue au Proche-Orient vers le début du IIIᵉ millénaire, non pour les prières et les écrits spirituels, mais pour les besoins de l'administration. Ce n'est qu'aux alentours de 2 000 avant l'ère courante que l'on commença à l'utiliser pour noter les compositions de l'art verbal, ainsi que les poèmes épiques ou lyriques. Je me souviendrai toujours du choc que je reçus lorsqu'il m'apprit que Moïse n'avait jamais écrit la Torah de sa main. J'avais alors treize ans, l'âge de ma *bar mitsvah* et, pour la première fois, je décidai de mon retour à la tradition, ma *techouva*.

« Mais c'est Moïse qui a rédigé ces livres, sous la dictée divine, avais-je dit. Selon le Deutéronome, ils ont même été écrits du doigt de Dieu.

— C'est impossible. La Torah compte des styles trop différents pour être d'un seul auteur. On a dénombré trois écrivains principaux : le sacerdotal, l'élohiste et le yahviste.

— Mais si ces textes sont écrits de la main de l'homme, ils ne sont pas révélés.

— Ils sont l'œuvre d'une main humaine, mais sont révélés en ce qu'ils reposent sur un substrat d'art verbal, de paroles dites. À l'origine, l'écrit n'était pas destiné à l'usage propre et autonome de la lecture ; il ne servait que de support, d'aide-mémoire pour préserver l'intégrité de l'œuvre orale. Ce n'est que plusieurs siècles plus tard, lorsque les grandes bibliothèques de l'époque hellénistique furent constituées que l'écrit commença à s'affranchir de la langue parlée. Enfin, lorsque l'imprimerie fut inventée, les dernières conditions furent réunies pour lui conférer une complète autonomie. La transmission des textes par les premiers scribes de la Bible se rapprochait donc beaucoup de la langue orale. Malheureusement, nous ne possédons aucun rouleau de l'époque de Moïse, ni de la sortie d'Égypte, ni même d'Esdras au retour de l'exil de Babylone. Les rouleaux que nous avons sont écrits en général en caractères paléo-hébraïques, qui furent utilisés par les Hébreux à partir de leur entrée en Canaan. Après la conquête d'Alexandre le Grand, en 333 avant Jésus, naquit l'écriture hébraïque carrée ou assyrienne, qui est toujours en vigueur. Les deux écritures, paléo-hébraïque et hébraïque, l'ancienne et la nouvelle, furent en concurrence jusqu'à l'ère chrétienne. L'ancienne, celle des prêtres, symbolisait l'indépendance de la nation et perpétuait son histoire ; la nouvelle était celle des pharisiens, qui occupaient une position importante dans la vie sociale et politique. Or, jusque-là, seuls les scribes et les prêtres apprenaient à lire et à écrire. La Loi divine était enseignée d'une autre façon : les prêtres en faisaient lecture au peuple ; le père de famille répétait à ses enfants ce qu'il avait appris par cœur. Une nouvelle période commença lorsque l'étude de la Loi fut recommandée pour le peuple dans son ensemble. L'alphabétisation prônée par les pharisiens fut une véritable révolution : en peu de temps, les Hébreux adoptèrent un nouvel alphabet, et cela fut la fin de la tradition orale.

« Vois-tu, ajouta-t-il, les rouleaux de la Torah tels que tu les connais n'ont été lus à la synagogue qu'à partir du IIe siècle avant Jésus-Christ. Ce n'est qu'après la destruction du Temple et l'arrêt des sacrifices que le rouleau de la Torah devint le Livre immuable qui associait un texte, une écriture et une langue, dont pas un iota ne devait être retranché. »

Quand mon père m'apprit à lire, il ne voulut pas que je me serve des lettres écrites sur un livre. Il souhaitait que je sache tout par cœur, sans avoir besoin d'un support matériel. Il disait qu'il valait mieux retenir les textes dans sa tête plutôt que transporter des cahiers et que, pour comprendre, il fallait d'abord savoir. N'était-ce pas la pensée d'un talmudiste qui se prenait pour un paléographe ? Comme Yéhouda et son père, il connaissait les rouleaux antiques par cœur. Et c'est cette méthode qui me permit de faire des progrès fulgurants lorsque je me mis à l'étude du Talmud et que je travaillai avec Yéhouda, le meilleur élève de la yéchiva.

II

Or il arriva qu'en l'an 1999 de l'ère courante, c'est-à-dire en 5759 de la nôtre, un crime fut commis dans des conditions si étranges et abominables que l'armée fut mêlée à l'affaire. On n'avait pas vu cela depuis plus de deux mille ans en Israël. Le passé semblait jaillir comme un diable de sa boîte, pour venir narguer les hommes d'un rire blafard et sinistre : l'homme avait été retrouvé mort dans l'église orthodoxe de la vieille ville de Jérusalem, pendu à une grande croix de bois, crucifié.

Et il arriva que mon père reçut un appel du chef de l'armée d'Israël, Shimon Delam, qui lui demanda de le rencontrer de manière urgente. Les deux hommes avaient fait la guerre ensemble et, même s'ils avaient choisi des chemins opposés, l'un celui de l'action, politique et stratégique, l'autre celui de la réflexion et de la connaissance, ils étaient de vieux compagnons d'armes, toujours prêts à s'aider. Shimon était un vrai combattant ainsi qu'un espion astucieux. Ce petit homme trapu n'avait pas hésité, lors d'une mission au Liban, à se travestir en femme afin d'infiltrer un groupe de terroristes. J'avais moi-même appartenu à la même unité d'élite que son fils, vaillant et impétueux comme son père ; et le combat et l'adversité nous avaient également solidement liés.

Quand ils se rencontrèrent au quartier général de l'armée, Shimon avait un air soucieux et embarrassé que mon père ne lui connaissait pas.

« J'ai besoin de ton aide, dit-il, pour quelque chose de particulier, que nos hommes n'ont pas l'habitude de faire. Une affaire délicate, qui concerne la religion. J'ai besoin d'un sage, quelqu'un d'avisé et de savant ; et aussi d'un ami en qui je puisse avoir confiance.

— De quoi s'agit-il ? demanda mon père, intrigué.

— D'une chose dangereuse... aussi dangereuse que le problème palestinien et la guerre contre le Liban et aussi importante que les relations avec l'Europe ou avec les États-Unis. En un sens, cela englobe tous ces problèmes à la fois. C'est une mission délicate que je veux te confier, qui implique autant des connaissances universitaires qu'une expérience militaire. Des sommes énormes sont en jeu, et certains ne recherchent que l'argent, qui sont sans scrupule pour la vie... Mais laisse-moi d'abord te montrer. »

Alors ils partirent en voiture et se dirigèrent vers la mer Morte. Ensemble, ils prirent la route de Tel-

Aviv à Jéricho, qui descend plus bas que le niveau de la mer et qui, plongée dans la fournaise ardente, serpente encore pendant quelques kilomètres dans un désert neigeux, entre les dunes du Jourdain et les rives de la mer Morte. Ils en atteignirent enfin les abords, nus et oppressants. En cette fin d'après-midi crépusculaire, le vent tombait, et il y avait sur la plaine une odeur de soufre.

Le vent va vers midi, et tourne vers l'aquilon ; il tourne çà et là, et revient à ses circuits. Tous les fleuves vont à la mer, et la mer n'en est pas remplie ; les fleuves retournent au lieu d'où ils étaient partis, pour revenir dans la mer.

Le silence était à peine parcouru par quelques ondes sonores venues des tréfonds du désert. Le soleil, qui, sans trêve, tel un foyer brûlant, vient rôtir sous ses braises toutes créatures animales ou végétales, n'abdiquait pas encore son impitoyable domination. Sous un ciel impassible, ils longèrent les plages boueuses tout en bas de la terre, puis ils obliquèrent en direction d'une terrasse qui se découpait sur le fond d'une chaîne de falaises rocheuses. Au loin, la mer Morte brillait sombrement sous le soleil. À sa droite, se détachait une tache verte : l'oasis d'Aïn Feshka, la terre de Zabulon et de Nephtali, qui élève, telle une lumière, la dure route de la mer, Galilée des Nations.

Qumran s'étend depuis la mer Morte jusqu'au sommet d'une falaise abrupte aux trois étages séparés par des pentes raides et découpées, et s'éparpille sur la terrasse marneuse traversée par un petit courant d'eau. À droite, le Wadi Qumran poursuit sa descente vers la mer de Sel. La terrasse porte les ruines de Qumran et, depuis peu de temps, un petit kibboutz. Entre elles et la plage qu'elles dominent largement, les pentes sont raides et le dur calcaire qui semble tomber de la montagne lamine lentement la marne molle.

Tout en bas de la falaise passent l'ancienne piste et la route nouvelle de Sodome à Jéricho. C'est le niveau le plus accessible, celui dont les pistes sont les plus praticables, les chemins les moins ténus, les roches les moins dures à escalader, tant elles sont ramollies par les argiles de la terre encore proche. Certains, qui sont bien intentionnés, ne poursuivent pas au-delà, car ils pensent avoir terminé leur voyage, et ils ne veulent pas poursuivre leur effort. Là, ils s'arrêtent pour contempler la terre toute basse, en sa simple parure bronze et or, à peine inclinée, tangible, bien réelle sous leurs pieds de marbre.

La seconde terrasse pentue porte déjà une partie de l'histoire. C'est un témoin d'un ancien niveau de la mer Morte, bien supérieur à celui d'aujourd'hui. Elle est penchée de façon uniforme, si bien qu'on peut s'y établir et circuler sans peine. C'est elle qui porte la ruine de Qumran et les bâtiments du kibboutz qui garde le site et cultive la palmeraie autour des sources. La route escarpée est malaisée, mais l'on peut être guidé par la main de l'homme qui en son temps a balisé quelques sentiers et pavé les fissures des roches friables pour que chacun puisse interpréter les signes qui l'aideront à progresser, toujours plus haut, vers les cavernes.

Ainsi ils peuvent atteindre, pour les plus agiles, le troisième niveau, constitué par une terrasse calcaire qui domine la précédente d'une large hauteur. Là, l'histoire cède le pas à la préhistoire. Plusieurs ouvertures étagées témoignent de la descente progressive des eaux. On ne peut y accéder qu'au prix de grands efforts : il faut escalader la roche dure, parfois sous un soleil brûlant, prendre des risques en sautant par-dessus des ravins, grimper haut en dépit du vertige, déceler les moindres creux, s'y immiscer, sans avoir peur de s'y perdre. Alors sur le banc acéré, découpé en gros blocs massifs aux parois presque verticales où les pentes d'éboulis laissent parfois dégouliner les pluies, rares et violentes, on peut découvrir quelques-unes des grottes, certaines si retranchées, si difficiles d'accès que personne n'en a encore soupçonné l'existence. Le sentier semble se poursuivre encore, toujours plus haut, jusqu'au sommet de la grande falaise. On ne peut pas continuer au-delà du dernier niveau, car c'est le grand saut dans l'inconnu qui attend celui qui voudrait poursuivre sa voie, et ceux qui le tentèrent emportèrent sans doute leur secret avec eux.

Qumran n'est certainement pas le jardin d'Éden. En vérité, ce lieu est en plein désert, au plus profond de la désolation. Mais il semble qu'il y fait un temps plus doux, et que l'air y est moins chaud qu'aux abords de la mer Morte. L'eau douce, intermittente mais abondante, permet d'entretenir un bassin permanent sur la seconde terrasse, réserve suffisante pour la vie de l'homme. Les sources saumâtres abreuvent les palmeraies. Les profonds ravins constituent un rempart naturel qui isole presque totalement le promontoire où se situe l'établissement. C'est pourquoi, en dépit des apparences, la vie y est possible.

Les esséniens avaient choisi de s'établir dans ce lieu proche des origines, comme si, en se rapprochant du début, ils pensaient atteindre la fin. C'est pourquoi ils avaient bâti leur sanctuaire non loin de cet endroit, à Khirbet Qumran, dans une des régions les plus désolées de la planète, les plus privées de végétation, et les plus inhospitalières pour l'homme, en ces falaises de calcaire, abruptes et anfractueuses, entrecoupées de ravins et percées de grottes, en ces pierres blanches, cicatrices rugueuses et indélébiles, stigmates des convulsions du sous-sol, des ardentes pressions tectoniques, des lentes et douloureuses érosions, en ce repaire des rebelles, des brigands ou des saints.

C'est là que Shimon amena mon père, devant le monastère en ruine. Il ramassa sur le sol un petit bout de bois qu'il commença tranquillement à mâchonner. Au bout de quelques minutes, il se décida enfin à parler.

« Tu connais cet endroit. Tu sais qu'on y a trouvé, il y a plus de cinquante ans, des manuscrits d'un monastère essénien : les rouleaux de la mer Morte. Il semble qu'ils datent de l'époque de Jésus et qu'ils nous apprennent des choses cachées et difficiles à admettre sur les religions. Tu sais aussi que certains manuscrits ont été perdus, ou plutôt volés, devrais-je dire. Ceux qui sont en notre possession, nous les avons conquis par la ruse ou par la force. »

En effet, mon père connaissait bien ce lieu où il avait effectué de nombreuses fouilles. Il savait tout, bien entendu, de l'épopée des rouleaux, depuis ce 23 novembre 1947, où un appel téléphonique était parvenu à Éliakim Ferenkz, professeur d'archéologie de l'université hébraïque de Jérusalem. C'était un ami arménien, un marchand d'antiquités qui vivait dans la vieille ville de Jérusalem. Celui-ci voulait le voir, le plus rapidement possible. L'affaire était sérieuse et trop délicate pour être traitée par téléphone.

En ce temps-là, le pays était en guerre. L'Assemblée générale des Nations unies devait se prononcer sur la partition. Les Arabes menaçaient d'attaquer les villes et les villages juifs. La région était comme un désert juste avant une tempête de sable : tout était calme, mais tout bruissait sourdement sous le souffle d'un vent ténu annonciateur d'ouragan. Autour de Jérusalem assiégée, des barrages britanniques surveillaient l'ennemi et les passages d'un côté à l'autre. Or le professeur Ferenkz, d'un côté, et son ami l'Arménien, de l'autre, ne pouvaient obtenir de laissez-passer. Ils convinrent de se retrouver le lendemain, à la frontière. C'est donc séparés par des fils de fer barbelés qu'ils s'entretinrent.

« Alors, pourquoi tant de précipitation ? demanda le professeur.

— Voilà, dit l'Arménien. J'ai reçu la visite d'un collègue arabe de Bethléem, marchand d'antiquités comme moi, qui m'a apporté des fragments de cuir recouverts d'une écriture ancienne. Je crois que ce sont des documents de grande valeur.

— Quel collègue arabe ? demanda Ferenkz, avec méfiance car, à plusieurs reprises, on avait essayé de lui vendre des objets anciens qui n'étaient que des imitations.

— En fait, il les tient lui-même de Bédouins. Ils ont dit que c'étaient des morceaux de rouleaux de cuir trouvés dans une grotte près de la mer Morte. Selon eux, il y en aurait des centaines d'autres comme celui-ci. Ils voulaient une estimation de leur prix. C'est pour cette raison que je suis venu te trouver, pour avoir ton avis.

— Montre-les-moi. Si ces fragments ont de la valeur, je me chargerai personnellement de les acquérir pour l'université hébraïque. »

Alors l'Arménien retira de sa poche un bout de parchemin qu'il souleva et étala contre le grillage afin que le professeur puisse l'examiner. Ferenkz se rapprocha autant qu'il le put pour tenter d'identifier le texte écrit sur le morceau de parchemin ocre, friable, étonnamment fragile, et largement édenté. Or ce qu'il vit lui sembla familier comme ce pays dont les parchemins étaient l'humus, comme les rouleaux trouvés dans certaines caves et certains sites, et surtout comme *les inscriptions tombales du 1er siècle qu'il avait découvertes lui-même aux environs de Jérusalem*. Pourtant, il était intrigué. Jamais il n'avait vu une telle inscription sur du cuir, un support périssable, à l'inverse de la pierre dure. Était-il ancien ? Était-il faux ? Ferenkz était archéologue. Il avait l'habitude d'analyser des vestiges de construction, habitats, fortifications, installations hydrauliques, temples ou autels, et des objets découverts sur ces sites, armes, outils et ustensiles domestiques. Mais pas les écrits, pas les parchemins. Une archéologie sur parchemin était une absurdité.

Et pourtant, sans vraiment savoir pourquoi, Ferenkz y crut. En ce jour, en cette heure, devant le fil de fer, il sut que le bout de cuir n'était pas un faux.

« Va à Bethléem et rapporte-moi d'autres échantillons. Pendant ce temps, je trouverai un laissez-passer pour me rendre à ton magasin en temps voulu », proposa-t-il à l'Arménien.

La semaine suivante, l'Arménien appela : il avait obtenu d'autres fragments de cuir. Alors le professeur Ferenkz courut à la boutique. Il examina attentivement les fragments. Pendant une heure, il les tint en main, les scruta à l'aide d'une loupe, les déchiffra, et conclut qu'ils étaient bien authentiques. Il était prêt à se rendre à Bethléem pour acheter le rouleau entier. Mais la guerre menaçait ; la tension était forte sur le pays. Pour un juif, le trajet de Jérusalem à Bethléem, dans un autobus arabe, à travers une terre arabe, était très périlleux. C'est pourquoi sa femme lui dit qu'il ne devait pas partir.

Le jour suivant, il était encore chez lui, infiniment triste en pensant aux manuscrits qui lui échappaient. Ce soir-là, la radio annonça que la décision des Nations unies sur la partition ne serait soumise au vote que la nuit suivante. Il se souvint alors de ce que son fils lui avait dit. Élie était le chef des opérations de la Haganah, l'armée clandestine juive, et Matti était son nom de code, qu'il finit par adopter définitivement après que l'État d'Israël fut créé. Or Matti avait dit à son père que les attaques arabes seraient à craindre dès que les Nations unies se seraient prononcées. Le report du vote, pensa Ferenkz, laissait une journée entière pour tenter de protéger les manuscrits. À l'aube, il sortit de chez lui. Avec son laissez-passer, il traversa le barrage britannique, réveilla son ami arménien. Tous deux partirent en direction de Bethléem. Là, ils rencontrèrent le marchand arabe. Celui-ci révéla ce que les Bédouins avaient dit.

« Ce sont des Bédouins de la tribu des Taamireh, dit-il, celle qui mène souvent ses chèvres le long du rivage nord-ouest de la mer Morte. Un jour, une bête du troupeau s'égara. Alors, ils coururent à sa poursuite, mais elle leur échappa. Ils arrivèrent jusqu'à une grotte où la bête était entrée, et, lorsqu'ils lancèrent des pierres dans la paroi rocheuse, le bruit du retour ressembla à celui d'une céramique. Alors ils entrèrent dans la grotte. Ils découvrirent des jarres de terre, qui contenaient des liasses de cuir couvertes d'une petite écriture hébraïque. Ils me les ont rapportées pour que je les vende. »

Le marchand leur montra les deux jarres. C'étaient d'antiques poteries, lisses et dures comme la roche de Qumran, auxquelles s'étaient agglomérées, au fil des siècles ou des millénaires, plusieurs couches de poussière jaune orangé, ondé de gris. L'une, petite et large, avait deux anses de chaque côté. La seconde, oblongue, était plus étroite. Toutes deux portaient des couvercles destinés à en sceller le contenu. Ferenkz les ouvrit, et en retira avec précaution des cylindres extrêmement vétustes et poussiéreux. Libérés à la lumière du jour après deux millénaires de réclusion, ils s'ébrouèrent de la cendre bistre de leur sépulcre, et se levèrent gravement, fragilement, pour entamer la marche cadencée des ressuscités. Ferenkz les ouvrit délicatement, car ils étaient repliés, retournés en eux-mêmes comme des boutons de fleur au printemps, comme des paupières humaines au matin, collés par une longue nuit de sommeil profond, comme des cocons visqueux juste avant l'éclosion. Il reconnut sur ces cadavres palpitants l'écriture même de la Bible, comme si elle avait été écrite par des Hébreux il y a des millénaires, des siècles, ou la veille. *Cela faisait plus de deux mille ans qu'ils n'avaient pas été lus*. Ferenkz rentra, le trésor près de son cœur, et par la porte de Jaffa, il regagna le foyer juif de la ville d'Or. Ces parchemins fraîchement exhumés allaient bientôt être connus dans le monde entier sous le nom de « rouleaux de la mer Morte ».

De retour chez lui, il se mit sans tarder à l'étude du manuscrit, jusqu'au moment où sa famille l'interrompit pour lui rapporter ce que tout le monde avait entendu à la radio : la résolution de partition de la Palestine avait été adoptée. Des larmes de bonheur et d'émotion glissèrent le long de ses joues. « Tu te rends compte, lui dit sa femme. Il va y avoir un État juif ! »

Le lendemain, Ferenkz, malgré les attaques des Arabes, accomplit à nouveau le même périple pour acheter les rouleaux. L'un des manuscrits se révéla être *Le Livre du prophète Isaïe*. Quant aux autres, qu'il ne connaissait pas, il était sûr qu'ils étaient également de mille ans environ antérieurs à tous ceux qu'il avait vus jusqu'ici. Ferenkz comprit que les implications de cette découverte seraient considérables pour les études bibliques. Les autres manuscrits qu'il étudia étaient tout aussi importants : l'un était le récit prophétique, en hébreu biblique, d'une guerre finale où le bien triompherait du mal. Ce rouleau fut dénommé *La Guerre des fils de lumière contre les fils des ténèbres*. Un autre rouleau, un recueil de poésies hébraïques qui ressemblait au *Livre des psaumes*, fut connu plus tard sous le nom de *Rouleau des hymnes*.

Peu après avoir acheté ces trois manuscrits, Ferenkz apprit qu'il en existait un quatrième. À la fin du mois de janvier 1948, il reçut une lettre d'un certain Kaïr Benyaïr qui souhaitait le voir au sujet d'un parchemin. Cet homme, un juif converti qui appartenait à la communauté syrienne orthodoxe, était un émissaire de l'évêque Osée, le maître syrien du monastère de Saint-Marc situé dans la vieille ville de Jérusalem. Après des échanges épistolaires compliqués, Ferenkz et Kaïr Benyaïr finirent par se rencontrer dans le secteur arabe de la ville. L'émissaire de l'évêque Osée montra à Ferenkz un vieux manuscrit, lui expliqua qu'il avait été acheté à la tribu des Taamireh, et il lui demanda s'il voulait l'acquérir. Le professeur Ferenkz vit tout de suite que, semblable aux autres, celui-ci avait plus de deux mille ans. Le 6 février 1948, Ferenkz et Kaïr Benyaïr avaient rendez-vous pour la transaction finale. Mais l'émissaire d'Osée, après avoir obtenu la promesse d'une somme importante, sembla changer d'avis et fit mine de repartir avec le rouleau. Ferenkz tenta de le retenir, marchanda, implora en vain, et ne put obtenir qu'un hypothétique rendez-vous pour la semaine suivante. Benyaïr, bien sûr, ne vint pas, et Ferenkz ne revit jamais le manuscrit.

En fait, l'émissaire de l'évêque avait été envoyé non pour vendre, mais pour obtenir une évaluation de l'ancienneté et de la valeur de l'objet. Osée avait acheté le rouleau de la même façon que Ferenkz. Il l'avait montré à plusieurs savants. Un moine, assistant bibliothécaire au Musée archéologique de Palestine, déclara, après l'avoir rapidement déchiffré, qu'il était faux. L'évêque sollicita un prêtre grec érudit qui se trouvait à Jérusalem pour une année d'études et se rendait souvent à la bibliothèque Saint-Marc ; celui-ci identifia le rouleau comme une copie du livre d'Isaïe, sans intérêt particulier. Un troisième chercheur pensa qu'il s'agissait d'un recueil de citations prophétiques, mais il n'était pas sûr qu'elles fussent antiques. Au mois d'août de cette même année, un expert de l'université hébraïque data le rouleau du Moyen Âge.

« Il vaut bien sûr la peine d'être étudié, avait-il dit, mais ce n'est rien d'extraordinaire. »

Pourtant, Osée avait la ferme intuition que ce manuscrit pouvait être bien plus ancien.

« Vous ne croyez pas qu'il puisse dater de l'Antiquité ? » avait-il demandé.

L'expert avait répondu par la négative, ajoutant que l'hypothèse était absurde. Comme son interlocuteur insistait, il expliqua :

« Faites l'expérience. Remplissez une boîte de papiers manuscrits, oubliez-la pendant deux mille ans, cachez-la, enterrez-la même si vous le voulez, je vous assure que vous ne serez pas même en mesure de vous poser la question de la valeur des manuscrits. »

En désespoir de cause, Osée avait apporté le manuscrit à son supérieur ecclésiastique qui lui conseilla de ne pas persévérer et d'oublier cette histoire. Mais l'évêque persista. Intimement convaincu de la valeur du rouleau, il voulait en avoir la confirmation par un expert qui l'authentifierait sans équivoque.

Osée envoya donc des hommes en expédition dans les grottes, à la recherche d'autres rouleaux. Ils en rapportèrent de nombreux manuscrits, certains très abîmés et pourris, d'autres en meilleur état. Il acheta également les deux grandes jarres dans lesquelles les manuscrits avaient été cachés. Il espérait vendre toutes ces acquisitions à bon prix. Dans ce but, il s'était associé à un ami qui disait pouvoir en obtenir une somme bien plus élevée aux États-Unis et lui suggéra de faire évaluer le parchemin par l'École américaine de recherches orientales de Jérusalem, puis de quitter le pays, car aussitôt le mandat britannique expiré, Israël serait probablement mis à feu et à sang.

À cette époque, l'École de recherches orientales de Jérusalem accueillait deux séminaristes qui, plus tard, deviendraient célèbres parmi les chercheurs pour leurs travaux sur Qumran. Le premier était Paul Johnson, un thésard de la Yale Divinity School venu faire des recherches en Terre sainte, un catholique fervent qui entra dans les ordres peu après ; et le père Pierre Michel, un Français qui s'était spécialisé dans l'archéologie du Moyen-Orient.

Paul Johnson était un homme de faible corpulence, à la figure émaciée, au teint clair et aux cheveux roux comme Ésaü et comme David. Quoique parfois colérique, il n'était pas un animal sauvage comme Ésaü ; et quoique ambitieux et conquérant, il n'était pas belliqueux et passionné comme David. Il était réservé et méthodique comme Jacob, ce qui en faisait un bon archéologue, pieux comme Abraham, Isaac et Jacob, parfois fervent comme Isaïe et parfois pessimiste et déçu en sa dévotion comme Jérémie, mais surtout absolu et intransigeant comme le prophète Élie.

Quant à Pierre Michel, c'était un homme plutôt petit et tout en rondeurs, jusqu'au cercle d'une calvitie naissante qui se dessinait au sommet de son crâne. D'un naturel spontané, il était trop entier et trop nerveux pour savoir cacher ses émotions et ses secrets. Il cherchait l'équilibre ; entre justice et amour, entre foi et raison, entre espérance et désolation. Il voulait des réponses, sans jamais s'en satisfaire, ce qui le rendait faible et vulnérable. Mais il était loin d'être bête et influençable comme Samson. Son âme ressemblait à une mer calme en surface, mais agitée dans ses profondeurs par des forces ardentes et dévastatrices, des courants contraires qui parfois s'entrechoquaient comme des lames acérées contre les récifs tranchants.

En l'absence du professeur d'archéologie de l'École qui était en voyage, Paul Johnson était le seul à pouvoir recevoir Osée. Ce dernier fut enfin récompensé de ses efforts. En effet, après avoir consulté plusieurs livres d'archéologie, le jeune étudiant en théologie reconnut que le rouleau était ancien. Pierre Michel partageait son avis. Ensemble, ils se mirent à étudier le document dont ils firent des photographies, avec la permission du grand prêtre. Puis ils identifièrent pour la première fois les autres fragments rapportés des grottes, tels que le *Rouleau d'Isaïe*, le *Manuel de discipline*, et le *Commentaire d'Habaquq*. Ils surent alors que ce qu'ils avaient entre les mains était tout simplement la plus grande découverte archéologique des temps modernes.

Tout de suite après la proclamation d'indépendance, les Arabes déclarèrent la guerre à l'État d'Israël. Les balles plurent sur Jérusalem, assiégée de toutes parts, mourant de faim et de soif. Dans la vieille ville, le quartier juif fut consumé par les flammes. Aucun des trois sanctuaires abrités par des remparts ne parvint à faire taire la canonnade meurtrière ; ni le Saint-Sépulcre, ni le Mur occidental, ni le dôme du rocher. À travers la guerre finale, on eût dit que la Judée fomentait l'Apocalypse. Dans ces conditions, Paul Johnson et Pierre Michel crurent plus prudent de partir aux États-Unis. Avant leur départ, ils persuadèrent Osée de signer un papier qui leur garantissait l'exclusivité des publications ; en échange, ils promettaient de lui trouver un acheteur rapidement. L'évêque accepta. Le 11 avril 1948, il partit à son tour aux États-Unis, et c'est ainsi que l'existence des rouleaux de la mer Morte fut révélée au monde entier.

Quand le professeur Ferenkz apprit la nouvelle, il se mit dans une terrible fureur. Il suspecta les Américains d'avoir saboté ses négociations avec Osée. Il envoya de nombreuses lettres pour proclamer que les rouleaux étaient la propriété du nouvel État d'Israël, mais ce fut inutile. Il était trop tard. Osée avait quitté Jérusalem, les rouleaux dans ses bagages, décidé à les vendre au plus offrant ; et à répandre partout dans le monde la parole de l'Église orthodoxe.

À New York, il retrouva Paul Johnson et Pierre Michel. Ils conclurent un pacte, et, pendant deux années, ils accompagnèrent Osée pour faire la promotion des rouleaux, à la bibliothèque du Congrès, à l'université de Chicago, ou encore dans les galeries d'art des grandes villes. En 1950, les premières publications parurent, accompagnées des photographies du *Rouleau d'Isaïe*. L'année suivante, le *Manuel de discipline* et le *Commentaire d'Habaquq* furent publiés dans leur intégralité.

Ferenkz, de son côté, entreprit l'édition des trois rouleaux qu'il avait achetés. Il travailla également sur les transcriptions qu'il avait faites à la hâte du rouleau d'Osée, lorsqu'il l'avait examiné. Convaincu que ce précieux document appartenait à Israël, il se rendit aux États-Unis pour rencontrer Paul Johnson. L'entrevue commença dans le calme, mais lorsque Johnson prétendit avec fierté avoir été à l'origine de la découverte des rouleaux, Ferenkz ne put retenir sa colère.

« Je pense que vous savez où se trouve le dernier rouleau, celui qu'Osée voulait me vendre avant de se raviser, finit-il par dire.

— Je ne vois pas de quoi vous voulez parler, avait répondu Johnson. Tous les rouleaux que nous possédons sont publiés ou en voie de publication.

— Vous mentez, dit Ferenkz. Vous devez me rendre ce rouleau. Il ne vous appartient pas et vous n'avez aucun droit d'intervenir dans cette affaire.

— Ce sont les juifs qui n'ont rien à y voir », répliqua le prêtre catholique.

La guerre était déclarée. Mais Ferenkz ne put la mener jusqu'au bout. Il mourut en 1953 dans l'amère pensée que « son » rouleau, celui qu'il n'avait vu que quelques instants, était perdu à tout jamais. Il ignorait qu'il allait être récupéré par son propre fils un an plus tard.

Matti avait démissionné de son poste de chef d'état-major de l'armée israélienne pour poursuivre les recherches de son père. Il s'était occupé de la publication du livre de celui-ci sur les trois manuscrits qu'il avait découverts, et avait lui-même écrit un commentaire détaillé sur l'un d'eux, *La Guerre des fils de lumière contre les fils des ténèbres*. En 1954, alors qu'il était de passage aux États-Unis pour donner une conférence, il reçut une lettre lui proposant l'achat d'un manuscrit de la mer Morte.

Il pensa immédiatement qu'il pouvait s'agir du fameux rouleau que son père n'avait pu acheter à

Kaïr Benyaïr. Il avait raison : Osée, qui en demandait
un somme trop élevée, n'avait toujours pas trouvé
d'acquéreur. Alors commencèrent une série de tractations mouvementées qui se poursuivirent jusqu'en
Israël. Après plusieurs péripéties, Matti finit par
obtenir le manuscrit.

Cependant, il n'eut pas le temps de le lire : le
5 juin 1967, la guerre entre Israël et ses voisins écla-
tait à nouveau, et il fut appelé au sein de l'armée
comme conseiller stratégique. La bataille pour Jérusalem eut lieu le 7 juin. À soixante kilomètres d'Am-
man, des milliers de fragments de la mer Morte
étaient dans leurs boîtes de bois, et la majorité des
collections étaient dans le *scrollery*, vaste pièce dans
les sous-sols du musée archéologique de Jérusalem,
qui appartenait encore à la Jordanie. Les parachutis-
tes israéliens avancèrent dans la vieille ville et gravi-
rent les marches de pierre au bout de la rue Tiferet.
Après mille ans d'absence, ils revoyaient le mur de
l'Occident, celui qui protégeait le Temple avant qu'il
ne fût détruit. Le front appuyé contre la pierre, la
main tendue, ils mouillaient de le leurs larmes et de
leurs prières le lieu qui abrita le Lieu, dominé par la
colline où Abraham, sans l'intervention de Dieu,
aurait bien pu finir par sacrifier son fils Isaac.
Puis, après une violente bataille contre les troupes
jordaniennes, ils capturèrent le musée stratégique où
se trouvaient les rouleaux de Qumran. Les forces
ennemies furent repoussées jusqu'à Jéricho, au nord
de la mer Morte. Ainsi, non seulement le musée,
mais également le site de Khirbet Qumran, avec ses
centaines de manuscrits, passèrent sous contrôle
israélien. Le matin du 7 juin 1967, au milieu de la
bataille de Jérusalem, Matti et deux autres hommes
pénétrèrent, le cœur palpitant, dans le scrollery du
Musée archéologique. Mais sur les longues tables qui
d'ordinaire débordaient d'une jonchée de fragments,
ils ne trouvèrent rien. C'est dans les caves du musée
qu'ils découvrirent les précieux rouleaux, rassemblés

en hâte, empaquetés dans des boîtes de bois et entreposés là avant le début de la bataille.

Alors Matti décida d'y ajouter les manuscrits qu'il possédait afin de compléter la collection. Il y joignit le fameux manuscrit qu'il avait eu tant de mal à avoir. Cependant, les autorités israéliennes ne voulaient pas de guerre ouverte avec les anciens détenteurs du second lot de rouleaux. Ainsi, un accord fut conclu avec le professeur Johnson, qui rassembla une équipe à laquelle fut confiée l'étude des manuscrits. Ce groupe de chercheurs, composé de cinq membres triés sur le volet, avait pour mission de déchiffrer chaque fragment et d'en publier les résultats.

Or un certain jour après que la guerre fut terminée, Matti vint au musée pour voir le fameux manuscrit et commencer à l'étudier. Cependant, il eut beau chercher partout, dans les salles autant que dans les caves, il ne le trouva pas. Au bout de plusieurs jours de recherches et d'interrogations infructueuses, il dut se rendre à l'évidence : *le rouleau avait disparu.*

III

« Qui était au courant de l'existence de ce manuscrit ? demanda mon père après que Shimon lui eut raconté en détail la disparition du rouleau.

— C'est impossible à dire. Si la découverte des quatre premiers rouleaux était restée confidentielle, la nouvelle de la cession par Osée de l'un des manuscrits importants de la mer Morte s'était rapidement propagée dans le milieu des universitaires qui commençaient à étudier les écrits de Qumran. L'intérêt des chercheurs pour ces manuscrits s'était considérablement accru depuis la découverte de la quatrième grotte de Qumran en septembre 1952. Les membres de la tribu des Taamireh qui avaient déjà trouvé des années auparavant la grotte de Khirbet Qumran se rendirent à nouveau à cet endroit dans l'espoir de trouver des manuscrits dont la vente leur procurerait quelque richesse. Ils creusèrent la roche, fouillèrent le sol où s'était accumulée la poussière, jusqu'à ce qu'il livre les milliers de fragments qu'il recelait encore.

— Oui. La presse du monde entier ne parlait que de cela. Il ne se passait pas vingt-quatre heures sans que soit mis au jour un nouveau trésor historique, pour peu que les pièces en fussent recollées, déchiffrées et transcrites. Cependant, personne ne savait encore quelle était la signification de cette découverte. La lecture des rouleaux était lente et ardue. Seuls les savants et les chercheurs avertis pouvaient en comprendre l'importance ; savoir qu'ils allaient être le point de départ d'une nouvelle investigation historique ; qu'on allait enfin connaître la vérité sur la naissance du judaïsme rabbinique et sur les débuts du christianisme. Jusqu'alors, on s'était contenté de glaner des éléments épars sur la vie de Jésus et la naissance du christianisme, à travers des œuvres littéraires diffusées de génération en génération : la Mishnah, le Talmud, le Nouveau Testament, les œuvres de Flavius Josèphe et les œuvres apocryphes, comme le livre des Jubilés — sous réserve des centaines d'années de correction, d'effacement et de censure. Mais aussi longtemps que les manuscrits religieux avaient été copiés à la main, mot après mot, verset après verset, par les scribes juifs et chrétiens, leur véracité historique était devenue de plus en plus douteuse. On les transformait quand ils paraissaient hérétiques ; dans les périodes de persécution religieuse, ils étaient jetés au feu. On les proscrivait, on les réécrivait parfois, pour les rendre conformes à l'orthodoxie et à la foi du moment. Ici, ce n'était plus quelques fragments dispersés ; le matériel devenait chaque jour plus considérable. C'étaient des grosses pièces, et des plus petites, pliées et râpées, plus ou moins bien conservées, des bouts, des fragments sans nom et pourtant, à travers eux, se tramait l'histoire... Mais cela, il n'y avait que des savants pour s'en apercevoir.

— C'est pour cela que je fais appel à toi. Il est possible que le manuscrit ait été dérobé par l'un des membres de l'"équipe internationale", réunie par Paul Johnson et son inséparable acolyte, le père français Pierre Michel. Car il n'y avait qu'eux pour avoir accès aux rouleaux. Connais-tu les autres membres de l'équipe ?

— Je sais qui ils sont. Il y a Thomas Almond, un Anglais agnostique et orientaliste, surnommé l'"ange des ténèbres", à cause de ses manières curieuses, et de la grande cape noire dont il est affublé en permanence ; le père polonais Andrej Lirnov, une personnalité mélancolique et tourmentée ; et enfin le dominicain Jacques Millet, un Français, un homme plutôt extraverti, facilement reconnaissable par sa barbe blanche ébouriffée et ses grosses lunettes rondes. Tous ces personnages avaient effectivement accès direct aux rouleaux ; et, de plus, ils étaient même devenus incontournables pour qui voulait s'en approcher. Mais les publications officielles de cette équipe étaient très rares, et la majorité des fragments de la cave n° 4 n'ont été commentés que lors de séminaires très privés, interdits au public.

— Pourtant, un fait curieux s'est produit : en 1987, Pierre Michel, invité à donner une conférence à Harvard, a révélé quelques éléments du contenu d'un fragment qu'il étudiait. Or, ce qu'il en dit a rappelé étrangement à Matti le rouleau qu'il avait rapidement déchiffré, avant qu'il ne lui soit volé. Il y avait deux colonnes en araméen où le prophète Daniel interprète le rêve d'un roi. Mais la partie vraiment remarquable du fragment, datée par Pierre Michel du 1er siècle avant Jésus, était une interprétation d'un rêve prédisant l'apparition d'un "fils de Dieu" ou "fils du Très Haut".

— C'est-à-dire très précisément les titres utilisés lors de l'Annonciation par l'ange Gabriel dans l'Évangile selon Luc.

— Pierre Michel a refusé de publier le document. Hormis les quelques mots lâchés lors de cette conférence, destinée au monde universitaire, et la lecture d'un minuscule fragment qu'il avait traduit, le contenu des rouleaux est resté secret. »

Shimon s'arrêta un instant, et extirpa de sa poche un petit papier qu'il tendit à mon père.

Il sera grand sur la terre
Tous le vénéreront et le serviront
Il sera nommé grand et son nom sera désigné
Il sera appelé le fils de Dieu
Et ils l'appelleront le fils du Très Haut.
Comme une étoile filante,
Une vision, tel sera son royaume.
Ils régneront pour plusieurs années
Sur la terre
Et ils détruiront tout.
Une nation détruira une autre nation
Et une province une autre province
Jusqu'à ce que le peuple de Dieu se lève
Et se désiste de son épée.

« Oui, dit mon père, je connais ce texte. Mais personne n'a jamais eu accès à la fin du fragment, et on ne peut donc dire avec certitude si le texte mentionne la venue d'un Messie envoyé par Dieu.

— Quoi qu'il en soit, à l'issue de la conférence de 1987, on n'a plus jamais entendu parler de ce fragment. Les années passaient, aucune publication nouvelle n'apparaissait. C'était comme s'il y avait eu un ordre, un consensus officieux pour tout arrêter. C'est d'ailleurs ce qui finit par arriver. Les membres de l'équipe internationale se divisèrent et allèrent chacun de leur côté. Johnson trouva une position confortable à l'université de Yale, Almond rentra dans son Angleterre natale ; Millet partagea son temps entre Jérusalem, où il continue de mener des excavations, et Paris, où il enseigne. Quant à Pierre Michel, il rentra à Paris, se défroqua, et travaille à présent pour le CNRS.

— Et Andrej Lirnov, compléta mon père, s'est suicidé, sans que l'on connaisse les raisons de son acte.

— Oui, en effet... Tu dois penser que ce n'est pas dans mes habitudes de m'intéresser à l'archéologie, dit Shimon, après une légère hésitation. Il se trouve que le manuscrit perdu est actuellement recherché par le gouvernement israélien, non pour des raisons théologiques, certainement très compliquées, mais parce qu'il nous appartient de droit, et qu'il contient certainement des éléments essentiels de l'histoire du peuple juif.

— Et tu penses que c'est le fragment lu lors de la conférence de Pierre Michel ?

— Il y a de grandes chances pour que ce soit le cas.

— Mais avez-vous une idée de ce que peut contenir le rouleau dans son ensemble ?

— On ne sait pas exactement. On pense qu'il parle de Jésus, de façon explicite.

— Et dangereuse pour le christianisme ?

— Peut-être qu'il vaut mieux qu'il soit conservé dans les caves du Vatican, avec d'autres fragments interdits, dit Shimon calmement.

— Mais as-tu une idée de quoi il s'agit précisément ?

— Non, je ne le sais pas ; on sait qu'il n'a pas disparu par hasard, et on a des hypothèses. Les autres manuscrits appartiennent à la secte de Qumran, qui était, de toute évidence, essénienne. Ils sont datés à peu près de la période de la vie de Jésus. Mais aucun des fragments découverts ne parle du Christ. Or il se pourrait bien que le rouleau disparu contienne enfin des révélations importantes sur le christianisme.

— Oui, je sais ; je vois ce que tu veux dire. Mais je ne peux pas accepter cette mission, Shimon. Ce n'est pas un travail pour moi. Je ne suis plus un combattant, et je n'ai jamais été un espion. Je suis devenu un chercheur, un savant, un archéologue. Je ne peux pas aller courir le monde à la recherche de ce manuscrit. Il est peut-être perdu. Il a pu être brûlé. »

Shimon se tut un instant et réfléchit. Mon père le connaissait bien, et savait qu'il n'était pas homme à se laisser démonter. Il connaissait sa façon particulière de regarder ses interlocuteurs, à la fois posée et ironique. Même s'il voulait le cacher, tout en lui respirait l'espion. Sa démarche lente et assurée, ses yeux bruns qui fixaient et jaugeaient, sa façon lente de s'exprimer et de réagir aux paroles des autres, comme s'il était en train de stocker des informations. En ce moment, pensa mon père, il devait être en train de réfléchir à toute vitesse pour tenter de le convaincre et d'appuyer — c'était sa spécialité — sur le point sensible.

« C'est justement d'un savant dont j'ai besoin, d'un spécialiste, dit-il, d'un paléographe, pas d'un soldat... Et je connais ton intérêt pour les manuscrits. Tu te rappelles ta réaction lorsque tu as appris qu'on les avait découverts ? Nous étions ensemble à la guerre, et toi, tu ne pensais plus qu'à cela ; tu disais que c'était une révolution.

— Écoute, lorsqu'en 1947, il y a plus de cinquante ans, les manuscrits de Qumran ont été découverts, les choses étaient sensiblement différentes. À ce moment, l'endroit faisait partie du territoire de la Palestine sous mandat britannique. À l'est, il y avait le royaume de Transjordanie. La route qui passait le long de la mer Morte n'existait pas, elle s'arrêtait au quartier nord-ouest de la mer. Il n'y avait que des chemins rugueux et des broussailles que suivait sans conviction le cours d'une ancienne route romaine, et même, pendant longtemps, cette route n'était pas repérée. La seule présence humaine dans le voisinage était celle des Bédouins. Je me passionnais pour cette découverte, parce que je ne comprenais pas comment les manuscrits avaient pu s'échapper d'un tel endroit. Maintenant, les routes sont balisées, les fouilles ne cessent de progresser et tu me parles d'enjeux internationaux et stratégiques. Nous avons donné la palmeraie de Jéricho aux Palestiniens, et l'on parle même, pour la paix, de leur attribuer une partie du désert de Judée, y compris la région de Qumran. Tout ça est trop compliqué pour moi. Ce n'est plus mon affaire ; c'est quelque chose qui me dépasse, tu comprends ? Je connais les manuscrits que l'on a retrouvés. Je sais déjà que les esséniens qui vivaient à la même époque que Jésus, ces scribes attentifs, dont l'essentiel de la vie et le but même de l'existence n'étaient autres que de consigner ce qu'ils voyaient, ces esséniens *ne parlent pas de Jésus dans leurs manuscrits.* C'est pourquoi vous voulez trouver le dernier des manuscrits : parle-t-il enfin de Jésus ? Qu'en dit-il ? Jésus était-il essénien ? Si tel est le cas, le christianisme est-il une branche de l'essénisme ? Ou bien alors ce rouleau n'en parle pas. Cela signi-fierait-il que Jésus est une figure postérieure à la secte ? Et s'il n'en parle pas, Jésus est-il une fiction ? Jésus a-t-il vraiment existé ?

« Tu vois pourquoi cette recherche est dangereuse. Il faut éviter de préparer une révolution. On ignore tout de ce manuscrit ; et c'est tant mieux. Il vaut mieux laisser les choses en l'état où elles sont, que risquer de les faire empirer. Israël n'a pas besoin de cela. C'est une arme trop puissante. C'est une bombe qui risque d'exploser au nez de ceux qui la possèdent.

— Écoute, répondit Shimon, ce que je te demande, ce n'est pas forcément d'en analyser la teneur. D'autres s'en chargeront ; et si tu ne le sou-haites pas, tu n'auras pas cette responsabilité. S'il ne doit pas être révélé en dernière instance, il ne le sera pas ; fais-moi confiance. Il s'agit pour toi simplement de retrouver ce manuscrit, où qu'il se trouve, chez les chrétiens, les juifs, les Bédouins ou les Arabes, et de me le rapporter.

— Et si les chrétiens l'avaient déjà, je veux dire le Vatican ?

— C'est impossible.

— Pourquoi ? »

Il y eut encore un silence. Pendant plusieurs minutes, Shimon mâchonna posément son petit bout de bois, comme si, là encore, il avait besoin de peser le pour et le contre, d'évaluer l'importance des informations qu'il allait livrer, d'en calculer les risques et les coûts.

« Parce que le Vatican le recherche en ce moment, finit-il par lâcher. Il le recherche éperdument.

— Comment le sais-tu ?

— As-tu entendu parler de la Commission biblique pontificale ?

— Oui, un peu. Mais dis-m'en plus.

— C'est une institution créée au début du siècle, par le pape Léon XIII, comme antidote à l'invasion du modernisme. Elle a pour mission de surveiller les études scripturales catholiques. Originellement, elle était composée d'une douzaine de cardinaux nommés par le pape, ainsi que d'un certain nombre de "consultants", tous experts dans leurs domaines respectifs. La fonction officielle de la Commission était de surveiller toutes les dissidences par rapport aux textes sacrés officiels. Elle était chargée notamment de vérifier que les universitaires ne remettent pas en question l'autorité des écritures et de promouvoir l'interprétation catholique officielle. Depuis le dernier demi-siècle, on peut s'imaginer que les choses ont changé, en particulier depuis le concile de Vatican II. En fait, il n'en est rien. Aujourd'hui, l'École biblique de Jérusalem, à laquelle appartiennent la plupart des membres de l'équipe internationale, est toujours aussi proche de la Commission pontificale qu'elle l'a été par le passé. La plupart des élèves de l'École sont placés par la Commission comme professeurs dans des séminaires et dans d'autres institutions catholiques. Ainsi, concrètement, ce sont les consultants de la Commission qui déterminent ce que le public doit apprendre ou non des rouleaux de la mer Morte. Lorsque, en 1955, le *Rouleau de cuivre* fut déchiffré à Manchester sous le contrôle de Thomas Almond, le Vatican réunit la Commission en une cession extraordinaire pour parer aux révélations qu'il pouvait apporter. Cette Commission est incroyablement rétrograde. Sais-tu qu'elle a déjà produit des textes stipulant que Moïse est l'auteur littéral du Pentateuque, ou encore affirmant l'exactitude littérale et historique des trois premiers chapitres de la Genèse ? Plus récemment, la même Commission a signé un décret sur les études bibliques en général, et plus spécifiquement sur la vérité historique des Évangiles, selon lequel celui qui interprète les Évangiles doit le faire dans un esprit d'obéissance à l'autorité de l'Église catholique.

— Mais alors ? Crois-tu que ce rouleau soit si important pour eux ? Jusqu'où iraient-ils pour l'avoir, selon toi ?

— Assez loin, je pense. Un autre organisme dépend de la Commission biblique pontificale : la Congrégation pour la doctrine de la foi, qui est principalement un tribunal, avec ses propres juges. Les consultants qui travaillent pour ces derniers ont la tâche spécifique de repérer les points délicats sur lesquels la Commission va statuer. De telles investigations s'attachent généralement à tout ce qui pourrait menacer l'unité de l'Église. Comme au Moyen Âge, elles sont menées dans le plus grand secret. Jusqu'en 1971, la Commission biblique pontificale et la Congrégation pour la doctrine de la foi étaient censées être des organisations séparées. À présent, l'artifice a été abandonné et les deux structures, si elles restent distinctes, sont logées dans les mêmes bureaux et à la même adresse à Rome. Les principes pour les membres de ces commissions sont très simples : quelques conclusions que l'on atteigne, quelles que soient les révélations auxquelles la lecture des rouleaux mène, on ne doit pas, dans son écriture et son enseignement, contredire l'autorité doctrinale de la Commission. Mais je vais te dire plus : la Congrégation pour la doctrine de la foi a une histoire qui remonte jusqu'au XIIIᵉ siècle. En 1542, elle était connue sous le nom de Saint Office, ou encore... Sainte Inquisition. De tous les départements de la Curie, c'est celui de la Congrégation pour la doctrine de la foi qui est le plus puissant. De l'opinion de ses membres, les évolutions théologiques récentes menacent de corrompre l'Église et d'entraîner son déclin. Seule la suppression de toutes les dissidences doctrinales pourra assurer un renouveau dans une Foi et un Dogme unifiés. Ces hommes considèrent que ceux qui ne partagent pas leurs idées sont aveugles, ou pis : malins. Or il se trouve que l'ancien thésard Paul Johnson, l'un des premiers à travailler avec Pierre Michel sur les rouleaux et membre comme lui de l'équipe internationale, est l'actuel directeur de la Congrégation pour la doctrine de la foi. Nous savons qu'il a eu le rouleau entre les mains ; et sans doute l'a-t-il lu, lorsqu'il était encore à l'École biblique de Jérusalem. Cependant, il ne l'a plus et le recherche. Nous savons que Paul Johnson est actuellement prêt à tout entreprendre pour retrouver ce rouleau. Nous avons suivi ses traces et celles de ses émissaires depuis des mois dans plusieurs pays.

— Qui sont-ils ?

— Des membres de l'équipe internationale, en particulier son bras droit, son plus fidèle compagnon, le père Pierre Michel. Également, le père Millet, autre membre de l'équipe internationale.

— Ce qui signifie...

— Que ce sont les grands inquisiteurs de l'Église catholique actuelle. »

Shimon voulait à tout prix convaincre mon père et le gagner à sa cause. Il savait que les difficultés ne seraient pas pour le rebuter ; mais aussi il n'ignorait pas qu'il serait difficile d'embarquer cet homme raisonnable et fort dans une telle histoire. Pendant un court moment, mon père sembla réfléchir.

« Qui détenait ce rouleau à l'origine ? finit-il par demander.

— C'est Osée, le grand prêtre orthodoxe, qui l'a vendu à Matti. Mais nous pensons que Paul Johnson a pu le subtiliser et le remettre à Pierre Michel pour qu'il les étudie.

— Et qu'est devenu Osée ? A-t-il eu connaissance du manuscrit ? »

Shimon, après un nouveau temps d'hésitation, répondit :

« Il est mort, David. Assassiné, la semaine dernière, lors de son passage à Jérusalem. L'argent qu'il avait chez lui a disparu avec les rouleaux. On suppose que ce sont des voleurs bien informés sur ses tractations. Peut-être vont-ils chercher à les revendre ; et, si c'était le cas, il ne faudrait pas les manquer, où que ce soit dans le monde, comme Matti.

— Mais il était chef d'armée. Il était aidé dans ses recherches, dit mon père, vivement. Je ne peux pas chercher seul. Je devrai rencontrer des savants et aussi des moins savants, et peut-être même des escrocs ou des assassins. Non, dit-il en hochant la tête, ce n'est vraiment pas une mission pour moi... C'est non, ajouta-t-il d'un ton dissuasif. Ce n'est pas la peine de discuter.

— Bon ; c'est sans appel, je suppose ?

— Sans appel. »

Mon père sourit. Il connaissait trop Shimon pour savoir qu'il ne s'était pas si vite résigné ; en général, cette dernière question signifiait qu'il allait abattre sa dernière carte. Mon père attendit calmement, non sans curiosité, que Shimon se décide.

Celui-ci baissa le regard et parut se concentrer un instant sur le sol granuleux. Puis il dit :

« Puisque c'est ainsi, je peux tout te dire. Je voulais te le cacher, jusqu'à ce que tu acceptes, pour ne pas t'effrayer, mais après tout, puisque tu refuses... Tu pourras peut-être éclairer ma lanterne. Il ne s'agit pas seulement du Vatican. C'est vrai que les chrétiens recherchent ce rouleau. Mais c'est aussi une affaire de politique intérieure, qui relève de la police. Ce que je te dis devra rester entièrement entre nous, n'est-ce pas ?

— Bien sûr.

— Et bien voilà. Je t'ai dit que le prêtre orthodoxe Osée a été assassiné ; mais ce n'est pas tout à fait vrai... ou disons que cela manque de précision. En fait, il s'agit d'autre chose, de plus compliqué. Comment dirais-je... La police a décidé d'étouffer cette affaire pour le moment, pour pouvoir mener à bien ses recherches sans paniquer la population. »

Shimon n'avait pas l'habitude de mâcher ses mots. Mon père fut surpris de le voir si embarrassé.

« De quoi s'agit-il ? demanda-t-il.

— Tu auras peine à le croire... Il a été *crucifié*. »

À ces mots, mon père sursauta.

« Comment cela, crucifié ?

— Crucifié, comme Jésus. Accroché à une croix, pendu. Enfin... pas tout à fait comme Jésus. Il s'agissait d'une croix un peu bizarre, avec deux barres horizontales, une grande et une petite.

— Une croix de Lorraine ?

— Une croix de Lorraine décapitée, en quelque sorte. Les poignets du pauvre homme avaient été cloués sur la traverse, et le pieds sur le poteau. Il est mort assez rapidement d'asphyxie. Au début, on a cru qu'il s'agissait du crime d'un fou, d'un maniaque. Et — c'est là où je veux en venir — on ne sait pas encore pourquoi, mais il est possible que cela ait un rapport avec les manuscrits.

— Vraiment ?

— Oui. Nous savons qu'Osée est revenu précipitamment des États-Unis à cause du rouleau. Il semblait en fuite... Tu vois, c'est curieux, cette croix, ce cérémonial : cela ressemble à une exécution... David, je ne sais pas de quoi il s'agit ; mais s'il s'agit d'un fou, d'un maniaque, il peut aussi recommencer n'importe quand.

— Oui, en effet... Je... »

Le voyant troublé, Shimon sortit son dernier atout.

« Tu auras besoin de quelqu'un avec toi, un combattant, un homme jeune, capable de te défendre. Quelqu'un qui soit à la fois un soldat et un érudit.

— Oui, certainement, dit mon père, à demi résigné.

— Je connais un homme qui répond à cette description. Et tu le connais aussi.

— Qui est-ce ?

— Je pense à ton fils, Ary, qui étudie à présent à la yéchiva. J'ai lu son rapport d'armée. Je sais qu'il a sauvé la vie de mon fils Yacov. Ton fils est un jeune homme courageux qui aurait fait un excellent soldat, s'il n'avait choisi une voie plus... contemplative.

— Rien n'est laissé au hasard, n'est-ce pas ? dit mon père. Tout est déjà prévu. Il ne me reste plus qu'à partir... »

Deuxième rouleau

LE ROULEAU DES SAINTS

Moi étant jeune, avant que je n'eusse erré,
J'ai désiré la sagesse et je l'ai cherchée.
Elle est venue à moi dans sa beauté,
Et je l'étudiais à fond.
La fleur de la vigne, elle aussi, produit les grains de raisin
Quand vont mûrir les grappes qui réjouissent le cœur.
Mon pied a marché sur un sol uni,
Parce que, dès ma jeunesse, je l'ai connue.
J'ai tendu un peu mon oreille,
Et j'ai trouvé beaucoup d'entendement.
Et elle fut pour moi une nourrice
À qui m'enseigne je rends l'honneur qui lui est dû.
J'ai médité comme en me jouant ;
Je fus zélé pour le bien sans retour.
Je fus moi-même embrasé pour elle,
Et je n'ai point retourné ma face.
Je m'empressai moi-même pour elle,
Et sur ses hauteurs je ne me relâchais pas.
Ma main ouvrit sa porte,
Et je pénétrai ses secrets.
Je purifiai mes mains pour aller vers elle,
Et dans la pureté je l'ai trouvée.
J'avais acquis pour moi un cœur intelligent dès le début
C'est pourquoi je ne l'abandonnais pas (...)
Écoutez, ô Nombreux, mon enseignement
Et vous acquerrez argent et or grâce à moi.
Que votre âme se réjouisse à cause de ma pénitence,
Et n'ayez point honte de mes cantiques !
Accomplissez vos œuvres avec justice
Et votre récompense vous sera donnée en son temps.

Rouleaux de Qumran,
Psaumes pseudo-davidiques.

I

Après la création, Dieu a considéré tout ce qu'il avait fait, la lumière, le firmament, les étoiles, le soleil et la lune, la terre et la mer, les plantes et les animaux, et il a approuvé, jugeant que c'était bien.

Sa satisfaction parfois m'étonnait. Les biens de ce monde étaient-ils donc appréciables autant que ceux du monde futur ? Pourquoi m'étais-je dirigé vers l'ascétisme pour me mieux tourner vers les seconds, alors que les premiers aussi m'étaient permis ? *J'ai dit à mon cœur : allons, que je t'éprouve maintenant par la joie, et jouis du bien. Mais voilà, cela est aussi une vanité. J'ai dit touchant le rire : il est insensé. Et touchant la joie : de quoi sert-elle ?*

Je n'étais pas un enfant prodigue. J'étais le digne fils de David Cohen, même si, à cette époque, je ne mesurais pas toute l'étendue de cette proposition. Mais Shimon aurait été étonné de me voir tel que j'étais alors, lui qui m'avait connu sous l'uniforme vert des gradés de l'armée de terre. J'étais grand et barbu, avec des yeux bleus qui me venaient de ma mère russe, encerclés par des petites lunettes rondes. Ma barbe n'était pas abondante comme celle des vieux sages, mais timide et clairsemée. Mon corps était comme celui de mon père : délié et musclé, presque noueux, il m'avait valu quelques succès au combat lorsque je faisais l'armée, mais je ne l'entretenais plus depuis que j'avais rejoint les hassidim.

Comme tous mes frères, j'avais de longues mèches torsadées de chaque côté du visage : les papillotes traditionnelles, que je liais parfois au-dessus de ma tête, sous mon chapeau. Le jour et la nuit, je ne quittais la calotte faite de velours noir, qui recouvrait largement ma tête, même lorsque je mettais mon chapeau. J'avais des souliers noirs, plats et sans lacets qui accueillaient mes pieds déjà enfilés dans des bas noirs. Noirs aussi mes pantalons, selon la tradition. Mais ma chemise était blanche sous ma longue veste sombre et, sous la chemise, je portais toujours un petit châle de prière fait de deux carrés de laine couleur crème, avec une ouverture vers le haut pour y passer la tête, un pan reposant sur la poitrine, l'autre sur le dos, et dont dépassait, attachée à chaque angle inférieur, une frange rituelle en souvenir de l'Alliance. Je n'avais pas de cravate, qui était un atour trop ouvertement distinctif du monde non juif. Autour de ma taille, je nouais une cordelière, le guertl, long ruban de soie noire tressée, afin que soient séparées la partie directrice du corps et la partie prosaïque. Pour le Chabbath et les jours de fêtes, je me revêtais de ma lévite de soie noire, satinée et brillante.

J'étudiais l'archéologie auprès de mon père, et je l'aidais dans ses travaux et ses recherches, mais c'était quand je n'allais pas encore à la yéchiva, exclusive et jalouse comme le Dieu d'Israël. Mon père m'avait emmené depuis mon plus jeune âge sur les chantiers des fouilles. J'étais son fils unique et son seul enfant. Mais j'étais très pieux ; c'est-à-dire très pratiquant. Chez les juifs, on appelle cela un « orthodoxe ».

À la différence de mon père qui ne faisait plus le chabbath ni ne mangeait cacher, j'attachais les phylactères autour de mon bras chaque matin ; et pendant le Chabbath, lorsqu'il prenait la voiture avec ma mère pour faire une excursion dans le pays, je revê-

tais mon grand châle de prière blanc pour bénir tous
mes camarades de la yéchiva, car, fils de Cohen,
j'étais Cohen, et descendais des grands prêtres auxquels incombait l'importante fonction de bénir le
peuple d'Israël. Ma vie, dans ses moindres instants,
était rythmée par la loi. Je ne me levais pas sans faire
la prière du matin. Je ne mangeais pas sans faire de
bénédiction. Je ne me couchais pas sans faire la
prière du soir ; et pas un jour ne passait sans que
j'étudie. Par la loi, le temps habitait l'espace : ainsi
les mezouzoth sur les linteaux des portes, les chandeliers sur la table du chabbath et ceux de Hanouca
aux fenêtres des maisons. Et par la loi, le verbe devenait chair : je ne mangeais que les animaux permis
par la Torah, ceux qui ruminent et ont les sabots
fourchus, et les poissons à écailles et nageoires. Et
par la loi, la chair était joie. Le vendredi soir et le
samedi, à la yéchiva, nous nous reposions sans allumer de lumière, sans crayon ni papier, qu'il nous
était interdit de toucher, car nous ne devions pas
approcher les objets du travail, mais nous chantions
et dansions toute la nuit, selon le rituel hassidique,
car comme le disait l'un de nos grands rabbins, « ce
n'est pas parce qu'on est heureux qu'on chante, c'est
parce qu'on chante qu'on est heureux ». Nous ne
vivions pas dans l'ascèse et la mortification, nous
vivions ensemble, en communauté, jeunes et vieux,
femmes et enfants, et tous étaient heureux d'être réunis dans la paix du Chabbath, à partager les plats
préparés et les haloth dorées, à écouter les paroles
de nos maîtres et à rire devant leurs calembours. Dès
que la première étoile apparaissait sur la ville de
Jérusalem et annonçait le jour du repos, Méa Shéarim tombait en léthargie. Des jeunes gens cou-
raient aux frontières du quartier pour poser des
fûts sur la chaussée afin d'y arrêter toute circulation, tandis que d'autres préparaient des pierres au
fond de leurs poches, prêts à lapider, d'un geste
vengeur, la première voiture qui passerait. Des sons
de sirènes mêlés au choffar annonçaient l'arrivée de

la fiancée — le Chabbath —, et une foule noncha-
lante et parée de ses plus beaux vêtements envahissait les rues de la grande artère pour se rendre dans
les nombreuses synagogues, dont certaines n'excé-
daient guère la taille d'une petite maison. Depuis le
pas de leur porte, certains rabbins, déjà en habit de
prière noir et blanc, hélaient les passants, en quête
d'un dernier fidèle pour le miniane, l'assemblée des
dix fidèles nécessaires pour que l'office puisse avoir
lieu. Des fenêtres ouvertes s'échappaient des mélopées lancinantes, des psalmodies et des prières entrecoupées d'exclamations vibrantes, tandis que les
jeunes étudiants entonnaient leurs chants de joie.
Certainement, les vivants savent qu'ils mourront, mais
les morts ne savent rien et ne gagnent plus rien ;
car leur mémoire est mise en oubli. Aussi leur amour,
leur haine, leur envie ont déjà péri et ils n'ont plus
aucune part au monde, dans tout ce qui se fait sous
le soleil. Va donc, mange ton pain avec joie, et bois
gaiement ton vin, parce que Dieu a déjà ton œuvre
pour agréable.

Je vivais à Jérusalem dans un endroit particulier
et clos pour la plupart des gens, et s'il existe encore
un endroit immaculé en ce monde, c'est Méa Shéarim, coincé entre la vieille cité de Jérusalem et la
nouvelle ville juive. Ce quartier semble être construit
par les juifs eux-mêmes pour s'isoler des autres juifs,
comme si leur volonté de différence ne devait jamais
s'apaiser. Certes, cet endroit est un anachronisme,
tant il est en marge de l'État, de la société et de tout
ce qui compose la réalité d'Israël. Et, certes, nous
étions un résidu ; et peut-être disparaîtrions-nous
avec le temps ; mais peut-être aussi l'avenir était-il
de notre côté et allions-nous malgré tout perdurer,
par notre foi et aussi notre natalité, car nos familles
étaient nombreuses comme les étoiles dans le ciel et
comme le sable devant la mer, et elles avaient crû

et s'étaient multipliées ainsi que Dieu, notre Dieu, l'avait ordonné.

C'était une longue artère bordée de maisons basses dont l'architecture rappelait le style de l'Europe centrale, avec les toits penchés des contrées pluvieuses — dans un pays où chaque goutte de pluie est une bénédiction, une célébration liturgique —, aux portails en fer forgé, aux balcons minuscules, et aux cours mises en abyme par d'infinies enfilades. À l'entrée du quartier, l'éternel mendiant, le juif errant recouvert de son lourd manteau noir, et de son large chapeau, tendait sa sébile, assis par terre au pied d'un écriteau annonçant en anglais, en yiddish et en hébreu :

Fille juive, la Torah t'ordonne de te vêtir avec modestie. Il sied que les jupes descendent en dessous des genoux et que les femmes mariées aient la tête couverte. Nous prions les visiteurs de ne pas choquer nos sentiments religieux en parcourant nos rues dans des tenues indécentes.

Pour les quelques milliers de juifs de Méa Shéarim, la pendule du temps est toujours réglée à l'heure des ghettos de l'Europe centrale, ceux que, pour la plupart, séfarades ou sabras, ils ne connurent point, mais qu'ils réinventent, à grand renfort de strudel et de yiddish, car la langue sacrée ne saurait se prêter à l'usage profane, ni se faire le verbe de l'inéluctable trivialité des choses et des gestes de la vie quotidienne. Étendue sur quelques kilomètres carrés, Méa Shéarim signifie en hébreu : « les cent portes ». Certains disent que, lors de sa construction, dans la seconde moitié du XIXe siècle, par les juifs hongrois, les fenêtres et les terrasses avaient été disposées exprès vers l'intérieur des cours, et seulement quelques portes donnaient accès à l'extérieur, afin de tenir les malandrins et les incroyants hors des murs de la forteresse.

Lorsque j'y pénétrai pour la première fois, j'avais dix-sept ans. Mes parents n'y venaient jamais. Ce n'était pas un quartier pour eux. Je fus d'abord surpris par l'extrême densité de la population, et par l'animation nerveuse et pressée qui grouillait dans les ruelles étroites, le pas rythmé du hassid, son tempo régulier et imperturbable malgré la foule compacte : un monde pittoresque, barbu et volubile n'avait de cesse de se déplacer, le regard fixé, me semblait-il, vers les éternités. Au milieu de la rue, de vieux rabbins s'arrêtaient à tout moment pour discuter pendant des heures sur un mot du Talmud, bloquant la circulation, sans un regard vers l'extérieur, rejoints peu à peu par une foule de jeunes gens, pâles et sérieux, qui argumentaient avec fougue. C'était les bahourim, étudiants des kollelim et des yéchivoth. J'étais appelé à les rejoindre bientôt et à grossir les rangs de ces curieuses écoles sans diplôme et sans but, si ce n'était celui de pénétrer un peu plus dans l'univers de la communion divine.

À cette époque, je croyais que toute la population de ce quartier consacrait sa vie à l'étude et aux célébrations de la vie juive. Je ne posais pas la question économique : tout cela me semblait nimbé d'une aura magique, impénétrable. Je découvris plus tard que la moitié des habitants y consacraient effectivement leur temps et leurs moyens, mais l'autre moitié était vouée à leur entretien, ce qu'elle faisait par de petits métiers qui leur permettaient de mener une vie réglée sur le respect de la loi : ils étaient scribes, abatteurs, circonciseurs, gardiens des bains rituels, fabricants de perruques et de mezouzoth, chapeliers et casquetiers, orfèvres et artisans qui travaillaient le métal pour les chandeliers de Chabbath et de Hanouca, ou encore divers objets d'ornementation en bois, en pierre ou en soie et en velours. Ils vivaient également des subventions des communautés étrangères, et plus particulièrement des subsides de Williamsburg, quartier hassidique de New York. Aussi bien, les autres, ceux qui étudiaient, pouvaient mener une vie souvent précaire, mais ils ne mouraient pas de faim. Et l'étude était tout ce qu'ils savaient faire en ce monde. Dès l'âge de cinq ans, ils apprenaient la Torah. À douze ans, ils connaissaient déjà le Talmud, puis ils entreprenaient la Cabale, mais ce n'était que vers quarante ans qu'ils étaient dignes de se pencher sur les textes mystiques du Zohar, le *Livre de la Splendeur.*

Je ne savais pas non plus à quel point, sous cette unité d'apparence physique et de mode de vie, se cachaient une infinie diversité de tendances. Derrière chaque petit détail, un pantalon retourné sur les bas, ou accroché au genou, des souliers noirs ou des bottes, des vestes courtes ou longues et fendues, striées ou blanches, des Borsalino, des streimels ou des casquettes à la russe, il y avait une dynastie, une école de pensée différente et des coutumes particulières.

Je les enviais, ceux qui avaient eu le bonheur de connaître la tradition dès leur plus tendre enfance. J'avais dû tout rattraper, en peu de temps. Je pensais que j'avais manqué d'éducation et qu'il fallait me refaire, en reprenant tout depuis le début. Mais, là encore, j'ignorais naïvement à quel point j'étais prédisposé à rejoindre ce dernier refuge, cette citadelle imprenable, ce monde où les vieillards rêveurs, coiffés du streimel, affublés de longues barbes et vêtus de sombres redingotes, traînaient par la main une ribambelle d'enfants, frères et sœurs nés à neuf mois d'écart ; un peuple hiératique, au pas hâtif et aux visages similaires, pâles et encadrés de longues boucles spiralées ; un palais insolite où brillaient la soie et le velours, un endroit suranné où se mouvaient au même rythme des personnages du XVIIIᵉ siècle, des jeunes filles en fichu et des femmes portant perruque et chapeau, les épaules couvertes de châles, les jambes cachées sous de longues jupes et les chevilles emprisonnées dans des bas de laine. Quarante degrés à l'ombre, et l'hiver polonais, la chaleur de l'Orient sous le souvenir le plus austère et le plus glacial du plus pâle des Occidents, celui de la première moitié du XVIIIᵉ siècle en Podolie, lors des sermons et des pogroms, du culte de la haine distillée, inséminée en chaque matrice pour contaminer les nouveau-nés, et préparer, lentement mais sûrement, l'abominable catastrophe des siècles suivants. Alors, certainement, le seul refuge était de se retrouver chez soi, dans les cent portes, à l'intérieur de sa communauté, le lieu, s'il en était un, barricade précaire contre toutes les attaques, pôle familier où se retrouvaient les malheureux de tous âges, le rabbin et les parnasses, le juif détesté et sa famille pauvre et rejetée, et l'étude et l'enseignement pour les relier. Face au texte, dans les cent portes, chacun pouvait se sentir maître de son destin commencé depuis si longtemps, et riche de sa culture millénaire ; et la communauté, dans les cent portes, était comme un château fort à l'intérieur duquel chacun était roi et chacun était sujet ; et point d'esclave et point de martyr.

En rapportant le ghetto avec eux, au plein cœur d'Israël, ils n'oublièrent pas d'en prendre le complément, l'échappatoire : cette ouverture nouvelle vers d'autres aspirations, le souffle mystique de la Cabale. Ils ramenèrent, dans les cent portes, la vie et les actes vrais, et l'engagement possible vers le sens et l'intention créatrice. Car au loin, tout au loin de leur exil, ils avaient su que pour qu'un acte obtienne sa légitimité, il ne lui suffisait plus d'être déduit d'une suite de raisonnements logiques en accord avec la tradition ; mais il fallait que dans son accomplissement même, l'acte reçoive en lui toute la profondeur de l'intention qui préside à sa naissance et à son lent développement. Alors, pour se protéger de ce monde-ci, ils avaient inventé le monde futur et l'avaient appelé l'« enthousiasme ».

Je connus l'enthousiasme avant même de rencontrer le hassidisme. J'avais toujours été soulevé par l'exaltation. Il m'arrivait d'être possédé par une force et un appétit démesurés. Parfois, je suis entré en transe, et j'ai eu le sentiment d'une force éternelle. J'aurais pu braver n'importe quel obstacle. C'est animé par cette foi que j'ai accompli des études religieuses, malgré les protestations de mes parents. C'est poussé par ce zèle que je suis allé vers les hassidim, car je savais qu'eux seuls pourraient comprendre les possédés. Oserai-je l'avouer ? Pourrai-je le décrire ? J'ai quelquefois atteint un état proche de la *deveqout*, cette félicité suprême, cette plénitude qui est pour eux une règle de conduite.

Dans ma yéchiva, on m'a enseigné les préliminaires nécessaires à l'extase ; j'ai su les techniques de prière propices à la concentration, le regard intense que l'on doit porter aux lettres des livres, de manière à s'unir à la lumière intérieure du signe hébraïque qui donne vie au mot et à la chose. J'ai connu les pensées fécondes, les jeûnes prolongés. J'ai appris les dosages exacts des poudres de la magie. Parfois le vin seul suffit. Quand le vin entre, le secret sort. Quand c'est la poudre, c'est l'être tout entier qui s'élève.

Alors c'était comme si je me vidais de mon être, et je parvenais à me perdre, à m'oublier à moi-même et, possédé, je ne me possédais plus. Délivré de tous les liens égoïstes qui m'enfermaient en moi-même, je m'ouvrais à une splendeur opaque et magnifique. J'avais l'impression que mon corps s'élevait pour entrer en lévitation, comme si je faisais un pas au-delà de ce moi mort et abstrait, pour tenter de l'emporter avec moi vers le monde céleste. Par cette annihilation, j'avais l'impression de m'élever au-delà de l'espace et du temps pour m'attacher à l'essentiel. En un instant, par une éternelle sérénité, j'enlaçai d'une étreinte furtive le souffle de l'Absolu, et retrouvai les splendides vérités et les rêves de la création. Je contemplais des idées sublimes. J'écrivais des livres, je lisais la Torah. J'étais Moïse et Élie, j'étais à la fois roi et prophète. Mes pensées m'emportaient par-delà la vie terrestre vers le monde futur que je faisais advenir, car j'étais le Messie.

Nous avions des banquets où nous dansions toute la nuit, serrés les uns contre les autres, autour d'un brasier, jusqu'au lever du jour, à perdre haleine. Nos chapeaux, bord à bord, formaient une mer sombre et houleuse qui ondulait sans fin. Parfois, l'un d'entre nous se détachait du groupe et dansait seul au milieu du cercle, tout près du feu. Lorsqu'il passait devant le brasier, il n'était plus qu'une ombre désarticulée, et, près de disparaître, sa face rougie était marquée par les flammes : un visage embrasé par l'extase.

Parfois, nous nous rassemblions dans une cour en compagnie d'un orchestre, et nous exécutions des tours de danses incantatoires. Certains virtuoses, qui savaient manier le bâton et la bouteille, avaient des torsions et des poses expertes, et de savants mouvements de la tête et du corps renversés en arrière jusqu'à la position horizontale. Dans l'une de leurs figures, le volatch, le premier danseur tentait de ressusciter, par des mouvements subtils, celui qui faisait le mort, jusqu'à ce qu'ils finissent par danser ensemble sur un rythme infernal.

Lorsque Dieu créa l'homme, ce fut par un rétrécissement. Sa volonté infinie se replia en un être fini. C'est par une contraction de lui-même en lui-même qu'il laissa place à la créature. *Tsimtsoum*. Je ramène mon moi au néant, je rabaisse ma subjectivité, pour apercevoir en sa vérité la sagesse initiale, celle du commencement, avec tous les possibles, les changements et les évolutions incessantes de la volonté pure. Par là, je découvre tout ce que je n'avais pu soupçonner dans mon état conscient. Je fais une place à l'autre en tant qu'autre, celui qu'englué en moi-même je n'avais pas vu. Je suis le créateur sur le point de créer par l'ébauche ineffable du premier geste. Je découvre le monde divin — l'altérité totale, la transcendance absolue — en action en moi.

Mais il faut pour cela pratiquer une longue ascèse ; renoncer aux valeurs de ce monde, se désintéresser de soi-même, se débarrasser de l'amour-propre, de l'orgueil, de l'intérêt personnel — et de la tristesse aussi, car les pleurs font oublier Dieu. Il faut faire le vide en soi, pour pouvoir déchiffrer tout ce qui était déjà là, à l'état latent, sans qu'on le sache, dans les pensées, les paroles, les désirs et les souvenirs. Il faut délivrer la volonté captive pour lui rendre toute sa force.

Alors seulement on peut parvenir à la véritable connaissance des choses. À l'inverse de la raison qui réduit les objets qu'elle appréhende à elle-même, par une répétition tautologique du même, la *deveqout* fait abstraction du moi pour envisager l'autre — c'est-à-dire le prendre avec soi.

C'est pourquoi la deveqout était notre intelligence en même temps que notre éthique. Elle était le centre de notre vie, le noyau de la Rédemption. Car c'est par elle que se pressent et s'accomplit le Messie. Comme Dieu, il ne se révélera pas dans sa totalité, mais sur le mode d'une rétraction. Et lorsqu'il nous délivrera, il réunira en chaque pensée, chaque parole et chaque acte les étincelles divines qui en nous sont dispersées.

II

Sème ta semence dès le matin et ne laisse pas reposer tes mains le soir, dit le dicton, *car tu ne sais lequel réussira le mieux, le matin ou le soir, et si tous deux seront également bons.* Quand j'étais hassid, je me levais tôt le matin, je traversais la ville arabe pour me rendre, depuis Méa Shéarim, au cœur de la vieille ville, dans le quartier blanc, brillant sous les lueurs de l'aube, qui, dans une aura phosphorescente, enveloppait la petite Jérusalem. Alors, je savais où j'allais ; et c'était d'un bon train. Mon cœur battait sous la lueur de la ville ; il me semblait qu'elle me regardait comme une fiancée. De loin en loin, une étrange paix m'envahissait, un accomplissement. Parfois, mes pas me guidaient par de mystérieux détours et m'égaraient dans des quartiers interdits. Mais je trouvais toujours le chemin, celui qui menait au Mur. Pour y accéder, il fallait passer par de petites rues, souvent sombres et sinueuses, et c'était toujours par surprise que je le découvrais, au détour d'une venelle, qui, immense et immobile, veillait sur la ville comme la plus vaillante garde de Tsahal. Ce n'était pas le mur des Lamentations ; ce ne l'était plus. C'était le mur de l'Ouest, celui qu'Hérode avait construit autour du Temple pour le protéger, et qui, par une triste ironie, ne veillait à présent plus que sur lui-même. Je l'embrassai. Puis je faisais, en le touchant d'une main, ma prière du matin. Par respect pour le Temple détruit, lorsque j'avais achevé, je m'éloignais, comme le font les juifs religieux, à reculons, pour éviter de lui donner le dos.

Je me rendais ensuite dans une des nombreuses yéchivoth du quartier, pour poursuivre mes études talmudiques. C'était là que je passais toute la journée, à disputer les pages des épais volumes du Talmud, à chercher l'argument d'autorité, tout en sachant qu'il n'y avait jamais d'argument d'autorité. Et souvent, l'on discutait en vain et, inéluctablement, on terminait par la formule traditionnelle du *tekou*, qui signifie : *à l'avènement messianique, toutes les questions et tous les problèmes trouveront leur solution.*

Ce fut là que je le rencontrai pour la première fois. Il se tenait dans un coin de la pièce ; et, sans un regard pour les jeunes et bruyants talmudistes, il se balançait en caressant sa barbe, un livre ouvert devant lui. Il psalmodiait et prolongeait sa plainte par quelques phrases sibyllines :

« Telle la rose parmi les épines ainsi est Israël. Que désigne la rose ? La communauté d'Israël comme la rose est rouge ou blanche et vit tantôt la rigueur, tantôt la clémence. »

Je demandai à l'un de mes camarades qui était cet homme.

« Comment, tu ne le sais pas ? dit-il, étonné. Mais c'est le rabbi.

— Quel rabbi ?

— *Le* rabbi », fit-il, comme s'il n'en était qu'un.

Plus tard, après avoir étudié avec lui, et après avoir beaucoup appris de lui, je sus quel grand homme il était. Il disait : « Ce n'est pas ton devoir d'accomplir cette tâche, mais tu n'es pas libre de ne pas la faire ». Il disait aussi qu'il y a des milliers d'années, lorsque les Juifs étaient un petit peuple semi-nomade qui se déplaçait de lieu en lieu dans le pays de Canaan, l'idée de l'étude juive était déjà là. Il m'apprit qu'il était essentiel de développer son intelligence. Si nous n'étions pas totalement concentrés lors de l'étude du Talmud, il pouvait se mettre dans une grande colère ; il disait qu'il était facile de perdre le fil des arguments présentés, et le résultat devenait insignifiant. Il fallait suivre pas à pas le raisonnement, comme s'il se fût agi d'une étude policière, dont il fallait dénouer l'intrigue. Nous tentions de comprendre le sens caché de la loi, qui ne se dévoilait qu'au prix d'un effort immense. Il ne voulait pas, comme certains maîtres que j'avais connus, que ses élèves ingurgitent les connaissances comme des informations, mais il pensait qu'ils devaient apprendre à penser par eux-mêmes. Il n'y avait pas de jalousie entre un maître et son élève : ce n'était pas cette indépendance qui lui faisait peur.

La plupart du temps, cela commençait ainsi. Le rabbi demandait à l'un d'entre nous de commencer à lire une page du Talmud. Le sujet importait peu ; quelque chose d'insolite ou de biscornu, un cas spécifique qui avait peu de chances de se produire, dont on ne comprenait pas toujours l'enjeu : une tour flottant dans les airs, une souris apportant des miettes de pain dans une maison un jour de Pessah, un fœtus transplanté d'un utérus à un autre, un robot participant à un miniane. Six ou sept lignes de texte pouvaient prendre deux heures de discussion. Si l'on manquait un seul jour, une seule heure, il devenait impossible de suivre le raisonnement, tant il était compliqué.

Parfois, je m'interrogeais : que se passe-t-il dans l'esprit d'un jeune homme de dix-huit ans qui veut passer dix ans de sa vie dans une yéchiva pour étudier les textes du Talmud alors qu'il pourrait faire mille autre choses ? Quelle attirance peut le mener vers ce chemin écarté ? La plupart de mes camarades n'étaient pas des baalé téchouva comme moi, qui faisais un retour vers la tradition. Ils étaient là par la volonté de leurs pères, pour devenir des savants. Moi, j'avais vu comme une lumière et je cherchais l'épanouissement.

Aussi bien l'étude n'était-elle pas pour moi aussi satisfaisante que la contemplation pure et simple de l'éclat qui l'entourait. Pour nous, la connaissance n'était pas la valeur suprême. Comme la plupart des hassidim, et contre une certaine tradition juive rationaliste, je pensais que l'attention au détail d'un texte, l'exégèse minutieuse, les discussions tortueuses qui composent la méthode talmudique du pilpoul étaient, quoique nécessaires, inférieures et subordonnées au but qui les animait — s'attacher à Dieu fermement et ne point s'en écarter.

Ce n'était pas facile. Nous n'avions pas le droit de sortir de la yéchiva, sauf en cas d'absolue nécessité. Il était interdit de posséder des magazines, des journaux, et même des radios. Le rabbin disait que la yéchiva n'était pas une école comme une autre. Elle exigeait de la profondeur, de la pureté, de la sainteté, et ceux qui déviaient de cet idéal n'y avaient pas de place. C'est pourquoi il était défendu de s'intéresser à ce qui se passait au-dehors de la maison d'étude tant que l'on y séjournait. Elle était une protection, un abri du monde qui fermait ses portes pour empêcher les intrus de venir — et ses membres de partir.

Ainsi nous n'avions pas le droit de fréquenter les filles. Le rabbi disait qu'un garçon ne devait pas sortir avec une jeune fille avant l'année qui précède son mariage.

« Mais comment sait-il si c'est un an avant son mariage ? Il faut d'abord qu'il rencontre la fille, objectai-je un jour au rabbi.

— Eh bien, si tu as dix-huit ans et que tu commences l'université, tu ne vas probablement pas te marier avant quatre ans. Mais que se passe-t-il si tu rencontres la personne qui t'es destinée à dix-huit ans ? Sortir avec la fille que tu aimes en ne faisant que lui parler est très difficile. C'est pourquoi il vaut mieux éviter cette situation avant que cela ne devienne sérieux.

— Mais les étudiants disent qu'ils veulent rencontrer des filles plus tôt que cela, sinon ils n'auront pas le temps d'apprendre comment se comporter avec elles.

— De deux choses l'une : soit on sait comment faire, soit on ne sait pas. Et ce n'est pas en fréquentant beaucoup de filles que l'on va savoir. De plus, ceux qui commencent tard font d'aussi bons mariages que ceux qui commencent tôt. »

Nous n'avions pas le droit d'avoir des fours ; en effet, si l'on perdait son temps à se demander « qu'est-ce que je vais manger ce soir ? » cela pouvait affecter notre concentration. Nous ne pouvions pas aller au cinéma, pour ne pas augmenter notre tentation de faire des mauvaises actions. Nous n'avions pas le droit d'écouter des cassettes. Certains empruntaient des magnétophones aux professeurs, prétextant que c'était pour des cours et en profitaient pour passer Simon et Garfunkel. Ils trouvaient que cela ressemblait à une musique yiddish.

J'aimais bien voir les films avant. Mais lorsque

j'étais à la yéchiva, quand bien même j'en aurais eu le droit, je ne l'aurais pas fait : j'étais gêné par le regard des autres. S'ils me voyaient au cinéma, avec mon streimel et mes papillotes, qu'allaient-ils penser de nous ? J'essayais de ne pas m'intéresser aux femmes, non plus. Je ne les regardais pas dans la rue et quand j'avais affaire à elles, je baissais les yeux pour éviter de croiser leur regard. Le rabbi disait qu'il fallait être encore plus vigilant en été, où elles étaient découvertes.

Je crois que lorsqu'on vit dans un tel endroit, tellement différent, tellement isolé du reste du monde, il n'y a pas d'autres possibilités que de lire et d'apprendre. C'était comme une école destinée à nous aguerrir et nous rendre assez forts pour combattre lorsque nous serions confrontés aux forces du mal qui dévastent le monde. Et cette guerre, nous ne cessions de la préparer et de nous armer, et de nous défendre, et nous étions prêts à résister, et prêts à combattre. Nous étions l'armée des temps nouveaux. *La sagesse donne plus de force que dix gouverneurs qui seraient dans une ville.*

Je ne détestai pas le rabbi. Je n'avais pas la vénération sans bornes que d'autres lui vouaient, mais je croyais fortement en lui comme dans un prophète, un homme supérieur. C'est pourquoi je ne pus lui en vouloir lorsque mon meilleur ami, Yéhouda, dut se plier au mariage arrangé avec sa fille, même si je le savais triste : il était plus jeune que moi, il n'avait que vingt-quatre ans et je ne lui avais connu jusqu'alors aucun projet matrimonial. Mais je ne trouvais pas révoltant qu'on pût lui en imposer un, de l'extérieur, sans qu'il le voulût ni même qu'il connût celle qui lui était destinée. C'était ainsi que la plupart des mariages se faisaient.

Tout avait commencé à cause de sa sœur, qui était en âge de se marier. Leur père était allé chez le marieur, afin de lui trouver un époux. Or celui-ci connaissait un frère et une sœur qui étaient disponibles, et, comme il savait que Yéhouda n'avait toujours pas de femme, il avait proposé de faire un double arrangement, et que les frères et sœurs s'épousent réciproquement. Le père de Yéhouda avait commencé par refuser, car il pensait que son fils pouvait encore attendre un peu. Mais le temps passait, et le marieur revint plusieurs fois à la charge, et il en parla à sa mère, dont l'avis, en la matière, était primordial. En entendant le nom de la famille à laquelle le marieur les destinait, celle-ci ne put qu'acquiescer : il ne s'agissait pas moins que des enfants du rabbi. On arrangea dès lors les problèmes financiers. Puis Yéhouda fut reçu par le rabbi. Comme il fallait maintenir une certaine distance tant que l'affaire n'était pas conclue, ils se retrouvèrent à la yéchiva. Le but de l'entrevue était de juger des capacités talmudiques du jeune homme. Yéhouda avait préparé une leçon, et il s'exécuta avec brio. De temps en temps, le rabbi l'interrompait pour clarifier un point ou demander une précision. Après dix minutes d'entretien, il hocha la tête pour montrer qu'il était satisfait. La jeune fille destinée à Yéhouda s'appelait Rachel et avait dix-huit ans. Elle savait tenir un foyer et faire la cuisine, et voulait devenir couturière.

« Tu comprends, me dit Yéhouda peu après, c'est un tel honneur que d'épouser la fille du rabbi. Tu te rends compte ? Mes parents sont fous de joie.

— Mais elle, ta femme ? Qu'en penses-tu ? dis-je.

— Je l'ai vue une fois ; je ne sais pas. Mais je vais pouvoir, grâce à elle, être dans son entourage très proche ! »

Le rabbi et Yéhouda se rencontrèrent une dernière fois, avant le mariage. Ils marchèrent ensemble à travers les allées de Méa Shéarim ; ils parlèrent de la yéchiva, et de choses et d'autres. Quand ils se quittèrent, le rabbi esquissa un sourire et dit : « gute Nacht ».

Quelques semaines plus tard, on brisa le verre en souvenir du Temple détruit. Des milliers de hassidim venus du monde entier vinrent assister aux festivités. Ce fut un mariage somptueux, au cours duquel la mariée, suivant la coutume, tourna sept fois autour de l'époux.

De fait, étant le gendre du rabbi, Yéhouda eut un accès privilégié à ses paroles et à ses moindres faits et gestes. Pour un hassid, c'était une chance inestimable.

Je connaissais parfaitement cette coutume du mariage arrangé et, pourtant, je ne pouvais m'empêcher d'éprouver de la tristesse. Car je sentais qu'une autre vie commençait pour lui, et pour moi a fortiori : cela voulait dire que c'était bientôt à mon propre mariage que je devais me préparer. Bien sûr, j'avais eu déjà plusieurs propositions. Mes parents n'étaient pas religieux, et je n'étais donc pas le meilleur parti qui fût, mais j'avais fait téchouva, j'apprenais vite, j'étais parmi les meilleurs élèves de la yéchiva, et j'avais une bonne réputation : *la bonne réputation vaut mieux que le bon parfum et le jour de la mort vaut mieux que le jour de la naissance*. Plusieurs pères, plusieurs mères étaient venus me vanter les mérites de leurs filles ; cependant, je ne les avais jamais approchées, car leur parler eût été sceller une union. Et qu'y pouvais-je si pour moi le temps n'était pas encore venu ?

Je pensais donc me fier au hasard, et me rendre, un jour ou l'autre, chez le marieur. Mais le mariage de Yéhouda précipitait un peu les choses. Dans le Talmud, il est dit qu'il n'est pas bon qu'un homme soit seul.

Pour mes parents, mon départ à la yéchiva avait été comme une mort. Je ne pouvais plus partager leur repas. Au début, j'acceptai un verre de thé, un gâteau. Puis, peu à peu, je cessai de venir les voir. Comment pouvais-je entrer dans une maison dont les mézouzoth sur les linteaux des portes n'étaient pas cachères, dans une cuisine où tout était taref, où l'on mélangeait le lait et la viande, où l'on mangeait les crustacés et les animaux défendus, et, que Dieu me pardonne, même le porc ? Comment dîner avec ceux qui ne se lavent pas les mains avant le repas, et ne font pas la prière avant de manger, et ne prononcent pas les actions de grâce après s'être repus ? Comment vivre avec ceux qui cuisinaient, allumaient la lumière et prenaient la voiture le jour de Chabbath ? Comment voir une femme mariée qui ne se couvrait pas la tête ? Mes propres parents étaient des impies, ma mère une renégate, qui ne comprenait pas comment son fils avait pu devenir un hassid. Pour elle, c'était revenir des siècles en arrière, vers la prison du ghetto. N'était-elle pas venue en Israël pour se libérer de toutes ces chaînes ? Elle disait que j'étais trop jeune pour vivre comme un ascète selon ces lois antiques et désuètes, et trop libre pour croire à toutes ces superstitions, ces règles impitoyables qui m'empêchaient de jouir de la vie.

Les interdictions n'étaient pas des restrictions, mais le chemin du sens. Par-dessus tout, il était interdit d'être vieux, même pour les vieux, et même pour les jeunes. Derrière mon austère streimel et mon manteau noir, je savais qu'il fallait rester jeune ; et jeune, je l'étais, avec toute la naïveté et toute l'insouciance que cela comporte. Ces habits n'étaient qu'une armure contre la vieillesse du monde, et ils me protégeaient contre le vernis social, l'hypocrisie, le stupre, la mesquinerie, la poursuite de l'argent pour l'argent, bref tout ce qui enlaidit le monde et qui rend les jeunes tellement vieux, c'est-à-dire tristes et désabusés. Comme disait le rabbi, la jeunesse s'ignore à elle-même comme le bonheur et, comme lui, elle se perd quand elle se cherche. *Jeune homme, réjouis-toi en ton jeune âge, et que ton cœur te rende content aux jours de ta jeunesse, et marche comme ton cœur te mène et selon le regard de tes yeux, mais sache que, pour toutes choses, Dieu te fera venir en jugement.*

J'avais fait l'armée, à l'inverse de la plupart de mes camarades de la yéchiva qui la rejetaient pour des raisons autant religieuses qu'idéologiques, car ils n'étaient pas sionistes. Mes parents désiraient que je fasse mon service ; et je partageais leur volonté. Ce pays nous avait beaucoup donné, et c'était bien le moins que d'assurer pendant trois ans sa sécurité, c'est-à-dire la nôtre ; et celle des hassidim par conséquent. J'avais été au Liban. J'avais connu des jours, des semaines sans sommeil à veiller dans un tank, à guetter l'ennemi ; et la peur était la compagne d'infortune avec qui nous apprenions à vivre familièrement. Il ne se passait pas de semaine sans que j'aille à un enterrement militaire ; sans que j'entende le canon lancer vers le ciel son grand râle rauque, de souffrance et d'impuissance : un jeune homme, du même âge que moi, était mort au combat. La guerre pour moi n'était pas un jeu, une vue de l'esprit, mais quelque chose de bien réel, qui m'avait révélé à quel point notre temps était dur, notre vie précaire et menacée, notre existence sur cette terre, une guerre féroce. C'était David contre Goliath ; Jéricho reconquise et reperdue, le Golan envahi par les quatre Mésopotamiens, eux-mêmes chassés par Abraham, Massada assiégée, symbole de ce pays forteresse, petit bout de terre pris d'assaut de toutes parts, contesté sur ses frontières et qui ajourne, par le combat, le terrible compte à rebours des attaquants qui l'attendent, et lui tendent des pièges ; les mêmes villes, les mêmes luttes, les mêmes espérances. Le soldat que j'étais, en habit vert et mitraillette, continuait, lorsqu'il le pouvait, de se rendre au Mur occidental et d'incliner sa tête contre la paroi rocheuse en priant ardemment pour que cette guerre soit la dernière, pour que ce terrible exil et ce retour ne soient pas vains et que nous puissions continuer de ressusciter une langue ; de faire refleurir le désert ; et de contempler certains soirs d'été la lumière cuivre et or qui nimbe notre ville d'une douce nitescence. *Car Gaza sera abandonnée, Asquelon sera en dévastation, Ashdod sera abandonnée en plein midi, et Eqron sera déracinée.*

Durant mes trois ans d'armée, j'avais découvert la jeunesse mondaine, la drogue, l'alcool et les sorties. Mais j'avais traversé tout cela sans m'y attarder car je n'étais pas séduit. J'avais connu quelques filles, j'avais goûté parfois les paradis artificiels, chimiques ou faussement sentimentaux ; comme un étranger, comme un ethnologue, sans être satisfait, et sans jamais récidiver. Les autres m'appelaient « l'autre » ; ils voyaient bien que, sans les détester ni même les mépriser, j'étais différent. Ils disaient que j'étais d'un autre siècle, d'un autre monde, que je n'étais pas de mon temps. Et ils avaient raison. J'étais un vestige ; une antiquité vivante. Un objet à étudier, un vieux parchemin non décati, bien conservé, et tout jeune malgré son grand âge, prêt à faire découvrir les vérités de première fraîcheur, et, de toute sa jeunesse, révéler les siècles, dans leur naïveté pourtant.

Mon père ne pensait rien de tout cela. Il ne disait pas, comme ma mère, que c'était folie et retour en arrière. Il ne faisait jamais aucun commentaire. Ce n'est que plus tard que je compris ce silence. Je ne savais pas qu'il avait été dans sa jeunesse un homme très pieux, je ne comprenais pas comment un Cohen pouvait être aussi « assimilé », et je pensais qu'il ne savait pas pourquoi je m'habillais en noir comme les Polonais du ghetto, même par les plus étouffantes chaleurs de l'été.

Mais il savait, lui, pourquoi je le faisais, et certainement mieux que moi. Je ne savais pas à quel point le passé était sa religion et son métier la recherche de son passé. Et l'archéologie était notre passion commune, et quand nous faisions des fouilles ensemble ou quand nous étudiions les documents anciens, nous étions bien le père et le fils, et le fils n'était pas prodigue.

III

Ainsi, sans l'intervention de Shimon, sans l'appel de mon père, j'aurais pu me marier, et m'enraciner, et cela aurait pu durer toute mon existence car dans les textes, il était dit qu'il fallait étudier pour pouvoir étudier encore. Mais il était nécessaire que quelque chose arrivât ; sans le savoir vraiment, je ne cessais moi-même de l'attendre. C'était comme si je retenais tout un savoir qui devait me servir par ailleurs. Même si, dans la conception que je m'en faisais, l'étude n'avait d'autre récompense qu'elle-même, j'avais comme une vague idée qu'à la différence de nombre de mes camarades, ce n'était pas encore là la fin ultime de mon existence, mais que quelque chose se préparait, qui était encore en gestation, et que par elle, je me préservais, pour agir. *J'ai parlé en mon cœur, et j'ai dit : voici, je me suis agrandi et accru en sagesse par-dessus tous ceux qui ont été avant moi à Jérusalem, et mon cœur a vu beaucoup de sagesse et de science.*

Enfin, un dessin m'expliquerait mieux qu'un long discours : j'aurais été une aquarelle aux traits hésitants et aux couleurs pastel. À cette époque, j'étais un juste, un innocent qui avait vu le mal, sans jamais y être mêlé. Comme l'enfant qui vient de naître, j'étais pur : ce n'était pas par absence de faiblesse, ce n'était pas pour n'avoir jamais fauté, car j'avais péché comme tout homme, mais c'était par une sorte d'intégrité que l'existence n'avait pu ébranler. J'étais entier, tout à moi par mes choix, mes rêves et mes envies. Rien ne pouvait m'arrêter, rien ne m'effrayait.

Pour tout dire, je n'avais pas vécu. Et, à présent que je l'ai fait, je regrette ce temps d'avant la blessure car, alors, il y avait tous les possibles. Avant, le mal ne m'avait jamais effleuré. Après, il faut simplement s'efforcer de vivre avec les souvenirs qui nous figent. Après, il est trop tard pour espérer. Mais je m'avance encore vers ces ténèbres alors que je voulais simplement ressusciter les souvenirs.

Quand mon père me parla des manuscrits, je ne fus pas surpris. Je connaissais l'histoire mystérieuse de leur découverte, et il y avait quelque chose qui m'attirait vers cet endroit, Qumran, où, sans que je pusse expliquer quoi, je savais que devait se jouer une partie de ma vie, comme si quelque part cela avait été écrit. *Toutes choses travaillent plus que l'homme ne saurait dire, l'œil n'est jamais rassasié de voir, ni l'oreille lasse d'ouïr. Ce qui a été, c'est ce qui sera ; ce qui a été fait, c'est ce qui se fera, et il n'y a rien de nouveau sous le soleil. Y a-t-il quelque chose dont on puisse dire : regarde, cela est nouveau ? Il a déjà été dans les siècles qui ont été avant nous. On ne se souvient pas des choses qui ont précédé. De même on ne se souviendra point des choses qui seront ci-après, parmi ceux qui viendront à l'avenir.*

« Je me rappelle des fouilles que tu as faites sur ce site, dis-je à mon père. Près de Wadi Qumran, il y avait les ruines de Khirbet Qumran. Non loin de là, il y avait un cimetière qui contient cent dix tombes. Elles étaient orientées nord-sud, et donc il était impossible qu'elles aient été musulmanes. Il n'y avait pas de symboles connus dessus.

— Oui, c'était des tombes esséniennes.

— Je ne savais pas qu'un manuscrit avait été volé... Je comprends que l'on veuille le retrouver, mais pourquoi Shimon est-il derrière cette affaire ? Qu'est-ce que cela a à voir avec l'armée ?

— Il y a des enjeux politiques importants derrière ces manuscrits.

— De quoi s'agit-il ?

— Le gouvernement recherche ce rouleau pour prendre de vitesse le Vatican.

— Ce manuscrit est donc dangereux pour le christianisme ?

— On ne sait pas ce qu'il contient. On ne sait pas non plus qui le détient.

— Pourquoi faire appel à toi ? Et pourquoi veulent-ils que je t'accompagne ?

— Je crois qu'ils sont venus nous chercher justement parce que nous sommes à la fois en dehors de cela et compétents pour la recherche.

— Et que suis-je censé faire ?

— Me suivre, m'escorter, et peut-être me protéger.

— Mais est-ce une mission dangereuse, pour que tu aies besoin d'un garde du corps ?

— Peut-être, oui, avoua-t-il.

— Quand faut-il partir ?

— Maintenant. Demain. Le plus tôt possible.

— Mais je ne peux pas. J'étudie en ce moment à la yéchiva, et tu sais qu'on ne peut pas quitter l'étude ainsi.

— Qui parle de quitter l'étude ? » fit-il malicieusement.

Il parut réfléchir un instant et il ajouta :

« Si nous trouvons le manuscrit, nous l'étudierons ensemble. Peut-être allons-nous découvrir des choses importantes... Peut-être faudra-t-il le garder pour nous, le livrer seulement à Shimon ou peut-être même pas à lui. En tous les cas, il ne faut pas que tu en parles à ton rabbi. »

Il se pencha et me dit dans un souffle :

« À personne, sans mon accord, c'est compris ? »

Je fis signe que oui. C'était la première fois qu'il me demandait une telle chose : choisir entre l'obéissance et le respect que je lui devais, et la confiance aveugle que j'avais en mon rabbi. Pourtant, ma décision, je l'avais prise, et il le savait, puisque je les avais quittés, lui et sa tradition, ou plutôt sa non-tradition, comme je l'appelais alors. Mais la confrontation n'avait jamais été directe. Elle restait implicite, même si, sans que le sujet ne fût jamais abordé, je le sentais présent, comme une question en attente, sans réponse, à tout instant. Mais je sentis, lors de cette demande, qu'il s'agissait là de quelque chose de suffisamment sérieux pour que je puisse ne pas en faire mention au rabbi, ainsi que mon père me l'avait demandé, et qu'enfin j'obéisse au cinquième commandement, celui que, dans mes accès d'obéissance, j'avais l'impression de trahir, au nom de la Torah, celle-là même qui ordonne de respecter son père et sa mère.

Il ne me parla pas du meurtre atroce qui avait été commis en rapport avec les manuscrits ; sans doute était-ce pour me préserver. Je ne l'appris que bien plus tard, après que d'autres atrocités furent perpétrées, et peut-être était-ce mieux ainsi. Je ne pense pas que le choc sans égal qu'elles ont provoqué en moi aurait été un tant soi peu diminué si j'avais été préparé à l'idée. Je ne savais rien encore de tout cela ; mais je voulais rechercher le manuscrit par curiosité, et également parce que quelque chose d'indéfinissable m'attirait vers lui, quelque chose comme une invincible réminiscence.

Nous nous rendîmes dans la vallée du Jourdain, car mon père voulait me montrer Qumran, ainsi que Shimon l'avait fait pour lui. Le site où il me mena, non loin des grottes, surplombait le pays. À notre gauche, vers le nord, le fleuve Jourdain argenté serpentait entre les halliers ; derrière nous, vers l'ouest, le désert de Judée adoucissait les sombres escarpements de ses dunes fauves et, au loin, on apercevait une verdoyante oasis, la palmeraie de Jéricho. Devant nous, les eaux grises de la mer Morte formaient une sorte de lac, bordé de part et d'autre par des montagnes abruptes et bleutées, qui lançait sur le paysage un regard miroitant. Celui de mon père se fixa avec insistance sur la rive occidentale où s'élevait, derrière une autre falaise, majestueux, le promontoire de Ras Feshka, surplombant la source d'Ain Feshka, au vert strident. Dans cette région, il le savait, tout près de la source, un peu plus au nord, se trouvait la terrasse marneuse contiguë à la falaise qui dominait légèrement la plaine côtière et les ruines de Khirbet Qumran. De là où nous étions, il était impossible de les apercevoir, mais je compris plus tard qu'il les imaginait sans peine.

Ce n'était pas la première fois que je me rendais là. J'y avais fait de nombreuses randonnées, avec mes parents et mes amis. Pour moi comme pour beaucoup d'autres, c'était encore un coin perdu au milieu des étendues solitaires où ne se rencontraient que quelques Bédouins vivant sous la tente.

Ce n'est que plus tard que je compris à quel point Khirbet Qumran, que les anciens explorateurs de la Palestine n'avaient signalé et décrit que très brièvement, était l'un des sites les plus fameux et les plus vénérables de la Terre. C'était de cette contrée de la mer Morte, pays sauvage, sans physionomie, sans trace d'homme et sans corps d'animal, que devait sortir le monothéisme, et c'était peut-être la seule chose que cette terre pouvait produire : un Dieu unique, sans nom, sans figure et sans corps, une absence pure, sans trace ni événement. Sous ces dunes, dans cette mer, il n'y avait pas de place pour les nymphes ni les sirènes.

Nous nous rendîmes en marchant jusqu'à l'ancien monastère des esséniens à Khirbet Qumran, construit à quelque distance de la mer dans de gros blocs de pierre grise. À l'arrière, s'élevaient les collines, avec çà et là quelques poches noires : les grottes naturelles où avaient été découverts les rouleaux. Entre la mer Morte et le monastère, s'étendait la nécropole, un large rectangle de terre pavé de gros cailloux et de dure rocaille. Au nord-ouest, s'élevait une tour de deux étages qui devait assurer la défense du site.

Le monastère comprenait une cuisine, avec un four et un réfectoire. Une autre pièce était celle dans laquelle se réunissait l'assemblée des esséniens avec, attenant, un scriptorium édifié de plâtre et de brique. Trois encriers de bronze et deux d'argile rouge y avaient été retrouvés, dans lesquels subsistait encore de l'encre séchée. La pluie descendant des collines alimentait six grandes citernes pour les besoins en eau de la communauté ; un grand bassin, le mikvé, avait été mis au jour, à proximité, qui servait à la purification de ses membres.

« Avant les fouilles, dit mon père, il n'y avait ici qu'un amas de pierres et une citerne presque entièrement comblée.

— Sait-on comment vivaient les habitants de Qumran ? demandai-je.

— Les hommes s'occupaient à écrire, à lire et à étudier. La communauté possédait une immense bibliothèque, de plusieurs centaines de volumes. Une partie était constituée par les livres bibliques, l'autre par la littérature de la secte. Les livres, lus avec ferveur, servaient à l'édification de la communauté. La littérature non biblique devait refléter les opinions de la secte. En ces temps, les livres étaient sans auteur : si un scribe pensait que le texte qu'il était en train de transcrire pouvait être amélioré ou embelli par certains ajouts, omissions ou modifications, il les effectuait selon son goût. Il n'y a pas si longtemps, il était de coutume encore que les copistes montrent leur talent en transformant le texte sur lequel ils travaillaient.

— Même les textes sacrés ?

— Si l'on était convaincu que le texte était sacré, on essayait de le transmettre exactement, sans altération. Rappelle-toi la légende de la Septante. Ptolémée II d'Égypte aurait appelé soixante-douze scribes de Jérusalem, six pour chaque tribu. Il leur aurait demandé de travailler chacun pendant soixante-douze jours pour traduire la Loi de Moïse de l'hébreu en grec. La légende veut qu'isolés, chacun dans une cellule, sur une île de Méditerranée, ils aient accompli leur travail sous l'inspiration divine. Au bout de soixante-douze jours, leurs traductions terminées se révélèrent identiques.

— À quoi servait cette pièce ? demandai-je en lui montrant les vestiges d'une vaste enceinte qui semblait être l'une des salles principales.

— C'est l'endroit où s'assemblaient les membres de la communauté. Un des rituels des esséniens était de s'asseoir tous ensemble pour participer à un banquet présidé par le Messie. Personne ne devait toucher le pain ni le vin avant que le prêtre n'ait béni chacun selon l'ordre hiérarchique. Cette cérémonie était un avant-goût de celle du paradis ; le prêtre devait remplacer le Messie s'il n'était pas présent, et il devait agir en son nom.

— Un peu comme Jésus le fit lors de la Cène ?

— Oui, et Jésus lors de ce repas s'identifie à la figure du Messie.

— Penses-tu qu'il y ait un rapport entre Jésus et le "Maître de Justice", dont parlent les rouleaux de Qumran ?

— En l'état actuel des connaissances, ce que je peux dire, c'est qu'il y a des ressemblances très troublantes. Tu sais que le rouleau du *Commentaire d'Habaquq*, malheureusement assez endommagé, alterne les citations du *Livre d'Habaquq* et les descriptions d'événements ultérieurs qui sont l'accomplissement des prophéties. Là où les Anciens parlent du "Juste" ou du "Mauvais", le commentateur nomme la secte et son propre "Maître de Justice", qui était un prêtre dissident du Temple. Celui-ci a été poursuivi et finalement tué par le "prêtre impie". Et il semble que ce Maître de Justice ait été vénéré comme un martyr de la communauté. Selon les esséniens, il avait reçu des révélations directes de Dieu, et il était persécuté par les prêtres. Ils croyaient aussi que leur Maître de

Justice réapparaîtrait à la fin des temps, après "la guerre des fils de lumière contre les fils des ténèbres". D'après leurs prédictions eschatologiques, le Maître de Justice devait tuer le prêtre impie, prendre le pouvoir et conduire le monde vers l'ère messianique.

« Il y a donc des similitudes troublantes entre cette figure essénienne et le Jésus des chrétiens, poursuivit mon père. Comme le Maître de Justice, Jésus prêche la pénitence, la pauvreté, l'humilité, l'amour de son prochain, et la chasteté. Comme lui, il prescrit le respect de la loi de Moïse. Comme lui, il est l'Élu et le Messie de Dieu, le rédempteur du monde. Comme lui, il est confronté à l'hostilité des prêtres, en particulier des sadducéens. De la même façon que lui, il est condamné et mis en prison. Comme lui, à la fin des temps, il sera le juge suprême. Comme lui, il a fondé une Église dont les fidèles ont attendu son retour avec ferveur. Enfin, l'Église chrétienne et la communauté essénienne ont toutes deux pour rite essentiel le repas sacré, qui est présidé par un prêtre, chacun à la tête de chaque communauté. Cela fait beaucoup de points communs, mais, pour l'instant, nous n'avons pas de preuve formelle. »

Mon père parlait avec une émotion qui souvent l'habitait lorsqu'il se rendait sur des sites archéologiques et qu'il y ressuscitait le passé. J'aimais à écouter le timbre de sa voix vibrante, à la fois vive et éteinte, emprisonnée parfois, étranglée dans sa gorge, comme s'il lui était difficile d'en sortir un son tout à fait clair. Articulés par cette voix sombre, les mots s'entrechoquaient, gutturaux, comme dans les invectives des plus véhéments prophètes.

Un peu plus loin, des hommes s'activaient au bas d'une muraille. Ils étaient en train d'effectuer une excavation. L'un d'entre eux semblait diriger les opérations. C'était un homme de taille moyenne et assez corpulent, à la barbe et aux cheveux blancs et bouclés, portant de grosses lunettes d'écaille sombre. Ses joues rubicondes témoignaient de lampées de vin supplémentaires à celles de la bénédiction sacramentelle, et son confortable embonpoint, apparent malgré sa large soutane de dominicain, indiquait un faible pour la bonne chère.

C'était le père Millet, l'un des membres français de l'équipe internationale. Mon père le reconnut tout de suite, pour l'avoir déjà rencontré dans des fouilles et des colloques. Il était volubile et sympathique, et c'est sans peine que nous engageâmes la conversation.

« Où en êtes-vous ? demanda mon père.

— On a dégagé un ensemble de constructions qui s'étend sur quatre-vingts mètres d'est en ouest et sur cent mètres du nord au sud, dit-il en lui montrant la carte largement griffonnée qu'il tenait à la main. L'examen des murs et des sols ainsi que des céramiques et des monnaies découverts a permis de distinguer et de dater plusieurs périodes d'occupation. La première installation humaine à Khirbet Qumran remonte à l'époque israélite : les murs aux fondations les plus basses s'enfoncent dans une couche cendreuse qui contient beaucoup de tessons du Fer II. On les rencontre plus particulièrement à l'angle des secteurs 73 et 80 et au nord du site, contre les fondations du mur est, où ils sont associés aux murs plus anciens. Une équipe a notamment recueilli, sous la portion 68, une anse portant l'estampille *Lammelech*, "au roi", qui appartient à une série bien connue, et un ostracon gravé de quelques lettres en caractères paléo-hébreux. L'emplacement des tessons et le niveau des fondations m'ont permis de reconstituer le plan d'un bâtiment rectangulaire comportant une grand cour et des pièces alignées contre le mur oriental, avec une saillie à l'angle nord-est. Un autre mur longe à l'est la citerne 117, mais je ne sais pas à quoi il correspond.

— Probablement la clôture occidentale du bâtiment, dit mon père en jetant un rapide coup d'œil au plan.

— Mais il est précédé d'une sorte d'enclos.

— Qui a une ouverture au nord ?

— Exactement.

— C'est par elle que les eaux de ruissellement devaient s'écouler dans la grande citerne ronde, la plus profonde de Khirbet Qumran. Avez-vous pu dater l'ensemble ?

— Oui, répondit Millet, surpris par la rapidité avec laquelle mon père avait tiré ses conclusions, presque machinalement. La date est fournie par les tessons. L'ensemble remonte à la fin du VIIe siècle avant Jésus. Cette date est confirmée par l'estampille *Lamelech*, qui est de la fin de la monarchie, et par l'ostracon dont l'écriture n'est pas très antérieure à l'exil. De plus, il est clair que cet établissement n'a pas survécu à la chute du royaume de Juda et les cendres qui sont associées partout aux tessons israélites indiquent qu'il a été détruit par le feu. Il était en ruine depuis très longtemps lorsqu'un nouveau groupe humain est venu s'installer à Khirbet Qumran.

— Vous voulez parler des prêtres en révolte contre le Temple ?

— Il y a plusieurs hypothèses à ce sujet. En tout cas, quels qu'ils soient, il s'agit des fondateurs de l'essénisme. Tenez, d'ailleurs, regardez ce que nous venons de trouver, et qui certainement leur appartenait. »

Il nous montra alors une toute petite fiole, qui datait, selon lui, du temps d'Hérode ou de ses successeurs immédiats. Il supposait qu'elle avait été cachée à dessein dans les ruines, car on avait pris la précaution de l'envelopper dans un papier protecteur en fibres de palme.

« Vous voyez, dit-il en inclinant un peu la bouteille, elle contient une huile rouge très épaisse qui ne ressemble à aucune huile d'aujourd'hui. Selon moi, il s'agit de l'huile de balsam avec laquelle on oignait les rois d'Israël. Mais ce n'est pas sûr, car l'arbre qui la produit n'existe plus depuis quinze cents ans.

— Puis-je la voir ? » demandai-je. L'homme aussitôt me la tendit.

« Avez-vous lu le *Rouleau de cuivre* ? reprit mon père, qui ne perdait pas le fil de son idée.

— Oui, j'ai lu la transcription qu'en a faite Thomas Almond, et qui vient d'être publiée. Ce rouleau décrit un inestimable trésor, d'or, d'argent, d'onguents précieux, de vêtements et de vaisselles sacrés, et les soixante-quatre emplacements autour de Jérusalem et à travers toute la Judée où il aurait été caché dans l'Antiquité. Il contient également une carte détaillée de ces lieux, bassins, tombes ou tunnels, avec l'indication précise de leurs noms et de leurs positions. La quantité des biens précieux estimée par les chercheurs, grâce aux indications du rouleau, est si importante qu'on se demande comment ils ont pu amasser un tel trésor.

— Ne croyez-vous pas probable, dit mon père, à voir la mention fréquente des vaisselles rituelles dans le *Rouleau de cuivre*, qu'un lien ait existé entre la communauté de Qumran et les prêtres du Temple de Jérusalem ?

— La communauté de Qumran aurait été fondée par d'anciens prêtres dissidents du Temple... C'est vraiment ce que vous croyez ? Et quelles conséquences cela pourrait-il avoir ? demanda Millet, sans conviction.

— Imaginez que la communauté de Qumran ait été fondée par d'anciens prêtres rivaux des sadducéens : cela rapprocherait davantage encore la figure christique de l'essénisme, si l'on songe aux luttes de Jésus avec les prêtres du Temple. De plus, cela rendrait compréhensible la vengeance finale qu'ils ont exercée sur lui, en le mettant à mort. Car Jésus, s'il était le Maître de Justice des esséniens, représentait un grave danger politique pour eux.

— Oui... c'est vrai, si l'on admet que Jésus était

essénien, mais c'est une hypothèse que nul n'a encore prouvée, dit le père Millet.

— La fameuse conférence de Pierre Michel allait pourtant bien dans ce sens, lui répondit mon père.

— Oui, je sais... Mais elle n'a jamais été publiée, et personne n'a pu avoir accès au texte auquel il faisait référence.

— Le texte a disparu.

— Comme beaucoup de textes qumraniens, qui ont été publiés par la suite... Mais pourquoi vous intéressez-vous de si près aux recherches qumraniennes ? demanda le père Millet, soudain inquiet.

— En tant que professeur de paléographie à l'université de Jérusalem, je fais des recherches sur les rouleaux de la mer Morte. Et vous, depuis quand avez-vous commencé à travailler sur les rouleaux ?

— Oh ! vous savez, répondit Millet, un peu plus détendu, rien ne me prédestinait vraiment à le faire. Originaire du sud de la France, j'ai étudié la théologie et le latin dans un séminaire près de Lyon. Un jour, après avoir découvert des vieux livres hébreux dans la bibliothèque du séminaire, je résolus d'apprendre cette langue ancienne. J'obtins de mon évêque la permission de me rendre à Paris pour suivre les cours du fameux orientaliste André Dupont-Sommer. Plus tard, je devins l'ami et le collègue de Paul Johnson, qui lui-même devint directeur de l'équipe internationale. Il m'a d'ailleurs confié certains des textes araméens les plus importants des rouleaux de la mer Morte. J'ai fini par rejoindre l'École biblique et archéologique de Jérusalem. J'ai travaillé pendant plus de vingt ans sur ces rouleaux ; depuis le moment où j'ai commencé des études d'archéologie. »

Alors le père Millet se mit à expliquer sa passion pour l'archéologie, et mon père et lui discutèrent pendant près d'une heure de fouilles, de parchemins et d'histoire antique.

Pendant qu'il parlait avec animation, j'essayai de déchiffrer les traits de son visage. Cela paraissait facile : comme Joseph, il avait une figure régulière qui inspirait la sympathie. À l'observer de plus près, je remarquai deux veinules horizontales, de part et d'autre du front, sur la tempe droite et la tempe gauche, qui se gonflaient et palpitaient lorsqu'il parlait. À l'extrémité de l'une d'elles, deux fins vaisseaux en croisaient un troisième, vertical. On aurait dit que l'ensemble formait deux lettres hébraïques : *vav* et *tav*. Ces deux lettres pouvaient donner naissance à un mot : *tav*, qui veut dire « note ». Je pensai que cet homme avait certainement une musique intérieure plaisante qui se reflétait extérieurement, à condition de savoir la lire.

À un certain moment, mon père lui demanda :
« Ne trouvez-vous pas étrange qu'il n'y ait aucun juif dans votre équipe internationale ? Un spécialiste de l'histoire juive aurait pu être d'une aide précieuse pour vous...

— Oui, je sais. C'est une forme d'apartheid universitaire difficilement justifiable.

— Que se serait-il passé si l'un des chercheurs auxquels Johnson a fait appel avait insisté pour contacter un universitaire juif qui se trouverait être le meilleur expert sur une question précise ?

— Cela aurait fait un incident international, je pense. De toute façon, jusqu'en 1967, les grottes de Qumran étaient en territoire jordanien, et l'armée jordanienne n'aurait pas laissé franchir la frontière à un juif.

— Mais ne pensez-vous pas que les universitaires juifs auraient pu apporter un éclairage intéressant sur l'interprétation des textes, par leur connaissance des lois juives et de la littérature rabbinique ?

— Je ne me rappelle pas avoir entendu un membre de l'équipe parler de l'intérêt de la littérature rabbinique pour la traduction des textes de Qumran. La position par rapport aux universitaires juifs était simple : on ne pouvait pas travailler avec eux, alors il ne fallait pas perdre notre temps à en discuter... Je sais, cela peut paraître inacceptable, mais c'est ainsi. Les archéologues sont aussi victimes de leurs préjugés. Vous savez, ajouta-t-il, après un temps d'hésitation, avant, je pensais qu'une analyse archéologique rendait l'exacte réalité de l'histoire. Je croyais que des fouilles menées avec soin permettaient d'avoir une vision objective du site. Mais, à présent, je sais que chaque archéologue approche un chantier avec une idée préconçue de ce qu'il veut ou ne veut pas y trouver. Il est impossible de venir à bout d'un inextricable amas de rochers, de saletés, de poussières et de poteries cassées sans avoir déjà une certaine idée du type de bâtiments et d'ustensiles que vous allez trouver.

— Qu'est-ce que vous sous-entendez ? Que les membres de l'équipe internationale auraient pu ne pas "voir" certains éléments ? demanda mon père qui commençait à comprendre ce que l'autre suggérait, à mots couverts.

— Non... Ce n'est pas que l'on ait occulté volontairement les preuves. L'équipe a fait de son mieux pour distinguer avec précision les niveaux stratigraphiques, pour relever la position de toutes les vaisselles, poteries, monnaies et autres objets artisanaux, et pour tracer une carte très détaillée du site. Bien sûr, aujourd'hui, personne ne met en doute le fait qu'il était occupé par une communauté. Mais de quel genre ? Il faut bien de la foi pour déduire de ruines semblables les meubles d'une chambre, les lieux dans lesquels les assemblées se réunissaient en cessions closes et les salles de réfectoire.

— Quels étaient au juste les préjugés de Johnson lorsqu'il participa aux fouilles sur le site ?

— Pour Johnson, l'histoire de Qumran est celle d'un groupe de dissidents religieux qui, vers 125 avant Jésus-Christ, abandonnèrent leur famille et leur maison pour s'établir dans les ruines sauvages d'un fort inhabité depuis l'âge de bronze. Comment avaient-ils trouvé les moyens financiers pour s'y établir et les ressources pour y subsister ? Johnson n'a pas résolu ce problème. Il suggère qu'ils ont construit eux-mêmes un monastère avec une grande tour, de larges chambres de réunion et des ateliers, un système élaboré de canalisations, des citernes et des bains rituels. Cette secte dissidente se serait agrandie sous le règne du roi Alexandre Jannée. La destruction du camp n'est pas due selon lui à la guerre civile qui ravagea pendant trente-cinq années le pays, ni à l'invasion romaine, ni même au régime d'Hérode. Non, pour Johnson, ce n'est pas un événement politique qui aurait réduit en poussière le site de Qumran mais le tremblement de terre qui détruisit la région en 31 avant Jésus-Christ.

— Et tout ce qui va à l'encontre de son interprétation...

— C'est-à-dire ?

— Tout ustensile, toute pièce de monnaie ou bien tout manuscrit prouvant de façon évidente que le site n'a pas disparu en 31 avant Jésus-Christ, mais bien après cette date, de telle sorte que la secte essénienne dissidente aurait pu avoir des rapports avec les premières communautés chrétiennes...

— Il y a des chances pour que ces "preuves", comme vous dites, ne soient pas "produites". »

Comme s'il sentait qu'il en avait trop dit, le père Millet s'empressa alors de prendre congé. Il s'éloignait déjà d'un pas rapide, quand je m'aperçus que j'avais gardé en main la petite fiole d'huile rouge. Je courus à lui pour la lui rendre. Il la reprit, puis soudain, pris d'une inspiration subite, il me la rendit.

« Non, je vous la donne, dit-il.

— Mais pourquoi ? dis-je, stupéfait.

— Je ne sais pas... Gardez-la bien. »

Son regard était assuré ; j'y vis pourtant une tristesse, presque une prière. J'acceptai ce don étrange. « Voici au moins une preuve qui ne disparaîtra pas », me dis-je en moi-même.

Quelques jours plus tard, nous rencontrâmes Shimon, qui nous remit nos billets pour les États-Unis et l'Angleterre, où nous devions nous rendre afin d'enquêter auprès de deux autres membres de l'équipe internationale, Paul Johnson et Thomas Almond. Nous devions également rencontrer Matti qui se trouvait à New York pour un colloque.

« Bonne chance, souhaita Shimon, avant de nous quitter. Et surtout, soyez prudents... Tiens Ary, ajouta-t-il, que je n'oublie pas de te montrer ton cadeau de départ. »

Il me tendit une petite pochette de cuir, qui contenait un petit pistolet. Devant mon air surpris, il dit :

« Fais attention, il est chargé. Je pense que tu sais t'en servir... J'espère que tu n'en auras pas besoin, mais on ne sait jamais, n'est-ce pas ? »

Avant que je n'aie le temps de réagir, il reprit la pochette et me dit :

« Je vous le fais envoyer par la poste à votre hôtel ; car, évidemment, vous ne pourrez pas le transporter dans l'avion. Et surtout, à chaque départ, n'oubliez pas de faire pareil et de le faire suivre partout où vous vous rendrez. »

Sur ce, il nous salua encore, et il tourna les talons. À le voir s'éloigner, nous eûmes un étrange sentiment d'inconfort.

La veille de notre départ, nous nous rendîmes au monastère orthodoxe de Jérusalem afin de rencontrer Kaïr Benyaïr, l'intermédiaire de l'évêque Osée qui avait mené les tractations du dernier des quatre rouleaux de Qumran avec Matti. Il était essentiel que nous rencontrions cet homme qui avait vu les manuscrits et qui savait peut-être qui avait pu tuer Osée.

Le monastère orthodoxe était au bout d'une rue étroite du quartier arménien. Nous arrivâmes devant une lourde porte médiévale surmontée d'une mosaïque moderne, qui s'entrouvrit lentement lorsque nous sonnâmes, pour laisser apparaître un diacre à l'air suspicieux. Il n'y avait pas beaucoup de touristes qui visitaient l'église, la riche bibliothèque ou même la salle du bas de l'édifice où, selon la tradition syrienne, la Cène s'était déroulée, quelque deux mille ans auparavant. Les visiteurs étaient rares, ce qui semblait rendre les hôtes d'autant plus inquiets lorsqu'il en arrivait.

Le diacre nous indiqua les quartiers où logeaient les prêtres, et la résidence d'Osée, au dernier étage de l'un des bâtiments. Nous rejoignîmes l'endroit en passant par le sanctuaire de l'église. Au-dessus de l'autel aux inscriptions syriaques pendaient des icônes dorées, éclairées par des bougies. Des prières solennelles retentissaient sous les parois rocheuses de la crypte. Depuis plusieurs jours, on pleurait le grand prêtre.

Devant les appartements d'Osée, une femme nous accueillit sans chaleur. Me voyant vêtu de mon streimel et de mon manteau noir, elle me regarda de haut en bas, se demandant pourquoi un juif religieux s'aventurait si loin de ses quartiers. Alors mon père lui parla du motif de notre visite, et elle nous répondit que Kaïr Benyaïr était en voyage en France, où il était parti précipitamment après la mort d'Osée. Il était recherché sinon comme suspect, tout au moins comme témoin de cette affaire. Mais il n'avait pas laissé d'adresse, et nul ne savait où il se trouvait.

Pendant que mon père s'entretenait avec la femme, je montai discrètement jusqu'aux appartements d'Osée. La porte était ouverte. J'entrai, et je découvris trois grandes pièces somptueuses, abritées sous de grandes voûtes de pierre massive, agrémentées de meubles anciens, de bibelots incrustés de pierres précieuses, d'instruments de musique très anciens, et d'orfèvrerie antique.

Tous ces trésors, me dis-je, pour finir ainsi. *Je me suis aussi amassé de l'argent et de l'or, et les plus précieux joyaux des rois et des provinces, je me suis acquis des chanteurs et des chanteuses et les délices des hommes, une harmonie d'instruments de musique, même plusieurs harmonies de toutes sortes d'instruments*. Je me dirigeai machinalement vers le bureau, que je trouvai encombré de caisses et de papiers de toutes sortes, de livres en syriaque et de dossiers divers. Au milieu, un morceau de parchemin replié attira mon attention. Je le pris et l'entrouvris : c'était un fragment de rouleau. Je l'enfouis dans ma petite sacoche, et redescendis rapidement.

En bas, la femme, qui ne s'était pas aperçue de mon absence, était en train de refuser à mon père l'accès des appartements. Le mystère de la mort d'Osée n'avait pas encore été élucidé, et les soupçons pesaient de manière diffuse, sans que l'on sache précisément vers qui ils se dirigeaient. En ces temps de crise, les étrangers n'étaient pas les bienvenus. Le vénérable établissement, par crainte du scandale, préférait se refermer sur lui-même comme pour éviter d'ébruiter un honteux secret de famille.

Dehors, dès que nous fûmes suffisamment éloignés, nous nous empressâmes de lire le manuscrit que j'avais dérobé. Mon père identifia tout de suite un fragment de rouleau de Qumran. Il était en bon état, et nous ne mîmes pas beaucoup de temps à le déchiffrer. Le cœur battant, nous traduisîmes ensemble les petites lettres aux contours bien dessinés :

1. Dans la forteresse qui est
Dans la vallée d'Achor, quarante pas
Sous les marches aller à l'est.
2. Dans la sépulture,
Dans la troisième rangée de pierres
Des barres d'or.
3. Dans la grande citerne qui est
Dans la cour du Péristyle,
Dans le plâtre du parterre,
Cachées dans un trou en face de l'ouverture
Neuf cents pièces.   *[supérieure,*
4. Dans la place du Bassin,

Et en bas du conduit d'eau,
Six pas du nord vers le bassin
De la vaisselle.
5. En haut de l'escalier du refuge,
Sur le côté gauche,
Quarante barres d'argent.
6. Dans la maison de deux piscines, il y a le bassin,
                    [les vaisselles et l'argent.

« C'est un morceau du *Rouleau de cuivre*, dit mon père. Celui que Thomas Almond a déchiffré en partie. Il s'agit de la localisation d'un trésor enterré quelque part.

— De quel trésor s'agit-il ?

— Qui sait ? Ce peut être la richesse fabuleuse du roi Salomon. Rappelle-toi, c'était un Temple splendide, avec ses doubles portes d'or, son parquet gravé de palmiers, ses plafonds dorés, ses meubles sacrés, ses bougeoirs d'or, ses instruments de musique de bois splendides, et son petit autel de feuilles en or. Et dans le Saint des Saints, les chérubins en bois d'olivier gardaient l'objet le plus sacré, l'Arche d'Alliance.

— Le Temple de Salomon a été détruit par les armées de Nabuchodonosor au VIᵉ siècle avant Jésus-Christ !

— Oui, mais les richesses qu'il contenait ont disparu. Diverses légendes ont été transmises à ce sujet, de génération en génération. Selon l'une d'entre elles tirée du second livre des Maccabées, le prophète Jérémie était l'un des gardiens du trésor. Après la chute de Jérusalem, il aurait commandé au tabernacle de le suivre, serait allé au mont Nebo et il aurait placé le tabernacle, l'autel et l'encens dans une grotte. Une autre tradition suppose que le trésor fut emmené par les juifs lors de leur exil en Mésopotamie ; ceux-ci l'enterrèrent sur le site d'un temple et enfermèrent les candélabres à sept branches et les soixante-dix tables dorées auraient été parmi les pièces cachées dans une tour de Bagdad. Certains disent aussi qu'un scribe aurait trouvé les bijoux, les pierres, l'or et l'argent, et les aurait montrés à un ange qui les a cachés. D'autres affirment que la vaisselle sacrée et le trésor se trouvent sous une pierre de la tombe de Daniel, et que tous ceux qui la toucheraient mourraient sur-le-champ. C'est ce qui serait arrivé à un archéologue. D'après ce texte-ci, c'est près de Jérusalem que le trésor serait caché, dans une région située derrière les vallées rocheuses, plus bas que les sommets, mais coupée d'eux sur trois côtés par des ravins abrupts. Tous ces sites sont visibles à partir de Qumran. Te rappelles-tu ce que nous avions vu à Khirbet Qumran ?

— Mais oui ! Ne crois-tu pas que le texte fait allusion à la grande citerne double qui est en contrebas ? *Dans la maison de deux piscines, il y a le bassin, les vaisselles et l'argent.*

— Sans doute. Cela signifie en tout cas qu'Osée était vraisemblablement à la recherche de ce trésor. Peut-être est-ce là la raison de son assassinat.

— Mais pourquoi le cherchait-il ? N'avait-il pas eu assez d'argent avec les manuscrits ?

— Rappelle-toi ce que dit l'Ecclésiaste... *Celui qui a de l'argent n'est point rassasié par l'argent et celui qui aime un grand train, n'est point nourri. Cela aussi est une vanité.* »

Nous prîmes la décision de nous arrêter en France au retour, pour chercher Kaïr Benyaïr, sans avoir encore une idée précise de la façon dont nous pourrions le trouver.

Le soir, j'allai voir le rabbi, afin de lui dire que je devais partir, sans toutefois pouvoir lui expliquer pourquoi.

« Est-ce donc quelque chose de honteux, pour que tu ne puisses me l'avouer ? me dit-il d'un air suspicieux.

— Non. C'est dans un but honorable. Je pars avec mon père.

— Ton père ? » fit-il, surpris.

Il savait que mon père n'était pas religieux. Je me doutais même du mot qu'il devait employer dans sa tête, pour le qualifier, et que tout dans son ton trahissait : un « apicoros ». Un épicurien, un renégat, un homme sans loi.

« Ne pars pas pour oublier les lois. Loin d'ici, il y a beaucoup de tentations. Tu risques de ne pas être sauvé lors de la venue du Messie, qui est pour bientôt. Au moins, préserve-toi. N'oublie pas, quand tu seras là-bas, n'oublie pas la venue du Messie. Chaque instant entend son pas résonner et se rapprocher un peu plus vers Israël, son peuple. »

Je frissonnai. Cela faisait si longtemps que nous attendions sa venue. Mais le rabbi en cet instant annonçait que le temps était venu où Dieu allait répondre à l'intemporelle confiance. Or voici que le rabbi annonçait que nous étions la dernière génération de l'exil et la première de la Délivrance. C'était comme si tout était prêt dans le monde pour qu'il puisse recevoir cette révélation, et voici, « Machiah vient », disait-il en prophétisant. Pendant la guerre des Six Jours, il avait dit de ne pas avoir peur ; lors de l'effondrement du communisme et de la guerre du Golfe, il avait prédit qu'Israël était l'endroit le plus sûr du monde, et que le temps de la destruction n'était pas encore là. Il ne s'était pas trompé. Beaucoup considéraient que son inspiration était d'origine céleste. Certains pensaient que le rabbi était lui-même le sujet de l'attente messianique. D'autres disaient que la venue du Messie se situait uniquement dans notre religiosité et non dans une réalité historique, a fortiori contemporaine. *Car l'homme même ne connaît pas son temps, non plus que les poissons qui sont pris dans les filets fatals, et que les oiseaux qui sont pris au lacet.*

« N'oublie pas, me dit-il encore, avant que je ne parte, comme une dernière recommandation ou peut-être un premier commandement, n'oublie pas qu'il faut inspirer l'air du Machiah dès le réveil et que l'étude de la Torah et les prières ne servent qu'à le faire venir plus vite. Prie sans cesse pour que l'accouchement spirituel de Machiah se passe sans douleur et sans retard. Tu seras comme lorsque le peuple d'Israël était en Égypte, et qu'il criait vers Dieu pour lui demander la délivrance. Dieu n'attendait que nous et la force de notre exigence. Pour cela, tu dois te considérer tout le temps comme moitié méritant et moitié coupable. Accomplir une seule mitsva, c'est déjà faire pencher le monde entier du côté du mérite et entraîner pour lui et pour tous la libération et la Délivrance finale. »

Certains pensaient que le rabbi avait tous les attributs du Messie, et qu'il fallait dès lors, tel le peuple d'Israël aux temps anciens, exprimer son engagement vis-à-vis du futur roi David, et dire : *nous sommes tes os et ta chair*. De même, ils voulaient faire savoir que le rabbi était le Roi-Messie de leur génération.

Mais moi, qui lui étais si dévoué que j'aurais suivi n'importe lequel de ses conseils, moi que la moindre inflexion de sa voix impressionnait et plongeait dans des abîmes de réflexion, moi pourtant, je doutais encore. Si grande fût ma foi et si profonde ma dévotion à la Torah, je n'avais pas la ferveur de cette attente, dont certains faisaient un élément essentiel — et, pour ainsi dire, le seul — de leur pratique. J'avais une foi sincère en nos rabbis et un immense respect pour celui que je considérais être le plus grand d'entre tous. Mais je ne reliais pas cette foi à une attente messianique, qui me semblait devoir être encore prolongée. Et j'avais, sur ce point, de longues discussions avec mes camarades de la yéchiva, qui souvent, me laissaient perplexe.

« S'il est le Messie, qu'il le prouve, disais-je.

— Mais il l'a déjà prouvé, par toutes les prédictions qu'il a faites.

— Mais alors, qu'il nous délivre ; s'il est vraiment le Messie.

— C'est ce que nous attendons à présent. C'est ce pourquoi nous prions nuit et jour », répondaient-ils.

Ils finiraient, pensais-je, pas me prendre pour un athée, voire un mécréant, moi qui ne vivais que pour la religion. Ils n'aimaient pas mon esprit inquisiteur, qui pourtant n'était pas rebelle.

Lorsque je leur fis mes adieux, mes camarades de la yéchiva me dirent simplement :

« Au revoir. Espérons que tu seras de retour parmi nous avant la Délivrance. »

Je partis en ayant la curieuse conviction d'être autant à la recherche du Messie que si j'étais resté étudier les textes avec eux. Était-il si certain qu'il fût parmi eux ? Je voulais voir par moi-même s'il n'était pas autre, s'il n'était pas ailleurs, loin, quelque part dans le vaste monde. *Car j'ai été roi sur Israël à Jérusalem. Et j'ai appliqué mon cœur à rechercher et à sonder avec sagesse tout ce qui se faisait sous les cieux, ce qui est une occupation fâcheuse que Dieu a donnée aux hommes afin qu'ils s'y occupent. J'ai regardé tout ce qui se faisait sous le soleil, et voilà, tout est vanité et tourment d'esprit. Ce qui est tordu ne se peut redresser et les défauts ne se peuvent compter. Et j'ai appliqué mon cœur à connaître la sagesse, et à connaître les erreurs et la folie ; mais j'ai connu que cela était aussi un tourment d'esprit. Car là où il y a abondance de science, il y a abondance de chagrin et celui qui s'accroît de la science s'accroît de la douleur.*

La veille de mon départ, je fis un rêve étrange, qui me réveilla en un sursaut d'effroi et accompagna, persévérant, de longues journées pendant lesquelles je ressentis un profond malaise. Je devais, peu de temps après, l'oublier presque tout à fait, avant de m'en ressouvenir, lorsque survinrent des événements propres à en éclairer le sens...

J'étais dans une voiture avec mon camarade Yéhouda, qui conduisait. Ce n'était pas à Jérusalem, mais dans une ville, que, sans savoir pourquoi, j'associais à l'Europe. Nous devions traverser les bras d'un fleuve, mais aucun pont n'était visible nulle part. Yéhouda proposait de traverser à gué et déjà se rapprochait de la rive. Au dernier moment, ce chemin me paraissant trop dangereux et l'eau trop profonde, je lui criai de tourner à gauche. Mais il n'eut pas le temps de réagir, et le brusque coup de volant qu'il donna nous rapprocha encore de la surface liquide. À cet instant, au lieu de sombrer dans l'eau, nous étions happés par les cieux, nous envolant vers les nuages. Devant nous, un autobus avait pris le même chemin. J'attendais du secours ; qu'on nous ramène sur terre. Mais la voiture s'élevait inexorablement, et rien ne venait. Alors, Yéhouda me jeta un regard à la fois inéluctable et désolé, comme pour dire qu'il ne l'avait pas fait exprès. Je criai : « Pas maintenant ! » Ce fut à ces mots que je me réveillai.

Troisième rouleau

LE ROULEAU DE LA GUERRE

La Première Guerre des fils de lumière

La conquête des fils de lumière sera entreprise en premier
                                                    [lieu
Contre le lot des fils des ténèbres, contre l'armée de Bélial,
Contre la bande d'Édom et de Moab et des fils d'Ammon
Et la multitude des fils de l'Orient et de la Philistie,
Et contre les bandes des Kittim d'Assour et leur peuple,
Qui seront venus au secours des impies de l'Alliance,
Fils de Lévi et fils de Juda et fils de Benjamin.
La déportation du désert combattra contre eux ;
Car la guerre sera déclarée à toutes leurs bandes,
Quand la déportation des fils de lumière
sera revenue du désert des peuples
Pour camper dans le désert de Jérusalem.

La guerre ultime ; défaite définitive des fils des ténèbres.

Et, après cette guerre, monteront de là-bas les nations
Et le roi des Kittim entrera en Égypte.
Et, en son temps, il sortira, en proie à une violente fureur,
Pour combattre contre les rois du nord,
Et sa colère cherchera à détruire et à anéantir la corne de
                                                    [ses ennemis.
Ce sera le temps du salut pour le peuple de Dieu
Et l'heure de la domination pour tous les hommes de son lot
Et de l'extermination définitive pour tout le lot de Bélial.
Et il y aura un désarroi immense pour les fils de Japhet,
Et Assour tombera sans que personne lui porte secours,
Et la domination des Kittim disparaîtra,
Pour que soit abattue l'impiété sans qu'il y ait un reste,
Et sans qu'il y ait un rescapé pour tous les fils des ténèbres.

[...]

À toi est le combat !
Et c'est de toi que vient la puissance !
Non, le combat n'est pas à nous,
Et ce n'est pas notre vigueur
Ni la force de nos mains qui déploie de la vaillance,

Mais c'est par ta vigueur et par la force de ton immense
Ainsi que tu nous l'as déclaré jadis :   [vaillance,
« Une étoile a fait route de Jacob,
Un sceptre s'est levé d'Israël ;
Et il fracasse les tempes de Moab,
Et il renverse tous les fils de Seth.
Et il domine de Jacob,
Et il fait périr les rescapés de la ville.
Et l'ennemi devient terre conquise,
Et Israël déploie sa vaillance. »

Et par le moyen de tes Oints, eux qui voient les Décisions,
Tu nous as annoncé les temps des combats de tes mains,
Ceux où tu serais glorifié en nos ennemis,
Ceux où tu ferais tomber les bandes de Bélial, les sept
*   [nations de vanité,*
Dans la main des pauvres que tu as rachetés
Par la vigueur et par la plénitude de la Puissance
*   [merveilleuse.*
Et le cœur qui avait fondu, tu l'as enveloppé d'espérance ;
Et tu les traiteras comme le Pharaon
Et comme les chefs de ses chars dans la mer des roseaux.
Et ceux dont l'esprit est brisé, tu les feras passer comme une
*   [torche enflammée dans la paille,*
Dévorant les impies, et ne revenant pas
Avant d'avoir exterminé les coupables.

Rouleaux de Qumran,
La Guerre des fils de lumière contre les fils des ténèbres.

I

Nous commençâmes un long périple sur des milliers de kilomètres et des milliers d'années.

En fait, nous allions sur le sentier qui mène à la guerre, mais nous n'y pensions pas. Car nous n'avions pas peur, au début. Nous ne connaissions pas encore le goût des atrocités et des horreurs que l'homme peut commettre quand il est ébranlé dans sa foi. Car l'homme commet le mal par faiblesse plus que par force et par méchanceté. Il fait le mal pour s'assurer de son existence lorsqu'il la sent vaciller sur les sables mouvants de la contingence. Alors, s'éloignant de l'infini du Bien, il recherche un autre infini sur lequel il puisse faire reposer son existence fragile : et ainsi vient le Mal. Il s'appuie sur lui et y aspire comme on désire le Bien. Je ne parle pas du mal que l'on commet banalement sans y penser, qui n'a ni conséquence ni fin, mais c'est du Mal absolu que je parle. Le Mal raisonné et longuement mûri, le Mal prémédité et consciencieux, celui qui trouve ses victimes privilégiées dans les âmes simples et bonnes, celles des justes et celles des sages. Nul ne sait de quoi il se venge dans son raffinement de vice et de perversité, nul ne sait pourquoi il ne s'épanche qu'en saccageant l'innocence, ni pourquoi il récidive encore et toujours, mais son mal, le mal du Mal, doit être terrible pour qu'il soit aussi mauvais. Car le Mal a mal à l'âme, sinon il ne rendrait pas le Mal.

Je parle du Mal absolu qui ne se délecte qu'en ravageant de tout son être les forces débiles du Bien et jamais ne s'en repaît, car le Bien est aussi infini que le Mal est mauvais en son infinité. Je parle du Mal absolu qui est par essence un mal insatisfait.

Après la création du monde, Dieu créa l'homme à son image et à sa ressemblance, pour qu'il soumette les poissons de la mer, les oiseaux du ciel, les animaux, toute la terre et toutes les petites bêtes qui remuent sur la terre. Et, considérant ce qu'il avait fait, il fut content, et il jugea que c'était très bien.

Mais peut-être ne savait-il pas quel abominable complot se tramait derrière cette invention. Car ce n'était pas un miroir de lui-même qu'il avait formé à travers l'homme : c'était le Mal qu'il avait créé.

Notre Bible dit que le Messie arrive au bout d'une guerre terrible entre le Bien et le Mal. Cette guerre, les rouleaux l'appellent : *La Guerre des fils de lumière contre les fils des ténèbres.*

Nous partîmes. C'était la première fois que je prenais l'avion, et il me sembla que j'allais m'éloigner de ma terre natale pour une éternité. Avec la vitesse, la distance semblait dévorer le temps. Lorsque j'arrivai à New York, je sentis comme un vieillissement.

Notre hôtel était situé à Williamsburg, le quartier hassidique de Brooklyn, et certes ce n'était pas pour me dépayser. Cet endroit ressemblait étrangement à Méa Shéarim. Ceux que j'y croisais étaient tout comme moi, avec barbe, papillotes et streimel. Les vêtements étaient cependant plus diversifiés et leurs nuances subtiles dessinaient une véritable grammaire vestimentaire. Certains portaient, à la place de la redingote, le holot, sorte de peignoir sombre à revers ronds et courts, avec une ceinture collée à la veste par des nœuds et des boutons. Les plus riches avaient accroché à leur streimel des queues de zibeline. D'autres, moins fortunés, portaient le qapiloush, grand chapeau de feutre à large bord, garni d'un ruban de soie mate. Suivant son habillement, on pouvait reconnaître à quelle tendance chacun appartenait, qui était hongrois, qui galicien, qui faisait partie du Satmar, mouvement antisioniste essentiellement américain, qui au Habad, missionnaire et messianique, répandu dans le monde entier, qui au Gour, voué à l'étude, qui au Vishnitz ou au Belz. Tous pourtant avaient le même pas hâtif caractéristique du hassid. C'étaient partout des groupes d'élèves des yéchivoth, des camarades d'études discutant avec animation un passage difficile ; parfois des familles entières, très nombreuses, les aînés traînant derrière eux les plus jeunes qui eux-mêmes portaient des bébés dans leurs bras. *Croissez et multipliez-vous.*

Le soir de notre arrivée était un Chabbath. Des centaines de hassidim se pressaient dans les rues pour se rendre à la synagogue. Je décidai d'aller y prier et, par ce que je crus être un miracle, je réussis à convaincre mon père de venir. Perdu au milieu de cette foule en habits de fête, sans chapeau, sans streimel ni veste noire, il ne paraissait pourtant pas mal à l'aise. Les autres me demandèrent ce que je faisais avec lui, s'il était mon père ou un ami, ou encore une nouvelle recrue, un baal téchouva comme il y en avait beaucoup.

Nous fûmes invités pour la soirée par les hassidim, selon la coutume, car c'est une obligation d'avoir des invités pour le jour du Chabbath. Ce soir-là, il y avait un banquet. Les fidèles burent et dansèrent comme des hallucinés.

Le rabbi, chef de la communauté, présidait la grande table dressée somptueusement en l'honneur du Chabbath. Mon père fut surpris de voir plusieurs jeunes hommes à ses côtés observer le rabbi avidement, sans mot dire.

« Regarder le rabbi boire et manger est une très grande grâce pour un hassid, lui dis-je. On doit scruter avec attention ses moindres gestes car ils pourraient contenir un signe essentiel, une nouvelle orientation pour la vie. Que le rabbi lève le doigt, et c'est le monde entier qui tremble.

— Et si le rabbi n'est plus qu'un vieillard, incapable de manger proprement ? Regarde : pris par la boisson, il est en train de s'assoupir.

— Pour eux, ce vieillard représente le lien entre le ciel et la terre, il est celui qui prend la souffrance du monde en partage. Il est peut-être le dernier des Justes, celui dont les vertus sauveront toute la communauté. Le vin qu'il a bénit, le hareng qu'il a laissé dans son assiette, mais qu'il a touché de ses doigts, sont des objets saints qui nous enseignent que manger est un acte religieux, non pas destiné à la satisfaction des besoins vitaux mais à l'épuration du corps humain, grâce à la vitalité divine recelée par les aliments. C'est un acte mystique de communion avec le divin, comme la deveqout. »

Le rabbi se leva de table. Aussitôt, un des hassidim qui se tenaient à ses côtés se précipita pour dévorer les reliefs de son repas. Mon père me lança un regard interrogateur.

« Ingérer quelques restes abandonnés dans l'assiette du rabbi, porter à ses lèvres les dernières gouttes du vin laissées dans son gobelet, c'est s'assurer une bénédiction éternelle, expliquai-je.

— Mais tu ne crois pas vraiment à cela, n'est-ce pas ? demanda-t-il d'un air presque suppliant. Dis-moi, tu n'y crois pas ?

— Je crois dans le pouvoir des rabbis. Je crois que celui-ci est un homme à qui l'on doit un respect infini. Je crois, ajoutai-je faiblement, que nous devrions lui parler des manuscrits. Je suis sûr qu'il pourra nous aider.

— Nous aider ? Mais il n'y connaît rien ! Tu ne le crois tout de même pas omniscient !

— On ne sait jamais... »

Le lendemain soir, nous avions rendez-vous avec Matti, le fils du professeur Ferenkz qui avait été à l'origine de la découverte des rouleaux. Matti se trouvait à New York pour un colloque, et nous devions le voir afin d'obtenir des renseignements sur la façon dont le rouleau avait été dérobé, et également sur son contenu, car il avait peut-être eu le temps de le parcourir durant le bref moment où il l'avait eu en main.

Ce vaillant chercheur, ce guerrier faisait partie des héros mythiques d'Israël ; de ceux qui avaient combattu dès la première heure pour la libération du pays, et de ceux qui avaient rendu possible la création de l'État. Chef d'état-major de l'armée pendant la guerre d'indépendance, il avait ensuite rejoint les traces de son père. Il avait effectué de nombreuses fouilles qui, autant que ses exploits guerriers, l'avaient rendu célèbre dans le pays. Il faisait partie de ces sionistes militants qui, comme mon père, bien que passionnés d'archéologie et de fouilles bibliques, étaient pourtant des athées convaincus.

Il nous reçut au bar-restaurant de son hôtel. C'était un homme aux cheveux courts et drus, aux yeux noirs, et à la belle prestance. Il était un peu comme Moïse, tel que je l'imaginais lorsque j'étais enfant : au lieu de tous les signes désolants de la vieillesse, des tremblements et des convulsions, il avait la force et la sagesse comme marques visibles de l'âge. Mais ce qui attirait l'attention par-dessus tout était la texture particulière de sa peau : elle n'était pas fine et ridée comme celle des personnes âgées, ou granuleuse et terne comme un fruit trop mûr, mais elle était ferme et épaisse. Elle était dure et sombre, telle une argile brune qui enveloppait sa tête, rehaussée par les roches saillantes des pommettes, drainée par la fente prononcée de sa bouche charnue, étonnamment pulpeuse, éclairée par le noir lumineux de ses yeux d'anthracite. Foncée, tannée par le soleil, éraflée, laminée par le sable, cette peau était le miroir des paysages érodés de Judée, ceux qu'il avait si longtemps fréquentés qu'ils avaient fini par s'agglomérer à lui, comme le sable au fossile, le fossile à la pierre, et la pierre à la roche.

« Oui, je sais, David, dit-il, coupant court à toute explication superflue de mon père. Moi-même j'ai recherché ce rouleau, il y a de cela quelques années, mais quand je l'ai trouvé, il m'a glissé entre les doigts...

— Que s'est-il passé ? demanda mon père.

— Il a été volé au musée des Antiquités de Jérusalem.

— As-tu eu le temps de le déchiffrer ?

— Non, hélas.

— Sais-tu qui l'a volé ?

— C'est difficile à dire... Autant que je te raconte tout ce que je sais. Un jour, alors que j'étais en déplacement ici même à New York, j'ai reçu une lettre anonyme d'une personne qui voulait me vendre un manuscrit. Cette lettre citait une déclaration faite à la presse par Thomas Almond, le chercheur anglais de l'équipe internationale — celui qu'on surnomme l'"ange des ténèbres" —, selon laquelle un rouleau avait disparu. Mon correspondant affirmait pouvoir se procurer ce manuscrit et joignait pour preuve la photo d'un fragment. Tout me poussait à croire qu'il s'agissait du fameux rouleau que mon père avait eu entre les mains mais n'avait pu acquérir. L'homme demandait la bagatelle de cent mille dollars. C'était une somme énorme, mais quel est le prix d'une chose qui n'a pas de prix ? En comptant sur une garantie du gouvernement d'Israël, j'envoyais mon accord par courrier, à l'adresse, poste restante, qu'on m'avait indiquée. Je reçus quelques semaines plus tard une réponse qui disait en substance : "Je dois porter à votre connaissance que le Premier ministre du royaume de Jordanie avait offert de payer la somme de trois cent mille dollars avant d'être assassiné. Les négociations restent donc ouvertes." Cette lettre était signée de la main d'Osée, l'archevêque syrien de l'Église orthodoxe.

« Je l'avais déjà rencontré lors d'un voyage aux États-Unis, et nous avions alors amorcé des pourparlers auxquels il n'avait pas voulu donner suite. À présent, il me relançait et faisait monter les enchères. Je contins ma colère, car je voulais absolument obtenir ce rouleau. Nous eûmes une correspondance suivie. Osée, qui faisait de fréquents séjours dans les pays arabes du Moyen-Orient, où tout rapport avec Israël était interdit, me câblait ou m'écrivait par le truchement d'un de ses amis aux États-Unis, un certain Kaïr Benyaïr. J'essayai de deviner, à travers ses lettres, ce qui se passait réellement entre lui et ses contacts en Jordanie. Il semblait être en tractation avec les officiels du gouvernement et de la cour royale, qui lui avaient laissé entendre que plusieurs manuscrits, y compris ceux du musée des Antiquités de Jordanie, étaient à vendre. Cela expliquait pourquoi le nombre de rouleaux qu'il m'offrait variait constamment. Mais je restais surtout intéressé par celui dont j'avais vu un échantillon en photographie.

« Dans l'une de mes lettres, je l'informais que j'étais prêt à discuter de ses exigences avec mes amis et que, si celles-ci étaient raisonnables, nous pourrions sans doute nous entendre. Quelques jours plus tard, je me rendis en congé sabbatique à Londres où la communication serait plus simple. Osée m'envoya alors un petit fragment de rouleau afin que je le date. Celui-ci n'avait pas d'incrustation et était lisible sans infrarouge : je reconnus tout de suite que ses caractères hébraïques étaient de la main d'un scribe appartenant à la même école que d'autres copistes de certains rouleaux de la mer Morte. Je pouvais également dire avec certitude que les expressions n'étaient pas identiques à celles du texte biblique. Mon bref examen terminé, je fis une photographie du morceau de parchemin et le retournai à Osée, comme promis, avec les réponses à ses questions, à savoir que le fragment semblait faire partie des rouleaux de la mer Morte ; qu'il était écrit en hébreu, par un bon scribe, mais que la pièce était trop petite pour pouvoir dire si c'était un apocryphe ou un document composé par la secte de la mer Morte.

« Puis j'écrivis à Paul Johnson, le directeur de l'équipe internationale, qui était alors aux États-Unis. J'avais déjà travaillé avec lui et je savais qu'il avait par le passé conclu plusieurs affaires avec Osée. Je lui demandai de me servir d'intermédiaire et de tenter de persuader Osée de me vendre le fameux rouleau. Tout en restant très prudent, je ne lui dissimulai pas mon enthousiasme et mentionnai le petit fragment qu'Osée m'avait envoyé. J'avançai également qu'il pouvait s'agir de l'un des manuscrits les plus importants découverts jusqu'alors, et qu'il était du devoir du monde universitaire de l'acheter à Osée et du devoir du peuple juif de le restituer à sa place historique, en Israël. Je concluais ma lettre en demandant à Johnson de faire tout ce qui était en son pouvoir pour préserver la sécurité du rouleau avant qu'il ne soit perdu pour tous. Huit jours plus tard, ce dernier m'informait qu'Osée, arguant d'importantes dépenses, aussi bien que d'autres offres qu'il avait reçues, avait fixé le prix à sept cent cinquante mille dollars, dont cent cinquante mille à payer immédiatement et le solde à la livraison du rouleau. J'étais furieux et signifiai mon désaccord par retour du courrier.

« Quelque temps plus tard, je me rendis à nouveau à New York pour donner des conférences. J'y reçus une lettre d'Osée dont le ton était sensiblement différent de la précédente. Il me demandait de faire une dernière offre pour les rouleaux. J'acceptai de payer la somme de cent mille dollars. Nous tombâmes d'accord. Afin de me protéger de tout vol éventuel, j'effectuai les négociations officielles par l'intermédiaire d'avocats. Un contrat détaillé, également adressé à Johnson, fut signé par Osée et celui qui devait le représenter lors de l'échange, Kaïr Benyaïr. De nombreuses clauses certifiaient l'authenticité du parchemin qui devait m'être livré sous dix jours à partir de la date où le contrat serait signé. Le fragment détaché devait m'être remis en main propre par Kaïr Benyaïr. Une fois joint au rouleau, il éviterait toute contestation sur ce dernier.

« Dix jours s'écoulèrent. Kaïr Benyaïr, de retour de Jordanie, m'apprit, à ma grande surprise, que le manuscrit était encore chez Osée, que celui-ci doutait de la validité de nos arrangements et qu'il voulait davantage d'argent, ne serait-ce que parce que les Bédouins lui en réclamaient encore.

« Je commençai sincèrement à penser qu'ils étaient fous. Ils pensaient obtenir un demi-million de dollars ! Dans une lettre qu'il envoya à Johnson, Osée regrettait de ne pouvoir encore envoyer le rouleau, et prétextait que les troubles entre le Liban et la Jordanie rendaient difficile le passage d'un pays à l'autre. Il expliquait qu'il devait soudoyer un certain nombre de personnes et prendre de gros risques, et qu'il fallait revoir à la hausse le prix initial.

« Pendant tout ce temps, je suivais attentivement toutes les parutions sur Qumran dans les journaux scientifiques, afin de m'assurer que le rouleau n'avait pas été vendu à quelqu'un d'autre. Je n'en trouvais mention nulle part. Apparemment, son existence n'était connue que d'Osée, de Kaïr Benyaïr, de Johnson et de moi-même.

« Nous étions au début du mois de juin 1967. C'est alors que survint la guerre des Six Jours. Je fus rappelé en Israël pour faire office de coordinateur entre le Premier ministre, le ministre de la Défense et le chef de l'état-major. Bien sûr, les événements militaires supplantèrent quelque peu les rouleaux dans mon esprit. Au cours des semaines précédentes, l'Égypte avait entrepris une série d'actions à l'encontre d'Israël, dont la plus grave était le blocus du golfe d'Eilat qui faisait peser de lourdes menaces sur le développement du Néguev et le trafic maritime du pays avec l'Afrique orientale. Pour lever un blocus similaire, Israël s'était déjà lancé, onze ans plus tôt, dans une offensive militaire, la campagne du Sinaï. Il n'avait retiré ses troupes qu'après avoir obtenu la reconnaissance écrite des États-Unis que tout blocus égyptien serait à l'avenir reconnu comme un acte de guerre justifiant une riposte armée.

« Tôt dans la matinée du 5 juin, Israël demandait encore à la Jordanie de rester neutre. Le roi Hussein répondit par le canon. La guerre éclata. La Jordanie, l'Égypte et la Syrie firent front contre Israël. Au bout de deux jours de combat, l'armée israélienne avait battu la légion arabe, occupé le secteur jordanien de Jérusalem — en particulier la vieille ville et le musée des Antiquités — et repoussé l'armée jordanienne jusqu'à la rive orientale du Jourdain.

« La nuit du 7 juin, je me retirai dans mon appartement pour dormir un peu. Je fus réveillé par un coup de téléphone du chef d'état-major ; il m'annonçait que le lieutenant-colonel Yanaï, du Service de renseignements, était mis à ma disposition pour m'aider à retrouver le rouleau.

« Le lendemain, 8 juin, Yanaï se rendit au domicile de Kaïr Benyaïr dont il avait découvert l'adresse. Celui-ci était chez lui. Il n'était pas des plus braves, et quelques menaces du militaire suffirent pour qu'il extraie, d'une cachette sous le parquet, une boîte à chaussures contenant le rouleau et un étui à cigares qui renfermait les fragments détachés.

« Cet après-midi-là, j'assistais au quartier général à une importante conférence du comité ministériel de la Défense, à propos de la situation avec la Syrie. Au milieu de la discussion, un secrétaire me tendit un mot disant que Yanaï m'attendait dehors. En tant que conseiller du Premier ministre, je devais non seulement écouter les avis de chacun, mais encore les analyser et donner mon opinion sur la question en cours ; je m'efforçais de rester concentré et de refréner mon impatience de connaître le résultat des investigations de Yanaï. Enfin, je sortis. Il m'attendait calmement dans le couloir ; il fit deux pas vers moi, me tendit quelque chose en disant simplement : "J'espère que c'est bien ce que vous cherchez." »

Matti s'arrêta un instant. Il sortit un paquet de

cigarettes de sa poche, nous en proposa, et, après en avoir allumé une, tira une longue bouffée. Son visage restait parfaitement impassible, mais ses yeux noirs brillaient d'un éclat intense.

« Je rentrai dans le premier bureau vide et enlevai soigneusement l'emballage de la boîte à chaussures, reprit-il. Je l'ouvris. À l'intérieur, je découvris le rouleau, enveloppé dans une serviette, elle-même recouverte de cellophane, et les fragments, réunis dans une enveloppe plus petite. Alors que des questions de vie et de mort pour des milliers d'hommes se décidaient dans la salle à côté, je ne pus m'empêcher d'examiner ce trésor. Ce que j'éprouvai alors fut un mélange de satisfaction et de déception. Le bord supérieur du rouleau était inégal et gondolé ; certaines parties semblaient dissoutes ; d'autres étaient en mauvais état, macérées et collées par la poussière humide. Le côté du parchemin le plus sérieusement endommagé était certainement celui qui avait été le plus exposé à l'humidité — non pas celle de la grotte où il avait été entreposé pendant des siècles — mais celle de la cachette où il avait été déposé ces dernières années. Mais ce qui était extrêmement curieux, c'était que les lettres hébraïques se trouvaient à l'envers, si bien que l'on ne pouvait les lire que dans un miroir ; elles étaient tracées de gauche à droite, contrairement à l'hébreu.

« Dès le lendemain, je plaçai le rouleau dans une chambre de laboratoire hermétiquement fermée dont je réglai le degré d'humidité et la température de façon adéquate. Il fallait avant toute chose procéder à la séparation des fragments qui s'étaient agglutinés les uns aux autres dans la cachette de Kaïr Benyaïr. Ceux qui étaient dans un état de conservation convenable furent détachés, puis soumis à un taux d'humidification normal, de soixante-quinze à quatre-vingts degrés centigrades. Les plus endommagés devaient être au préalable assouplis par une exposition de quelques minutes à un taux d'humidité de cent degrés. Ils furent ensuite réfrigérés pendant quelques autres minutes. Chacune de ces étapes fut effectuée avec beaucoup de minutie car l'opération pouvait endommager l'écriture de manière irrémédiable.

« Comme nous avions désormais le musée archéologique sous notre contrôle, depuis la guerre des Six Jours, je décidai d'y garder le parchemin. L'équipe internationale y poursuivait ses recherches sur les rouleaux, comme l'avaient souhaité les autorités israéliennes, dans un souci de tolérance et de respect.

« Un matin, quand j'arrivai dans leur salle de travail, je trouvai la table sur laquelle le rouleau était habituellement déroulé totalement vide. J'étais ébahi. Seuls les chercheurs avaient accès à cet endroit et je ne les croyais pas capables de commettre un vol. Pendant des jours, nous avons remué le musée de fond en comble, en vain. J'ai dû progressivement me résigner à l'idée que ce manuscrit avait à jamais disparu, comme si du fait de je ne sais quelle malédiction il était pour nous frappé d'interdit...

« Vingt ans passèrent. En 1987, j'assistai à une importante conférence internationale, qui réunissait la plupart des spécialistes des rouleaux de Qumran. Imaginez ma surprise quand Pierre Michel parla dans son intervention d'un rouleau non publié dont le style et le texte ressemblaient étrangement à ceux du parchemin volé...

— Penses-tu que c'est lui qui avait dérobé le rouleau ? demanda mon père.

— C'est possible. Cela expliquerait pourquoi il refuse de le publier, car il aurait peur que je l'identifie. À moins que quelqu'un d'autre ne l'ait volé, puis vendu ou donné à Pierre Michel...

— Les cinq membres de l'équipe internationale travaillaient au musée archéologique à l'époque de la disparition du rouleau ?

— Oui. Les pères Pierre Michel et Paul Johnson, en qui j'avais une totale confiance, étaient là presque en permanence. Les trois autres — le père Millet, le savant polonais Andrej Lirnov et le très particulier Thomas Almond — participaient aux recherches de manière plus irrégulière.

— Est-ce que Pierre Michel pourrait avoir décrypté le parchemin dès 1967 ? demandai-je.

— Tout à fait. Le travail préalable, long et délicat, avait été fait ; il ne restait plus qu'à refléter le texte dans un miroir pour le lire dans le bon sens.

— Si Pierre Michel est le voleur, comment expliquer qu'il ait pris le risque d'être démasqué en évoquant le contenu d'un rouleau qu'il avait tenu secret pendant près de vingt ans ? dit mon père.

— C'est en effet curieux. Mais pour avoir travaillé dans l'armée, je peux te dire que c'est souvent le cas des secrets les plus importants. C'est la vie propre du secret, que de vouloir s'échapper : plus il est grave et plus il est dur à porter. On a besoin de le partager avec quelqu'un, c'est plus fort que soi. Un jour, on finit par parler, puis on regrette, mais il est trop tard et il faut payer.

— Auriez-vous ici la photographie du fragment que vous aviez déchiffré ? demandai-je.

— Non, je ne l'ai pas. Elle est en Israël. Mais je vous en enverrai une copie dès que je rentrerai, dans une semaine. Cependant, c'est très court, et je peux vous le citer à peu près de mémoire :

*« Au commencement était le verbe,
Et le verbe était tourné vers Dieu,
Et le verbe était Dieu.
Tout fut par lui,
Et rien de ce qui fut
Ne fut sans lui.
En lui était la vie,
Et la vie était la lumière des hommes,
Et la lumière brille dans les ténèbres,
Et les ténèbres ne l'ont point comprise.
Il y eut un homme, envoyé de Dieu ;
Son nom était Jean.
Il vint en témoin,*

Pour rendre témoignage à la lumière
Afin que tous croient par lui.
Mais ses paroles furent tronquées
Et ses mots changés,
Et le verbe devint mensonge
Pour mieux cacher la vérité,
La véritable histoire du Messie.
Et à celui-ci,
Par le sacrement des prêtres de Qumran,
Il sera donné le trésor. »

Nous restâmes un instant silencieux, perplexes.

« As-tu une idée du contenu du rouleau dans son ensemble ? demanda mon père encore une fois.

— Hélas non. Je n'ai pas eu le temps de le lire entièrement. Ce qui est sûr, d'après ce que j'ai vu, c'est que ce n'est pas un apocryphe, mais un écrit original de Qumran. Je pense aussi, depuis l'intervention de Pierre Michel à la conférence, qu'il apporte des révélations supplémentaires sur les esséniens et leur revendication à être considérés comme les véritables héritiers des prêtres zadoqistes. Le *Document de Damas,* l'un des premiers à avoir été trouvés, relate l'évolution progressive du groupe. D'un mouvement initial de protestation de prêtres, s'appuyant sur une argumentation légale, il devint une secte radicale, centrée sur le concept théologique de la révélation, incarnée par le personnage du Maître de Justice. Pour la secte de Qumran, seule l'inspiration divine donnait la clef du sens profond des Écritures. Vous savez que, dans la tradition de la spéculation apocalyptique, celui qui détient la clef des mystères et des lois cachées est l'émissaire de Dieu. Les esséniens se tenaient pour les chefs des forces de la lumière, autrement dit les "fils de lumière". Je crois que c'était simplement une secte qui voulait convaincre ses coreligionnaires que sa vision du monde était la bonne. Ils voyaient dans les événements de chaque jour la réalisation d'un plan divin pour l'histoire. À l'époque, Ponce Pilate était gouverneur de la Judée, et les Romains voulaient s'approprier le trésor du Temple et spolier les prêtres de leurs biens. Les légions romaines stationnées dans la forteresse gardaient le Temple. Pour les prêtres, en particulier ceux de Qumran, cet acte guerrier était un sacrilège à l'encontre de la Ville Sainte ; Pilate avait souillé le Temple en y offrant un sacrifice à la statue de Tibère. Je pense que les "Kittim" ou "fils des ténèbres", dont ne cessent de parler les écrits de Qumran, sont les Romains, ceux qui adoraient les déesses de la victoire et de la fortune, et que les esséniens haïssaient par-dessus tout.

— Ne peut-on alors considérer Qumran comme un des principaux centres de résistance politique à l'impérialisme romain mais aussi à l'aristocratie juive qui collaborait avec l'occupant dans le seul but d'amasser des fortunes ?

— On ne sait pas si les motivations des esséniens étaient politiques ou théologiques. Au moment où l'influence de la secte était la plus grande en Judée, ses messagers parcouraient la Méditerranée, loin des tumultes politiques de Jérusalem, avec pour seul bagage un rouleau, une sorte d'évangile, et professaient simplement la modestie, la pureté et la pauvreté.

— Mais en Judée, aux yeux de ceux qui se battaient pour préserver les lois et les codes de pureté des textes ancestraux et luttaient contre la domination économique des Romains et de l'aristocratie juive, prêcher un nouvel évangile qui encourageait l'abandon de la loi mosaïque avait forcément une connotation politique. C'est tout le problème de Jésus.

— Ah, je vois où tu veux en venir. Tu te demandes si ce rouleau parle enfin de Jésus et, si oui, en quels termes. Tout ce que je peux te dire c'est que le peu que j'en ai lu n'en fait aucune mention. Cependant, lors de vos recherches, ne cherchez pas uniquement un dénommé Jésus, mais également n'importe quel individu qui aurait les mêmes caractéristiques. Car le Jésus historique peut aussi bien avoir été Arthronges, le prétendu Messie dont parle Flavius Josèphe, personnage hellénisé puis romanisé lors de la *pax romana*, et reconnu comme l'envoyé de Dieu par bon nombre des gentils de l'Empire romain. Il n'est pas sûr que Jésus ait existé tel que le décrivent les Évangiles. En l'état actuel de nos connaissances, nous ne possédons de preuves irréfutables de l'existence que de deux personnes citées dans la vie de Jésus : Ponce Pilate, le préfet de Judée, dont des archéologues italiens ont découvert le nom sur une inscription latine, repêchée dans l'ancien port de Césarée, en 1961 ; et le grand prêtre Caïphe, dont une équipe israélienne a exhumé le tombeau de famille, dans la Jérusalem-Sud, en 1990. Toutes les indications que nous avons sur la vie de Jésus appartiennent ou dérivent de la littérature chrétienne dont les premiers textes ont été écrits près d'un siècle après les événements dont ils parlent.

— Tu te rappelles les trois personnages centraux des textes de Qumran : le "Maître de Justice", le "méchant prêtre" et le "soffer" ou "homme du mensonge", dit mon père. Certains pensent que Paul serait ce dernier, mentionné avec un profond dédain dans le *Commentaire d'Habaquq*, qui fait en outre état d'une polémique entre « l'homme du mensonge » et le « Maître de Justice » à propos de la stricte observation des lois de pureté et du culte du Temple.

— Laisse-moi deviner ton idée... Paul a posé les bases d'une foi entièrement nouvelle, fondée non plus sur la loi mosaïque mais sur la foi en Jésus. Avec lui, l'esprit de la lettre l'a emporté sur la lettre elle-même. Il a propagé le nouveau culte en Méditerranée, à Éphèse, à Corinthe, à Paulpe. Ses prédications ont amené les chrétiens à assimiler les juifs à un peuple au Dieu dur et terrifiant. C'est avec lui que l'idée universelle du christianisme a germé, celle de la conversion de tous les gentils... C'est avec lui que les chrétiens se sont considérés comme le nouvel Israël et ont progressivement rallié les Romains à leur foi, si bien qu'en moins de trois cents ans l'Empire romain était devenu chrétien... Et c'est pour dissimuler ce bouleversement radical opéré par Paul et non par Jésus que les manuscrits auraient été dérobés...

« À mon avis, ajouta Matti, avec un petit sourire malicieux, vous êtes sur la bonne voie. Mais il vous faut d'abord aller voir Paul Johnson.

— Êtes-vous resté en rapport avec lui ? demandai-je.

— À vrai dire non. J'ai travaillé assez longtemps avec lui pour savoir que c'est un homme qui a de grandes capacités sur le plan intellectuel. Mais depuis un certain événement, j'ai décidé de ne plus le revoir...

— De quoi s'agit-il ?

— C'était peu avant que les rouleaux ne soient dérobés, lors d'une petite soirée organisée au musée. Johnson était un peu imbibé ce soir-là. "Je vous propose de porter un toast", me dit-il et, levant son verre, il ajouta : "Je veux boire au plus grand homme vivant dans cette seconde moitié du XXᵉ siècle : Kurt Waldheim." J'avoue que j'en suis presque tombé de ma chaise. Il y avait bien eu des révélations sur lui dans la presse israélienne mais jusqu'alors je n'y croyais pas. Je pense que Johnson n'est pas très net, si vous voyez ce que je veux dire...

— Vous ne l'avez plus revu depuis ?

— Si, bien sûr, mais de loin. Je me rappelle notamment une conférence à laquelle j'ai assisté en 1988, et qui réunissait un concile d'universitaires chargés de surveiller le processus de publication des rouleaux. Il y avait parmi eux le directeur de la *Biblical Archeological Review*, Barthélemy Donnars. C'est un personnage familier des conférences archéologiques, depuis San Francisco jusqu'à Jérusalem, où, installé dans les premiers rangs, il prend force notes sur un petit carnet jaune. C'est un frondeur et un idéaliste qui ne fait pas de compromis... Derrière son apparence souriante et ses paroles volubiles, se cache un caractère bien trempé. En 1988, il restait des dizaines de documents non publiés entre les mains de Millet, Michel, Almond et Johnson, beaucoup de matériaux que Donnars rêvait de voir communiquer aux équipes israéliennes. Il avait pressé Johnson de donner un calendrier précis des publications à venir. Celui-ci, de guerre lasse, avait annoncé la parution prochaine d'un ouvrage intitulé *Découvertes dans le désert de Judée*, qui devait être suivi de dix volumes regroupant différents textes de Qumran dans les trois années suivantes, et de dix autres volumes d'ici l'année 1996. C'était bien sûr irréalisable. En 1989, Barthélemy Donnars écrivit un éditorial, titré "Ils n'y arriveront jamais", véritable déclaration de guerre à l'équipe internationale. L'article disait en substance que le temps des explications dilatoires, des excuses et des équivoques était désormais révolu. Que cette équipe qui n'avait rien publié depuis trente ans ne publierait jamais rien. Que le Département des antiquités d'Israël se rendait complice d'une conspiration du silence. Que la seule manière de mettre fin à cette obstruction était de permettre le libre accès aux rouleaux de Qumran à tout universitaire compétent. Donnars a fini par être entendu. Mais c'était trop tard pour le rouleau essentiel, disparu en 1967. »

Nous discutâmes encore un instant avec Matti, puis nous le quittâmes, tard dans la nuit, heureux de toutes les informations que nous avions pu recueillir, persuadés d'être sur la bonne voie... et sans nous douter que nous n'allions plus jamais le revoir vivant.

Quittant l'hôtel, qui se trouvait au centre de Manhattan, nous marchâmes dans la ville pendant plus d'une heure. Nous n'avions pas le cœur à la visite, mais nous avions besoin de réfléchir à tout ce que nous avait dit Matti. Cependant, nous fûmes gagnés par l'agitation de la nuit : il était presque deux heures du matin, et les lumières de la cité éclairaient, tel un instantané, l'envol fugace des coups d'œil à peine plus languissants que le jour.

Nous étions dans un monde. Le tracé géométrique des rues ne laissait guère place à l'errance. À regarder au loin, tout au bout d'une artère, on pouvait, de jour, apercevoir la mer comme un azur inaccessible, mais, de nuit, il ne semblait pas y avoir d'horizon au-delà des Twin Towers. Côte à côte, nous déambulâmes dans les avenues, intimidés par les gigantesques tours de Babel aux parois lisses, dont l'épure était coupée au couteau dans le verre et le Plexiglas. Les yeux levés au risque de trébucher, nous essayâmes d'imaginer ce que c'était que d'être au sommet d'un de ces gratte-ciel, que l'on soit maître de l'empire ou simple yuppie, à mirer la ville dans ses tours d'aluminium, à observer les ascensions rythmées aux pierres d'acier, les ziggourats aux escaliers de béton, de verre ou d'asphalte, et dont l'image est reflétée, incessamment renvoyée de l'une à l'autre ; à voir de haut le centre traversé par sa passion, la vitesse, prophète de l'avenir, déesse de la ville ; à observer les humains en mouvement comme des animaux, mus par l'instinct de survie et la folie carnassière ; et l'argent aussi, qui dans cette course frénétique déclenche une tempête mondiale à partir d'un petit interrupteur électronique, d'un gadget. Très haut, au sommet de l'île, avoir à ses pieds ce monde grouillant de rage et de désespoir devait être enivrant.

Non, pensais-je, ce n'est pas pour Le voir de plus près qu'ils construisirent ces tours ; ni pour effleurer du bout de leurs doigts sa Sainte Majesté. Ce n'est pas pour regarder en haut, mais pour mieux voir *de* haut, vers le bas. C'est-à-dire pour le comprendre, et par un regard adopter son point de vue titanesque, cosmique. Comme Lui, voir les hommes petits et ridicules s'agiter en jaune et noir comme les insectes qui infestent chaque maison de la ville, pauvre ou luxueuse, propre ou sale, surpeuplée ou vide ; ceux à la carapace claire et luisante, petits fuyards au pas pressé, et ceux qui ahanent, apathiques, dans leur corps visqueux. Étions-nous aussi misérables, aussi pathétiquement répugnants, au point d'en être monstrueux ?

Nous quittâmes les rues cossues aux néons aveuglants pour nous enfoncer un peu plus dans la nuit. Au mois de mars, il faisait encore frais et les trottoirs en travail exhalaient des bouffées de vapeur. Nulle part nous ne trouvions le silence. Le bruit des sirènes — ambulances, voitures de pompiers ou de police — nous poursuivait où que nous allions, comme si à chacun de nos pas se produisait une nouvelle catastrophe. Nous prîmes un taxi, qui roula un peu au hasard, et finit par nous déposer près d'East Village, à Alphabet City.

C'était les portes de l'enfer. Des clochards en guenilles, à moitié saouls, à moitié endormis, recroquevillés sur les marches des perrons, semblaient avoir été exhumés tant leur peau, grise et violacée, était ternie par la crasse, et tant son odeur était forte. Les bars enfumés et bondés débordaient jusque sur les pavés d'une faune bigarrée de créatures étranges, vêtues de plastique et de vinyle, aux crinières hérissées de pointes multicolores. Nous croisâmes des jeunes gens aux cheveux teints, au visage et au corps entièrement tatoués ou percés d'anneaux. Certains, assis par terre, trouaient leurs bras déjà meurtris par des dizaines de piqûres ; d'autres vomissaient sur les trottoirs, près des poubelles et des clochards ; un homme hurlait des jurons au beau milieu de la chaussée, sans que personne n'y prêtât attention. Au fond d'une ruelle, des individus vêtus de cuir et de chaînes s'empoignaient violemment près de leurs motos.

C'était la demeure des démons, le repaire de tous les oiseaux de mauvais augure qui abreuvaient les nations de leur vin de fureur. C'était Babylone, la dominatrice de tous les royaumes, qui découvrait ses tresses, retroussait sa robe, et montrait ses cuisses, pour que fût révélée sa nudité. Des bêtes, pensais-je, en voyant les créatures biscornues sortir des bars, des bêtes à dix cornes et à sept têtes, avec sur leurs cornes des diadèmes et sur leurs têtes des tatouages blasphématoires ; certains ressemblaient à des léopards, dont ils avaient revêtu la peau ; d'autres avaient sur la figure des traînées de sang. À l'entrée d'une boîte de nuit, un homme à l'accoutrement fantastique, moitié cheval, moitié lion, mangeait du feu pour attirer l'attention des passants. À tous ceux qui voulaient pénétrer dans son antre, il imposait une marque sur la main droite ou sur le front, d'après le nom clignotant au-dessus de sa tête : *666*. En passant près de lui, mon père frissonna. Me prenant par le bras, il m'entraîna vivement sur l'autre trottoir.

« Sortons de cette cité, dit-il, de peur de partager ses péchés et les fléaux qui lui sont destinés. »

II

Le lendemain, nous prîmes le train pour nous rendre à l'université de Yale, qui est à une heure et demie de New York.

Nous y rencontrâmes plusieurs archéologues avec lesquels mon père renoua le fil des vieilles controverses entamées des années auparavant. Souvent, ses collègues s'étonnaient de me voir derrière lui, vêtu de noir, avec mes papillotes qui dépassaient de mon grand chapeau sombre à large bord, et ma mine timide, presque effarouchée. Ils ne comprenaient pas comment un fils pouvait être aussi différent de son père, sans savoir combien, dans le fond, j'étais identique à lui, en ressemblant à tout ce qu'il n'était pas. Avec mon chapeau et mon petit psautier qui jamais ne me quittait, je remplissais tous les vides de mon père. J'étais son parfait complément ; j'étais les habits qu'il avait laissés derrière lui en les enlevant.

Ou peut-être même étais-je sa vraie peau et il n'avait emporté que ses habits, oubliant de prendre son propre corps. Pour un fils, j'étais son passé, tout en étant son futur. Mon père n'avait ni barbe ni chapeau, et il portait des pantalons ordinaires avec des chemises à carreaux. Mais il n'était pas gêné de me présenter, moi, son fils, un hassid, un orthodoxe. Les professeurs semblaient se demander qui était la couverture de l'autre, et ils devaient penser que nous étions un curieux couple.

Enfin, nous fûmes reçus par Paul Johnson en personne. Ce savant réputé pour sa grande connaissance des Pères de l'Église et de la théologie médiévale était un petit homme qui portait bien ses soixante-dix ans. Ses cheveux roux, éclaircis avec l'âge, avaient des reflets de cuivre blond et terni. Ses yeux verts, qui gardaient une lueur de jeunesse, donnaient une certaine chaleur à son visage. Ils contrastaient avec sa peau extrêmement pâle et ridée, couperosée sur les joues, avec de petits boutons rouges de part et d'autre du nez, dont les ailes étaient striées par de très minces veinules savamment entrelacées. Je plissai les yeux pour essayer d'en saisir le dessin ; je distinguai trois lettres hébraïques, ק, ר et ת — qui pouvaient former le mot *qarat*, « couper ».

Son bureau était jonché de revues, de travaux historiques et de bibles en quantité impressionnante. Un petit lecteur de microfiches, posé sur l'un de ses angles, lui permettait de visionner les photographies des rouleaux antiques.

Mon père lui demanda de nous parler de l'équipe internationale.

« C'est moi qui l'ai fondée avec Pierre Michel, répondit-il. J'ai commencé à travailler un peu avant lui, pendant l'été 1952. Au début, je n'ai fait que nettoyer, préparer et identifier tous les rouleaux qui avaient été découverts dans les grottes. Le matériel n'était pas énorme : il y en avait peut-être une quinzaine. J'ouvrais une boîte, prenais un fragment, le mettais dans un pot pour l'humidifier, puis le plaçais entre deux lames de verre pour le rendre droit. Souvent il fallait le laver : des cristaux d'urine l'obscurcissaient, probablement à cause des chèvres égarées dans les grottes. Je lavais les fragments les plus sales avec de l'huile de castor. Mais malgré tous nos soins, nous avons commis une terrible faute : nous avons utilisé du scotch pour faire les jointures.

— À présent, les chercheurs passent des heures à enlever les résidus de scotch poisseux et durci des fragments, dit mon père.

— À l'époque, on ne savait pas que c'était une grave erreur ; on était moins informés des techniques de restauration. Pour nous, l'essentiel, pendant les trois premières années, était avant tout le déchiffrement et l'identification. Assez rapidement, je me suis mis à travailler avec Pierre Michel. Il avait un talent incroyable pour lire ce qui paraissait illisible. Des mots très rares d'hébreu ou d'araméen lui étaient familiers. Il avait une confiance totale dans la précision de l'analyse paléographique appliquée à l'étude des manuscrits anciens. Convaincu que les écritures évoluaient uniformément tout au long des siècles, il chercha à établir une séquence chronologique entre elles. Il put ainsi discerner dans les fragments de Qumran trois écritures hébraïques différentes et successives : l'archaïque, entre 200 et 150 avant Jésus, l'hasmonéenne entre 150 et 30 avant Jésus, et l'hérodienne, entre 30 avant Jésus et 70 après Jésus. Elles recoupaient des périodes essentielles de l'histoire de la Judée, depuis la conquête séleucide, jusqu'à la destruction romaine de Jérusalem. C'est ce qui nous a permis d'affirmer que les rouleaux appartenaient à la secte des esséniens, décrite par Philon, Flavius et Pline l'Ancien. Mais tout cela ne vous est pas inconnu. Dites-moi plutôt en quoi je puis précisément vous être utile.

— Nous voudrions savoir comment vous avez obtenu le manuscrit que vous avez confié à Pierre

Michel, celui dont il a fait le sujet de sa conférence en 1987 », dit mon père, abruptement.

Johnson, un peu surpris, répondit :

« Par l'évêque Osée. Il était notre fournisseur habituel, sauf quand nous allions nous-mêmes récupérer des fragments à l'intérieur des grottes. Mais pourquoi voulez-vous savoir cela ?

— Parce que ce manuscrit appartient au musée de Jérusalem ; et nous cherchons à le récupérer. Ne saviez-vous qu'il s'agissait du même rouleau que celui qui avait été acquis par Matti, déposé par lui au musée et volé peu après ?

— À l'époque non. Je n'avais pas eu le temps de regarder le rouleau acquis par Matti, que j'avais aidé dans ses tractations compliquées avec Osée. Comment pouvais-je savoir que c'était le même que celui qu'Osée vint me vendre plus tard ? Je ne l'ai appris qu'après la conférence de Pierre Michel, de la bouche de Matti m'expliquant qu'il voulait le récupérer. Mais le manuscrit s'était en quelque sorte volatilisé... avec Pierre Michel.

— Et l'avez-vous lu après l'avoir acheté ?

— Hélas non. Les caractères étaient inversés, comme dans un miroir, et il était difficile d'en faire une lecture cursive. Je l'avais d'abord confié au chercheur polonais de l'équipe, Andrej Lirnov. C'est lui qui l'a remis à Pierre Michel avant de se suicider.

— Pensez-vous que son suicide ait un rapport avec ce qu'il avait lu ?

— C'est possible. Je ne sais pas. J'aurais aimé le lire autant que vous, par intérêt scientifique aussi bien que théologique. Même si je tends à penser que c'est peut-être mieux ainsi, ajouta-t-il avec hésitation.

— Comment cela ?

— J'ai été très surpris par la conférence de Pierre Michel. Cela faisait un certain temps qu'il ne m'avait plus fait part des résultats de ses recherches, alors qu'il en avait l'habitude auparavant. Je me suis posé des questions sur sa santé... mentale. Ce ne serait pas étonnant... avec tous ces événements...

— Quels événements ? » demanda mon père, obstiné.

Il nous jeta un regard noir, puis répliqua brusquement :

« Ces rouleaux sont ensorcelés. Depuis l'affaire Shapira, tous ceux qui les ont approchés ont été maudits. Ils se suicident. Ils meurent violemment. Comme Lirnov. Comme Osée. On dit qu'il est mort poignardé, mais c'est faux.

— Comment est-il mort selon vous ? demandai-je.

— On l'a crucifié.

— D'où tenez-vous cela ? dit mon père.

— J'ai mes sources d'information. »

Je lançai à mon père un regard interrogateur, et il me fit un signe sans équivoque qui me glaça le sang.

« Non seulement je ne sais rien du manuscrit manquant, continua Johnson, mais je ne pense pas qu'il soit important. Dix ans après les premières découvertes, une nouvelle science est née, la qumranologie, avec une bibliographie de deux mille titres. Il y a partout dans le monde des revues d'études qumraniennes, des instituts de recherches, des livres innombrables. Alors, votre dernier manuscrit, c'est une goutte d'eau dans la mer qumranienne, dont je ne me soucie pas. Et je doute qu'il apporte quoi que ce soit de nouveau par rapport aux autres manuscrits, qui eux-mêmes ne faisaient aucune révélation notable concernant le christianisme ou le judaïsme antiques.

— Au contraire, si autant de gens se passionnent pour ces textes, un manuscrit perdu devient d'un intérêt considérable ! dis-je.

— Considérable pour qui ? La relation entre l'essénisme et le premier christianisme a déjà été remarquée par les philosophes du XVIIIe siècle qui disaient que le christianisme était un avatar de l'essénisme. Le roi Frédéric II écrivit à d'Alembert, en 1770 : "Jésus était proprement un essénien." C'était le siècle des Lumières. On voulait démystifier, sabrer les fondements de la religion. Voulez-vous faire de même ? N'est-ce pas un combat d'un autre siècle ?

— Nous voulons aller là où nous mène la vérité, dit mon père.

— Croyez-vous qu'elle vous mène à une révolution ? La religion en a vu bien d'autres ; et elle s'est toujours relevée. »

Il se leva soudain, le visage contracté par la colère :

« Que voulez-vous dans le fond ? Mettre l'originalité du message chrétien en cause ? Bouleverser les fondements du dogme ?

— L'Église ne peut plus nier l'importance des révélations apportées par les rouleaux, dit mon père, posément. Par exemple, celle du Maître de Justice au nom inconnu, en rupture évidente avec le judaïsme officiel et le culte du Temple, et qui aurait été persécuté par un "prêtre impie". Qui était-il ? A-t-il été mis à mort ou même crucifié comme le suggère l'expression des rouleaux "suspendu vivant sur le bois" ? A-t-il un rapport avec Jésus ? Est-ce un blasphème de dire que, peut-être, le Maître de Justice et Jésus sont une seule et même personne ? De même, que dire de Jean Baptiste ? Il ne fait plus de doute que le prophète du désert, qui a baptisé le Christ, a été au moins en rapport avec les esséniens qui vivaient également dans le désert et pratiquaient le baptême.

— Mais Jean pouvait aussi bien être un anachorète, un ermite solitaire plutôt que le membre d'une communauté. Et n'oubliez pas que Jésus prêchait la bonne parole, alors que les esséniens avaient une doctrine ésotérique. Pour ma part, je dirais que les documents de Qumran éclairent non le christianisme mais le milieu où il est né, c'est-à-dire le judaïsme du Ier siècle. Quant à la doctrine essénienne, nul ne la connaît, elle a disparu avec ses derniers fidèles après la révolte des juifs contre les Romains, lorsque Qumran fut détruite par un tremblement de terre.

— Si les esséniens avaient décidé de vivre en

marge, c'est qu'ils vouaient une hostilité déclarée au Temple. De plus, ils attendaient la fin du monde et étudiaient avec ardeur la littérature apocalyptique.

— C'est bien dans une atmosphère d'attente messianique qu'est né le christianisme.

— Il nous faut en savoir plus, et c'est pourquoi nous voulons le rouleau manquant, reprit mon père. Que des documents découverts en 1947 aient fait l'objet d'une confiscation et qu'aucune publication ne permette d'en prendre connaissance sont un scandale.

— Que voulez-vous de plus ? répondit Johnson, de plus en plus furieux. Vous avez les manuscrits des grottes 1 à 11 ; en 1951, les Américains avaient déjà édité trois des quatre manuscrits du couvent Saint-Marc : un premier *Rouleau d'Isaïe*, le *Commentaire d'Habaquq* et le *Manuel de discipline*. À cela s'ajoute l'édition posthume des textes sur lesquels avait travaillé Ferenkz : le second *Rouleau d'Isaïe*, celui de *La Guerre des fils de lumière contre les fils des ténèbres*, et les *Hymnes*. Quatre manuscrits du couvent Saint-Marc, transférés aux États-Unis en 1948, ont été depuis acquis par Israël qui leur a même construit une sorte de temple du livre dans son musée national, à Jérusalem.

— C'est ce manuscrit que nous voulons, pas ceux que nous avons déjà », répondit mon père, sèchement.

Il réfléchit un moment, puis ajouta doucement :

« Mais vous avez sans doute peur pour votre foi. Est-ce la Commission biblique pontificale qui vous ordonne d'agir ainsi ? Je veux dire la Congrégation pour la doctrine de la foi, pour laquelle vous travaillez.

— Certainement, dit-il aussitôt. Je ne suis pas dupe de vos manœuvres ; vous voulez ébranler des siècles de foi en notre Seigneur. C'est vous qui apportez le scandale. »

Disant ces mots, il nous désigna la porte d'un geste menaçant, signifiant par là que l'entretien était terminé. Nous sortîmes, à moitié dépités, à moitié effrayés.

Mon père semblait abattu. Lui qui vouait un culte aux antiquités voyait soudain les rouleaux dispersés à travers le monde, entre quatre chercheurs ; et ils semblaient porter le trouble et la terreur dans les âmes. Des hommes étaient morts, assassinés sauvagement, d'autres devenaient fous, se suicidaient. Bien qu'étant un scientifique à la méthode rigoureuse, athée et rationnelle, mon père croyait pourtant aux signes du ciel, de manière quasi superstitieuse. Cela m'avait toujours paru curieux : cet homme détaché de toute religion s'attachait à ne point contrarier ce qu'il appelait l'ordre des choses qui, pour moi, n'était autre que l'ordre divin.

Je m'étonnais de son découragement. Je connaissais son intérêt pour la recherche et la découverte, et je ne comprenais pas pourquoi il pensait, sans avoir vraiment essayé, que nous ne pourrions probablement jamais retrouver ce manuscrit, et que, si par chance nous y arrivions, ce ne pouvait être que pour notre plus grand malheur. En fait — je le compris plus tard — mon père avait gardé de son enfance la crainte du démon qu'on lui avait inculquée, et qui restait ancrée en lui, comme une scorie dans son univers scientifique désenchanté : il avait peur que les rouleaux ne fussent habités par Satan.

« Mais c'est le contraire, lui dis-je. Au contraire de ce que le père Johnson a affirmé, ces manuscrits doivent avoir un contenu précieux, et je pense même qu'il doit le savoir. C'est un signe qu'il nous faut poursuivre.

— Je ne sais pas. Je ne sais plus par où commencer.

— Qu'est-ce que l'affaire Shapira, à laquelle Johnson a fait allusion ? demandai-je.

— L'affaire Shapira... Pendant l'été 1883, on ne parlait plus à Londres que de la découverte de deux manuscrits antiques hébreux du *Deutéronome* écrits en cursive hébraïco-phénicienne, cette écriture qu'on connaissait par la fameuse stèle moabite de Mesa et qu'on fait remonter aux environs du IXe siècle avant Jésus. Il s'agissait de quinze ou seize longues bandes de cuir, primitivement pliées, que Shapira avait rapportées de Palestine. Il les proposait au British Museum pour un million de livres. Pendant plusieurs semaines, la presse anglaise consacra à l'événement des articles presque quotidiens et publia même la traduction des textes. Les curieux se pressaient en foule au musée, où quelques fragments étaient exposés. Le Premier ministre Gladstone, grand amateur d'antiquités, s'y rendit également et rencontra Shapira.

« Moïse Wilhelm Shapira, juif polonais converti au christianisme, avait pratiqué pendant longtemps le commerce des antiquités et des manuscrits à Jérusalem. Il avait fourni les bibliothèques de Berlin et de Londres en textes hébreux, la plupart originaires du Yémen. Il avait même découvert un commentaire sur le *Midrach* de Maimonide.

« Or par les circonstances de leur découverte, les parchemins de Shapira rappellent étrangement ceux de la mer Morte. Lors d'une visite au cheik Mahmoud El-Arakat, en juillet 1878, il avait appris que des Arabes, réfugiés dans les grottes de l'Ousadi El-Moujin, près du rivage oriental de la mer Morte, dans l'ancien territoire de la tribu de Ruben, y avaient découvert des grimoires de nécromancie. Ceux-ci, comme ceux de Qumran, étaient enveloppés dans plusieurs épaisseurs de toile, visiblement très ancienne. Bref, il demanda au cheik d'avoir accès aux manuscrits et découvrit une transcription des dernières paroles prononcées par Moïse dans la plaine de Moab. Shapira expliquait l'étonnant état de conservation des textes par la remarquable siccité des grottes, bien connue des Bédouins.

« Cependant, sa réputation fut ternie par la vente au Musée royal de Berlin d'idoles moabites qu'un comité d'experts reconnut pour des faux. Inquiets, les Anglais décidèrent de convoquer une réunion de spécialistes pour réexaminer les rouleaux. Le premier à nier l'authenticité des manuscrits fut Adolf Neubauer qui était en contact avec les experts berlinois. Le coup final fut porté par Clermont Ganneau, un archéologue français antisémite. Finalement, les fragments furent condamnés dans un rapport officiel qui précisait que le compilateur du texte hébreu devait être un juif. Peu après, Shapira se suicidait en Hollande, dans un hôtel sordide de Rotterdam.

— Encore un mort à cause des rouleaux..., dis-je.

— Oui, sans doute le premier ; et peut-être pas le dernier. Le fait le plus troublant est que l'on n'a jamais retrouvé les manuscrits. Ils semblent avoir disparu en Hollande avec Shapira. Tu vois, c'est idiot, ajouta-t-il, mais je trouve que cela fait peur.

— Pourquoi ? Johnson et la Congrégation pour la doctrine de la foi t'ont-ils convaincu que les rouleaux sont ensorcelés ? Penses-tu que les rouleaux soient à l'origine d'une hérésie nouvelle ?

— Peut-être. J'ai peur de cette crucifixion. Qui peut l'avoir commise ? Les chrétiens, cela n'aurait pas de sens. Les juifs ? Le *Commentaire de Nahum* fait allusion à des hommes pendus vivants, c'est-à-dire crucifiés. Bien que ce supplice soit interdit par la loi juive, on sait cependant qu'Alexandre Jannée en usait dans une très large mesure. Il se pourrait aussi que les juifs, crucifiés en très grand nombre par Antiochos IV Épiphane, aient imité leurs persécuteurs au cours des guerres maccabéennes et par la suite ; mais c'est une hypothèse qui n'a pas été vérifiée... L'hypothèse la plus vraisemblable reste les Romains...

— Mais il n'y a plus de Romains, m'écriai-je ; c'était il y a des milliers d'années. Aujourd'hui, ce n'est plus pareil. Cela pourrait être n'importe quel fou... Je crois que nous devrions demander conseil au rabbi de Williamsburg. Il peut nous dire si nous devons poursuivre ou nous arrêter. »

À la vérité, je ne sais ce qui me poussa à lui faire cette proposition... Peut-être était-ce de le voir dans une telle perplexité. Peut-être par un simple réflexe hassidique. Il me considéra avec une surprise mêlée d'intérêt.

« Le vieux rabbi que nous avions vu Chabbath dernier ? »

Il semblait si désemparé qu'il ne résista pas long-temps à mes efforts pour le convaincre.

Deux valent mieux qu'un. Car ils ont plus de récompense de leur travail. Car si l'un tombe, l'autre relèvera son compagnon ; mais malheur à celui qui est seul car, s'il tombe, il n'aura personne pour le relever. Car si quelqu'un est plus fort que l'un ou l'autre, les deux lui pourront résister, et la corde à trois cordons ne se rompt pas si tôt.

Comme je me recommandai du rabbi, mon rabbi d'Israël, nous obtînmes tout de suite l'audition que nous avions sollicitée. Nous entrâmes dans la petite maison de Williamsburg où se tenait la cour. Dans la pièce où le rabbi donnait ses verdicts, les disciples étaient assis à même le sol, le chapeau rejeté sur la nuque, attentifs à la moindre parole du maître. Le gabbaï, l'assistant du rabbi, allait et venait, et de temps en temps lui remettait un kvtitl, une requête écrite. Le rabbi pouvait prodiguer ses conseils aussi bien sur une affaire commerciale, une thérapie médicale qu'un éventuel mariage, qui, si l'avis n'était pas favorable, avait toutes les chances d'être annulé. Il n'avait jamais vu auparavant les partis en présence, qui pouvaient venir du monde entier ; il se pouvait même que les requêtes soient faites par téléphone, depuis l'Europe ou Israël, lorsque les personnes ne pouvaient pas se déplacer. Et le rabbi, qui ne connaissait personne, mais qui savait beaucoup de choses, avait toujours réponse à tout.

Le gabbaï nous introduisit auprès de lui, en qualité

de requérants. J'expliquai brièvement le motif de notre visite, sans donner de détails précis, comme me l'avait demandé mon père, et je demandai au rabbi si nous devions continuer notre recherche ou l'abandonner. Il se retira un court moment pour réfléchir, puis revint, murmura quelque chose à l'oreille de son assistant et finit par hocher la tête et nous dire :

« Il faut continuer la recherche. Elle est périlleuse, mais poursuivez. »

Avant de nous renvoyer, il donna sa bénédiction en posant ses mains sur nos deux têtes.

« Dieu te viendra en aide », ajouta-t-il à mon intention.

Je relevai la tête et croisai son regard, perçant sous ses sourcils épais que rejoignait son imposante barbe blanche. Aussitôt, comme par un mouvement de pudeur, je baissai les yeux. Alors, il se pencha à mon oreille et ajouta une phrase qui me glaça le sang :

« Fais attention à ton père ; il court un grave danger. »

Avant de partir, nous déposâmes le pidione, la rétribution du conseil, dans la petite boîte prévue à cet effet.

Derrière nous, des chants endiablés se mirent à retentir : les décisions hassidiques se terminent toujours par les hymnes et les danses des disciples, préférés aux prières, car ils sont plus joyeux et plus favorables à la réalisation de la devequot. Je jetai un dernier regard en arrière. Au fur et à mesure que nous nous éloignions, nous percevions les « ah, oy, hey, bam, ya » répétés avec une intensité croissante. Il se dégageait de cette joie une espèce de force et d'invincible solidarité : je savais qu'en ce moment les disciples du rabbi se tenaient par les épaules ou par la taille et commençaient une danse qui les mènerait à l'état de transe. J'imaginais sans peine ce qui se produisait en ce moment dans la cour hassidique : des cercles magiques de danseurs se formaient, le premier maillon rejoignant le dernier, qui n'avaient ni début ni fin. Ils s'enthousiasmaient progressivement par un rythme de plus en plus soutenu. La chaleur monterait et, bientôt, ils devraient enlever leurs lourds manteaux noirs pour se retrouver en bras de chemise et accomplir des contorsions de plus en plus complexes. Les plus agiles d'entre eux formeraient une petite ronde au milieu du grand cercle et les autres les regarderaient danser, comme des hallucinés, et frapperaient dans leurs mains. En une telle occasion, le rythme, tel le diable en personne, ne laisserait aucun corps inerte et tous succomberaient bientôt à sa noire magie.

Nous continuâmes notre route jusqu'à l'hôtel, sans plus nous retourner. Mon père semblait avoir été calmé par le conseil du rabbi. Alors qu'il avait de nouveau la volonté de reprendre la mission qui nous incombait, j'étais au désespoir, sans même pouvoir le lui dire : eût-il voulu le faire savoir, le rabbi aurait prononcé son injonction à haute voix. De plus, il nous avait enjoint de continuer. Pour la première fois, j'étais victime de l'angoisse, qui m'étreignait la gorge et me nouait le ventre. Je me retrouvais, une fois de plus, à trahir l'un pour ne pas trahir l'autre. Mon père finit par remarquer mon air soucieux, et me demanda :

« Que t'a dit le rabbi, lorsqu'il t'a parlé à l'oreille ?

— Un secret, lui dis-je, sinon pourquoi m'aurait-il parlé tout bas ? »

Perdus dans nos pensées, nous ne pouvions nous apercevoir qu'une étrange silhouette toute de noir vêtue nous suivait discrètement.

Nous restâmes quelques jours encore à New York, allant de bibliothèque en université afin de rencontrer des savants et des archéologues. Partout, on nous disait que notre recherche était aussi vaine pour la foi que dangereuse pour notre vie.

Peu à peu, mon anxiété se dissipa comme s'était évanouie celle de mon père. Il me semble à présent

qu'une fois les doutes envolés, et les lâchetés vain-
cues, il est des moments où l'on agit sans savoir
pourquoi, comme par une nécessité intérieure, impé-
rieuse et indéfinie. Même s'il y avait une menace qui
planait autour des manuscrits, je continuais de me
sentir invincible. J'étais fier de mon père et de moi-
même. J'étais persuadé que cette alliance des générations était le secret de la puissance et de la réussite.
Et, à la différence de mon père, bien qu'étant plus
fervent que lui, je ne croyais pas au démon. Je ne
croyais pas dans le mal non plus, car on ne croit que
ce qu'on voit ; et je ne l'avais pas encore vu de mes
yeux. J'étais sûr que la mort faisait partie de ces
mythes inventés par l'homme pour faire peur à
l'homme, et pour le soumettre aux événements.
L'homme, cet animal qui a besoin d'un maître, avait
trouvé dans la mort un maître absolu. Pour lui,
c'était une aubaine : jamais il ne pourrait se consoler
de cette découverte.

Je ne croyais pas à la mort, car je pensais que
l'homme était le maître de sa destinée.

Les événements, dont la malice est sans égale, n'allaient pas tarder à me détromper, et à dessiller mes
yeux devant l'abomination.

*Tout va en même lieu, tout a été fait de la poussière,
et tout redevient poussière.*

Enfin, nous résolûmes de partir pour Londres afin
de rencontrer le chercheur anglais Thomas Almond,
l'un des quatre membres de l'équipe en possession
de manuscrits, et le plus accessible d'entre tous,
étant agnostique.

Le matin de notre départ, le réceptionniste de l'hôtel nous remit un paquet qui venait d'être déposé. Il
contenait un petit morceau de parchemin d'un brun
très sombre. Sur le moment, nous ne comprîmes pas
qui nous l'avait envoyé. Il était trop tôt pour que
Matti nous ait expédié celui qu'il nous avait promis.

De plus, il devait nous faire parvenir une copie, certainement pas un original, puisqu'il n'en possédait pas. Nous devions encore nous occuper de faire suivre le revolver avant de nous rendre à l'aéroport. Aussi, nous décidâmes de remettre notre examen à plus tard.

Nous attendîmes que l'avion ait décollé pour sortir à nouveau le parchemin de son paquet. Mon père le déplia précautionneusement.

« C'est étrange, dit-il, je ne vois pas de quelle peau de bête il peut s'agir. C'est trop sombre pour être de l'agneau ou du mouton. Je n'ai jamais vu un tel parchemin. »

En effet, le parchemin, épais et lisse, à peine strié, était mou, comme s'il n'avait pas séché, comme s'il était encore innervé. À l'inverse de celui des rouleaux de Qumran, il n'était pas friable et tout près de s'effriter en mille morceaux. Le cuir dans lequel il avait été découpé, bien que tanné, était très tendre, malléable, et il s'enroulait facilement. Il avait l'air étonnamment frais, comme si la bête venait d'être tuée, ou l'avait été il y avait peu de temps. Nous déchiffrâmes les mots qui étaient inscrits en araméen. L'encre noire qui les avait tracés bavait par endroits et prenait parfois involontairement le chemin ténu, à peine discernable, de quelques ridules de la peau, souligné par de minuscules stries rouges, comme du sang. Les mots que nous découvrîmes ne nous étaient pas inconnus :

Ceci est mon corps,
Ceci est mon sang,
Le sang de l'alliance versé pour la multitude.

« Il s'agit de l'eucharistie, lorsque, dans les Évangiles, Jésus s'identifie au pain et au vin de la Pâque, et qu'il annonce son calvaire, expliqua mon père.

— Mais quel est l'intérêt ? Qui peut bien nous avoir envoyé cela ? Et pour quelle raison ?

— Je ne sais pas. Si cela faisait partie des rouleaux

de Qumran, ce serait une preuve capitale du lien entre les Évangiles et les rouleaux. Mais celui-ci, je ne lui donne pas six mois d'âge...

— Crois-tu que quelqu'un cherche à se moquer de nous ?

— Ou à nous faire peur... À nous faire savoir que nous sommes surveillés. »

Intrigués, nous nous penchâmes à nouveau sur le parchemin pour l'examiner. Il ne ressemblait décidément pas à ceux que nous connaissions. Les mots semblaient avoir été écrits par un bon scribe, car les lettres étaient bien formées, mais à la va-vite, sans avoir pris le temps de tracer des lignes. La texture de la peau, bien plus douce que celle des rouleaux anciens, avait quelque chose de troublant, de familier. Plus je le contemplais, plus j'avais le sentiment étrange de l'avoir déjà vu quelque part. Mais où ? Était-ce dans un musée, sur une reproduction, chez mon père, en Israël ? Sans pouvoir expliquer pourquoi, j'avais l'impression de l'avoir aperçu récemment. Soudain, interrompant mes réflexions, mon père poussa un cri d'horreur. Pendant un instant, des gouttes de sueur froide perlèrent sur son front, sans qu'il pût prononcer un mot.

« Ce n'est pas un parchemin... Ary... c'est une peau, finit-il par dire.

— Mais oui, une peau ? répondis-je, sans comprendre.

— Non, je veux dire... Une peau humaine. »

Je baissai à nouveau les yeux sur ce fragment que mon père tenait en tremblant. Alors je compris. Un frisson de terreur parcourut toute mon échine. *Je reconnus la peau brune, si caractéristique, de Matti.*

III

Arrivés à Londres, nous téléphonâmes à l'hôtel de Matti. On nous dit qu'il avait disparu depuis deux jours, et que la police était à sa recherche.

Nous descendîmes dans un hôtel, non loin du Centre d'études archéologiques où Thomas Almond était censé travailler. Encore accablés de terreur, nous sentions nos jambes se dérober, comme après une nuit sans sommeil. Enfermés dans notre chambre, nous ne savions que faire. Mon père finit par appeler la police afin d'en savoir plus. On lui dit que Matti avait probablement été enlevé, mais que l'on n'avait pas retrouvé sa trace. Quant à nous, nous n'avions plus aucun doute sur ce qu'il lui était arrivé. Mais pour quelle raison lui avait-on fait subir cela ? Était-il épié ? Quelqu'un voulait-il empêcher qu'il ne nous remette la copie du fragment qu'il nous avait promise ? Savait-il quelque chose d'autre, qu'il ne nous aurait pas dit ? Et pourquoi nous avoir envoyé cet avertissement barbare ? Nous ne cessions de remuer mille questions.

En début d'après-midi, nous nous rendîmes au Centre d'archéologie, moins pour poursuivre notre mission que pour sortir et nous changer les idées. Mon père, qui connaissait bien l'endroit où il avait effectué plusieurs séjours pour ses recherches, eut pourtant de la peine à le reconnaître. L'archéologie s'était informatisée ; les dossiers, les plans, les fossiles se trouvaient à présent sur microfiches, plus maniables et moins fragiles. Un secrétaire nous informa que, depuis déjà quelques années, Almond ne venait plus guère au centre. Il demeurait dans sa maison près de Manchester, occupé par la traduction des manuscrits, et la rédaction d'un livre.

Nous n'étions pas au bout de nos peines. Le domicile d'Almond était loin de tout. Après le train, nous prîmes un bus qui nous déposa au milieu de nulle

part. Puis il fallut encore marcher plusieurs kilomètres en pleine forêt. Le temps était sombre et la pluie
menaçait. Des bruits inquiétants, de chouette, d'oiseaux noirs à l'envol soudain, de craquement sinistre
de bois mort, suivaient, sans répit, la même route
que la nôtre. Enfin nous la vîmes, au détour d'un
chemin.

C'était une petite masure de brique grise, à moitié
ensevelie sous les broussailles. Nous frappâmes à la
porte. Un homme d'une cinquantaine d'années, portant une barbe noire et des cheveux très longs,
habillé de vêtements sombres, apparut dans l'embra-
sure. Mon père se présenta comme professeur
d'archéologie à l'université de Jérusalem. Il expliqua
le motif de notre visite et résuma notre entrevue avec
le père Johnson. Alors seulement, Almond nous
laissa entrer.

L'intérieur de sa maison était un sanctuaire de reliques poussiéreuses et vieilles comme Mathusalem,
éparpillées par terre, accrochées sur les murs ou
accumulées sur les tables. Il montra à mon père quelques pièces rares qu'il manipulait avec des gants,
comme un horticulteur ausculte les fleurs fragiles.
C'était un passionné d'archéologie, un chercheur un
peu fou, le genre d'homme perdu dans ses travaux,
et qui aurait sans doute été perdu sans eux. Il désigna une vieille table au fond d'une salle, où se trouvaient les fragments qu'on lui avait donnés à traduire. Mon père et moi y jetâmes le même regard,
que nous eûmes du mal à réprimer, rempli d'avidité.

Alors pour la première fois, je les vis pour de vrai.
C'étaient de très vieux parchemins recouverts d'une
petite écriture hébraïque noire et serrée, sans marge,
sans paragraphe et sans ponctuation, comme un
trait intermittent qui pourtant poursuivait son chemin, inébranlable. Parfois, il s'élançait vers les hauteurs, au gré d'un lamed allongé ou d'un yod
accroché, mais ce n'était que pour mieux reprendre
la ligne droite invisible, comme s'il traçait un sillon
de vertu. C'était un parchemin, délicat comme un

papier, soluble et friable comme un terreau, et pourtant il avait survécu plus de deux mille ans. Il était fragile et tenace comme la morale juive, exposé et fort de sa faiblesse comme un visage étique. Il me rappela la petite fiole d'huile que les Maccabées avaient allumée dans leur temple saccagé par les soldats grecs, et dont la flamme, au lieu de s'éteindre au bout de quelques heures, avait perduré huit jours : c'était le miracle de Hanouca, grâce auquel le rituel du Temple avait pu être accompli, malgré la guerre. Et ce que je voyais m'apparut comme le miracle des rouleaux.

Nous nous penchâmes et déchiffrâmes silencieusement :

Et moi je fais partie de l'humanité impie,
De l'assemblée de la chair de perversité.
Mes iniquités, mes fautes, mes péchés, mon cœur
Me vouent à l'assemblée de pourriture,   [dévoyé
À ceux qui marchent dans les ténèbres.

Car ce n'est pas à l'homme de diriger sa route,
Et personne ne peut affermir ses pas.
C'est à Dieu que revient le jugement,
C'est sa main qui procure une conduite parfaite
Et c'est par sa connaissance que tout est advenu.
Tout ce qui advient, il le dispose suivant son dessein,
Et sans lui, rien ne se fait.

« Regardez celui-ci, nous dit-il en nous montrant un autre manuscrit qui paraissait plus solide que celui que nous lisions. C'est le *Rouleau de cuivre*. Quand nous l'avons trouvé, il était tellement recroquevillé, collé sur lui-même qu'il était impossible à dérouler. Mais j'ai mis au point un système ingénieux qui a permis de le débiter en petits fragments. Voyez, nous dit-il en nous montrant une curieuse machine composée d'une scie et de rails. Le parchemin est découpé dans le sens de la longueur par une aiguille, puis est véhiculé par un petit trolley sur rails, directement sous la scie circulaire. Ainsi c'est le manuscrit qui tourne, et la scie garde la même position. Un souffleur enlève la poussière et une loupe permet de garder le contrôle de la profondeur du coup de ciseau. Pour empêcher que le rouleau n'éclate en une centaine de débris minuscules au moment où la lame le touche, l'extérieur est entouré d'un ruban adhésif et chauffé de façon à ce que la peau reste souple. La ligne de la lame est assez nette et, comme vous le constatez, diamétralement opposée aux bords du parchemin : ainsi, il y a une marge entre les deux colonnes d'écriture. On peut débiter avec précision autant de lettres qu'on veut. Et voilà le travail, nous dit-il en nous tendant fièrement un mince fragment.

— Connaissez-vous la teneur des rouleaux confiés à vos confrères de l'équipe internationale ? demanda mon père.

— Non, je ne les ai jamais lus. Je ne vais pas aux colloques de qumranologie — mes collègues non plus, d'ailleurs. Mais je sais qu'ils affirment que ces textes ne contiennent aucune révélation, rien qui puisse semer le trouble, ni les obliger à réviser leur vision du christianisme primitif. Et pourtant, si vous saviez ! Je suis tombé sur des choses étonnantes. Il y en avait un qui évoquait des armes, boucliers, épées, arcs et flèches, richement décorés d'or, d'argent et de pierres précieuses, qui serviraient aux hommes ressuscités lorsqu'ils prendraient le pouvoir à l'avènement messianique. Le texte décrivait très précisément l'armée divisée en plusieurs bataillons, chacun combattant sous une bannière différente, qui portait une devise religieuse. Tout est indiqué, prévu, minuté, le déploiement des troupes et la tactique. Tout est réglé à l'avance pour la venue du Messie. Lorsqu'il viendra, il n'aura qu'à suivre les textes et il sera sûr de remporter la guerre finale.

— Quelle guerre ? » demandai-je.

Il prit un air mystérieux, avant de lancer, d'une voix tonitruante :

« *La Guerre des fils de lumière contre les fils des ténèbres* ! Il y a tout un rouleau consacré à cette guerre, qui s'ouvre sur une déclaration de guerre des fils de lumière contre les fils des ténèbres. Ces derniers sont les armées de Bélial, les habitants de Philistie, les bandes de Kittim d'Assour et les traîtres qui les aident. Les premiers sont les fils de Lévi, de Juda et de Benjamin, les exilés du désert. Ensuite, vient l'affrontement entre l'Égypte et la Syrie, qui doit mettre fin au règne syrien et donner aux fils de lumière la possession de Jérusalem et du Temple. Quarante années durant, ils combattent les descendants de Shem, Ham et Japhet, c'est-à-dire tous les peuples du monde. La lutte contre chaque nation dure six années et se termine à la septième, conformément aux lois de Moïse. Au bout de quarante ans, tous les fils des ténèbres sont anéantis.

— Certains disent que les manuscrits sont dangereux pour la foi, et que par eux le malheur arrive, dit mon père.

— Qui dit cela ? Les fils des ténèbres ? gronda-t-il de sa voix caverneuse.

— Oui... enfin non, dit mon père. Je veux dire certains savants.

— Pour eux, le dogme suffit. Ils en sont restés aux mystères du Moyen Âge. Moi, je recherche les faits, non le dogme, dit-il en donnant un grand coup sur la table, qui nous fit tressaillir. Les théologiens ne sont même pas capables de dire où Jésus est né ni quand, ni même qui il était, et ils sont incapables d'expliquer comment son image dans les Évangiles synoptiques peut être conciliée avec celle, si différente, de l'Évangile de Jean. Pourtant, ils savent ce que doit le christianisme à la religion païenne. Ils savent aussi qu'il y avait des ressemblances frappantes entre les esséniens et les premiers chrétiens, et qu'il est probable qu'ils aient été en relation. Et ils disent qu'ils ne sont pas troublés, que ce n'est rien. Mais je leur dis : la vérité n'est-elle pas une obligation religieuse ? Les quatre Évangiles ne disent-ils pas "la vérité vous rendra libre" ? Ils répondent que le Nouveau Testament donne un récit cohérent de la vie de Jésus, et des commencements de l'Église. C'est faux ! Nous ne connaissons de l'histoire de Jésus que des épisodes fragmentaires et contradictoires qui ne forment pas un tout cohérent. Quant au soi-disant compte rendu des débuts de l'Église... Il n'est même pas sûr que Jésus ait fondé ou ait eu l'intention de fonder l'Église chrétienne.

— Justement, dit mon père, enhardi par un tel discours, nous voulons trouver qui était Jésus en vérité et quelle a été sa véritable histoire.

— Je doute que la vie de Jésus puisse jamais être reconstituée. Le matériel manque trop. Mais je vais vous dire pourquoi les rouleaux sont perdus ou dispersés et pourquoi il arrive malheur à tous ceux qui se trouvent sur leur passage... y compris, vous, si vous persévérez, dit-il en pointant vers nous son index long et osseux.

« Malgré les nombreuses contradictions des Évangiles, les théologiens affirment depuis toujours qu'ils livrent une histoire véridique. Or, pour la première fois depuis des siècles, grâce à la découverte de ces parchemins, nous avons la possibilité de savoir si Jésus était essénien ou pharisien, s'il a existé ou s'il y a eu plusieurs Jésus, ou encore s'il n'y en a pas eu du tout. Longtemps les Évangiles ont été l'unique source historique concernant la vie de Jésus et les origines de l'Église chrétienne. Si l'on considère que trois d'entre eux se recoupent tellement qu'ils ont certainement été copiés les uns sur les autres, pensez-vous vraiment que cette source soit solide, crédible ? Non ! Cette source est fragile, et il se pourrait que les rouleaux la remettent profondément en question.

— Il y a pourtant un bref passage dans Flavius Josèphe qui mentionne Jésus, avançai-je timidement, pour le pousser dans ses retranchements. Et Josèphe est un historien sérieux et scrupuleux.

— Les savants les plus réputés ont rejeté ce pas-

sage, en montrant qu'il était frauduleux. Sans doute
a-t-il été ajouté par un copiste du Moyen Âge qui
voulait bien faire. Et nombre d'écrits sont ainsi.
Nous sommes bien obligés de nous rendre à l'évidence : tout ce que nous avons vient des Évangiles, et
les manuscrits de la mer Morte nous donnent enfin
l'espoir de pouvoir faire la différence entre la vérité
et la légende. Mais certaines personnes, que je ne
nommerai pas, font tout ce qu'ils peuvent pour que
nous n'y arrivions jamais. »

L'homme, échauffé, continuait sur sa lancée, et
rien ne pouvait plus l'arrêter. Dehors, le soir tombait, brumeux, et les pâles lumières qui éclairaient
la pièce projetaient sur les murs des ombres chinoi-
ses aux contours inquiétants. On y voyait Almond,
démesurément agrandi, faire des gestes impréca-
toires. Il discourait d'une voix grave :

« Vous connaissez sans doute l'épisode des trois
mages se rendant auprès du berceau de l'enfant
Jésus... Mais connaissez-vous celui des Tiridates de
Parthia, trois mages qui apportent des cadeaux à
Néron qu'ils vénèrent en tant que "Dieu roi Mithra" ?
Ou celui du mage en quête de Fravashi, dont la nais-
sance a été signalée par une étoile dans le ciel ? Cela
ne vous rappelle-t-il rien ?

— Qui est ce Fravashi ? demandai-je.

— Un dieu de la culture païenne ; culture que vous
seriez très intéressé de connaître, jeune homme,
ajouta-t-il d'un air entendu. Et l'Annonciation des
bergers. Et le magnificat et le benedictus : sont-ils
vraiment prononcés par Marie et Élisabeth et rapportés par des témoins, comme le dit Luc, ou s'agit-
il de compositions liturgiques, adaptées pour l'occasion ? Les savants savent bien qu'ils sont postérieurs
au récit. À tous, je demande, dit-il, écartant les bras
et haussant la voix comme pour prendre à témoin
un immense auditoire : quels sont les passages des
Évangiles qui n'ont pas été repris ou adaptés par
leurs auteurs ou par des copistes ? Les premiers
manuscrits que nous avons ne datent pas d'avant le

IVe siècle, et les Pères de l'Église ont eu tout le temps de modifier les écrits pour les accorder à leurs dogmes théologiques. Savez-vous qu'il est strictement impossible de prouver que Jésus soit né à Bethléem ? Et même si c'était le cas, de quelle Bethléem s'agit-il, de Bethléem en Judée ou en Galilée ? De même s'il y a vraiment eu un "tueur d'enfants" cherchant à assassiner Jésus nouveau-né, comme le disent les Évangiles, qui était-il ? On ne retrouve aucune autre trace écrite de cela.

— On dit que c'est Hérode, dit mon père.

— Mais une telle barbarie pouvait-elle être ignorée de quelqu'un d'aussi bien informé que Flavius Josèphe, qui s'attarde volontiers sur les nombreux crimes de ce roi ? Peut-être s'agit-il ici d'une invention de Mathieu afin de confirmer la prophétie de Rachel pleurant sur ses enfants ? Dans le même but, n'envoie-t-il pas Joseph et Marie avec l'enfant nouveau-né en Égypte afin de corroborer les paroles du prophète : "d'Égypte j'appellerai mon fils" ? »

Almond continuait, rendu intarissable par la présence de la mince assistance que nous formions mon père et moi, mais certainement démultipliée dans son esprit par des milliers d'autres personnes, vivantes ou mortes :

« Que pense le croyant ? disait-il. Le croyant pense que Jésus a prêché l'Évangile, qu'il est mort comme Messie, qu'il a ressuscité, et qu'il a, par l'intermédiaire des apôtres, fondé l'Église chrétienne, qui s'est étendue au monde entier. Ou s'il ne croit pas en la Résurrection, il suppose que les apôtres, mus par l'esprit de Jésus, ont fondé l'Église d'après les Évangiles. Il reconnaît — du moins je l'espère, dit-il avec un sourire sarcastique — que Jésus est juif, et qu'il a hérité de la tradition juive. Il admet également que les apôtres ont interprété les paroles de Jésus, et qu'ils en ont déduit sa doctrine, qu'ils l'ont jugé non tel qu'il a été mais tel qu'ils l'ont partiellement compris : le Sauveur, le Chef de l'humanité et le Fils de Dieu. Dans tous les cas, il croit à l'originalité de la doctrine chrétienne. Il n'a guère d'idée de ce qui précède — sauf ce qui a été accompli par Moïse et les prophètes en prévision de la venue du Christ — et qui n'apparaît pas dans la Bible. Ce que le croyant ne sait pas mais que le savant sait, c'est qu'il y avait de nombreuses divinités païennes du temps de Jésus, au nom desquelles des doctrines similaires ont été prêchées. Mithra était le Rédempteur de l'humanité. Tammuz, Adonis et Osiris aussi. La vision de Jésus comme Rédempteur n'est pas juive ; et ce n'est pas non plus un thème familier des premiers chrétiens en Palestine. Le Messie que les juifs attendaient, et avec eux les Juifs chrétiens, n'était pas fils de Dieu mais messager de Dieu, celui qui sauve le monde, non par le don de son corps et de son sang mais par l'avènement du royaume messianique sur la terre. Les Juifs chrétiens n'espéraient pas une délivrance qui les mènerait au Paradis, mais celle qui établirait un nouvel ordre sur terre, même s'ils croyaient dans l'immortalité. Ce n'est que lorsque la chrétienté s'est étendue dans le monde païen que l'idée de Jésus comme sauveur est née.

« Vous voulez que je vous dise pourquoi ces rouleaux vont apporter le trouble et le scandale ? Parce que non seulement ils donnent une vision du judaïsme de l'époque, mais que cette vision est *exhaustive*. Si Jésus a existé, il a forcément rencontré, croisé, heurté voire fait partie d'une secte essénienne : or aucun des rouleaux, à ma connaissance, ne parle de lui. Tout au plus parlent-ils d'un Maître de Justice, et rien ne dit que ce Maître de Justice ait été Jésus.

— Donc, il se pourrait qu'il y ait eu une ou plusieurs figures de « prophètes », mais que la construction ou la réunification de ces personnages en un seul ait été postérieure à Jésus ? demandai-je.

— La figure de Jésus est en effet inspirée d'autres personnages préexistants, par exemple Mithra, continua-t-il, visiblement satisfait de voir que nous parvenions à suivre son raisonnement. Le 25 décembre, choisi par les premiers chrétiens comme date de naissance de Jésus, était pour les païens celle de Mithra, vers le solstice d'hiver. De même le Chabbath, jour de repos de Dieu lors de la Création, a été abandonné en faveur du jour de Mithra, le jour du soleil conquérant. »

Il se tourna vers le mur et en décrocha une peinture du Christ sur la croix, qui me sembla être un authentique Caravage. La tenant à deux mains, il continua son exposé, comme s'il s'adressait à une classe cette fois, sur un ton doctoral :

« Pour ce qui est de la figure de la Vierge associée à celle du fils mourant, elle était omniprésente dans le monde méditerranéen au temps de l'expansion chrétienne. Originellement, elle était une représentation de la terre, vierge et mère à chaque printemps. Le fils était le fruit de la terre, né seulement pour mourir, et pour rejoindre la terre, afin que commence un nouveau cycle. Souvenez-vous : "Si le grain ne meurt..." Le drame de "Dieu Sauveur" et du "Mater Dolorosa", c'est le mythe de la végétation. Le cycle des saisons est parallèle au cycle du Paradis. Il y a aussi la constellation de la Vierge qui se lève à l'Orient quand Sirius, venant de l'est, signale la renaissance du Soleil : dans le mythe païen, le passage de l'étoile de la Vierge sur la ligne d'horizon correspondait à la Vierge enfantant avec le Soleil. Cela ne vous rappelle rien ? De même la grotte, longtemps associée à la naissance de Jésus, l'était auparavant avec celle d'Horus, fils d'Isis et d'Osiris, et qui donna sa vie pour sauver son peuple. Isis, d'ailleurs, était la Mater Dolorosa. Les mythes antiques de ce genre pullulent comme la vérole sur le bas clergé. Ce sont dans ces cultes, et nulle part ailleurs, que se trouve l'origine des sacrements chrétiens. »

Disant cela, il reposa le tableau pour empoigner quelques vieux grimoires qui traînaient çà et là.

« L'Eucharistie a également été emprunté au mithraïsme, continua-t-il en feuilletant frénétiquement les encombrants volumes, comme pour y trouver des preuves indubitables, c'est de là que vient le repas sacré des chrétiens. Le sang de l'agneau est aussi un élément de la tradition mithraïque, dit-il en éventrant une bible, puis une autre. Ce que doit le christianisme à la religion païenne est tellement considérable qu'il reste peu de choses qui soient proprement "chrétiennes". On dit peu de Jésus qu'il est "le Maître", mais beaucoup du Christ qu'il est "le Sauveur", roi des chrétiens. Et que ce soit lui ou Mithra fait peu de différence pour les doctrinaires de la Rédemption, les sacrements de l'Église ayant fini par signifier que "Christ" était le "Dieu Sauveur", décision qui fut entérinée par un vote à la majorité en 325 après Jésus, lors du concile de Nicée. En définitive, ce que le savant sait, et que le croyant ne sait pas, c'est que le christianisme se serait répandu *avec ou sans Jésus.* »

Il s'arrêta un instant, mesura son effet, et reprit :

« Le seul élément important qu'on ne retrouve pas du tout dans le paganisme, c'est Jésus le maître, le rabbin. Mais entre le IIIe siècle et la Renaissance, où l'invention de l'imprimerie assure la diffusion de la Bible, cette figure du rabbi a été totalement perdue de vue, oubliée, au profit de celle du Christ des Sacrements, le Dieu Sauveur, celle que l'Église chrétienne s'était appliquée à transmettre pendant plus d'un millénaire. À peine connaissait-on alors Jésus de Galilée.

« Le seul qui ait tenté de réhabiliter le Christ juif fut Paul de Tarse, pharisien et pourtant helléniste, juif inspiré qui possédait une profonde connaissance du paganisme. C'est lui qui a eu l'idée de faire la synthèse d'Israël et d'Athènes, de mêler le Temple mourant de Jérusalem avec le sacrifice mithraïque, le juif essénien avec le Dieu inconnu des Aréopages. C'était un "christianos" et non un chrétien, un gnostique qui pensait qu'Apollon, Mithra et Osiris devaient courber le front devant son Adonaï hébraïque. Mais cela ne pouvait se faire que par assimilation des "Sauveurs" et des "Rédempteurs" — et ainsi le Messie d'Israël devint le Christ mondial. »

Soudain, ponctuant cette dernière phrase, un immense coup de gong retentit, assourdissant, puis un autre et encore un autre. La pendule sonnait sept heures de façon tonitruante. Mais Almond, imperturbable, continuait, hurlant presque pour tenter de couvrir ce vacarme.

« Mais cela aurait pu se passer autrement et encore porter le nom de christianisme, dit-il en égrenant les syllabes pour se faire mieux comprendre, comme s'il s'adressait à nous du haut d'un phare. C'est pourquoi le savant n'est pas dérangé par les apports des manuscrits, car il sait qu'historiquement le christianisme n'est pas une religion fondée par Jésus et répandue par ses disciples. Le croyant ne veut pas le savoir et redoute ce que la découverte des manuscrits lui fait pressentir.

— Qu'avez-vous trouvé dans vos textes ? interrompit mon père, après que le calme fut revenu.

— On se défie de moi, et on ne m'a pas donné les manuscrits les plus intéressants. Je ne fais même plus vraiment partie de l'équipe internationale. Néanmoins, je pense savoir à peu près ce que contiennent les autres, ou du moins, je le soupçonne. Mais je ne peux vous en dire plus pour l'instant car c'est la matière du livre que je prépare. »

Soudain, il changea de ton et dit, avec un regard étrange :

« Savez-vous que certains champignons peuvent produire de fameuses hallucinations ? Venez voir », dit-il d'un air affairé.

Il nous conduisit dans un angle de la pièce jusquelà noyé dans l'obscurité. Il alluma une petite lampe découvrant dans son halo une sorte d'autel et, à côté, de petits champignons rouges à tâches blanches, de ceux qu'on éviterait de cueillir si on les rencontrait dans une forêt. Maculés de boue séchée, ils avaient l'air mous, poisseux, et peu appétissants.

« J'en consume chaque jour quelques-uns et respire la fumée qui s'en dégage. C'est comme ça que j'ai découvert ce que vous cherchez encore. »

Il prit une poignée de champignons, les déposa sur les charbons qui recouvraient déjà l'autel, et amorça leur combustion avec la flamme d'une lampe à huile. Bientôt une fumée noire commença de s'élever en volutes, dégageant une odeur tellement forte que l'air en devint irrespirable. Nous suffoquâmes. Almond se tenait, imperturbable, au milieu de ce nuage nauséabond, égrenant, tel un grand prêtre, son chapelet trouble de messes interdites :

« Le christianisme est le produit d'un champignon hallucinogène. C'est le thème de mon livre à venir. Je vais y démontrer que Jésus n'a jamais existé, pas plus que la religion chrétienne, car nous sommes tous les victimes d'une hallucination due à un champignon dont j'ai trouvé des spécimens jusqu'ici, dans la forêt de Manchester.

« J'étudie ses propriétés sur moi-même. Lorsque j'inhale cette fumée, j'ai des visions chrétiennes, d'hommes crucifiés et de Vierges à l'Enfant. Surprenant, non ? dit-il avec un sourire sardonique. Ne voulez-vous pas approcher pour essayer ?

« Le rêve de l'homme est de devenir Dieu, afin d'être omnipotent. Mais Dieu est jaloux de son pouvoir et de son savoir. Il ne souffre aucun rival près de lui. Dans sa mansuétude, il admet néanmoins quelques mortels à ses côtés, mais seulement pour un très court moment pendant lequel il les laisse entrevoir la beauté de l'omniscience et de l'omnipotence. Pour ces privilégiés, c'est une expérience unique : les couleurs sont plus vives, les sons plus audibles, chaque sensation est magnifiée, chaque force naturelle décuplée. Des hommes sont morts pour entrevoir l'éternité, pour atteindre la vision mystique, et leur sacrifice a donné naissance aux grandes religions, le judaïsme comme le christianisme.

« Et comment parvenir à la vision mystique ? C'est une science ésotérique acquise durant des siècles d'observation et au prix de dangereuses expériences.

Ceux qui détenaient le secret des plantes en étaient les prêtres. D'ordinaire, ils ne mettaient pas leur savoir par écrit, et ne le transmettaient qu'aux initiés. Mais si un événement les y obligeait, telle une persécution, ils consignaient le nom des végétaux, la manière de les utiliser et les incantations qui les accompagnaient, mais de façon suffisamment codée pour que seules les communautés dispersées puissent comprendre.

« Il en fut ainsi lorsque, après la révolte juive de 70 après Jésus, le Temple fut détruit et Jérusalem saccagée. Les chrétiens trouvèrent alors un stratagème pour connaître le monde divin. Cela marcha si bien qu'on en oublia le secret sur lequel reposait leur expérience extatique, la source de la drogue, la clef de l'éternité : le champignon sacré. L'*Amanita muscaria*, dit-il en prenant un champignon par le pied pour nous le montrer, voyez sa peau rouge avec de petits points blancs ; elle cache un pouvoir hallucinatoire très puissant. Voyez sa forme phallique qui faisait dire aux Anciens qu'il était une réplique du dieu de la fertilité. Oui, je vous le dis, c'est lui le fils de Dieu ; sa drogue est une forme pure de la semence divine. En fait c'est Dieu lui-même, manifesté sur la terre.

— Mais, interrompis-je, quel est le lien entre le champignon et les rouleaux ?

— Comment ? Vous ne voyez pas ? dit-il en fronçant les sourcils. C'est manifeste ! Si l'on considère l'écriture cunéiforme des Sumériens en Mésopotamie, on voit que les alluvions du sol donnaient en abondance une argile particulièrement fine avec laquelle on modelait des losanges dans le creux de la main. Mais la forme la plus ancienne des tablettes faites de cette argile était circulaire et striée comme une roue, bref, exactement comme le revers lamellé du capuchon d'un champignon ! »

Il est à moitié fou, pensais-je, à moitié seulement, car tout ce qu'il disait n'était pas dénué de sens. Mon père, qui devait penser que cet homme était en train d'être visité par le diable, me pressa de partir pendant qu'il accomplissait ses démoniaques inhalations.

Alors l'Éternel dit à Satan : d'où viens-tu ? Et Satan répondit à l'Éternel en disant : je viens de courir çà et là par la terre, et de m'y promener.

Nous dînâmes à l'hôtel, assez tristement. Mon père regrettait de nouveau de s'être laissé convaincre par son ami Shimon Delam et d'avoir accepté cette mission. Lorsqu'il creusait le sol pendant des heures pour trouver une vieille pierre, lorsqu'il passait des mois à étudier d'anciens plans pour retrouver des cités perdues, il se battait contre le temps et contre l'espace. Mais là, il lui semblait devoir lutter contre une entité tout à fait abstraite, dont les contours s'estompaient au fur et à mesure qu'il avançait.

Curieusement, je sentis que j'étais en passe de prendre le premier rôle dans cette histoire, et qu'au lieu d'un guide, d'un allié et d'un maître, j'avais parfois en face de moi un ennemi malgré lui, qui me décourageait et semblait effarouché à l'approche de la vérité, peut-être autant que ceux qui la dissimulaient. Déjà, je compris qu'il avait peur. Et cette angoisse, confrontée à la mienne et aux paroles du rabbi, ne laissait pas de m'inquiéter. Pourtant, si peu rassuré que je fusse moi-même, je devais le calmer.

« C'est déjà le second pays où nous faisons escale et nous n'avons pas beaucoup progressé. Nous nous heurtons soit à des murs de pierre, soit à des fous, dit-il.

— Nous commençons à peine ! Quand tu fais une fouille, cela peut te prendre trois ans, dix ans, ou même plus. Et c'est en quelque sorte une enquête archéologique que nous sommes en train de faire.

— Non, car la découverte a déjà été faite il y a des années, et nous ne sommes ici que pour recoller les morceaux. C'est un travail d'espion, pas d'archéo-

logue. Non, je te le dis, nous ne sommes pas faits
pour cela ; je n'aurais pas dû accepter.

— Si nous voulons des résultats, il nous faut
retourner voir Almond. Nous devrions y aller ce soir.

— Ce soir ? Mais tu n'y penses pas ! Tu as vu dans
quelles dispositions nous l'avons laissé ? Dieu seul
sait ce qu'il doit être en train de faire en ce
moment... »

Tard dans la nuit, à l'insu de mon père, je me glis-
sai hors de notre hôtel, et pris un taxi pour retourner
chez Almond. Je pensais qu'il savait des choses inté-
ressantes, qu'il ne pourrait révéler qu'en état de
transe, et il était certain que mon père n'aurait
jamais voulu que je parte. Par l'expérience mystique
de la deveqout, je savais qu'il est des vérités qui ne se
font jour que dans cet état extrême et il me semblait
qu'Almond devait y parvenir sous l'emprise de la drogue. Je n'aurais pu expliquer tout ceci à mon père,
car la deveqout est un secret hassidique que peu de
gens connaissent ; et peut-être Almond faisait-il partie de ceux-là.

Il était déjà minuit lorsque je sonnai chez lui. Il
m'ouvrit immédiatement. Je lui dis que j'étais venu
pour goûter ses fumées magiques, et il me fit entrer.
Des champignons brûlaient, qui répandaient une
fumée terriblement lourde, à l'odeur écœurante. Des
vapeurs d'eau emplissaient la pièce, et je me sentis
d'un coup devenir déliquescent, comme si le contrôle
de mes membres m'échappait. Mais ce n'était pas
la deveqout. Ce ne l'était pas, car je n'avais pas
conscience de ce que je faisais.

J'eus des visions terrifiantes. Dans une demeure
sinistre, entourée de bourbiers aqueux, de marécages
remplis de vase, de rivières de sang et de feu, de vallées stériles, de lacs impassibles dont l'eau froide et
gelée formait de lourdes plaques de glace verdâtre,
de plaines isolées et de grottes sauvages, cavernes
infernales où se tramaient de sombres complots, le
Diable en personne me visita.

Sans cesse il changeait de figure. Il avait parfois les traits d'Almond, parfois ceux de Johnson, et encore d'autres visages que je reconnus, ceux de Belzébuth et ses démons. Des séraphins et des chérubins aux ailes d'ange et aux visages d'enfant travaillaient avec enthousiasme au conflit et au blasphème. Bélberith semait les graines du meurtre dans les esprits des hommes bons. Astaroth, prince des Thrines, responsable de la paresse et de la lassitude, distillait partout l'antagonisme et la haine. Azazel, prince des démons, apprenait à l'humanité à fabriquer des armes de guerre. Tel le bouc blanc, pur et innocent, et pourtant taché, maculé par les crimes et les fautes du peuple juif, répudié hors de la cité, vers des contrées désolées et inconnues, pour expier tout ce qu'il n'avait pas commis, blasphèmes et parjures, vols, meurtres et massacres, j'étais en quête de mon maître noir.

J'entendis une déchirure atroce de la nuit qui fit tressaillir tout mon être : le souffle strident des sept siffleurs, ces oiseaux inconnus qui hantent les cieux nocturnes, et qui, selon des légendes anciennes, représentent les âmes des juifs incapables de trouver la paix après la crucifixion du Christ. Puis le visage d'Azazel laissa place à celui de Satan.

Il était horrible à voir. De sa bouche dégoulinait le sang qu'il venait de sucer, celui des pauvres, des esclaves et des innocents. Ses yeux étaient des flammes de feu qui jetaient des étincelles purulentes ; sur sa tête, recouverte de plusieurs couronnes, perçaient deux cornes affûtées et tranchantes comme des couteaux ; son corps malingre, difforme, désossé, était habillé d'un vêtement trempé dans des flaques de sang. Ses mains et ses pieds étaient prolongés par des griffes sales et acérées ; une longue queue pendait entre ses jambes.

Il s'approcha du petit autel où brûlaient les champignons, et il le masqua d'un linge noir. Tout autour, de sombres bougies exhalaient une odeur toxique de bitume et de résine. Sur la table, près de l'autel, il y avait la peinture de Caravage représentant le Christ sur la croix. Comme je me penchais pour la regarder, je m'aperçus qu'elle était totalement transformée : le crucifix, renversé, portait un Christ entièrement nu ; son cou faisait une horrible contorsion pour se redresser, sa tête penchée laissait voir un sourire insidieux et obscène qui découvrait, sous ses lèvres charnues, une langue pendante, pleine de bave.

Alors le malin entonna des hymnes et des prières, qu'il chantait et récitait à l'envers. Il prit un calice rempli d'eau qu'il porta à sa bouche ; lorsqu'il le versa sur ma tête, l'eau se transforma en vin. Il prononça des parjures d'une voix sentencieuse et annonça que le jour du jugement était pour bientôt.

« Maître de tous les meurtres, disciple des crimes, maître des péchés et des vices, Dieu de la droite raison, voici ton manuscrit, me dit-il avec un sourire sardonique, en me tendant un rouleau de parchemin noir, vends-le et tu recevras un million de dollars. »

À ces mots, je me roulai sur le tapis, battis l'air de mes pieds, et rampai à plat ventre de façon hideuse. Ma langue claqua contre mon palais ; le bruit fut tellement fort qu'il fit résonner les murs. Les pupilles dilatées, je laissai tomber ma tête sur mes épaules. J'écoutai Satan blasphémer, et chanter, d'une voix forte, « Ceci est mon corps », en empalant une chèvre noire sur ses cornes. *Acquerra Beyty, Acquerra Goity.*

« À moi, dis-je, tout l'argent ! Je vais prendre les rouleaux et les vendre...

— Mais est-ce là, me répondit une voix familière, est-ce là ce que nous sommes venus faire ici ? Qu'as-tu fait de ta galouth ? T'es-tu aventuré jusque-là pour adorer le veau d'or et oublier ta mission, ton projet, ton défi ?

— Non, répondis-je, en un sursaut de conscience, non ! Car les écrits valent plus que tout l'argent du monde. »

Alors il me souleva d'un souffle puissant qui me déposa au sommet de la vieille masure. Puis d'en bas, il me tendit le rouleau et me dit :

« Voici le rouleau, viens le chercher, et il sera à toi. »

Du haut du toit, je voyais le manuscrit. Il suffisait de faire un pas, un petit pas, et il serait mien. Le vide ne me faisait pas peur. Bien au contraire, il exerçait sur moi une irrésistible séduction ; c'était comme un appel impérieux. Le souffle du diable me parvenait, par saccades, et me disait doucement : « Viens ! Fais le pas ! C'est si simple... Tout ce que tu désires est ici, et tu n'as qu'à faire un pas. » J'étais attiré vers cette terre comme par un aimant, comme un objet en chute libre. Plus je contemplai le néant, plus j'étais fasciné. Alors je fermai les yeux, avançai la jambe...

Mais soudain j'eus une vision de mon père qui dormait tranquillement, mon père qui m'attendait, et dont je ne pouvais pas décevoir la confiance et la fidélité.

« Non, dis-je en reculant brusquement, la vie vaut plus que les écrits. »

Alors Satan me ramena à terre. Puis il me tendit le rouleau et clama :

« Prends les manuscrits, et lis-les, et tu pourras dominer le monde, si tu promets de m'adorer.

— Non, criai-je aussitôt, car j'avais compris que, pour ne pas se laisser tenter, il ne fallait pas réfléchir à ses propositions, mais les refuser sans même y penser. Tu adoreras le Seigneur ton Dieu, et tu le serviras lui seul, récitai-je.

— Si, répondit-il. Tu vas les lire ! »

Il s'approcha de moi. Ses yeux étaient des brandons enflammés, sa bouche écumait d'une bave violacée, ses mains blessées dégoulinaient de sang et me tendaient les rouleaux, en tremblant de rage. Alors je m'enfuis, je courus à perdre haleine, aussi loin que je le pouvais. Pendant une heure, je battis en retraite à travers la campagne déserte, terrorisé à l'idée que Satan me poursuivait pour me subjuguer. Enfin, épuisé, je perdis connaissance.

Le lendemain, je me réveillai très tôt au bord d'une route, à quelques kilomètres de chez Almond. Un camion me ramena à l'hôtel, où je dormis jusqu'à midi. Lorsque je me réveillai, les souvenirs de la nuit passée s'entrechoquèrent dans ma tête comme ceux d'un mauvais rêve, que je décidai d'oublier, malgré une gueule de bois persistante.

Nous quittâmes Londres pour Paris, dans l'après-midi. Depuis le taxi qui nous conduisait à l'aéroport, nous aperçûmes enfin la ville que nous n'avions même pas eu le temps de visiter. C'était un joyau serti d'édifices des siècles passés dont je n'avais jamais vu les vestiges, et qui me paraissaient étonnamment splendides et flamboyants. À l'échelle de nos précieuses reliques, c'était une ville moderne. Mais à côté de New York, dont la postmodernité m'avait un peu décontenancé, c'étaient quelques siècles de gagnés. Pour la première fois de ma vie, je voyais des monuments. En Israël, j'avais des murs, des sarcophages, des sites abandonnés ou des ruines, des traces, mais pas de vrais monuments. Israël était une superposition de couches historiques, de villes rasées et reconstruites, qui avaient subi l'érosion des années, des guerres et des départs. Mais à Londres, les bâtisses et les maisons anciennes se dressaient fièrement, pour défier les passions humaines, vaines et éphémères, et usurper au temps sa suprématie absolue, si bien qu'elles en devenaient elles-mêmes sa plus évidente et sa plus réelle incarnation.

Dans le quartier de Carnaby Street, des punks promenaient leur ennui à travers les rues. Certains étaient coiffés comme des Iroquois, les cheveux dressés en arc de cercle ou méchés de rose, de bleu ou de violet. Ils avaient des chaînes accrochées à leurs jeans et à leurs perfectos troués, ouverts sur des tee-shirts aux slogans agressifs. Leurs yeux éteints exprimaient une lueur vide sans espoir. Il me vint à l'esprit que ce quartier, semblable à Méa Shéarim, par sa population différente, marginale et curieusement communautaire, attendait également la fin du monde. À leur façon, ceux-là étaient aussi les soldats de l'aube nouvelle, les visionnaires de la décadence, les apôtres sacrifiés du temps futur.

Encore hanté par de terribles visions, je m'efforçai, dans l'avion qui nous emmenait à Paris, d'étudier une page du Talmud, pour calmer mon esprit. L'étude était pour moi comme un vin enivrant qui m'emmenait au-delà des Écritures. C'est pourquoi comme tout hassid je m'en méfiais un peu : le Talmud est une sorte d'écrit jamais écrit, toujours recommencé, contredit, repris, et à nouveau réfuté, sans résultat ni dogme. Il est comme un roman à suspense où chaque page projette ardemment vers la suivante et ainsi de suite ; et comme un livre de philosophie, où chaque feuille, chaque ligne, chaque mot a son importance et nécessite une attention particulière pour être compris. Mais, à la différence d'un thriller, il n'a pas de fin : quand bien même on aurait lu tous les traités et tous les volumes, ce ne serait jamais qu'une lecture, et mille autres interprétations des mêmes passages restent à découvrir.

C'est pourquoi l'étude comme les romans éloignent l'esprit de la contemplation du Divin. Après chaque heure de lecture, le hassid se recueille pour penser à Dieu. Mais en ces circonstances, j'avais précisément besoin de m'évader.

Mon père se pencha sur mon épaule et me demanda quel traité j'étudiais. Levant la tête pour lui répondre, j'aperçus un gros titre sur le journal que son voisin était en train de lire :

CRUXIFICTION À LONDRES.

Alarmé, mon père demanda un journal à l'hôtesse de l'air. Ensemble, nous découvrîmes l'article :

Un chercheur en paléographie a été tué la nuit dernière par un maniaque, semble-t-il. Le professeur Thomas Almond préparait un ouvrage sur les découvertes des manuscrits de Qumran. Son assassin, qui n'a pas encore été identifié, l'a crucifié sur une grande

*croix de bois. Les enquêteurs de Scotland Yard, qui
ne comprennent pas le sens de ce geste, mènent une
enquête serrée.*

Nous relûmes, pour essayer de nous convaincre
que ce n'était pas vrai. C'était comme si, tout d'un
coup, nous étions plongés deux mille ans en arrière.
La réalité rattrapait l'étude et la recherche. L'épouvante de mon père était redoublée à l'idée que cela
soit survenu si peu après notre visite, comme si
l'assassin nous suivait pour semer la mort sur notre
passage.

Quant à moi, j'étais terrifié. L'article précisait
que le meurtre avait eu lieu la nuit passée, et je savais
que je n'avais probablement pas quitté Almond
avant le petit matin. Mais je ne me souvenais de
rien, si ce n'était de l'avoir vu vivant avant minuit.
Avais-je, sans connaissance, assisté à son exécution ?
Qu'avait-il pu se passer pour que je perde ainsi
conscience de ce que je faisais ?

*Crie comme si tu avais une trompette à la bouche.
L'ennemi vient comme un aigle contre la maison de
l'Éternel, parce qu'ils ont violé mon alliance, et ont
péché contre ma foi.*

L'émotion de mon père retomba. Il était maintenant plus immobile que la pierre, comme s'il savait
que la fatalité entourant ces rouleaux devait exercer
son impitoyable domination, coûte que coûte.

*Alors je me suis mis à penser à toutes les oppres-
sions qui se font sous le soleil ; et voilà les larmes de
ceux qu'on opprime, et, ceux qui n'ont point de consolateur, et la force est du côté de ceux qui les oppriment ;
ainsi ils n'ont point de consolateur. C'est pourquoi j'es-
time plus les morts qui sont déjà morts, que les vivants
qui sont encore en vie.*

Quatrième rouleau

LE ROULEAU DE LA FEMME

La femme profère de vaines paroles,
Et dans sa bouche il y a plénitude d'égarements.
Elle cherche constamment à aiguiser ses paroles,
Et moqueusement elle flatte,
Mais c'est pour tourner en dérision du même coup.
La perversion de son cœur produit l'impudicité,
Et ses reins.
C'est la perversion que saisissent en s'approchant d'elle ceux
                                          [que souille le mal.
Là où sont enfoncés ses pieds, ils descendent pour
                                    [commettre l'impiété
Et, en marchant dans la coulpe de la rébellion,
Ils atteignent les fondations de ténèbres.
Une multitude de rébellions se cache dans les pans de sa
Ses tuniques sont le plus profond de la nuit,   [robe ;
Et ses vêtements
Ses linges sont les obscurités nocturnes,
Et ses parures des coups de la Fosse.
Ses lits sont les grabats de la Fosse,
Et ses litières sont les profondeurs de la tombe.
Ses logements sont des couches de ténèbres,
Et au fond de la nuit sont ses domaines.
Parmi les fondations d'obscurité elle a sa tente où elle
                                          [séjourne,
Et elle demeure dans les tentes du lieu du silence,
Au milieu des flammes éternelles,
Sans nul partage pour elle parmi tous les brillants
                                          [luminaires.
Oui, c'est elle le principe de toutes les voies de perversion :
Hélas ! Malheur à tous ceux qui la possèdent
Et ruine à tous ceux qui la saisissent !
Car ses voies sont des voies de mort
Et ses chemins, des sentiers de péché ;
Ses routes égarent dans la perversion,
Et ses pistes sont coulpe de rébellion.
Ses portes sont des portes de mort,
À l'entrée de sa maison elle marche :
Au Shéol s'en retournent toux ceux qui entrent chez elle,
Et tous ceux qui la possèdent descendent dans la Fosse.
Oui, elle, dans les endroit secrets, elle s'embusque (...)

Sur les places de la ville, elle se tient voilée,
Et aux portes des cités elle se poste,
Sans que rien ne l'inquiète.
Ses yeux fixent ici et là,
Et elle lève les paupières d'un air impudique
Pour regarder un homme qui est juste afin de le séduire
Et un homme qui est fort afin de le faire trébucher,
Ceux qui sont droits afin qu'ils infléchissent leur voie
Et les élus de justice afin qu'ils cessent de garder le Précepte ;
Ceux qui sont fermes de penchant, afin qu'ils deviennent
À cause de l'impudicité,   [vanité
Et ceux qui vont dans la droiture afin qu'ils changent le
Afin de faire pécher les humbles loin de Dieu   [Décret ;
Et d'infléchir leurs pas loin des voies de justice ;
Afin d'introduire l'insolence dans leur cœur,
Comme s'ils ne s'étaient point rangés dans les routes de
                                                        [droiture ;
Afin d'égarer les humains dans les voies de la Fosse
et de séduire par des flatteries les fils d'homme.

Rouleaux de Qumran,
Pièges de la femme.

I

Lorsque, après la création, Dieu mit l'homme dans le jardin d'Éden, il vit qu'il n'était pas bon qu'il fût seul. Alors il prit l'un de ses côtés, et il en fit la femme. L'homme, constatant que celle-ci était l'os de ses os et la chair de sa chair, s'attacha à elle, et ils s'aimèrent, et ils devinrent à nouveau une seule chair. Ce fut alors que le serpent survint, qui tenta la femme, qui convainquit l'homme de fauter.

Fallait-il donc que le mal s'immisçât par l'amour ? Mais le péché de l'origine n'était pas celui de l'union de l'homme et de la femme. Il s'était glissé à travers elle, telle une maladie qui se répand, du serpent à la femme, et de la femme à l'homme. Après l'amour.

Jésus disait : « Aimez-vous les uns les autres. » Il disait également que nul n'a d'amour plus grand que celui qui se dessaisit de sa vie pour ceux qu'il aime. Alors pourquoi tant de haine, toujours ?

Je pensais que la réponse à ces questions pouvait se trouver dans un livre dont j'avais beaucoup entendu parler — par mon père, le plus souvent —, sans l'avoir jamais lu, et que pourtant le monde entier connaissait, lisait, et citait même sans le savoir.

Je veux parler des Évangiles. À la yéchiva, on nous en interdisait la lecture comme celle de tous les textes qui n'étaient pas issus de la culture juive orthodoxe, et ainsi la plupart des essais, et la totalité des romans.

Or je sentais confusément que quelque chose dans ces châtiments se ranimait, et qu'une nouvelle se révélait. C'est pourquoi, dès notre arrivée en France, je n'eus plus qu'une idée : comprendre ce qui se passait. Je voulais savoir. Le rabbi, qui pourtant disait qu'il fallait poser les questions sans honte et trouver les solutions sans peur, n'aurait pu admettre cela. Il nous était formellement interdit de lire les Évangiles, et même de prononcer le nom du Christ.

Dès notre arrivée en France, j'achetai une traduction en hébreu de ces textes prohibés. Lorsque je l'ouvris, j'entendis mon cœur palpiter dans ma poitrine. Mes mains tremblèrent lorsque j'en tournai les pages. Je savais que je n'aurais pas dû faire cela. Pourtant, il le fallait. M'est-il permis de le dire ? Cette lecture avait le goût amer et délicieux des choses défendues. Enfin, j'allais savoir.

Ce que je découvris me surprit, plus que je ne pourrais l'exprimer, non pas par son étrangeté, mais par sa singulière familiarité. Je vais essayer de retranscrire ce que j'ai lu, tel que ma mémoire me le livre, puisque c'est une faute que je n'ai plus jamais commise.

Il était né à Bethléem, en Judée, du temps du roi Hérode : *et toi, Bethléem, terre de Juda, tu n'es certes pas le plus petit des chefs-lieux de Juda ; car c'est de toi que sortira le chef qui fera paître Israël, mon peuple.* Il était fils de Joseph et de Marie, qui l'avait conçu par l'Esprit-Saint, ainsi que l'avait prédit le prophète : *voici que la Vierge concevra et enfantera un fils auquel on donnera le nom d'Emmanuel, ce qui se traduit « Dieu est avec nous ».* Lors de sa naissance, des mages, avertis par des signes magiques, arrivèrent d'Orient. Arrivés à Jérusalem, ils demandèrent où était le roi des juifs qui venait de naître et auquel ils venaient rendre hommage. *À sa naissance une étoile apparut à l'est et elle parcourut les cieux, les mages allèrent dire au roi que c'était l'annonce de la naissance d'un enfant aux grandes destinées. Saisi de terreur, le roi fit quérir ses conseillers, qui pensaient qu'il fallait tuer l'enfant.* Ils rencontrèrent le roi Hérode qui convoqua les rabbins ; ceux-ci dirent que le roi des juifs devait naître à Bethléem, ainsi que les textes l'avaient dit. Alors ils se mirent en route vers Bethléem. Un astre dans les cieux les guidait et, grâce à lui, ils trouvèrent la maison où se trouvait la jeune accouchée, Marie, la mère de Jésus, et ils lui rendirent hommage. Puis ils repartirent, laissant derrière eux des bouffées d'encens et des feuilles de myrrhe. *Et ils apporteront de l'or et de l'encens, et ils publieront les louanges de l'Éternel.*

Alors Joseph eut un songe qui lui intima de fuir en Égypte, car Hérode allait rechercher l'enfant pour le faire périr. *Une voix dans Rama s'est fait entendre, des pleurs et une longue plainte ; c'est Rachel qui pleure sur ses enfants et refuse d'être consolée, car ils ne sont plus.* Ils demeurèrent en Égypte jusqu'à la mort d'Hérode, puis regagnèrent la Galilée où ils vinrent habiter une ville appelée Nazareth. *Il sera appelé le Nazaréen.*

Il y avait aussi Jean le Baptiste qui proclamait dans le désert de Judée de se convertir, car le règne des cieux approchait. *Une voix crie : « Préparez dans le désert le chemin du Seigneur, rendez droits ses sentiers ! »* Jean avait un vêtement de poil de chameau et une ceinture autour des reins. Il se nourrissait de sauterelles et de miel sauvage. Tous venaient auprès de lui pour se faire baptiser dans le Jourdain, et confesser leurs péchés. Comme il voyait beaucoup de pharisiens et de sadducéens venir à son baptême, il les exhortait à se repentir.

Alors parut Jésus, venu de Galilée jusqu'au Jourdain pour se faire baptiser par Jean. Lors du baptême, Jésus vit l'esprit de Dieu sous l'apparence d'une colombe ; il se rappela l'oiseau de paix de Noé et, plus loin encore, l'esprit de Dieu comme un souffle sur la création. Puis il fut conduit au désert pour être tenté par le diable à trois reprises. Mais, se rappelant les versets de la Bible et des prophètes, c'est en vainqueur qu'il sortit de cette épreuve. *Le Seigneur ton Dieu tu adoreras et c'est à lui seul que tu rendras un culte.*

Ayant appris que Jean avait été livré, Jésus repartit en Galilée. Puis il se rendit à Capharnaüm, au bord de la mer. *Terre de Zabulon, terre de Nephtali, route de la mer, pays au-delà du Jourdain, Galilée des nations ! Le peuple qui se trouvait dans les ténèbres a vu une grande lumière : pour ceux qui se trouvaient dans le sombre pays de la mort, une lumière s'est levée.*

Parcourant la Galilée, entouré de ses disciples, il enseigna dans les synagogues, proclama la bonne nouvelle et guérit par des miracles toute maladie et toute infirmité. De grandes foules venaient l'écouter. Alors il monta sur la montagne et prononça les « Béatitudes ». *Le Seigneur est prêt de ceux qui ont le cœur brisé, et il sauve ceux qui ont l'esprit dans l'abattement, et les humbles posséderont la terre.* Il n'était pas venu abroger la loi des prophètes, mais l'accomplir. Il guérit un lépreux, un centurion, la belle-mère de Pierre, la fille d'un notable, puis deux aveugles et un possédé qui était muet. *C'est lui qui a pris en charge nos infirmités et s'est chargé de nos maladies.*

Il parlait par allégorie comme dans les psaumes et comme dans le midrach ; car il proclamait des choses cachées depuis la fondation du monde. *Vous aurez beau entendre, vous ne comprendrez pas ; vous aurez beau regarder, vous ne verrez pas. Car le cœur de ce peuple s'est épaissi ; ils sont devenus durs d'oreille, ils se sont bouché les yeux, pour ne pas voir de leurs yeux, pour ne pas entendre de leurs oreilles, pour ne pas comprendre avec leur cœur et pour ne pas se convertir. Et je les aurais guéris !*

Il se rendit ensuite à Jérusalem. Approchant du mont des Oliviers, Jésus envoya deux de ses disciples au village, où ils devaient trouver une ânesse attachée, et son ânon auprès d'elle. Les disciples s'en allèrent et trouvèrent tout comme il leur avait dit. *Dites à la fille de Sion : « Voici que ton roi vient à toi, humble et monté sur une ânesse et sur un ânon, le petit d'une bête de somme. »* Il se mit en marche. Les foules le précédaient en criant : « Hosanah au fils de David ! Béni soit au nom du Seigneur celui qui vient ! » Arrivé au Temple, il en chassa tous ceux qui se livraient au commerce sur son parvis.

Puis il dit à ses disciples : « Vous le savez, dans deux jours, c'est la Pâque. Le fils de l'homme va être livré pour être crucifié. » Les grands prêtres et les anciens du peuple se réunirent dans le palais du grand prêtre, Caïphe. Ils tombèrent d'accord pour arrêter Jésus, mais « pas en pleine fête, pour éviter des troubles dans le peuple ». C'est Judas Iscariote, un de ses disciples, qui allait le livrer.

Le soir de la Pâque, Jésus savait qu'il allait être appréhendé. Après avoir chanté les psaumes, il prit avec ses disciples le chemin du mont des Oliviers. *Le berger sera frappé et les brebis du troupeau dispersées*. Ils passèrent la nuit à Gehtsémani. Puis arriva celui qui devait le trahir, Judas, l'un des douze, accompagné d'une troupe armée envoyée par les grands prêtres. Il donna un baiser à Jésus : c'est le signe. Alors Jésus lui dit : « Mon ami, fais ta besogne. »

Il fut aussitôt arrêté. Pierre voulut le défendre, mais Jésus lui dit :

« Penses-tu que je ne puisse faire appel à mon Père, qui mettrait aussitôt à ma disposition plus de douze légions d'anges ? Comment s'accompliraient les Écritures selon lesquelles il faut qu'il en soit ainsi ? » Puis il s'adressa à la foule en ces termes : « Tout cela est arrivé pour que s'accomplissent les écrits des prophètes. » Alors les disciples l'abandonnèrent et prirent la fuite.

Jésus fut conduit devant Pilate. Le voyant captif, Judas fut pris de remords, et rapporta les trente pièces d'argent aux grands prêtres et aux Anciens en disant : « J'ai péché en livrant un sang innocent. » Mais il était trop tard. Judas se pendit. *Et ils prirent les trente pièces d'argent : c'est le prix de celui qui fut évalué, de celui qu'ont évalué les fils d'Israël. Et ils donnèrent pour le champ du potier ainsi que le Seigneur l'avait ordonné.* Judas avait rendu l'argent de sa traîtrise aux prêtres ; mais ne pouvant garder l'argent de leur crime, ceux-ci le donnèrent au champ du potier.

Pilate convoqua alors la foule et lui offrit de sauver Jésus ou Barabas. Elle choisit Barabas plutôt que Jésus. Pilate s'en lava les mains : sur la foule retomba la responsabilité. C'est ainsi que Jésus fut crucifié, au lieu dit du Golgotha. *Ils lui donnèrent à boire du vin mêlé de fiel. Ils partagèrent ses vêtements tirés au sort.* Les passants, *hochant la tête,* disaient : « Toi qui as détruit le sanctuaire, sauve-toi. » *Il a mis en Dieu sa confiance, que Dieu le délivre maintenant, s'il l'aime.*

À midi, les ténèbres tombèrent soudain sur la ville et l'enveloppèrent jusqu'à trois heures. Avant de mourir, Jésus s'écria : *Eli, Eli, lama sabaqtani ?* « Mon Dieu, mon Dieu, pourquoi m'as-tu abandonné ? »

J'étais troublé. Je comprenais l'importance de la découverte des manuscrits : si Jean Baptiste était essénien, si Jésus était essénien, son enseignement pouvait-il être interprété de la même façon qu'auparavant ? Si le christianisme était issu d'une secte juive, la vision que l'on en avait ne s'en trouverait-elle pas changée ?

Et surtout, je fus frappé par la trahison, la passion et le supplice de Jésus. Je ne comprenais pas les raisons de sa mort ; elles me semblaient obscures. Les juifs étaient-ils responsables, et les Romains coupables, ou était-ce le contraire ? Mais quels juifs ? Et quels Romains ? Les prêtres, la foule, les disciples qui l'abandonnent ? Pourquoi Judas, l'un des siens, l'avait-il trahi ? Était-ce pour de l'argent, ou pour une autre raison plus profonde, doctrinale ? S'il regrettait son geste au point de se suicider, était-il pensable que lui, le fils de zélote, eût oblitéré toute conscience morale au moment où il l'avait livré pour de l'argent ? Et pourquoi Jésus, qui savait qu'il serait arrêté, qui n'avait cessé de l'annoncer et d'en prévenir ses disciples jusqu'au soir de la Cène, pourquoi s'était-il laissé faire ? Pourquoi alla-t-il jusqu'à encourager Judas, lui intimant d'accomplir rapidement sa tâche ; comme si chacun avait eu son rôle ce soir-là, comme s'il s'était agi d'un complot, d'un plan préétabli, prémédité *par eux deux*, Jésus et Judas ; comme s'il y avait eu un accord secret entre le traître et la victime. Sans que l'on sache qui en avait décidé ainsi, il semblait y avoir eu nécessité qu'il fut mis à l'épreuve en cet instant fatidique. Mais alors pourquoi ses autres disciples ne l'avaient-ils apparemment pas compris ni admis ? Pourquoi l'avaient-ils abandonné en ce moment crucial où il avait le plus besoin d'eux ?

Tout d'un coup, je fus pris d'un vertige. Le problème se formulait enfin clairement dans mon esprit. Il était aussi simple et aussi difficile que cela : qui avait assassiné Jésus ? Je pensais confusément que la réponse à cette question apporterait une solution au mystère de la mort d'Almond, de Matti et d'Osée, en même temps que la clef de la disparition du manuscrit.

Les éléments de réponse étaient complexes. Judas était le traître, donc le coupable moral. Mais avait-il agi de son propre chef, ou pour d'autres dont il n'était que l'instrument ? Quel était cet accord entre lui et Jésus ? Les Romains l'avaient mis à mort ; ils étaient donc les exécutants. Avec eux, l'appareil d'État et la loi. Mais là où les choses devenaient singulièrement compliquées, c'était qu'ils avaient laissé le choix aux juifs. Ceux-ci avaient dit de le mettre à mort. Cependant de quels juifs s'agissait-il ? Non pas l'ensemble du peuple, ni les pharisiens, qui n'étaient pas présents. Mais seulement des émissaires des sadducéens et, plus précisément, de certains prêtres du Temple.

Ces derniers étaient-ils les coupables ? La loi juive ne prévoyait pas de mise à mort par crucifixion. Or le tribunal ne l'avait pas fait lapider. Ce qui partageait à nouveau la culpabilité entre eux et les Romains, qui ne pouvaient pas si facilement « s'en laver les mains ». Enfin, quels étaient les mobiles des uns et des autres ? Pourquoi Pilate l'avait-il fait arrêter ? Représentait-il un tel danger pour l'autorité de Rome, alors qu'il ne faisait que prêcher pour les pauvres et les infirmes, et qu'il n'avait nul message politique ni révolutionnaire ? Quels étaient ceux de cette foule fanatisée, manipulée, qui hurlaient de le mettre à mort ? Était-il possible qu'elle lui préférât Barabas le bandit, alors qu'en d'autres temps elle avait acclamé celui qu'annonçait le Baptiste ?

Pourquoi une telle animosité de la part de certains prêtres ? Craignaient-ils vraiment que lui, un Galiléen, un homme simple de la campagne, de la province lointaine, ne menaçât leur pouvoir omnipotent à Jérusalem ? Pourquoi souhaiter sa mort, alors qu'ils n'avaient aucun réel chef d'accusation contre lui ?

Quel était le mobile de Judas, qui l'avait trahi ? Était-il possible que ce ne fût que pour de l'argent ? Était-il si cynique et intéressé, lui qui était fils de zélote, et certainement zélote lui-même ? Et enfin quel était le mobile de Jésus, pour s'être laissé trahir ?

En fait, c'était comme si Jésus avait été assassiné par trois fois : par Judas, par les Romains et par les prêtres, via la foule. Et une dernière fois, peut-être... « Mon père, pourquoi m'as-tu abandonné », disait Jésus avant de mourir. Il subsistait une question, un mystère qui n'avait d'ailleurs pas échappé aux Romains, aux passants, ni même aux larrons crucifiés à ses côtés. Si Jésus était vraiment le fils de Dieu, il pouvait être sauvé par son Père, voire par lui-même, lui qui avait déjà préservé tellement de vies, lui qui avait ressuscité. Peut-être avait-il choisi de ne pas opérer de miracle cette fois ? Dans ce cas, sa mort était *voulue*. Un suicide, en quelque sorte. Il était le complice de Judas qu'il avait embrassé comme un frère, qu'il avait incité à accomplir sa besogne. Jésus savait qu'il allait être vendu, qu'il allait mourir, et pourtant il n'avait rien fait pour échapper à son sort. Voilà encore un autre coupable : Jésus lui-même.

À moins que...

Un violent frisson me parcourut... Sans que je pusse l'empêcher, un horrible blasphème me venait à l'esprit. Jésus savait qu'il serait livré. Mais peut-être pensait-il qu'il n'allait pas mourir. Jusqu'à la dernière extrémité, il pensait que Dieu allait le sauver. Peut-être espérait-il, au dernier moment, le cataclysme, le miracle, et la venue rayonnante, finale, triomphale, du Père. Il attendait l'avènement du royaume des Cieux. Sinon, pourquoi avait-il dit : « Mon Dieu, pourquoi m'as-tu abandonné ? »

C'étaient ses derniers mots, ceux qui expriment le sens d'une vie — et celui d'une mort. Or ils n'évoquent pas la pâmoison du martyr sur la croix, ni la victoire finale de l'homme qui s'offre en sacrifice pour sauver l'humanité, ni même le désir de retrouver enfin son Père dans la béatitude de l'autre monde, par dégoût de celui-ci. « Pourquoi m'as-tu abandonné ? » Dans ces mots résonnent un regret, une surprise, une récrimination, une réprimande peut-être. *Ce n'était pas ce qui était prévu. Je ne voulais pas quitter ce monde ainsi. Pourquoi m'as-tu abandonné à mes assassins ? Pourquoi ne m'as-tu pas sauvé ? N'étais-tu pas mon roc, mon bouclier, ma forteresse, mon eau dans cette terre desséchée ? N'étais-tu pas celui qui se lève à la tête du peuple, père des orphelins, justicier des veuves ? N'étais-tu pas mon père ? N'étais-je pas ton fils ?*

Sur la croix, au dernier soupir, Jésus désigne, accuse, incrimine Dieu de l'avoir tué. *Pourquoi Dieu l'a-t-il abandonné ?*

Le lendemain, j'eus du mal à me réveiller. La nuit avait été agitée et entrecoupée de longs cauchemars, où je voyais, tour à tour, Jésus aux prises avec ses ennemis, et Satan tel qu'il m'était apparu lors d'une vision maléfique.

Nous prîmes le chemin de la faculté de théologie afin de revoir le père Jacques Millet qui, de retour de Qumran, avait rejoint son bureau parisien. Nous pensions qu'il pourrait peut-être nous indiquer où se trouvait Pierre Michel.

Nous eûmes le plus grand mal à accéder au quartier de Saint-Germain-des-Prés : il était totalement obstrué par une gigantesque foule qui défilait lentement, banderoles en main, en scandant des slogans déterminés. Les voitures, bloquées de toutes parts, attendaient, résignées, que le flot des manifestants passât. Nous avions lu le matin dans le journal qu'elles formaient autour de Paris des queues de milliers de kilomètres, pare-chocs contre pare-chocs, longue procession d'animaux infernaux qu'enveloppait le nuage pestilentiel des gaz d'échappement. Les conducteurs dans leurs engins, ces anges déchus, mi-hommes, mi-bêtes, attendaient, sans résistance, dans la lassitude ou la certitude peut-être qu'il n'y avait rien à perdre, rien à faire si ce n'est attendre. Après six heures d'immobilité, ils trouvaient encore la force de se faire de petits signes de reconnaissance. Ce n'était plus le temps de la colère.

Chaque lot de manifestants avait sa pancarte : les cheminots, les postiers, les enseignants, les chômeurs. Un homme, muni d'un haut-parleur, haranguait la foule : « Le gouvernement refuse de nous entendre et persiste à vouloir nous faire croire que notre avantage, c'est que certains soient plus pauvres que d'autres, pour que la nation ne périsse pas tout entière. Il dit que la lutte contre le chômage exige des sacrifices, mais le sacrifice est toujours pour les mêmes. »

La multitude n'était pas en fureur. Désemparée, elle revendiquait calmement le droit au travail et à la retraite ; elle demandait la démission du gouvernement. Le lent cortège témoignait plus du deuil d'une nation en mal d'avenir que de la colère du combattant social. Certains pourtant, qui voulaient avancer au-delà des barrières humaines que formaient les rangées de policiers, étaient repoussés à grand renfort de bombes lacrymogènes et de coups de matraque, et parfois embarqués sans ménagements dans des camions noirs. Les Kittim, pensais-je. Le peuple disait sa désolation, sa peur de la misère et du lendemain, et les soldats, effrayés de la colère de l'homme qui a faim, arrêtaient et frappaient.

Nous nous frayâmes à grand-peine un passage à travers la masse compacte des manifestants, jusqu'à la faculté. Millet nous reçut dans son bureau, une pièce dépouillée et vétuste, encombrée de livres et de dossiers disséminés un peu partout. Je remarquai tout de suite qu'il n'avait plus la figure joviale et accueillante de notre première rencontre. Il ne semblait plus disposé à la conversation volubile et enjouée que nous avions eue sur le site de Qumran. Les lettres que j'avais lues sur les fines veinules de ses tempes étaient toujours visibles, mais plus estompées qu'auparavant.

« Je ne pensais pas vous revoir si vite, et ici, à Paris, dit-il en nous serrant la main. Mais je me doutais que j'aurais des nouvelles des Israéliens, après tout ce qui s'est passé. »

Il nous fit comprendre que, après les meurtres sauvages qui avaient été perpétrés, il était prêt à répondre à nos questions et à coopérer avec les autorités israéliennes. Il avait, comme Andrej Lirnov, laissé tous ses manuscrits au père Pierre Michel, qui avait, peu après, apostasié et quitté les ordres pour s'établir comme chercheur en France. Celui-ci détenait à présent le plus gros lot de manuscrits non bibliques, les apocryphes et les écrits de la secte. Selon Millet, il possédait cent vingt fragments en tout, mais il refusait d'en dévoiler la liste exacte à qui que ce fût. Il nous donna l'adresse personnelle de Pierre Michel, mais nous prévint que celui-ci ne voudrait probablement pas nous recevoir, car il ne voyait plus personne.

Il semblait assez gêné et parlait un hébreu plus hésitant que lors de la précédente entrevue, comme s'il avait peur d'en dire trop. Mon père dut se faire la même réflexion, puisqu'il lui demanda, de but en blanc :

« Avez-vous une idée du contenu du rouleau dont Pierre Michel a parlé à sa conférence de 1987 ? L'avez-vous déchiffré lorsque vous travailliez dans le scrollery du Musée archéologique de Jérusalem ?

— Non, je n'ai pas eu le temps. »

Il avait donné une réponse à la question insidieuse de mon père. Ainsi le rouleau de Pierre Michel était bien celui que l'on avait dérobé au musée. Il y eut un silence gêné de part et d'autre, durant lequel nous nous apprêtâmes à partir. Lorsque soudain, me considérant, le père me demanda :

« Vous habitez Méa Shéarim ?

— Oui.

— C'est un joli quartier, n'est-ce pas ? »

Un sourire radieux et nostalgique éclairait son visage.

« Oui, certainement, dis-je.

— Ah ! Israël me manque toujours beaucoup lorsque je suis en France. Là-bas, c'est différent. Je me sens bien, je me sens en sécurité. C'est un pays tellement fabuleux... Vous rappelez-vous la petite fiole d'huile que je vous ai donnée ?

— Bien sûr. Je l'ai toujours avec moi. Voulez-vous la reprendre ?

— Non. C'est pour vous. Gardez-la... Gardez-la précieusement. Vous savez ce que dit notre Seigneur Jésus-Christ : "Donnez, et il vous sera beaucoup rendu..." »

Il se tut, puis ajouta, d'une voix un peu plus basse :

« En fait... À l'époque où je travaillais dans le scrollery, j'ai subi des pressions assez fortes de la part de certaines autorités, m'incitant à ne pas prendre connaissance de ce parchemin. Je ne sais pas ce qu'il y avait écrit. Mais je pense, si vous voulez tout savoir, qu'on ne m'a pas fait confiance.

— Et on ne l'a pas retiré à Pierre Michel, après sa défroque ?

— Oui, on a essayé, répondit-il, sans donner plus d'indications sur le sens de ce "on". Il a dû quitter Jérusalem pour cette raison. Mais à présent, il ne dépend plus des autorités ecclésiastiques et, donc, il n'a plus à leur obéir comme j'ai dû le faire.

— N'avez-vous pas pris connaissance du contenu du manuscrit, même d'une façon superficielle ? insista mon père.

— Si, je l'ai fait, juste avant qu'il ne disparaisse. Quand j'ai parlé de ce que j'avais pu, disons, entrevoir, au père Johnson, celui-ci m'a demandé de n'en faire mention à personne sous aucun prétexte. Bref, de tout oublier. Il avait dit la même chose à Lirnov. Mais le pauvre homme n'a pas supporté de savoir...

— De quoi s'agit-il ? demanda mon père.

— Je ne peux vous répondre, j'ai promis le silence et je ne peux rompre ma promesse, dit-il. Mais essayez de voir Pierre Michel. Tenez, prenez aussi mon adresse personnelle, dit-il en nous tendant une petite carte. N'hésitez pas à m'appeler, je ferai tout mon possible pour vous aider... dans la mesure où je le puis sans enfreindre mon serment, vous comprenez.

— Craignez-vous quelque chose ou quelqu'un ? demanda mon père. Dans ce cas, peut-être pourrions-nous *vous* aider. »

Il y eut à nouveau un silence. La question resta sans réponse.

« Croyez-vous que la Congrégation pour la doctrine de la foi puisse être mêlée à ces crimes ? reprit mon père.

— J'ai fait partie de la Congrégation pendant des années. Je sais ce dont ces gens sont capables. Mais pas de cela, croyez-moi. Non, je n'ai pas peur d'eux.

La seule raison de mon silence est que je me suis engagé à me taire, rien de plus, soyez-en assuré. »

Là-dessus, il nous fit signe que l'entretien était terminé. Lorsque je serrai sa main, j'aperçus dans son regard une lueur tragique qui me serra le cœur.

Nous avions recueilli peu de renseignements de cet homme. Mais pour la première fois, il semblait qu'un barrage s'effondrait. Nous ne savions encore rien, mais encore le savions-nous.

Et j'ai vu que la sagesse a beaucoup d'avantages sur la folie, comme la lumière a beaucoup d'avantages sur les ténèbres. Le sage a ses yeux en sa tête et l'insensé marche dans les ténèbres, mais j'ai bien connu aussi qu'un même accident leur arrive à tous. La mémoire du sage ne sera point éternelle, non plus que celle de l'insensé parce que, dans les jours à venir, tout sera déjà oublié, et pourquoi le sage meurt-il de même que l'insensé ?

Le soir même, nous nous rendîmes au domicile de Pierre Michel, dans le XIIIe arrondissement. C'était dans le quartier chinois, au douzième étage d'une tour grise qui semblait amorcer une ascension maussade vers le ciel, sans parvenir à l'achever. Nous sonnâmes, mais personne ne répondit.

Alors nous appelâmes le père Millet depuis une cabine téléphonique en face de la tour. Mais là non plus, pas de réponse. Nous nous mîmes alors à marcher droit devant nous, vers le nord. C'était le crépuscule ; le soleil mourait doucement sous les brumes du printemps. Une lumière douce déclinait sur les monuments et les immeubles de pierre de taille une palette de savants dégradés.

Arrivés dans le VIe arrondissement, mus sans doute par une logique inconsciente — *Satan, la tentation du gouffre* —, nous nous dirigeâmes en silence vers la paroisse du père Millet. Approchant de son domicile, nous tînmes un petit conciliabule.

« Puisque nous sommes là, pourquoi ne pas lui rendre visite, dis-je.

— Maintenant ? Tu ne crois pas que c'est trop tard ? répondit mon père.

— Non, il nous a engagés à venir, et peut-être se sentira-t-il plus libre de parler loin de la faculté. Je crois qu'il a confiance en nous.

— En toi, tu veux dire et je me demande pour quelle raison. Néanmoins... Je ne sais pas s'il pourrait nous en apprendre davantage, mais je suis inquiet pour lui. Je suis persuadé qu'il a peur de quelque chose.

— Le seul moyen de le protéger est peut-être de l'inciter à se confier... »

Mon père hésita un instant, puis finit par dire : « Bon, allons-y. »

Nous sonnâmes à l'interphone, mais il n'y eut pas plus de réponse que chez Pierre Michel. Nous pénétrâmes dans l'immeuble et montâmes jusqu'à son appartement. La porte était entrouverte. Mon père entra le premier.

Ce que nous vîmes alors nous glaça d'effroi pour le restant de nos jours. Il n'y a pas un jour, pas une nuit sans que je ne me réveille, terrassé, en pensant à ce que j'ai vu ce soir-là. Et longtemps, j'ai prié pour que puissent me quitter les visions barbares qui agitent mes nuits et laissent mes jours incertains. Jamais je ne pourrai oublier l'horreur de la méchanceté humaine. Aucun diable, aucun démon ne pourra jamais égaler l'homme en son diabolisme.

C'est pourquoi j'ai haï cette vie, parce que les choses qui sont faites sous le soleil m'ont déplu.

Devant nous, le père Millet gisait debout, les bras en croix, la tête penchée sur la gauche. Il était nu, ou presque. Son corps blanchâtre avait perdu les rondeurs de la bonhomie. Il était mou, adipeux, vidé de ses os. Son visage était figé en une expression de plainte mêlée d'une intense souffrance. Ses yeux étaient pétrifiés ; leur appel à l'au-delà, né de la douleur, de la peur et de l'incompréhension, qui s'étirait vers la mort comme une délivrance, comme la seule fin possible et désormais souhaitable, la mort comme projet et comme unique espoir, avait fini par être exaucé, mais il restait encore comme un long regard empreint d'une ardeur défaite. Ses cheveux blancs étaient collés sur son crâne par une sueur d'effort et de souffrance, celle d'un vieil homme cherchant son chemin sous un soleil écrasant, qui s'affole de ne jamais pouvoir le trouver et s'aperçoit que c'est à cause du temps qui sourd, qui grignote une à une toutes ses facultés et dévore ses chairs par son travail de patience et de désagrégation maligne. De sa bouche entrouverte filtrait un liquide jaunâtre, une bave mêlée d'une bile crachée des plus profonds viscères. De ses tempes, ses mains et ses pieds, entravés par de lourds caillots noirs, il y avait les traces des minces filets d'un sang brun séché, qui semblait encore chaud sur son corps froid ; le dernier vestige de la vie assassinée. Ses mains étaient repliées, crispées autour des plaies, comme si elles cherchaient à se faire un pansement d'elles-mêmes. Ses pieds, recroquevillés l'un sur l'autre, pendaient, pâles et squelettiques.

Précairement assis, le fessier gauche sur une barre médiane, il était accroché sur une grande croix de bois, une croix de Lorraine décapitée. Ses poignets étaient cloués sur la traverse, ses pieds chevillés au poteau. Son corps était désarticulé par une torsion latérale ; la sedecula en freinait le glissement et le déchirement des muscles. Des gros clous étaient enfoncés dans ses chairs, qui formaient des plaies purulentes.

On l'avait crucifié.

Nous restâmes interdits, ne sachant quitter des yeux cette vision macabre. Nous étions Cohen et la Loi ne nous permettait pas de toucher un cadavre, car nous devions rester purs, c'est-à-dire exempts de tout rapport avec la mort.

Car il sera venu en vain et s'en sera allé dans les ténèbres, et son nom aura été couvert de ténèbres.

Et cet homme mort devant nous était morbide, et de sa mort émanait un fort appel et aspirait vers elle ceux qui la contemplaient. C'est là la vie de la mort qui est chose impure car elle attire les grandes forces de la vie et les aspire vers le funeste infini pour qu'elles s'y perdent ; et l'homme qui regarde la mort est semblable à celui qui se penche sur le vide, en sachant qu'il n'a qu'un pas à faire pour que tout soit terminé. Et cette idée est grisante. La mort est impure car c'est une effroyable séductrice, c'est un vin amer et doux qui enivre. Il faut être solidement ancré dans la vie pour ne pas être attiré, ou alors attaché de force à elle, car il est impossible de l'être par la seule puissance de la volonté. Celle-ci ne peut rien contre le désir qu'inspire la mort, qui est fort comme l'absolu, car la mort est la fin ultime de l'existence ; c'est le seul pressentiment de son éternité. Mais cette éternité n'est qu'une négation de la vie.

Et l'homme est un animal morbide, et il nous fut impossible d'oublier cette vision de l'injustice, et la tristesse ne laissa plus notre cœur en repos.

Nous quittâmes l'appartement pour plonger dans la nuit qui nous aveugla, tant la nuit dans nos cœurs était sombre.

Il vaut mieux aller dans une maison de deuil qu'une maison de festin, car on voit dans celle-ci la fin de tout homme, et celui qui est vivant met cela dans son cœur. La tristesse vaut mieux que le rire, parce que, par la tristesse du visage, le cœur devient joyeux ; le cœur des sages est dans la maison de deuil, mais le cœur des insensés est dans la maison de joie.

Mon père se sentait tragiquement responsable de ce qui était arrivé au père Millet. Il pensait que la recherche que nous menions n'était pas autre chose qu'un long calvaire, un chemin de croix. Il me répétait que ce n'était pas une mission pour nous. Cet homme était peut-être mort par notre faute. Le lien avec la crucifixion d'Almond et la mort de Matti ne pouvait être fortuit. Il semblait à présent évident que quelqu'un nous suivait et voulait nous empêcher de poursuivre notre investigation en détruisant les dernières preuves que nous aurions pu trouver. Or, si nous n'avions pas le droit de toucher le sang, a fortiori nous était-il interdit de le provoquer. Shimon s'était trompé en pensant que nous pouvions réussir. Ou peut-être ignorait-il les tragiques conséquences d'une telle enquête. Le prochain signe ne serait plus un avertissement. Plus aucun doute n'était permis : nous nous battions contre des Romains, des barbares prêts à tout.

« Je crois qu'il nous faut rentrer chez nous, en Israël, finit-il par dire.

— Nous ne pouvons pas abandonner comme ça, dis-je. Il nous faut poursuivre notre chemin et comprendre ce mystère coûte que coûte.

— Il ne sert à rien de vouloir expliquer les choses, et de vouloir les rendre claires et transparentes. Il faut laisser les secrets dans leur opacité. Parfois les apparences les plus évidentes sont les plus trompeuses. Ce qu'il y a sous les choses est inimaginable et ce que nous pouvons découvrir est si terrible qu'il vaut mieux nous en détourner. Tu sais que regarder Dieu face à face est impossible, et que c'est une transgression mortelle que d'y prétendre. Dieu doit rester caché. Qui essaie de le dévoiler attire le malheur et la foudre sur lui.

— Mais de quoi parles-tu ? Sais-tu quelque chose de plus à propos de ces meurtres ? Et de qui s'agit-il ? m'écriai-je, terrifié. De Dieu ou de Jésus ? Pourquoi cet argument, toi qui ne crois pas en Dieu, toi qui ne fais pas Chabbath et n'obéis même plus aux dix commandements ? De quoi parles-tu ?

— Je ne sais si Dieu existe, mais je ne veux pas contrarier sa volonté ni les signes qu'il envoie. »

Même en ces circonstances tragiques, je ne pus m'empêcher de sourire. Les rôles se renversaient. Je croyais être le croyant et me voilà soudain athée et rationaliste. Je pensais que mon père n'était pas loin d'être un impie et je le découvrais plus religieux que moi.

« Tu te trompes quand tu crois voir ces signes ; ou bien c'est Dieu qui se trompe en te les envoyant, dis-je calmement. Nous ne pouvons pas tout abandonner. Nous devons retrouver ce manuscrit. Quelqu'un le détient, le cache et le protège. Qui est-ce ? Je ne sais pas. Peut-être n'est-ce pas un homme, mais un groupe, une institution qui l'a confisqué depuis des siècles. Qu'importe, il faut poursuivre. Nous ne pouvons pas refuser notre mission comme Jonas, lorsque Dieu lui dit de prêcher la repentance à Ninive ; sinon, nous allons nous faire avaler par une baleine. »

Je pensais en effet qu'il fallait persévérer ; et que si les barbares voulaient la guerre, il fallait relever leur défi. Je n'avais pas peur. Je nous croyais immortels, moi et tous ceux que j'aimais. Nous étions la vie, nous étions les fils de lumière et ils étaient les fils des ténèbres. Et n'était-il pas dit qu'à l'issue de cette guerre viendrait le Messie ?

Le lendemain, nous retournâmes chez Pierre Michel. À nouveau, il n'y avait personne. Alors je sortis une clef de ma poche. C'était un passe-partout envoyé par Shimon, en même temps que le petit pistolet qui ne me quittait plus, un autre « cadeau de départ » qui m'apparaissait à présent comme un présage. J'ouvris doucement la porte. L'appartement était exigu et sombre. Les volets étaient fermés ; nous longeâmes en silence un couloir étroit, et entrâmes dans la pièce principale.

Là, nous vîmes une femme accroupie devant un tiroir, qui sortait et lisait les papiers qui y étaient enfouis. Comme si elle avait senti notre présence, elle se retourna soudain et poussa un cri de surprise.

« Qui êtes-vous ? demanda-t-elle en anglais.

— Calmez-vous, répondit mon père dans la même langue. Nous ne sommes que des chercheurs en archéologie. Nous voulons voir Pierre Michel. »

La femme se rasséréna. Elle semblait avoir eu très peur.

« Pierre Michel est parti, et si c'est cela que vous voulez, le manuscrit qu'il possédait n'est pas ici. Je le cherche aussi, dit-elle.

— Pour quelle raison ? Qui êtes-vous ? demandai-je.

— Je suis journaliste à la *Biblical Archeological Review*, je travaille pour Barthélemy Donnars. Nous voudrions publier l'ensemble des manuscrits, y compris celui-ci, qui a été frauduleusement confisqué.

— Oui, répondis-je avec méfiance, tout le monde sait que votre revue fait de ces manuscrits son gagne-pain.

— Ces manuscrits sont des documents aussi capitaux pour l'historien que pour la foi. Le scandale réside plus dans le fait de les avoir dissimulés que dans celui de les rechercher pour les publier, répondit-elle sans s'énerver.

— Comment êtes-vous entrée ? demanda mon père.

— Par la porte, comme vous. Et j'imagine, de la même manière que vous. Je me doutais bien que Pierre Michel ne serait pas là : depuis l'abandon de sa vocation monastique, il recevait des menaces de mort, afin qu'il rende le manuscrit ; je pense qu'il a dû fuir. J'avais eu de la peine à retrouver sa trace. Et quand j'ai réussi à le joindre, j'ai eu beaucoup de mal à lui faire accepter une interview, en lui expliquant que c'était le meilleur moyen de le sauver.

— Comment cela ?

— Je veux dire... de sauver sa vie.

— Vous êtes au courant des meurtres ? demandais-je.

— Qui ne l'est pas ? Ils font la une des journaux.

— Mais qui en veut à sa vie ? demanda mon père.

— Il m'a dit qu'il ne savait pas. Il supposait que c'était Johnson. Il avait confié le manuscrit au père Michel qui était son vieux compagnon depuis le début. Mais il ne le savait pas sur la voie du doute et de l'apostasie. Lorsque Michel a commencé à en dévoiler le contenu lors de la conférence de 1987, Johnson s'est mis dans une colère noire. Puis Pierre Michel a disparu, avec le rouleau. Et voilà, dit-elle en jetant un regard désolé dans la pièce, plus moyen de retrouver sa trace. »

La femme était jeune, elle avait de longs cheveux blonds et un visage très pâle parsemé de taches de soleil. Elle se nommait Jane Rogers. Elle se disait fille d'un pasteur, et son travail à la *BAR* tout comme ses recherches étaient guidés par l'amour de la vérité qui était pour elle la même chose que l'amour de Dieu.

« Voyez-vous, dit-elle en s'adressant à moi, avec cet air digne que je devais souvent lui connaître par la suite, c'est par souci du christianisme que je veux publier le manuscrit manquant. »

Je l'avais froissée, et j'en conçus aussitôt un regret amer. *Ne te précipite point à parler, et que ton cœur ne se hâte point de prononcer aucune parole devant Dieu, car Dieu est aux cieux, et toi, tu es sur la terre.*

« Je suis désolé, dis-je. Je vous ai agressée injustement. »

Aussitôt, son visage s'illumina d'un sourire enfantin.

« Ce n'est rien, dit-elle. J'ai l'habitude de... »

Soudain, elle s'interrompit, les yeux remplis de peur. Je me retournai et vis deux silhouettes menaçantes. Mon père s'avança vers elles, comme pour nous protéger. Aussitôt, elles le saisirent, et le frappèrent d'un coup de matraque sur la tête. Il s'écroula. Pendant un instant, je restai stupéfait, incapable de faire un mouvement. Puis la voix du sang de mon père accablé, meurtri, cria du sol vers moi et me fis trembler de rage. Mû par une irrésistible pulsion meurtrière, je me précipitai sur les agresseurs. Je lançai de toutes mes forces un coup de poing dans l'estomac de l'un des deux hommes, mais l'autre, armé, en profita pour m'assener un coup de crosse sur la tête. Je restai étourdi pendant plusieurs minutes, le temps pour les scélérats de sortir en trombe, emportant le corps inanimé de mon père.

Je fis un mouvement pour me lancer à leur poursuite, mais une terrible douleur à la tête me fit tituber. J'entendis encore, comme de très loin, la voix de Jane Rogers : « Non ! Ne les suivez pas, sinon ils l'exécuteront, comme ils l'ont déjà fait avec Millet, Almond et les autres. »

Je perdis connaissance.

Lorsque je revins à moi, j'ouvris les yeux dans une torpeur cotonneuse sur un ange doré penché au-dessus de moi, qui passait sur mon front meurtri un linge doux et frais. Je refermai les yeux un instant, et les rouvris : non, ce n'était pas une vision béatifique, c'était le visage de Jane Rogers, attentif et inquiet, et je sentais la douce pression de ses mains à travers la compresse appliquée sur ma blessure sanguinolente.

« Allez-vous mieux ? dit-elle. Voulez-vous que j'appelle une ambulance ?

— Ça ira. Mais pourquoi ont-ils enlevé mon père ? D'où le connaissent-ils ? fis-je, me rappelant aussitôt avec terreur ce qui venait de se produire.

— Ils ont dû savoir que vous recherchiez les manuscrits... à moins qu'ils ne l'aient pris pour Pierre Michel, puisque de toute évidence ni vous ni moi ne pouvions l'être... Êtes-vous un hassid, ou vous êtes-vous déguisé ? fit-elle en considérant avec curiosité mes efforts désespérés pour remettre sur ma tête la kipa de velours noir qu'elle m'avait enlevée pour me soigner.

— J'habite à Méa Shéarim.

— Ah ! Je vois... Peut-être ces hommes sont-ils simplement à la recherche du trésor.

— De quel trésor parlez-vous ? demandai-je.

— Les Bédouins le connaissent par tradition orale, je crois. Un des textes révèle l'existence d'un trésor de pierres précieuses et d'or.

— Oui, le *Rouleau de cuivre*. Il s'agit du trésor du Temple. Mais comment savez-vous tout cela ?

— Je travaille sur ce dossier à la *BAR* et nous disposons des toutes dernières informations archéologiques. Mais nous parlerons de cela plus tard. Venez, ne restons pas ici. On ne sait pas ce qui pourrait encore arriver. »

L'air frais me fit du bien. Nous marchâmes un peu dans la rue. Puis nous rentrâmes chacun à notre hôtel, en échangeant nos numéros de téléphone.

Le soir, allongé sur mon lit, je n'arrivai pas à m'endormir. J'avais encore un mal de crâne atroce et lancinant, et je pensais à mon père. Je ne voyais pas de moyen de le retrouver. S'ils s'apercevaient de leur méprise, ou s'ils se rendaient compte qu'il n'en savait pas plus qu'eux, ils pouvaient le tuer. Je me remémorai avec terreur le cadavre crucifié du père Millet, et cette vision me mit à la torture. Je passai la nuit agité par des tremblements convulsifs. Qui avait pu tuer Millet ? Des obsédés du christianisme, ou au contraire des christophobes ? Des juifs, des musulmans ou des chrétiens ? Des fous sanguinaires, sans doute. Mais que voulaient-ils signifier en accomplissant rituellement le supplice du Christ ?

Je n'écartais aucune hypothèse. Peut-être étaient-ils des envoyés de Dieu venus reprendre un juste pour l'amener auprès du Trône céleste ? Ou plus probablement des émissaires de Satan venus pour le questionner et le tenter. Et dans ce cas, il reviendrait avec des projets diaboliques.

Ce pouvait être également de simples bandits à la recherche du trésor des esséniens, qui croyaient que mon père avait la clef du problème. Ou bien des chrétiens fanatiques qui redoutaient la découverte des manuscrits, et qui étaient sans doute également les bourreaux d'Almond et de Millet.

En réfléchissant ainsi, une chose me frappa : le point commun de ces hypothèses était que le motif de l'enlèvement était toujours lié aux manuscrits, d'une façon ou d'une autre. Donc la seule façon de sauver mon père, s'il en était encore temps, était d'attirer l'attention sur les manuscrits, pour faire venir ses kidnappeurs.

À cinq heures du matin, après maintes réflexions, je pris mon téléphone et composai le numéro de Jane Rogers.

« C'est Ary Cohen. Je vous réveille, je suis désolé, lui dis-je.

— Non, pas du tout. Moi non plus, je ne dormais pas. Comment va votre blessure ? dit-elle.

— Un peu mieux. Écoutez. Il faut absolument que je retrouve mon père. Je ne sais pas où il est, ni qui l'a enlevé, ni même pourquoi. Mais ce que je crois, c'est qu'ils l'ont fait à cause des manuscrits.

— Est-ce qu'il savait quelque chose à leur sujet ?

— Non, pas plus que moi.

— Que recherchiez-vous exactement ?

— Le rouleau que possédait Pierre Michel.

— Le fameux rouleau de la conférence ?

— Oui.

— C'est ce pour quoi on m'a envoyée ici. Êtes-vous bien sûr que votre père n'a pas découvert quelque chose de dangereux dont il ne vous aurait pas parlé afin de vous protéger ?

— Non, je ne pense pas.

— S'il ne sait rien, alors ils ne vont peut-être pas le tuer ; et il est encore temps de le retrouver.

— Oui, mais j'ai peur que ses ravisseurs ne s'évanouissent dans la nature. Il faudrait faire quelque chose pour les attirer à nous ; faire semblant que nous savons ou que nous détenons ce qu'ils recherchent.

— Vous pensez à quelque chose de précis ?

— Croyez-vous que votre journal puisse organiser un colloque sur les manuscrits, quelque chose qui ait du retentissement, et dont les journaux parlent ?

— C'est déjà prévu, dit-elle. Dans trois semaines aura lieu un grand colloque de la *BAR* sur les manuscrits de Qumran, et tous les chercheurs sont invités. Quelle est votre idée ?

— Leur faire croire que nous avons retrouvé la trace du dernier manuscrit.

— Il faudrait effectivement au moins ça pour que nos éminents qumranologues se déplacent. Au dernier colloque, nous n'en avons eu que très peu.

— Pourvu seulement qu'il ne soit pas trop tard...

— À présent, n'y pensez plus, dit-elle, essayez de dormir, et demain nous échafauderons un plan de bataille.

— J'irai les chercher par la force, s'il le faut, répondis-je.

Elle parut interloquée.

— Je veux dire, par la force des idées. »

Le lendemain, je courus frénétiquement un peu partout dans Paris. Je revins dans l'appartement de Pierre Michel, pour y trouver des indices. Je téléphonai à Shimon, non pas pour l'informer de ce qui s'était passé, car je craignais en faisant cela de mettre la vie de mon père en danger, mais pour tenter de deviner s'il était au courant. Il ne semblait rien savoir.

Sans but précis, peut-être parce que j'étais tout simplement désorienté, je me rendis à l'ambassade israélienne. J'avais envie de tout leur dire. Puis au dernier moment, je me ravisai.

Le surlendemain, je reçus à mon hôtel un petit paquet qui venait de New York. Je l'ouvris, le cœur battant à tout rompre, les mains tremblantes. Il contenait une croix de bois vermoulu, avec une inscription en hébreu, juste quatre lettres qui me donnèrent la chair de poule : *INRI*, Jésus le Nazaréen, roi des juifs, l'inscription sur la croix du Christ. Il ne faisait pas de doute que l'objet provenait des ravisseurs, qui me signifiaient ainsi qu'ils connaissaient le but de nos recherches et que mon père était menacé de crucifixion.

J'étais au désespoir. Que voulaient-ils au juste ? Étaient-ils des fanatiques qui crucifiaient tous ceux qui faisaient des recherches sur les manuscrits de Qumran ? Que diable y avait-il dans ces rouleaux, qui expliquât ces horribles meurtres ?

Le colloque était l'unique espoir que j'avais de pouvoir répondre à ces questions. Je décidai d'accompagner Jane Rogers à New York.

II

Nous partîmes le lendemain. Jane m'avait convaincu qu'il était absurde de rester plus longtemps à Paris, mon père n'y étant sans doute plus. En Israël, je n'aurais su que faire, et il ne fallait pas alerter ma mère ni même les autorités, pour éviter de mettre la vie de mon père en danger. Étant donné la provenance du paquet, il y avait une chance qu'il ait été drogué et amené aux États-Unis, où je pouvais de toute façon me rendre utile, en aidant à la préparation du colloque.

À New York, je m'installai dans un petit hôtel près des locaux de la *Biblical Archeological Review*.

Pendant près de trois semaines, j'y vécus dans les affres de l'angoisse. Ne sachant si mon père était vivant ou mort, j'étais moi-même entre la vie et la mort. Plusieurs fois, j'appelai ma mère et lui donnai de fausses bonnes nouvelles, et expliquai que mon père était trop occupé pour pouvoir lui parler. Puis je reposais le combiné et m'effondrais en pleurs. *Je suis las de crier, mon gosier en est desséché, mes yeux sont consumés pendant que j'attends mon Dieu.*

C'est à cette époque que je compris que je n'étais pas invulnérable. Pour la première fois, le monde vacillait autour de moi. Comme le dit l'un de nos maîtres, « le monde est un pont étroit et l'important est de ne pas avoir peur ». L'étroitesse de ce pont ne m'était jamais apparue aussi dangereuse, moi qui marchais toujours d'un pas ferme, guidé par le Talmud et la Cabale, sûr de leur valeur et de celle de mon peuple, le peuple élu, au sein duquel, moi, jeune étudiant à la yéchiva, j'étais élu, l'élu parmi les élus. Là, soudain, je découvrais le vide ; près de tomber, je ne tenais qu'à un fil. Pour la première fois, le doute s'immisça en moi et me fit chanceler. *Je suis enfoncé dans un bourbier profond, dans lequel je ne puis prendre pied ; je suis entré au plus profond des eaux, et les eaux débordées m'entraînent.*

Ce fut une première brèche, qui fut irrémédiable. De ce jour où j'eus conscience de ma fragilité, elle ne devait plus jamais me quitter. Je passai définitivement de la catégorie des insouciants à celle des métaphysiciens, de celle des insensés à celle des sages, qui n'ont de cesse de se questionner sur le sens des choses et sur le sens de la vie, qui à tout propos s'interrogent sur l'essentiel, qui sont perpétuellement, inaltérablement insatisfaits, car ils sont hantés par la mort, comme si le monde était une maison de deuil.

Et parfois, c'est par la vie qu'ils sont happés ; alors ils veulent la dévorer de leur appétit insatiable et vorace comme la mort, car ils cherchent à se défaire de leur terrible angoisse et à remplir le monde de leur peur sublime et des objets créés par leur esprit inquiet pour les rassurer. Mais jamais ils ne sont en paix. Et toujours ils cherchent d'autres horizons, car leur âme a soif de Dieu, du Dieu de la vie. Elle n'est pas réminiscente et nostalgique comme celles qui rêvent du pays où elles naquirent et de la sœur qu'elles y connurent, mais elle est une coquille creuse et rebelle, avide de ce qu'elle n'a pas et de ce qu'elle ne sut jamais. Les autres, les insensés, vivent dans les lieux familiers qu'habitent les humains, leurs semblables, comme s'il était parfaitement normal qu'ils soient là, sur cette planète que l'on nomme « Terre » où le soleil se lève aussi, où la rosée blanchit la glèbe, où l'aube, berceau du jour, s'étire langoureusement et repart chaque matin, dans un bâillement hâtif, et ainsi de suite jusqu'à la fin des jours, jusqu'à l'improbable fin des temps ; comme s'il était tout à fait naturel que ce monde n'ait ni commencement ni fin, que la terre, petit pois chétif de l'infini cosmique, y promène sans cesse sa tourbillonnante routine, et qu'elle soit une, ou que nous ne le sachions pas. Pourtant, cette course infinie, au-delà par-delà l'au-delà, ce mouvement perpétuel, habile et minutieux, contemple, narquois, l'être fini, poussière du temps, microbe du microcosme. Mais rien n'est plus compréhensible aux insouciants, qui entendent tout, et ne voient rien, que rien au monde ne saurait surprendre, ni le bébé qui naît à la vie, couvert de sang et d'humeurs, ni l'enfant qui grandit et apprend à parler, ni l'homme qui vieillit et meurt, couvert de sang et d'humeurs. Ils regardent le globe comme une sphère à parcourir, un objet d'artisan plus que d'artiste, un artefact comme un autre. Ils ne connaissent pas le vertige. Ils ne se penchent pas bien bas pour observer longuement le précipice que de part et d'autre partage le pont. Superbes, ils l'ignorent pour continuer leur chemin d'un pas assuré, bien droit devant eux. Inaptes à décerner la poussière en l'homme et la vanité de chaque acte, ils sont les bienheureux, intouchés par l'impureté de la mort, intelligents et habiles à saisir le réel dans sa concrétude. *Mais ils tiennent leurs mains pliées, et se consument eux-mêmes.*

C'est pourquoi ma sortie de l'enfance date de cette

époque, et non de l'armée. L'enfance était une sorte de non-conscience, où les événements survenaient les uns après les autres, sans passé ni avenir. L'armée continuait d'être un cadre rigide de faits extérieurs, qui, tels des stimulus électriques, permettaient de réagir presque mécaniquement. C'était un état légiféré et sécurisant. Tout est si simple quand on ne décide rien, et que l'on se contente de suivre.

Or là, pour la première fois, j'étais confronté à l'anarchie de la vie. Et j'en avais peur. Plus de loi, plus de règle : tout était permis, enlever et voler ; dépecer et crucifier. L'horizon, en cet état, l'infini des possibles, se réduisait étrangement, quand je pensais à la seule perspective de la mort. Qui était-ce ? Où étaient-ils ? Quels étaient leurs motifs ? *Mon Dieu ! Je crie de jour, mais tu ne réponds point. Et de nuit, et je n'ai point de repos.*

Mon père avait pressenti le danger et m'avait fait part de ses intuitions, il avait même voulu tout arrêter pour repartir en Israël. Je regrettais amèrement de l'avoir convaincu de continuer. Je craignais le pire, et parfois plus la souffrance que la mort. Je ne trouvais pas de force pour étudier la Bible ; mon état ne me le permettait pas. Je n'avais pas de camarade et Yéhouda me manquait : il avait toujours une solution à tous les problèmes que je lui soumettais, même les plus insolubles. Peut-être eût-il pu, dans un cas pareil, m'indiquer l'endroit où se trouvait mon père, en faisant un pilpoul alambiqué. Il aurait commencé par résumer les données en les classant :

« Premièrement, ton père et toi vous recherchez un manuscrit qui était dans la grotte de Qumran et qui a été subtilisé par X. Deuxièmement, vous rencontrez à ce sujet trois personnes, qui meurent toutes violemment. Troisièmement, ton père disparaît, enlevé par des inconnus. Donc, aurait dit Yéhouda, il est évident que ton père se trouve... au monastère Sainte-Catherine, à Ankara.

— Pourquoi ? aurais-je répondu, éberlué.

— C'est simple, aurait-il dit, fier de son effet. »

Et il se serait lancé dans un raisonnement talmudique mettant en œuvre à la fois la Bible, les ravisseurs, les rabbins et d'autres personnes qui n'auraient rien eu à voir. Telles étaient les élucubrations de Yéhouda. Mais je savais, en vérité, qu'il ne s'agissait pas ici de pilpoul et que le raisonnement pur ne permettrait pas de retrouver mon père.

Je me rappelai les promenades que je faisais avec Yéhouda dans le désert blanc du Néguev, quand nous avions besoin de réfléchir. Nous partions pour plusieurs journées dans la solitude absolue. Nous connaissions les endroits escarpés où le relief est tellement découpé qu'il ressemble à un décor de cartonpâte. Nous restions plusieurs heures devant cet écran de cinéma, et puis nous reprenions notre marche.

Comme ma terre me manquait maintenant que je me sentais faible et seul en cette diaspora. La terre, c'est comme un père. C'est un sol connu sur lequel se reposer quand on sent qu'on ne peut plus se retenir à rien et que tout vacille. Comme cet exil était dur et long. *Que je souhaiterais de savoir où je pourrais trouver Dieu ! J'irais jusqu'à son trône. J'y déduirais par ordre ma cause devant lui, et je remplirais ma bouche de preuves ; je saurais ce qu'il me répondrait, et j'entendrais ce qu'il me dirait. Contesterait-il avec moi par la grandeur de sa force ? Non, il proposerait seulement contre moi ses raisons. L'homme droit raisonnerait avec lui, et je serais absous pour toujours par mon juge. Là, si je vais en avant, il n'y est pas. Si je vais en arrière, je ne l'y apercevrai point. Si je vais à gauche, je ne l'y vois point encore, il se cache à droite, et je ne l'y découvre point. Quand il aura connu la voie que j'ai suivie, et qu'il m'aura éprouvé, je sortirai comme l'or qui a passé par le feu.*

Oserai-je l'avouer ? Pourrai-je le dire ? Je méditais beaucoup à propos du Christ, même si de cette pensée interdite je n'aurais fait part à personne, pas même à Yéhouda. Je rêvais du Christ comme on le fait dans la souffrance, la misère et l'injustice. J'y trouvais du réconfort. Un jour, à Manhattan, je passai devant une église, baroque au milieu des gratte-ciel ; poussé par une envie brusque, j'entrai. Bien entendu, il nous est strictement interdit d'entrer dans une église, et encore plus d'y faire ce que j'y fis.

Je m'assis sur un banc, face à une crypte où se dressait une statue de Jésus. Pour la première fois, je ne regardais plus cette figure comme une adoration païenne, comme la représentation interdite d'un dieu impossible, mais je me mis à la contempler vraiment, à penser intensément à cet homme crucifié, à cet homme juste. J'y pensais non comme l'on pense à Dieu, mais comme à un personnage de la Bible. Et cela me consola. Lui, au moins, il était là, en chair et en esprit, et pour peu que l'on crût à son existence, tout découlait miraculeusement : le monde futur, le sens de la vie, la création, le bonheur et la résurrection des morts.

Oui, mon père reviendrait, si ce n'était pas dans ce monde, ce serait dans le suivant. Plus ses souffrances seraient grandes et imméritées, plus il reposerait dans la paix du Christ. Mais dès lors, pourquoi agir ? Point n'était besoin de le chercher, ni de le trouver, puisqu'il serait sauvé par Dieu. Et si le Christ n'existait pas, s'il n'y avait pas de Dieu, ou seulement ce Dieu caché des juifs, abstrait, absent, retiré du monde, celui qui n'intervient pas, ni dans les plus grandes barbaries, ni même peut-être après la vie ? Alors tout était permis. Les vertus ne seraient jamais récompensées, les crimes resteraient toujours impunis. Tout pouvait advenir de la main de l'homme, tout serait absurde. Mais alors, à quoi bon agir ?

Et pourtant. Il fallait faire quelque chose, sans même que cela eût une justification théorique ou théologique. Peut-être par une urgence. Peut-être parce qu'il était encore plus absurde de ne rien faire.

Pour occuper mon esprit que je sentais devenir malade, j'aidais Jane à préparer le colloque. Elle semblait se dévouer à l'organisation du projet. Elle passait des coups de téléphone aux quatre coins du monde, déjeunait avec des journalistes, écrivait elle-même des articles. Elle voulait faire venir le plus possible de personnalités. Elle avait réussi à faire adopter par la revue le thème : « Jésus a-t-il existé ? Les incroyables révélations de Qumran ».

La presse s'était aussitôt empressée de relayer le scandale provoqué par la *BAR* qui fit savoir, par l'intermédiaire de Jane, que, pour la première fois, tous les manuscrits seraient réunis, et qu'enfin allait éclater toute la vérité sur Qumran. Bien sûr, personne n'en savait rien, mais l'objectif était bien d'attirer toutes les parties concernées.

Peu après un article qu'elle avait écrit dans le *Times*, Jane reçut au journal un coup de téléphone de New York. C'était Pierre Michel. Il expliqua qu'il avait dû partir précipitamment de Paris pour échapper à ses poursuivants. Il était enfin disposé à rendre public le rouleau qu'il détenait, car c'était le seul moyen de sauver sa vie. Il viendrait donc au colloque.

« Espérons que cela nous aidera à savoir où est mon père, dis-je à Jane.

— C'est possible, si nous mettons enfin la main sur le dernier manuscrit. Tu as eu une excellente idée. Le journal ploie sous les demandes d'invitation. Il s'est presque autant vendu que *Vanity Fair* cette semaine ; tu imagines, c'est un record jamais atteint pour un journal archéologique.

— Ce manuscrit ne me dit plus rien s'il faut que je ne le revoie plus jamais. Il ne vaut pas une vie d'homme.

— Ary, ne perds pas espoir. Nous retrouverons ton père, j'en suis sûre.

— Ce serait grâce à toi... Mais pourquoi faire tout cela pour moi ?

— D'abord, c'est aussi pour moi que je le fais. J'ai

appris beaucoup de choses, qui me serviront, j'en suis sûre. J'ai changé, Ary, plus que tu ne l'imagines.

Il y eut un court silence, elle baissa les yeux, et hésita, avant d'ajouter :

« Enfin, pour finir de répondre à ta question... Peut-être aussi parce que je tiens à toi ; plus que je ne devrais. »

À ces mots, ses joues s'enflammèrent, mon cœur fit un bond dans ma poitrine.

J'avais connu des filles à l'armée, des jeunes femmes qui ne m'avaient pas retenu, auxquelles je ne m'étais jamais vraiment intéressé. Cependant, mes camarades faisaient toutes sortes de plaisanteries sur la fascination que j'exerçais sur elles. Ils disaient qu'avec moi ils n'avaient aucune chance de les séduire. Ou alors, ils me suppliaient de les accompagner dans leurs sorties nocturnes, afin que je les attire comme un aimant, et qu'ils puissent en profiter pour les approcher. J'avais également un certain pouvoir sur les hommes qui m'écoutaient lorsque je parlais, et qui recherchaient ma compagnie.

Mais avec les femmes, c'était différent. Il y avait quelque chose de trouble, d'étrange dans leur façon de me fixer, qui me gênait atrocement. Je devinais qu'elles tournaient la tête sur mon passage, qu'elles chuchotaient mon nom. Mes camarades pensaient que c'était mon regard qui les envoûtait, les ensorcelait. Ils disaient en riant que l'on s'y noyait comme dans un puits d'amour. De fait, si mes yeux étaient bleus comme ceux de ma mère, ils étaient aussi, comme ceux de mon père, deux buissons ardents qui brûlaient sans jamais se consumer.

D'autres pensaient que c'étaient mon indifférence et mes refus persistants qui attiraient les femmes. Il est vrai que, happé par autre chose, j'étais détaché. Avec Jane, c'était différent. J'avais une camaraderie de combattant, car nous étions sur le même front, et en même temps, nous avions une réelle complicité et une fraternité d'âme. Mais je n'avais jamais songé à elle comme à une femme — je veux dire, comme à ma femme. Au début, quand elle parlait, je prenais garde de ne pas la regarder dans les yeux, comme je le faisais avec les autres femmes depuis que j'étais entré en yéchiva. Et, peu à peu, elle était devenue un « haver », un compagnon d'études avec lequel j'essayais de dénouer les problèmes, de fomenter des projets, de rechercher les meilleures idées possibles, d'inventer des scénarios. Face à elle, ma créativité se décuplait comme par magie, mille idées me venaient pour résoudre les cas les plus épineux. Elle était un merveilleux interlocuteur, qui savait écouter aussi bien que répondre. Elle était à la fois imaginative et réaliste, assez fantasque pour suivre les chemins les plus aventureux et assez rigoureuse pour ne pas prendre de risques inutiles.

Et quand mon regard parfois croisait le sien, qui était d'un brun sombre et intransigeant, je baissais les yeux, honteux d'avoir été surpris à regarder une femme.

Et cela ne m'était pas permis. Non que l'amour fût une mauvaise chose en soi, ni une chose interdite par la religion, mais elle n'était pas juive. Et elle était chrétienne, protestante et fille de pasteur.

Certes, si j'avais été autre ou si cela m'avait été permis, si elle avait été juive ou si je n'avais pas été Cohen ni hassid, ou même si j'avais été goy, protestant ou catholique, si nous avions été tous deux athées, ou si j'avais été agnostique et elle protestante, si je n'avais pas été pratiquant, si j'étais resté comme mes parents, alors, oui, je crois que je l'aurais aimée.

Elle était tellement différente des jeunes femmes auxquelles on nous mariait. Elle n'était pas timide et réservée comme elles, elle n'était pas soumise et effacée comme elles. Elle n'était pas destinée à être la pieuse gardienne du foyer et la mère des enfants, et d'ailleurs, elle n'était pas destinée du tout. Elle était indépendante et active. Elle semblait n'avoir peur de rien et surtout pas de la vérité qu'elle poursuivait comme un preux chevalier. Elle était tellement déterminée qu'elle me guidait lorsque j'hésitais et me forçait à agir lorsque je me décourageais.

Nous avions de longues discussions théologiques, à propos de Jésus, de sa religion et de la mienne. Si nos points de vue divergeaient et si, souvent, nous n'arrivions pas à nous comprendre, nous nous respections néanmoins. Plus nous confrontions nos idées, plus il nous semblait que rien n'était semblable entre le judaïsme et le christianisme, et qu'un gigantesque fossé nous séparait souvent. Nos conversations étaient le fruit de ce que nous avions appris de nos maîtres et de nos livres, c'est-à-dire du savoir des siècles d'ignorance, d'erreurs et de contresens sur ces questions, et sur cela au moins, nous devions être détrompés par les événements. Mais, pour nous rassurer ou peut-être pour nous rapprocher, nous aimions creuser les contradictions et faire apparaître les difficultés dans toute leur ampleur. Parfois, après des heures et des heures de disputation, nous nous quittions harassés, et trop fatigués pour être fâchés. Car le dialogue unit toujours, même lorsqu'il est lutte violente et acharnée.

Un jour que je m'étonnais de son intérêt et de sa connaissance du judaïsme, elle me dit :

« C'est l'événement de la Shoah. Je ne comprenais pas pourquoi on avait tant persécuté ce peuple ; je voulais savoir ce qui pouvait inspirer une telle terreur depuis des siècles. Puis j'ai compris qu'il n'y avait rien à comprendre dans cette haine, mais qu'en revanche, la connaissance du judaïsme ainsi que celle des juifs est un devoir sacré pour un chrétien. »

Parfois, nos discussions étaient interrompues de longs silences, qui n'exprimaient aucune gêne, mais qui reflétaient une communion qui ne cessait de s'approfondir et que j'identifiai rapidement : c'était celle de la conscience du mystère. C'était comme dans le désert, lorsqu'en son silence, le visage et l'esprit se dépouillent de toutes les scories — les pensées futiles — pour atteindre la nudité totale de l'acte et de la parole vraie, celle du commencement. Pour la première fois, j'avais le sentiment que la parole était inférieure au silence, si par ce mot on nomme « l'intuition ». C'était un pas, j'en convenais, vers la direction qui était la sienne, celle du christianisme, et de son mysticisme si particulier. Mais c'était bien là la source du mystère : non pas pourquoi y-a-t-il quelque chose plutôt que rien, car dans le désert, il n'y avait rien ; et sur nos visages en silence, il y avait un vide qui était peut-être la seule vraie présence. Alors pourquoi le langage et les choses ? Pourquoi tous nos écrits et nos paroles, nos lois et nos commandements ? Qu'est-ce qui fondait leur étrange adéquation, leur pouvoir de désignation ? Les mots étaient-ils des démiurges, créateurs de monde, ou étaient-ils eux-mêmes créés et adaptés ?

« Par Dieu, disait-elle. C'est lui qui fonde le langage, et l'esprit, et l'accord des mots et des choses. Et la vision, et tout ce qui est. Toi et moi. »

Certainement s'Il était — et je savais qu'Il existait — alors Il était entre nous. Par elle — c'était étrange, car le sien avait un nom, et le mien était abstrait — je m'en sentais infiniment proche. Car si les concepts sans intuition sont inefficients, alors certainement, j'avais besoin d'elle pour voir, de sa « foi », comme elle l'appelait, qui me rapprochait de Dieu, du Dieu de la vérité.

Elle n'était pas coquette. Elle n'avait pas de fard sur son visage très pâle, et elle laissait ses longs cheveux blonds tomber naturellement sur ses épaules. Elle était vêtue avec modestie, de vêtements simples et amples, ou parfois de pantalons ou de jeans.

Ou peut-être était-ce moi qui m'efforçais de la voir ainsi, comme une sorte d'ange, sans les marques de la féminité, pour essayer de me persuader qu'elle n'avait pas la grâce de l'une des Jane juives que le rabbi me destinait.

Après la révélation des sentiments de Jane à mon égard, j'entrai dans une crise violente. Comme pour me protéger, pour mettre des barrières entre elle et moi, je retournai souvent au ghetto hassidique de New York. Son amour eut pour effet de m'y repousser, comme un violent coup de boomerang, un réflexe de survie. Je me mis à fréquenter assidûment une petite synagogue de Williamsburg, dont bientôt je connus tous les fidèles.

C'est ainsi que je fus amené à revoir le rabbi qui nous avait reçus. Je lui fis part de l'enlèvement de mon père et de mon désarroi. Je ne lui parlai pas d'Almond et de Millet, ni des crucifixions.

« Je t'avais prévenu du danger, me dit-il. Mais à présent, il ne faut pas perdre l'espoir, il faut attendre, et pratiquer la deveqout.

— La deveqout ? Mais pourquoi ? demandai-je.

— Pour savoir quelle était la personne qui vous suivait. »

Je ne comprenais pas à quoi il faisait allusion. Peut-être avait-il pressenti un danger en voyant quelqu'un nous suivre. Qui était-ce ? Et pourquoi la deveqout ? Mais j'étais hassid, et habitué depuis longtemps à respecter les paroles des rabbins sans chercher à en comprendre le sens. Aussi, je m'efforçai, avec quelques autres disciples, d'atteindre la deveqout, ainsi que le rabbi l'avait préconisé.

Je voudrais pouvoir approcher cette extase par des mots, mais je crains que cela ne soit impossible. Comment dire ? Au début, nous prîmes simplement du vin, pour nous rendre joyeux. Puis nous nous mîmes à chanter. Un musicien nous accompagnait qui, grâce à un synthétiseur puissant, reproduisait au son du tambour, de la clarinette et de la guitare les notes incantatoires propres à élever l'âme vers les hauteurs.

J'avais connu, avant ma téchouva, le rock moderne, son rythme prenant qui fait trembler les corps, son irrésistible dynamisme qui les échauffe et les excite ; sa façon enfin d'inventer une image de soi, une attitude faussement rebelle et contestataire, échappatoire parfois haineuse, parfois envieuse de ce monde rugueux. J'avais assisté dans certaines boîtes techno de Tel-Aviv à des raves hallucinées, où la jeunesse en grande messe invoquait, la nuit durant, par les mouvements indéfiniment répétés, ritualisés, la fin des temps. Par une transe commune sans communion, les jeunes automates agitaient têtes et épaules sans conviction, sur le rythme brut agrémenté par la phrase musicale qui de temps en temps venait briser l'antienne, tel un rêve impossible et lointain.

Les chansons hassidiques au contraire produisent la joie dans le cœur, c'est là leur magie, et je ne connais aucune autre musique qui porte en elle tant de bonheur, ou qui guérisse si bien les cœurs tristes. Elle commence timidement, et par une gradation savamment dosée, *Oy va voy*, elle exprime une véritable impatience, un entrain, *Machiah, Machiah*, pour l'accomplissement collectif et l'ascension finale. *Je crois, oui je crois avec toute ma foi dans la venue du Messie*. C'est une joyeuse clique qui galvanise l'armée de la guerre finale, qui entraîne les âmes à en recevoir le vainqueur unique.

On nous apporta un breuvage au goût doucereux que je ne connaissais pas. Le vin aidant, avec l'ardeur de la danse, nous en abusâmes. Bientôt, une étrange torpeur m'envahit et, bercé par le rythme régulier de la musique, je me laissai guider par une irrépressible envie de perdre tout contrôle de moi-même. Pendant qu'une certaine force de ma pensée résistait et voulait s'opposer à la tendance extatique qui me gagnait, une autre voix, plus profonde, me permettait puis m'intimait de me laisser aller. Les yeux fermés, je me concentrai intensément, pour faire venir en moi le souffle propice, par un large mouvement respiratoire montant du creux du ventre. Je m'allongeai par terre, les membres alourdis et la tête dans un nuage de coton, et peu à peu, je m'envolai vers d'autres horizons.

Ici et nulle part, maintenant et toujours. Pendant une vingtaine de minutes, ma conscience fut infiniment plus large. Une lave brûlante s'écoula de mon âme, et me ramena, en un suprême ravissement, à la mémoire pleine, totale, celle que l'on goûte parfois, à doses infinitésimales, lorsqu'à l'état de veille renaît brusquement d'une odeur, d'un son, d'une couleur, un souvenir parfait, intact. La devequot offrait ce miracle décuplé : j'étais traversé de part en part par les souvenirs fulgurants, j'étais ivre de leur vitesse, ébloui par leur lumière invisible, entouré par un long tourbillon d'énergie qui les brassait, les fouillait intimement ; je sentais des couleurs inouïes, je voyais des mélodies célestes, des saveurs suprêmes. J'étais dansé, toujours plus vite, toujours plus haut, sans jamais arrêter de tourner. Une force invincible me projetait vers le cosmos, une autre m'enracinait dans les tréfonds de la terre. Pantelant, pris entre les deux, je m'affaissais, puis je rebondissais.

Pendant un moment — qui correspondait à une phase d'exaltation ascendante —, j'eus des intuitions prodigieuses : des pages de Talmud, sur lesquelles j'avais peiné pendant des heures, devenaient limpides, des problèmes philosophiques et théologiques se résolvaient instantanément.

Puis une image se surimposa et se mit à envahir mon esprit : c'était celle de la cour hassidique où nous étions allés avec mon père. Je revécus toute la scène, intensément ; les moindres mots prononcés, les plus petits gestes me revinrent par éclairs lumineux, jusqu'au moment où nous sortîmes de la maison du rabbi, et entendîmes la musique derrière nous.

Alors, je vis. Je m'étais retourné pour regarder s'éloigner, comme à regret, l'endroit d'où venaient les chansons de plus en plus effrénées et où exultaient les âmes en transe. Je me remémorai clairement ce regard que je jetai : à la première seconde, quelqu'un sortait furtivement de l'habitation. À la deuxième, sa frêle silhouette était toujours dans mon champ de vision, plus près de nous. Je tentai de me concentrer davantage pour voir son visage, mais l'état extatique semblait vouloir à présent me ballotter vers d'autres horizons. Je fis un effort désespéré. Tout d'un coup, un violent frisson souleva tout mon corps, comme s'il voulait l'attirer vers les cieux. Pendant quelques minutes qui me semblèrent des heures, j'entrai en transe. Au sommet de cette céleste agitation, je vis le visage dont je convoitais l'image. La surprise me fit vaciller. Je ne pus retenir un sanglot frénétique, de désir soulagé et de sourde colère : *c'était le visage de Jane.*

Éternel ! Jusqu'à quand m'oublieras-tu toujours ? Jusqu'à quand cacheras-tu ta face de moi ? Jusqu'à quand consulterai-je en moi-même, et affligerai-je mon cœur tout le jour ? Jusqu'à quand mon ennemi s'élèvera-t-il contre moi ?

Les jours suivants furent épouvantables. Je soupçonnais Jane des pires choses, et de tout et de rien. Je me méfiais trop d'elle pour lui faire part de ma découverte et lui demander des comptes. Et si elle était à l'origine de l'enlèvement ? Et si elle avait quelque chose à voir avec les crucifixions ? Était-elle protestante ou catholique ? Faisait-elle partie de la Congrégation pour la doctrine de la foi ? Elle nous suivait, cela ne faisait aucun doute, depuis New York, et peut-être même de plus loin. Par ailleurs, elle avait voulu me retenir, lorsque j'avais tenté de suivre les agresseurs pour délivrer mon père. Elle savait peut-être où il était et ne faisait que m'occuper pour que je n'aille pas à sa recherche. Mais si tel était le cas, alors elle était dangereuse. Si elle découvrait que je savais, elle risquait de me faire subir le même sort que mon père, ou pis.

Pourtant, je ne pouvais croire à sa duplicité. Je scrutais son visage, essayant d'y déceler le mal, la perversité et la dissimulation, et je n'y arrivais pas. Je voyais une femme dévouée et honnête et qui, de plus, paraissait m'aimer. Je ne pouvais imaginer un personnage nuisible et cruel, se cachant sous ces traits sereins.

Mais si tout cela n'était qu'un jeu ? Je la scrutais encore, et je la voyais soudain sous un jour différent. Parfois son regard se troublait et se perdait dans le vague. Parfois une lueur féroce le voilait. Un jour, je la croisai dans la rue par hasard : elle était maquillée de couleurs vives, ses cheveux blonds ne pendaient pas sur ses épaules mais formaient des grosses boucles autour de ses joues plus roses que de coutume, elle portait une jupe très courte qui laissait apparaître ses genoux, et ses pieds étaient chaussés de talons hauts. Je n'aurais jamais dû la regarder ainsi, mais la surprise était telle que je voulais bien m'assurer que c'était elle. Où allait-elle ainsi vêtue ? Qui était-elle ? Était-elle la vierge ou la prostituée ?

Pourquoi nous avait-elle suivis ? Quel était ce piège dans lequel nous étions tombés ? Lorsque nous l'avions surprise chez Pierre Michel, apparemment à ses dépens, était-ce prémédité ? Si tel était le cas, quels étaient ses mobiles ?

Par moments, je croyais la haïr. Elle me trahissait. Peut-être avait-elle même été jusqu'à jouer la comédie de l'amour. Alors ce sentiment que j'avais rejeté, que je me refusais encore, je me pris à lui accorder une valeur infinie, celle que l'on voue aux choses que l'on n'a pas ; que l'on n'a plus. Pour la première fois, je me posai la question de mes sentiments pour elle. Depuis son aveu, je n'étais pas sorti de la réserve que m'imposait la loi, refusant de m'interroger franchement sur la nature de notre relation, d'une part parce que des choses graves occupaient mon esprit et, sans doute, par peur de découvrir que je m'étais laissé prendre au piège de la femme. Et quelle femme... Une goya, dirait mon rabbi. Une schikze.

Étais-je pris ? M'avait-elle emprisonné ? Était-ce cela l'amour ? me demandai-je avec colère, alors même que je la soupçonnais d'avoir enlevé mon père. Mais alors l'amour est comme la guerre. De la même façon que je me battais contre un ennemi invisible et pour une cause qui me dépassait, je ressentis pour Jane un sentiment indéfini que j'étais en passe de ne plus maîtriser, contre lequel, je le sentais, il me faudrait mener une lutte acharnée. C'était une guerre contre moi-même, pour m'efforcer de ne pas me faire assaillir par un terrible ennemi. Une guerre de tranchées qui me laissait parfois blotti, la nuit, au fond de mon lit, le téléphone à portée de main, m'efforçant de ne pas le prendre et d'avouer, pour m'avouer, que j'étais vaincu par cette bête sournoise qui ne lâchait pas sa proie et ne maintient la vie que par l'espoir qu'elle entretient.

J'essayais, souvent à perte, d'éviter le manque. Il pouvait surgir à tout moment, à la vue d'un objet qui me la rappelait, au souvenir d'une attitude qu'elle avait eue ou d'un mot qu'elle avait prononcé et que je retrouvais au détour d'une lecture, d'une phrase ou d'une pensée. Le pire était sans doute qu'il surgissait même quand elle était là ; et c'était alors à l'idée de devoir la quitter, ou même, je l'avoue, à la simple impression qu'elle était là sans être là pour moi, que son attention déviait un peu, que son esprit était occupé ailleurs, à échafauder des plans machiavéliques pour me détruire. Je crois que cette carence était encore pire que l'autre. Le manque d'elle quand elle n'était pas là était, certes, plus insupportable, car il était un malheur, une douleur profonde. Mais à ce moment, je pouvais, par mon esprit, la retrouver, la rêver telle que je la désirais et, pour ainsi dire, m'absorber seul avec elle dans ces pensées d'elle. Je revivais des moments que nous avions passés ensemble, des paroles ou des gestes qui m'avaient charmé ; et, je ne sais pourquoi, c'étaient à chaque fois les mêmes visions récurrentes et le même trouble qui me saisissaient à leur évocation. Puis j'essayais de les chasser pour en convoquer d'autres, et d'autres encore, inconnues, à venir, ou enfouies dans le tréfonds de ma mémoire et, parfois, à leur évocation, c'étaient d'autres réminiscences, déplaisantes, de moments difficiles, qui montraient qu'elle n'était pas celle que je croyais, mais l'autre, la Jane maléfique qui me suivait et poursuivait son plan, et il me plaisait alors de jouer avec ces idées, d'évaluer la douleur et le dégoût qu'elles suscitaient en moi, qui me faisaient parfois répéter, tout seul, comme un acteur de théâtre sur une scène désertée, comme un pantin déjanté, tel geste ou telle réplique qui me faisaient peur, et souffrir.

Mais le manque quand elle était là était bien pire, car il n'avait pas de remède dans l'imaginaire, refuge de tous les mal-aimés, et la douleur qu'il provoquait n'était pas une propédeutique au plaisir subtile de la souvenance : elle était comme un rétrécissement de l'être. Devant elle, tout paraissait soudain incongru, vide et absurde : notre rencontre, ma présence, mon désir. Je me sentais devenir un ridicule enquêteur, un personnage honteux voué à perdre, à échouer dans toutes ses tentatives. À ce moment, je me disais : à quoi bon ? J'ai tout perdu.

J'ai perdu cette guerre, je me suis humilié. Elle m'a pris mon père ; je n'ai qu'à me laisser faire.

Heureusement, il y avait l'amour-propre, qui était ma meilleure arme. Qui était comme un sursaut, une reprise en main lorsque je me sentais m'affaiblir. Qui faisait du premier geste, du premier mot, de n'importe quel acte gratuit, une absurdité. Pourtant, me disais-je, elle l'avait fait, elle, quand elle m'avait avoué son amour. Mais aussitôt, la réponse de l'amour-propre à l'amour venait, implacable, sans pitié ni répit : c'était pour me flouer, pour tromper ma vigilance, cela entrait dans le cadre de son complot pour me perdre. Et si, à son instar, je m'étais déclaré, je me serais avoué perdu. C'est ainsi que l'amour-propre me sauvait, à chaque instant ; il était habile manipulateur, il était un infaillible calculateur, un authentique contestataire, un vrai rebelle, de la plus belle révolte qui soit, celle de la belle, s'il ne restait la revanche. L'amour-propre était mon ami, mon plus solide allié. Allais-je à l'encontre de la loi ?

Mais il ne s'agissait de rien d'autre que de la suivre, alors qu'elle rendait cette union impossible. Je ne voulais plus Jane ; je voulais la terrasser par l'orgueil, je voulais m'aimer plus qu'elle pour ne pas perdre pied, je ne voulais pas même l'aimer autant que je m'aimais car c'eût été déjà trop dangereux : je m'efforçais de ne pas l'aimer comme moi-même.

Et j'ai trouvé que la femme qui est comme un piège et dont le cœur est comme des filets, et les mains comme des liens, est une chose plus amère que la mort. Celui qui est agréable à Dieu en échappera ; mais le pêcheur y sera pris.

« Mais enfin est-ce que tu m'aimes ? » finit-elle par demander, devant mon absence de réponse.

C'était un jour sombre et pluvieux, et nous marchions déjà depuis un long moment, côte à côte, dans Central Park. Je ne savais plus que faire, et, tout en ne voulant pas m'avancer, j'essayais de faire en sorte qu'elle se dévoile, pour que je puisse enfin voir clair dans son jeu dangereux.

« Je ne sais pas ; je crois que je suis trop préoccupé en ce moment pour penser à autre chose qu'à mon père ; et puis j'ai peur, répondis-je.

— Tu as peur parce que c'est interdit par la loi, par ta loi ?

— Ce n'est pas cela.

— Mais cette loi, continua-t-elle, c'est toi qui te la donnes, librement ; c'est toi et personne d'autre qui décides de l'accomplir de la manière que tu as choisie. Et ta façon à toi est des plus exigeantes, n'est-ce pas ?

— Oui, certainement.

— Mais ta mère, par exemple, ne pense pas comme toi, n'est-ce pas ? »

Elle parlait en me regardant droit dans les yeux.

J'essayai, à grand-peine, de soutenir ce regard. En ce moment, sans savoir pourquoi, je la crus sincère.

« Non, admis-je, elle vient d'URSS. Elle est en rupture avec une certaine idée du judaïsme orthodoxe qu'elle se fait. Elle est athée, elle a été à la fois marquée par le communisme et imprégnée par certaines de ses idées.

— Peu importe. Il y a des milliers de gens comme elle, qui n'ont pas son histoire. Il y a la majorité des juifs qui sont comme elle. Tous ceux que j'avais connus avant toi l'étaient.

— Bien sûr, il est normal que tu n'aies rencontré personne comme moi, admis-je. Les gens comme moi vivent entre eux et ne rencontrent pas les gens comme toi, d'ordinaire.

— C'étaient des gens normaux, Ary, des gens normaux. Vous vous terrez parce que vous avez peur du monde extérieur, vous avez peur de vous remettre en question. Vous préférez rester ancrés dans vos certitudes.

— Je ne suis pas normal, c'est vrai. Je l'étais avant, selon tes critères.

— Ta loi nous empêche-t-elle donc de nous aimer ? La mienne est tout prête à t'accueillir. Pourquoi le Dieu d'Israël est-il si jaloux ? Pourquoi ta religion qui a prôné l'accueil de l'étranger, pourquoi celle qui n'a jamais inventé d'inquisition, de chasse aux sorcières, de déportations et de camps d'extermination, pourquoi se montre-t-elle intolérante à notre égard ? Pourquoi ne voulez-vous pas de moi ?

— Il est interdit de faire des mariages mixtes.

— Es-tu de ceux qui pensent que les mariages mixtes accomplissent ce que Hitler n'a pas fait ?

— Je crois que les mariages mixtes sont les fossoyeurs de notre histoire.

— Mais qu'est-ce qu'un mariage mixte ? Rien n'est jamais pur, tout est toujours mélangé, un mariage est toujours une alliance, une union de deux différences.

— Je veux que tu restes comme tu es. Je ne t'aimerais plus si tu devenais autrement... »

Je m'interrompis et me mordis la langue, qui avait glissé. Je m'étais laissé emporté et j'en avais trop dit. Une fois de plus, n'étais-je pas tombé dans son piège ? Son visage s'éclaira.

« Alors tu m'aimes ? Si je devenais comme toi... Pourquoi n'es-tu pas comme ta mère ? Tout serait si simple. Je crois que si tu m'aimais assez — je veux dire assez pour sortir de cela, de toi —, il n'y aurait aucune limite, aucune, à ce que je pourrais faire pour toi. Mais je ne crois pas que c'est exactement cela dont il est question. Je crois qu'au fond de toi, tu as une vocation, comme on dit chez les chrétiens. Tu es un moine juif, Ary... Tu es un *religieux*. »

III

C'était vrai. J'étais devenu un religieux. Je me rapprochais de Dieu d'une façon particulière, qui ne m'avait jamais habité auparavant. J'étais amoureux. Comme un hassid, je considérais que ce monde était un marchepied vers Celui que j'aimais. J'essayais de m'en détacher, pour m'élever à Lui, mon refuge et mon fort ; un secours toujours offert dans la détresse. Quand la terre tremblait, quand les montagnes dans le cœur des mers basculaient, il était ma consolation, ma citadelle ; un arbre planté près des ruisseaux, dont le feuillage jamais ne se flétrissait. Je l'imaginais dans ses vêtements de myrrhe, d'aloès et de cannelle, plus désirable que l'or fin, plus savoureux que le miel nouveau. Il me secourait au point du jour, et m'oignait d'une huile de joie quand, au milieu de mes nuits blanches, les frayeurs tombaient sur moi, quand la crainte et le tremblement m'assaillaient, quand mon cœur se crispait en ma poitrine. Alors j'invoquais son nom par d'ardentes prières et je savais qu'il me délivrerait de la détresse, qu'il soumettrait les peuples, et qu'il rendrait le mal à ceux qui m'espionnent.

Je lui demandais en ces nuits de m'accorder un instant les ailes d'une colombe, que je puisse m'envoler jusqu'au désert trouver un abri pour passer enfin une nuit calme, pour gagner en hâte un refuge contre le vent de la tempête. Loin d'ici ; de la violence et de la discorde sur la ville, des rôdeurs tardifs, des méfaits et du crime, de la brutalité et de la tromperie qui jamais ne quittent ses rues.

> *Car un homme me harcèle ;*
> *Tout le jour il combat, il m'opprime.*
> *Des espions me harcèlent tout le jour,*
> *Mais là-haut, une grande troupe combat pour moi.*
> *Le jour où j'ai peur je compte sur toi.*
> *Sur Dieu, dont je joue la parole, que ferait pour moi*
> *Tout le jour ils me font souffrir,   [un être de chair ?*
> *Ils ne pensent qu'à me nuire.*
> *À l'affût ils épient*
> *Et ils observent mes traces*
> *Pour attenter à ma vie.*

Dans la détresse, mon âme avait soif de lui, ma chair languissait après lui ; j'étais dans une terre desséchée, épuisée, sans eau. Il était une source intarissable, un sanctuaire de force et de gloire ; il était la graisse et l'huile dont je me rassasiais lorsque malingre et hagard, meurtri par la faim et l'épuisement, j'épelais son Nom. *Quand sur mon lit je pense à toi, je passe des heures à te prier.* Il était mon aide, je m'attachais à lui de toute mon âme, contre cette femme qui était une entrave. Je m'en serais voulu de m'unir à celle-ci, qui était un être de chair, dont le cœur était peut-être perverti par Satan, dont l'âme sournoise était propriété du démon, cette femme qui me suivait, qui avait peut-être tué, dépecé, crucifié... Je pensais à mon père ; et encore une fois des frissons nerveux parcouraient tout mon corps.

Un matin, je l'épiai à son insu. J'attendis qu'elle sorte de chez elle et je lui emboîtai le pas. Elle se rendit à la *BAR*, devant laquelle je la guettai patiemment, pendant plus de deux heures. Enfin, elle sortit et s'engouffra dans un taxi. J'en pris un autre tout de suite après elle et, encore une fois, je la suivis pendant une dizaine de minutes, jusqu'à ce qu'elle s'arrêtât et descendît de la voiture. Elle entra dans un café, semblant attendre quelqu'un. Je l'observai discrètement derrière la vitre. Tout d'un coup, un homme arriva et s'assit devant elle. Il me donnait le dos. Je ne pouvais pas le voir ; cependant je savais qu'il s'agissait de quelqu'un d'assez âgé car il avait les cheveux blancs, et sa silhouette un peu trapue ne m'était pas étrangère.

Ils semblaient bien se connaître ; ils parlèrent avec animation pendant plus d'une heure. À la fin, il lui remit une enveloppe, qu'elle ouvrit : elle contenait des billets de banque. Puis l'homme se leva, prit son manteau et partit, après un bref salut. Alors, il se tourna vers la direction où je me trouvais, et je pus enfin voir son visage. *C'était Paul Johnson.*

Je rentrai à mon hôtel, anéanti. J'avais la certitude qu'elle était une espionne. Elle était belle et forte, mauvaise et cruelle, machiavélique et sournoise comme Dalila. J'étais pris au piège, trompé, bafoué. Elle était vénéneuse. J'y avais goûté. J'étais empoisonné. J'en renierais mes parents, ma famille, ma patrie. J'en perdrais mes amis, j'oublierais tout, jusqu'à la mission que je devais accomplir. J'oublierais mon nom. Elle allait me prendre mes dernières forces, mes toutes dernières lueurs d'espoir. Qui était-elle ? Que voulait-elle ? Quel était son plan ? Qui l'envoyait ? Était-ce Johnson et le Vatican, ou étaient-ils aussi manipulés par elle ?

C'était une délatrice qui séjournait dans le camp

de l'ennemi ; pour mieux le surveiller, elle l'avait fait venir jusque dans le sien. Mon père était sans doute à l'autre bout du monde ; et moi j'étais ici, à ne rien faire, à me laisser berner. Si jamais il lui était arrivé quelque chose... Comme Samson, je tournerais la meule en prison. Le diable en cette femme était présent ; le démon, par trois fois honni, l'avait séduite et, à travers elle, il s'infiltrait dans les hommes. À moins que ce ne fut le contraire. C'était elle qui s'était immiscée dans le démon et le manipulait ; car il ne pouvait être plus puissant qu'elle, car personne ne l'était. Pauvres mortels ; nous n'étions rien devant la force inexpugnable de la femme, traîtresse d'aspect beau et admirable, habile en ses paroles, rusée en ses actes. Forte surtout, trois fois forte ! Capable d'enfanter des hommes ; et des femmes par-dessus tout. Effroyable concaténation de la femme qui engendre une femme ! Complot satanique ! Et qui donc savait mieux qu'elle répandre la mort, elle qui donnait la vie ? Elle s'était appuyée sur la barre du lit d'Holopherne, endormi comme un enfant, enivré par ses soins, lui qui l'avait recueillie en son sein, elle qui lui avait demandé asile en sa faiblesse de femme. Elle avait pris son cimeterre, elle avait saisi la chevelure de sa tête ; et, par deux fois, elle avait frappé sur son cou de toute la vigueur de son bras faible. Elle avait emporté la tête sanglante dans son sac à provision de femme au foyer. Sandales, bracelets, bagues, parures, farine d'orge et gâteaux secs ; paroles de miel, sourires entendus, déclarations, caresses et amour : armes de femme. Elle l'avait endormi avec du lait ; elle avait enfoncé en son sein le pieu de sa tente ; elle qui l'avait accueilli, reçu, hébergé, son hôte endormi par ses soins. Yaël, Judith, Dalila, Jane, délicieuse chevelure blonde qui descend sur les épaules rondes ; je perdais la tête. Mains blanches effilées de doigts ou de pieux, sabres, rapières et langues mortelles ; délicieuse horreur de les avoir sur moi, autour de mon cou, plantés, remués dans mon cœur ouvert, déjà saignant. Par pitié, un dernier sursaut de volonté.

Cette nuit, il me fut impossible de dormir. Cherchant un livre, je tombai sur un écrit de Qumran. C'était la *Règle de la communauté*. Je le feuilletai distraitement, et tombai sur un passage intitulé « De la réprimande » :

Ils se réprimanderont l'un l'autre dans la vérité et l'humilité et la charité affectueuse à l'égard de chacun. Que l'on ne parle point à son frère avec colère ou en grondant ou avec insubordination ou avec impatience ou dans un esprit d'impiété. Et qu'on ne le haïsse point dans la perversité de son cœur ; car, le jour même, on le réprimandera, et lors on ne chargera pas d'une faute à cause de lui.

Alors je décidai d'en avoir le cœur net. Advienne que pourra ; j'étais à la torture. Mais si elle avait une quelconque responsabilité dans les meurtres ou l'enlèvement, du moins pourrais-je retrouver, en la provoquant, la trace de mon père. J'étais prêt à risquer ma vie pour cela. Enfin, je décidai de convoquer Jane à un café pour la sommer de s'expliquer.

« Ça suffit, je crois, de jouer la comédie. Je sais tout, lui dis-je. Tu m'as menti depuis le début ; je ne sais pas ce que tu fais à la *BAR*, mais je sais que ce n'est qu'une couverture pour toi. Je ne sais pas non plus pour le compte de qui tu agis ainsi. Mais je sais que ce n'est pas par hasard que nous nous sommes rencontrés à Paris. Tu nous suivais depuis New York. »

Ses yeux s'écarquillèrent : elle était surprise, et se demandait certainement d'où j'avais pu le savoir. Après un moment d'hésitation, elle dit :

« C'est vrai, je vous suivais depuis New York. J'ai pris le même avion que vous et j'ai suivi vos traces. Mais sur un point, tu te trompes, Ary. C'est bien par hasard que nous nous sommes rencontrés. Je suivais également la trace de Pierre Michel ; et je ne comptais pas que vous la retrouveriez si vite. »

Elle me regardait d'un air sérieux, presque implorant.

« Depuis quand nous suis-tu et pour qui agis-tu ? Sais-tu où est mon père ?

— Je vous suis depuis le moment où vous êtes allés voir Paul Johnson. Je suis son étudiante. J'ai fait ma thèse avec lui. C'est lui qui m'a demandé de vous suivre.

— Mais pourquoi ?

— Je ne devais pas perdre votre trace ; je devais essayer de m'infiltrer partout où vous alliez, et de lui rendre compte de tout ce que vous appreniez. Il disait que vous étiez dangereux, que vous vouliez remettre en cause les fondements du dogme chrétien ; qu'il fallait absolument vous empêcher d'agir.

— Par tous les moyens ? dis-je.

— Non, bien entendu. Je ne sais pas qui a enlevé ton père, je le jure. Quand ces hommes sont venus chez Pierre Michel, j'ai été aussi surprise que toi.

— Mais Johnson, s'il nous a fait suivre, peut aussi bien l'avoir fait enlever.

— Je me suis posé la même question, immédiatement ; et je la lui ai posée. Mais la réponse est négative. Ce n'est pas lui, il faut me croire, supplia-t-elle. Ce n'est pas un méchant homme ; c'est simplement un homme qui a peur pour sa foi.

— Comment pourrais-je te croire, avec tous ces mensonges ? Pourquoi ne pas me l'avoir dit, après...

— Je ne voulais pas perdre ta confiance, dit-elle d'une voix altérée. J'avais peur... avec ton intransigeance, j'avais peur de te perdre. Mais j'ai tout fait pour réparer ma faute. Ce colloque va avoir lieu, c'est bien vrai, et je ferai tout ce qui est en mon pouvoir pour retrouver le meurtrier et la trace de ton père. Il faut me croire, Ary... », dit-elle, d'un air suppliant.

Elle avait l'air sincère. Immédiatement, elle avait tout avoué, comme si elle était soulagée de pouvoir dire enfin la vérité... Pourtant elle avait menti. C'était une femme dangereuse, une femme qui était prête à tout, à suivre des hommes dans les rues et les avions, à se déguiser pour s'infiltrer dans des lieux où elle ne devrait pas. « Mais, lui dis-je, tu as pris et accepté son argent. Tu m'as vendu ! Tu *t'es* vendue ! »

Mais pendant que ma colère s'enflammait contre elle, je m'aperçus que j'étais plus dépité que réellement courroucé. Son visage s'était tendu, ses yeux mouillés étaient baissés et je vis la honte et la douleur défigurer sa noble expression.

« Mais comment pourrais-je te faire du mal ? »
N'avons-nous pas le même père ?

Alors Jane me parla longuement de son passé de chercheuse en théologie et de ses relations avec Paul Johnson. Au début, elle avait été impressionnée par son savoir et son ouverture apparente aux autres religions, et au judaïsme particulièrement. Mais elle s'était aperçue que, derrière cet humanisme, se cachait une intransigeance qui n'était pas loin du fanatisme. Enfin, elle lui devait beaucoup pour sa carrière, et il lui avait promis qu'elle lui succéderait lorsqu'il prendrait sa retraite. Il appréciait sa discrétion, et sa connaissance de plusieurs langues antiques lui servait beaucoup dans ses recherches. Bref, lorsqu'il avait exigé d'elle cette curieuse tâche, elle n'avait pas pu refuser. Mais elle regrettait amèrement ce qu'elle avait fait. Elle m'implora de lui accorder le pardon.

Pendant les jours qui précédèrent le colloque, nous n'en fûmes que plus proches.

Nous reprîmes nos discussions qui nous tenaient éveillés pendant de longs moments, le soir, après une journée de travail. Je lui parlais du hassidisme, de la Cabale. Je m'ouvris à elle de certains de nos secrets. Je lui dévoilai les mystères des lettres de l'alphabet qui n'est connu que des sages, de ceux qui pénètrent au fond du savoir ultime. Je lui enseignai א, l'*aleph*, symbole de l'univers, dont la barre centrale est médiatrice entre la boucle du haut, qui représente le monde supérieur, et la boucle d'en bas qui est le monde inférieur. Je lui appris le ב, *beth*, lettre de la création, qui, sur l'image de la maison, accueille, abrite et protège ; ג, *guimel*, autour duquel des myriades d'anges font cortège, la couvrant de leurs ailes opalescentes ; ו, *vav*, fier et droit en sa rectitude, comme l'homme juste dans sa station debout, reflet de son exigence, sa tension morale, son respect des valeurs ; י, *yod*, le point sacré ; ז, *zain*, lettre de libération et de délivrance, dont la mission est d'ouvrir tout ce qui est fermé, le sein de la femme stérile, la tombe des hommes enterrés, la porte de l'enfer. ה, *Hé*, lettre divine, par deux fois présente dans le Nom, mot de tous les mots, signe absolu fait des quatre lettres consonantiques, vides des voyelles humaines, à jamais ouvertes en leur absoluité pour incarner le tétragramme imprononçable, ineffable, notre Dieu, *YHWH*.

Je lui enseignai les marques distinctes du visage, qui ne sont pas innées, mais se modifient selon la condition de l'homme. Car les vingt-deux lettres de l'alphabet sont imprimées sur chaque âme, et celle-ci à son tour s'exprime sur le corps qu'elle anime. Si la condition de l'homme est bonne, les lettres sont disposées sur son visage d'une façon régulière ; sinon, elles subissent une interversion qui laisse une trace visible.

Je lui montrai l'homme qui marche dans la voie de la vérité, aisément reconnaissable pour le cabaliste, par la veinule horizontale qu'il porte sur les tempes, dont l'une forme à son bout deux autres stries, lesquelles sont croisées par une troisième en un sens vertical. Ces quatre marques témoignent de la vertu de l'homme, car elles dessinent les lettres mystiques ו et ח. Différent est celui qui s'est totalement écarté de la bonne voie, car l'esprit saint quitte un tel homme, pour faire place à l'esprit impur. Celui-ci a trois boutons rouges sur la joue droite, et autant sur la gauche. Au-dessous, il y a de minces veinules rouges, qui forment les lettres ר et ת, ainsi qu'il est écrit : *l'impudence même de leur visage rend témoignage contre eux.*

Je lui parlai de l'homme prodige, qui, après avoir marché sur la mauvaise voie, revient à son Maître, et éprouve de la honte lorsqu'on le regarde en face, car il croit que tout le monde connaît son passé. La couleur de son visage est alternativement jaune et pâle. Trois veinules le marquent : l'une part de la tempe droite et se perd dans la joue ; une autre au-dessous du nez va se confondre avec les deux marques du côté gauche. Une troisième enfin est celle qui unit les deux dernières ensemble. Cependant, ce signe se perd lorsque cet homme s'est complètement habitué à pratiquer la vertu, lorsqu'il s'est totalement affranchi du vice. La lettre ז est inscrite sur son front.

Je l'initiai à l'homme revenu pour la seconde fois dans ce monde pour réparer les fautes commises durant sa vie précédente sur la terre, qui a une ride sur la joue droite, disposée verticalement près de la bouche, et deux plis profonds sur la gauche arrangés de la même façon que la précédente. Les yeux d'un tel homme ne brillent jamais, alors même qu'il éprouve de la joie.

« Et moi, quel type suis-je ? » demanda-t-elle.

Quelques ridules très fines parcouraient son visage, dont je connaissais le dessin par cœur. Elles formaient plusieurs lettres délicieuses : Aleph, Hé, Beth et Hé. אהבה

Tous les jours je la voyais et, tous les soirs, je priais ardemment, car la guerre contre le mal trouve son lieu principal dans la prière. J'essayais de convertir le ravissement, le transport qui me soulevait le cœur lorsqu'en ardeur oratoire, en dévotion, je voyais Jane ; je voulais dépasser l'amour terrestre par l'amour Divin, source de toutes choses. Je priais le

Dieu créateur de me donner la force de résister à la tentation ; mais je savais qu'ayant fait Tsimtsoum il nous avait voulus libres et responsables du mal qui était en nous.

C'était un combat terrible. Je voulais être une âme innocente auprès du Très Haut, et mon cœur était souillé par les appels terrestres. Je voulais être pugnace et fidèle à l'Éternel des Armées, et mon âme fondait en larmes, brûlait d'inquiétude et se consumait au point de disparaître en fumée. Je voulais être sec comme un morceau de bois et j'étais humide de convoitise. Je priais, et j'agitais mon corps d'avant en arrière si fort que parfois j'en cognais ma tête contre les murs. J'aurais voulu me flageller, me mortifier, me châtier durement, pour expier.

Malgré tous mes efforts, en dépit de ma volonté, j'étais tenté, et le mauvais penchant allait grandissant en moi. Les hassidim disent qu'il faut servir Dieu avec cela aussi ; qu'il faut l'aimer avec ses deux instincts ; que la faute est une condition nécessaire pour servir son Nom de manière entière. Car l'Esprit Saint plane sur la face du péché, et demeure en lui. Je m'efforçais d'atteindre le salut par-delà la rémission, qui me paraissait inaccessible, dans la réconciliation des réalités d'en haut avec celles d'en bas. J'ouvrais en des rêves monistes le Saint des Saints, lieu sacré du Temple ; j'y trouvais des chérubins tendrement enlacés. Était-il possible que les forces corporelles aient une puissance théurgique ? Mais non, cela ne se pouvait. J'avais peur. Je préférais lutter. Je me voulais pur. Je me croyais fort.

Jamais autant qu'en cet instant je n'ai attendu le Tikoun, la respiration finale et messianique du monde, avec une telle impatience. Cela me semblait être la seule délivrance possible ; car le désir avait une ardeur telle qu'il aurait fallu un acte cosmique pour le contrer. Cependant, je savais que, pour qu'advienne la Délivrance finale, il fallait d'abord que chacun devienne son propre Messie et s'ouvre à la relation personnelle avec Dieu, par la devequout. Par moments — oserai-je l'avouer ? puis-je le dire ? — ses effets devenaient insuffisants devant l'ampleur de la tentation. Était-ce là un signe de la présence de Dieu ? me demandai-je. Car, alors même que j'étais sur le point de le trahir, et de violer ses commandements, je sentais partout sa présence immanente. *Il n'y a pas de lieu sans lui.* Au moment même où je m'étais rapproché de son giron, comme jamais je ne l'avais été, j'étais tenté. Comme Job, on m'avait tout pris, mon rabbin, ma terre, mon père ; comme Job en sa fragilité, il m'était envoyé quelqu'un sous les traits de la femme pour tendre un piège abominable à ma faiblesse humaine. Car elle était femme ! Si délicieusement, avec sa bouche parfois ombrée de prune, ses pantalons serrés sur ses hanches, ses jupes fendues de dos et ses grands talons.

Je priais intensément mais, dans les lettres que je lisais, il y avait son nom. Car c'est par le désir que les voyelles sont formées, et que la puissance passe à l'acte. J'égrenais les consonnes, et celles-ci, se remplissant de voyelles, gonflaient mon cœur d'une flamme nouvelle. Elles s'emplissaient, obscènes, habiles dans ma bouche à prendre les tours les plus ambigus. Je les regardais sur mes livres s'adonner à une danse diabolique, telles des filles de joie, jouer avec moi de regards envoûtants, me séduire pour que je les emplisse de mon son, de mon sens, de ma semence. Inertes et voluptueuses, elles attendaient les mouvements de mes lèvres, que je les accueille, que je les anime. Elles glissaient sur ma langue ; ce n'était pas Kadich, c'était Kedoucha. Le saint et la prostituée. Le plus sacré et le plus profane se confondaient, très proches l'un de l'autre ; car c'est au sein du mal que l'on peut défier Dieu, le mettre en demeure de se montrer, pour voir jusqu'où il laissera faire, pour voir s'il existe.

J'essayais d'empêcher les pensées qui me venaient à l'esprit ; il eût été bien commode de se dire que le démon les avait mises en moi. Pourtant, il me semblait bien qu'elles étaient miennes, même si j'avais du mal à me l'avouer, tant elles me semblaient innommables, et impensables. Comment les écrire ? Pourrai-je les dire ? Oserai-je l'avouer ? Dois-je les graver, les libérer pour qu'elles dansent comme des lettres folles et envoûtées, ou faut-il les taire à jamais, les ensevelir aux tréfonds de mon âme, à côté des actions qui seront dûment pesées sur la balance divine du jugement final ? Les mots touchent ici à la limite du dicible. Mais je ne peux pas les retenir, comme je n'ai pu empêcher mes sensations. Je ne peux pas les taire ; je veux aller jusqu'à la frontière de l'aveu, de la confession. Car l'écriture n'est pas mon exutoire, mais ma façon de me purifier ; mon baptême, ma rédemption. Je veux témoigner, pour que les générations sachent ce que j'ai voulu ; ce que j'ai vécu ; et que mes actes, comme le mal, résonnent dans le cosmos. *Nous avons fauté devant ta face. Nous implorons ta miséricorde.*

Commettre la faute. Qu'elle me baise des baisers de sa bouche, son souffle dans mon souffle ; voilà ce que commandait l'intériorité des lettres. Kiddouchin, sanctification, mais aussi mariage, l'un des sommets de l'humanité, lieu où la proximité du Nom est la plus évidente. Briser le Saint au plus haut, en son acmée. Bafouer. Fouler aux pieds les valeurs sacrées par le sacré. Le toucher, Lui, l'Innommable, l'atteindre enfin par la faute, à la limite extrême. Chez les hassidim, on m'avait enseigné la pudeur. Les époux dormaient dans des lits séparés, avaient des relations dans des chambres obscures, l'homme au-dessus de la femme, face à face. Mon rabbin disait qu'il fallait rester le plus possible habillé, ou être ensemble à travers un drap troué. Les cheveux de la femme étaient coupés chez les hassidim polonais, et même rasés chez les Hongrois et les Galiciens.

Mais pourquoi Dieu nous avait-il revêtu de chair, affermi d'os et de nerfs ? Pourquoi cette peau qui me brûlait lorsque je l'approchai ? Pourquoi cette chair qui criait son désespoir lorsque de mes yeux hébétés, rougis par la honte de la convoitise, j'apercevais furtivement un bout de sa peau blanche, immaculée ? Pourquoi ces os et ces nerfs, s'ils n'étaient pas aussi à l'image de Dieu, si l'âme seule constituait l'essence de l'homme ? Pourquoi cette maudite enveloppe terrestre, si elle n'était qu'un habit qu'il fallait enlever une fois la nuit tombée ? Même si le corps n'est qu'un accessoire, sa forme ne cachait-elle pas un autre principe ? Mon front, mes mains, mes pieds, tout mon corps portait les stigmates du désir.

Ses pommettes églantine, ses yeux d'amande brun et blanc, sa gorge marquée sous ses vêtements, sa taille parfois ceinte, tout son corps insistait sur mes regards furtifs, maladroits et fuyants. Ses jupes et ses robes laissaient apercevoir certaines incurvations qui me faisaient défaillir de bonheur. Je les parcourais à la dérobée. Un lobe d'oreille percé de fleurs ou de perles, un poignet tacheté de larmes de rosée, un bout de cheville voilé d'or brun faisaient sursauter mon âme. J'avais la sensation que mes yeux se dessillaient, que je voyais pour la première fois, que jamais je n'avais vu auparavant. Moi qui ne regardais pas les femmes, moi qui avais pris le réflexe de baisser les yeux lorsque j'en croisai dans la rue, moi qui me protégeais de mon streimel dans les endroits où elles exhibaient leurs corps impudiques, voici que mon regard s'attardait malgré moi en des endroits interdits, des lieux insondables que jamais un hassid ne vit ; et que moi, sans avoir, je savais.

Mais si le sens imprimait la peau, qu'il la ravage ou la magnifie, alors le corps ne pouvait tout entier être un délit. Pourquoi avais-je si honte ? Je n'étais plus digne des enseignements de nos maîtres ; ni de la Torah. De fureur, j'allai enterrer mes livres dans un cimetière de livres, ainsi que le veut la coutume ;

car il est interdit de les jeter n'importe où. Le lendemain, je les exhumai et demandai pardon.

Je perdais la tête. C'était l'anarchie ; une force folle
indestructible, irrationnelle m'emportait. Le désir
nourrissait l'obstacle ; car l'importance de l'em-
pêchement réside dans le désir qu'il suscite. Il s'en
repaît et n'existe que par lui au point que celui-ci,
n'étant plus qu'une alchimie, s'échappe à lui-même
pour devenir fondement. Alors même que la disparition de mon père m'était un tourment insupportable,
je la désirais. Alors même que j'étais hassid avec un
streimel et des papillotes, je la désirais. Avant la
prière, après l'étude, je la désirais. Pendant que je
mangeais, pendant que je dormais, j'invoquais son
nom. En me levant, en me couchant. En entrant, en
sortant. Alors que les morts s'accumulaient autour
de nous, laissant de sombres blessures sur nos âmes,
je la désirais. Si cela avait été la fin du monde, je
l'aurais désirée. *Détourne-moi de tes yeux, car ils
m'ensorcellent.*

Amie de mon âme, source de la générosité, elle
m'attirait à son vouloir. Je courais comme un cerf.
Qu'il m'était doux l'amour qu'elle me portait ; ses
paroles et ses gestes attentifs étaient plus suaves que
le miel, le sucre et tout ce qui se goûte. Beauté, agré-
ment, lueur suprême, elle me montrait la splendeur
de son éclat, et me remplissait d'une joie éternelle.
Sa grâce se déversait ; combien je languissais !
Exauce-le donc, et ne me dédaigne pas. Je voulais
qu'elle dévoile, qu'elle étende devant moi le pavillon
de sa paix ; qu'elle éclaire la terre tout entière de sa
gloire ; que ma joie, mon bonheur soient en elle. *Hâte
ton amour, car voici le temps, et accorde-nous ta grâce
comme en des jours d'éternité.*

Je poursuivais les moindres dévoilements. La
lumière sereine de son visage opalin était pommelée
de gouttes d'un brun très clair ; les lèvres vermillon
étaient une oasis de fraises et de framboises au beau
milieu du désert ; le cou ivoirin avait la pâleur hâve
du Néguev. Sa peau était un galet blanc sur la mer

de sel, au grain serré, à l'onctuosité laiteuse et au doux polissage ; une enveloppe lisse et soyeuse, raffinée, souple et blanche comme du papier, née de siècles de progrès minutieusement avancés, bel aboutissement d'une lignée de belles. L'encre coulait toute seule sur un tel grain, jamais absorbée, mais séchée sur la surface, après avoir glissé, aérienne et virevoltante comme une danseuse nue.

Cette feuille-ci n'était pas à trouer mais à effleurer de signes. Toutes les lettres étaient gravées sur cette page, qui formaient des mots incantatoires ; vingt-deux petites ridules incurvées, dessinées subtilement, que je prenais pour en former des mots, que je traçais, tel un scribe minutieux, sur chaque ligne, suivant le fil muet de mon imagination, guidé par l'inspiration sacrée. Je préparais, je lissais, je striais, je façonnais le duvet tendre, satiné, de mille lettres, venues des plus anciennes traditions. Chacune d'elles, chavirée, vibrait longuement, insufflée par la respiration divine ; chacune était consonne emplie de voyelle, pressée contre une autre consonne, assouvie par une autre voyelle, déjà tendue vers une autre, à l'infini. Souvenirs tamisés, épiphanie, profanation respectueuse, lecture infinie, interprétation de ce parchemin précieux, le plus estimable d'entre tous, cœur palpitant sous les feuillets criblés, mort puis ramené à la vie par l'exégèse attentive, responsable. J'écrivais le livre d'une nouvelle histoire, faite de subtils pilpouls, atermoiements du désir, de notes mélodieuses et de foi, d'espérance, d'attente inapaisée. Car la fin était voulue, ô combien ! C'était la fin des temps, la parousie, l'avènement du monde nouveau, le tikoun libérateur, tant retardé, tant espéré, depuis des millénaires.

Parfois, je rêvais tout éveillé. Sa bouche était un doux nectar, sa personne un parfum raffiné. Elle était ma colombe au creux d'un rocher, au plus caché d'une falaise, elle me faisait voir son visage, et me faisait entendre sa voix ; et sa voix était mélodieuse, et son visage joli, ses yeux comme des oiseaux, sa chevelure comme un troupeau de chèvres, ses lèvres comme un ruban écarlate. *Que tes caresses sont belles, ma sœur, ma fiancée. Que tes caresses sont meilleures que du vin, et la senteur de tes parfums que tous les baumes de la terre.*

Ici et nulle part, maintenant et toujours. J'étais happé, traversé de part en part par des élans fulgurants ; j'étais ivre de leur mouvement, ébloui par leur éclat invisible ; je sentais des couleurs inouïes, je voyais des mélodies célestes, des saveurs suprêmes. J'étais dansé, toujours plus vite, toujours plus haut, sans jamais arrêter de tourner. Une force invincible me projetait vers le cosmos, une autre m'enracinait dans les tréfonds de la terre.

Son visage était d'une pureté infinie. Elle ouvrait les yeux sur le silence.

Pour mon plus grand malheur, mais aussi ironiquement pour mon bien, la pensée de mon père me rappelait durement à la raison. Il était certains jours où je me mettais à courir partout, dans tous les endroits où il y avait des Israéliens, dans tous les lieux où il y avait des archéologues. Parfois je croyais l'apercevoir ; mon cœur bondissait dans ma poitrine. Des nuits cauchemardesques m'empêchaient de dormir, et me laissaient hagard, les yeux perdus dans le vide pendant la journée. Parfois, je me demandais si j'avais adopté la bonne stratégie ; si je n'aurais pas dû tout faire pour courir après ces gens qui l'enlevaient devant mes yeux, et j'étais pris de remords. Que faisais-je ici, s'il était encore en France ? Mais que faire en France, si on l'avait amené ici ?

Un soir où nous discutions dans le hall de mon hôtel, j'eus un malaise. Elle m'accompagna dans ma chambre, où je m'étendis. Pris de désespoir, je gisais pendant une heure entière sur mon lit, les bras en croix. Jane, patiemment, s'assit sur une chaise et resta avec moi. Lorsqu'elle se pencha pour voir si j'étais revenu à moi, elle m'effleura de ses longs cheveux tendres. Je sentis un parfum camphré qui fut comme un baume sur mon corps inerte. Cela le ramena à la vie. Je me levai. Elle me regarda du fond de ses yeux bruns ; puis elle partit, laissant derrière elle la trace de cet onguent.

Cinquième rouleau

LE ROULEAU DE LA DISPUTE

Progrès et triomphe éternel de la lumière

Alors les fils de Justice éclaireront toutes les extrémités du
[monde,
De façon progressive, jusqu'à ce que soient consommés tous
[les moments des ténèbres.
Puis, au moment de Dieu, Sa sublime grandeur brillera
Durant tous les temps [des siècles] pour le bonheur et la
La gloire et la joie et la longueur des jours   [bénédiction ;
Seront données à tous les fils de lumière.

Et, au jour où tomberont les Kittim,
Il y aura une bataille et un rude carnage en présence du
[Dieu d'Israël ;
Car ce sera le jour fixé par Lui dès autrefois
Pour la guerre d'extermination des fils des ténèbres.
En ce jour s'approcheront pour un immense carnage
La congrégation des dieux et l'assemblée des hommes.
Les fils de lumière et le lot des ténèbres
Combattront ensemble pour la puissance de Dieu
Parmi le bruit d'une immense multitude
Et les cris des dieux et des hommes, au Jour du Malheur.
Et ce sera un temps de détresse pour tout le peuple racheté
[par Dieu ;
Et parmi toutes leurs détresses il n'y en aura pas eu de
[pareille à celle-là
Depuis qu'elle se sera déclenchée jusqu'à ce qu'elle se soit
Pour faire place à la Rédemption définitive.   [achevée
Et au jour où ils combattront contre les Kittim,
Il les sauvera du carnage en ce combat.
Durant trois lots, les fils de lumière seront les plus forts
Pour bousculer l'impiété ;
Et, durant trois autres lots, l'armée de Bélial ripostera
Pour faire battre en retraite le lot de Dieu.
Et les bataillons d'infanterie feront fondre le cœur,
Mais la puissance de Dieu raffermira le cœur des fils de
[lumière ;

Et, dans le septième lot, la grande Main de Dieu
Soumettra les fils des ténèbres à tous les anges de Son
Et à tous les hommes de Son lot.   *[Empire*

Rouleaux de Qumran,
La Guerre des fils de lumière contre les fils des ténèbres.

I

Après avoir commis la faute, l'homme et la femme entendirent la voix de Dieu résonner dans le jardin au point du jour. Alors ils se cachèrent ; et Dieu appela l'homme, et celui-ci répondit qu'il se cachait car il était nu. Alors Dieu lui demanda d'où il savait qu'il était nu : n'était-ce point de cet arbre qu'il lui était défendu de manger ? L'homme avoua qu'il en avait goûté, et que c'était la faute de cette femme que Dieu avait mise près de lui. Et la femme dit que c'était le serpent qui l'avait trompée. Ainsi ils durent s'expliquer devant Dieu, tant il faut qu'un jour chacun rende des comptes, et avoue ce qu'il a fait, et paie pour ses crimes. Mais pourquoi faut-il que chacun, par lâcheté ou par vice, rejette la responsabilité sur l'autre, et qu'incapable de repentance il se décharge des méfaits qu'il a commis ?

Ce fut enfin le jour tant attendu de la confrontation. La *BAR*, pour le colloque, avait loué un immense amphithéâtre, dont les murs recouverts de boiserie faisaient penser à un tribunal. Nous étions arrivés parmi les premiers ; pendant que Jane s'affairait, j'observais ceux qui rentraient, seuls ou par petits groupes. Journalistes, professeurs, chercheurs, hommes d'Église ou rabbins de tous pays se pressaient, l'air inquiet et curieux. Certains arboraient un sourire indéfectible : des athées, ou peut-être des gens qui croyaient qu'enfin la vérité allait éclater, que le jugement final serait rendu.

D'autres paraissaient tourmentés. Plusieurs chaînes de télévision transmettaient l'événement en direct. J'avais peine à imaginer le nombre de personnes qui écouteraient et verraient ce qui allait se dérouler, mais je priais pour que parmi elles, devant un petit écran ou dans la salle, se trouve quelqu'un qui puisse m'aider à retrouver la trace de mon père.

Si j'avais pu imaginer ce qui lui arrivait au moment précis où se déroulait le colloque, si j'avais su à quel point j'étais éloigné de la vérité, à quel point je m'étais laissé fourvoyer et combien j'étais loin de lui en cet instant... Je crois que je serais devenu fou.

*
* *

Après l'enlèvement dans l'appartement de Pierre Michel, on l'avait d'abord emmené hors de Paris, à environ deux heures de voiture. Ses yeux étaient bandés et ses mains attachées. Dans le véhicule, personne ne proférait un mot.

Ils arrivèrent bientôt dans une maison de campagne où on l'enferma dans une pièce. Là, il fut libre de ses mouvements, mais il ne pouvait toujours pas sortir. Les ravisseurs l'y laissèrent plusieurs jours, qui furent pour lui une éternité. Il avait beau leur parler, leur poser des questions en hébreu, en arabe et dans toutes les langues qu'il connaissait, lorsqu'ils venaient lui donner à manger, ces hommes refusaient de lui répondre. Il ne savait pas pourquoi il était ainsi détenu, ni ce qu'on pouvait bien lui vouloir ; comme moi, il se demandait si c'était lui qu'ils avaient voulu enlever, ou si on l'avait confondu avec Pierre Michel. Il se remémorait également les crucifixions, et se faisait sans cesse du souci pour son fils. Ainsi enfermé, sans personne à qui parler ni rien à faire, il fut pris d'un profond découragement. Ses membres s'engourdissaient à force d'inaction, et sa tête lui faisait mal à rester toujours couché.

Puis un jour, ils se mirent à le questionner, en anglais. Ils voulaient avoir des renseignements sur les manuscrits ; ils cherchaient à savoir qui les détenait et qui les recherchait. Mon père leur dit ce que nous en savions, c'est-à-dire pas grand-chose.

Puis les hommes l'emmenèrent hors de la maison, et ils prirent un petit avion pendant six heures à peu près. Lorsqu'ils arrivèrent, en plein désert, mon père retrouva un paysage qu'il connaissait bien : monotone et rocailleux, il se transformait au loin, se creusait et se vallonnait. Le soleil se couchait, et il aperçut sur le fond mauve des collines les routes peuplées d'une foule d'hommes et de bêtes, pressés de terminer leur journée : c'était la plaine mésopotamienne.

Il y avait une foule immense : tous s'étaient déplacés pour l'occasion. Les chercheurs, venus nombreux, s'assirent, prêts à consigner ce qui allait se dire, et préparaient feuillets et crayons. Les journalistes discutaient entre eux avec animation. Certains prenaient déjà quelques photos. D'autres s'absorbaient dans la lecture des journaux. L'un d'eux titrait : *Jésus a-t-il existé ? Des révélations sur la plus grande découverte archéologique de tous les temps*. L'article expliquait l'importance des découvertes de Qumran et insistait sur le mystère qui planait sur les recherches.

Peu à peu, des petits cénacles de discussion s'étaient formés. Rabbins et prêtres se rapprochaient insensiblement, comme s'ils sentaient que l'heure de la confrontation avait sonné, et peut-être même celle de l'ultime affrontement. Ils savaient qu'après cette séance les derniers doutes seraient levés, et il ne serait plus possible de tricher. Alors la mauvaise foi devrait laisser place à la foi pure ou à l'apostasie. La vérité allait éclater, et devant elle s'effondreraient des siècles d'idéologie et d'obscurantisme, d'ignorance et d'invention.

Parfois les échanges courtois, les intentions les plus œcuméniques laissaient place à des altercations plus véhémentes. De loin en loin, on entendait des bribes de conversations animées : « Jésus n'était pas essénien » ou « On est sûr de l'existence de Jean Baptiste, mais de Jésus comme personne historique, non... » Certains brandissaient comme des armes les mots de « blasphème », « mensonge », « enfer ». Enfin l'amphithéâtre fut comble et les paroles de la foule se confondirent pour former un immense murmure.

Jane revint, accompagnée d'un homme petit et rond, qui semblait en proie à la plus grande agitation. Elle me le présenta : il s'agissait de Pierre Michel, l'homme que nous avions tant cherché. Nous prîmes place tous trois au premier rang.

Pierre Michel commença à relire fébrilement les papiers qu'il avait préparés pour son intervention. Il lançait constamment des regards scrutateurs autour de lui. Voilà un homme de la troisième catégorie, me dis-je en l'observant ; il est revenu pour la seconde fois en ce monde pour réparer les fautes commises durant sa vie précédente. Une cicatrice verticale traversait sa joue droite de part en part, des rides profondes marquaient son visage, qui lui donnaient un air fatigué. Mais ce qui frappait le plus était ses yeux : ils n'étaient éclairés d'aucune lueur, ils étaient presque vides d'expression, figés comme ceux des poupées ou des jouets en peluche.

« De qui avez-vous peur ? » lui murmurai-je.

Il releva la tête vers moi, surpris.

« Des inquisiteurs, répondit-il. Ceux de la Congrégation pour la doctrine de la foi. Ceux que j'ai quittés, et qui ne me l'ont pas pardonné. Si vous voulez mon avis, je pense qu'ils sont derrière tous ces meurtres. Ils se vengent de ce qui a été fait à Jésus. Ne voyez-vous pas qu'ils répètent, tels des maniaques, un geste rituel ? Maintenant je suis sur leur liste parce que j'en sais trop, parce que je les ai trahis en révélant une partie de ce que je savais, lors de la conférence de 1987 sur Qumran. C'est après cela que les menaces ont commencé, tellement violentes que j'ai dû disparaître avec les rouleaux. Vous comprenez, je craignais pour ma vie. Depuis, je ne dors plus. Je vis dans la clandestinité et dans la terreur qu'ils ne me retrouvent. Je vous le dis, *je suis leur prochaine victime*. »

Les premiers intervenants s'installaient à la tribune. Il y avait des historiens, des philologues et des philosophes. Jane me présenta plusieurs grands universitaires qui gravitaient dans le milieu qumranien. Il y avait Michelle Bronfield, de l'université de Sydney, qui avait défendu la thèse selon laquelle Jean Baptiste était le fameux Maître de justice, et Jésus le prêtre impie. Il y avait Peter Frost, un des premiers à avoir reconnu la valeur des rouleaux d'Osée, en 1948, et Emory Scott, un universitaire baptiste qui occupait sa retraite à établir un catalogue exhaustif de tous les livres, articles ou publications consacrés aux rouleaux.

Soudain, un homme de taille moyenne et de forte carrure vint s'asseoir à nos côtés. De larges favoris noirs encadraient son visage de part et d'autre, telles des papillotes. Jane me présenta son patron, Barthélemy Donnars, rédacteur en chef de la *BAR*. Celui-ci paraissait en pleine exultation.

« Enchanté, dit-il, Jane m'a beaucoup parlé de vous. Heureux que vous soyez là en ce grand jour ! Depuis le temps que j'attends cela. Depuis le temps qu'on me ridiculise lorsque je demande une date butoir pour les publications, et qu'on me rit au nez. Et le département des antiquités de Jérusalem qui continue de ne rien faire pour récupérer le rouleau disparu... Je ne comprends pas. Il est temps pourtant que les manuscrits puissent être lus par tout le monde. J'ai même affronté directement Johnson au forum de Princeton, en novembre dernier. Je lui ai demandé l'accès ne serait-ce qu'aux photographies du rouleau. Naturellement, il a refusé. Qui plus est, il a tenté de monter ses collègues contre moi. Il a déclaré lors d'une conférence que, dorénavant, il éviterait de mentionner les manuscrits non publiés, car ce serait comme lire un menu sans pouvoir en manger les plats. Il m'a accablé de sarcasmes dans les médias. Dans *Good Morning America*, il a lancé à mon adresse : "Il semble que nous ayons une bande de mouches dont la seule occupation est de nous tourner autour." Et moi, savez-vous ce que je lui réserve en retour ? »

Il plongea la main dans son cartable pour en ressortir fièrement une maquette de couverture de la revue.

« Voici la prochaine couverture de la *BAR* », dit-il.

C'était une photo en gros plan d'un Paul Johnson très peu à son avantage, mal rasé, le cheveu gras, l'œil torve, et le coin de la bouche déformé par un affreux rictus. Au-dessus de ce portrait, encadré par un écran de télévision, la phrase de Johnson à propos des mouches était imprimée en gras ; celle-ci était illustrée par le dessin de toute une constellation d'universitaires émérites, qui semblaient bourdonner méchamment autour de Johnson et son équipe internationale. Je ne pus m'empêcher de sourire, et de constater que Johnson était décidément détesté par beaucoup de monde.

Le président de la réunion, le professeur Donald Smith, ouvrit la séance par une allocution sur les plagiats entre chercheurs, depuis la découverte des rouleaux ; il en cita un grand nombre d'exemples, notamment le passage d'un livre qui reproduisait presque textuellement la page d'un autre ouvrage, y compris les erreurs de traduction. Il termina par une sévère condamnation de ces procédés.

Puis un professeur du Centre des manuscrits anciens de New York parla à son tour, pour protester contre ce qu'il appelait la « possessivité » des chercheurs qui, depuis tant d'années, peinaient sur leurs travaux, sans que l'on pût en voir le moindre résultat.

« Mais c'est un travail de longue haleine, et nous avons tant d'autres tâches à mener de front qu'il est difficile d'aller vite, répondit l'un des chercheurs présents sur l'estrade.

— Ce n'est qu'un prétexte dont personne n'est dupe. Parlons plutôt de censure intellectuelle, répliqua-t-il. Tous ont peur de la censure, ou la pratiquent eux-mêmes. Pour moi, ces rouleaux ont une importance révolutionnaire. Je regrette de ne pas y avoir accès, car je pourrais alors vérifier mon hypothèse. »

Il expliqua que les rouleaux de la mer Morte offraient, de manière inespérée, la preuve des altérations frauduleuses subies par les textes sacrés au cours des siècles, car, à la différence de ceux-ci, ils n'avaient pas été touchés par la censure. Son hypothèse était que le christianisme et le judaïsme étaient tous deux des idéologies dégradées, issues d'une foi messianique plus profonde dont ils n'étaient que l'écho tardif et déformé. Pour lui, le judaïsme s'était développé en messianisme, à travers l'essénisme qui avait fini par donner la religion chrétienne.

La plupart des universitaires présents à la tribune désapprouvèrent cette thèse, et engagèrent un débat sur la censure et la transformation des textes sacrés par l'Église au cours des siècles.

Enfin, ce fut au tour de Paul Johnson de prendre la parole. Pierre Michel s'agita sur son siège, de plus en plus nerveux. Il se pencha vers nous :

« C'est cet homme qui veut ma perte. C'est lui qui me fait rechercher depuis que j'ai quitté mon monastère. Je le connais bien, nous avons travaillé ensemble sur les manuscrits. Jonhson est un nom d'emprunt qu'il a pris lorsqu'il a émigré aux États-Unis ; il se nomme en fait Misickzy. Au début, quand nous travaillions dans le *scrollery* du Musée archéologique d'Israël, il nous laissa tous voir le manuscrit : ainsi Lirnov commença à le déchiffrer. Mais il n'a pas supporté ce qu'il a découvert, et il s'est suicidé, après avoir confié le rouleau à Millet. Alors celui-ci a commencé à l'étudier ; puis, se rendant compte de ce qu'il contenait, il en a fait part à Johnson, qui a décidé de le faire disparaître. Le jour où Matti est venu pour déchiffrer son manuscrit, et où il n'a rien trouvé, je me rappelle que nous riions sous cape, car nous savions tous qui l'avait. C'est alors que Johnson me l'a donné pour que je l'étudie, sans en parler à personne. Quand j'ai commencé à révéler ce qu'il y avait dans le rouleau, il me l'a réclamé et lorsque, en fin de compte j'ai refusé, il m'a menacé puis a lancé des hommes à mes trousses pour le reprendre. Je vous le dis, cet homme est prêt à tout, il pourrait même... »

À ce moment, Johnson croisa son regard. Il parut surpris, le fixa un instant puis commença son discours.

« Les manuscrits de la mer Morte n'apportent aucune révélation nouvelle sur Jésus », dit-il.

Un grand brouhaha parcourut la salle, comme un frisson le long d'une échine.

***

Un vrombissement de moteur remplit le silence du désert d'une onde sonore. Une voiture vint les chercher, qui les mena dans un village retranché, habité par les Samaritains. Ils le firent entrer dans une maison qui surplombait la ville arabe de Naplouse, l'ancienne Sichem de la Bible.

Mon père connaissait les Samaritains, ce peuple qui n'admettait comme livres saints que le Pentateuque et le Livre de Josué, et rejetait tous les autres écrits bibliques. Ils pensaient que c'était au sommet de leur montagne que s'élevait le vrai temple, la maison de Dieu, et que l'idolâtre Salomon avait érigé un faux temple à Jérusalem. Ils avaient en commun avec les esséniens d'être des scribes et de recopier le Pentateuque. Ils travaillaient cinq à six heures par jour à la calligraphie d'un rouleau de vingt-cinq mètres. Ils en achevaient un tous les sept mois. Ils s'occupaient également d'astrologie et de divination, une tradition héritée d'une secte que Moïse avait ramenée avec son peuple de la cour de Pharaon, et dont les formules étaient contenues dans un livre conservé depuis l'époque d'Aaron.

Dans la maison où il était détenu, mon père eut un peu de répit. Puis, au bout de quelques jours, les Samaritains se mirent à emballer leurs effets et à rassembler leurs provisions pour rejoindre une autre demeure, au sommet d'une colline, le mont Gerizim. À quelque distance de là coulait une source, près d'un bois d'oliviers. Plus loin encore, Naplouse s'appuyait sur le flanc de la colline, toute parsemée de bouquets d'arbres. Mon père comprit qu'il s'agissait d'un pèlerinage : c'était le début de la période pascale qui commémorait la sortie d'Égypte.

Alors on l'enferma dans une autre maison, la demeure des prêtres où était conservé le plus vieux livre depuis la création, la fameuse Torah d'Abishua, qui a trois mille six cents ans. Il fallait trois clefs pour ouvrir le tabernacle dans lequel était conservé le précieux manuscrit, et chacune d'elles était confiée à un prêtre différent.

Mon père assista à l'une de leurs cérémonies. Les trois officiants disparurent derrière une petite tente en velours qui cachait le tabernacle. Puis ils revinrent, vêtus d'un châle de prière. L'un d'eux portait la Torah millénaire enveloppée d'une soie brodée d'or. Il la déposa sur un fauteuil en bois.

Alors les prêtres enlevèrent solennellement son précieux habillage, et ils posèrent avec précaution les mains sur les deux pommeaux en argent pour en faire pivoter le couvercle. Le rouleau s'ouvrit en trois parties, et la vieille peau de chèvre apparut, blanche, nue, maculée de lettres anciennes. Puis ils sortirent de l'armoire des objets rituels, des verres de kiddouch incrustés d'or et de pierres précieuses, des chérubins, et la plaque aux douze pierres que portait le grand prêtre au Temple le jour de Kippour. Ils remirent tous ces objets aux mystérieux ravisseurs.

Alors mon père se rappela la légende des Samaritains : leur sanctuaire sur le mont Gerizim avait été détruit par le roi-prêtre juif Jean Hyrcan, entre 135 et 104 avant l'ère courante, et ils disaient qu'ils possédaient son trésor, une partie de celui du Temple, et qu'ils ne le sortiraient que lorsque le Messie viendrait. Il se remémora aussi une phrase du Rouleau de cuivre :

> *Sur le mont Gerizim,*
> *Sous l'entrée supérieure,*
> *Une armoire, et ses contenus,*
> *Et soixante talents d'argent.*

Ainsi, ses ravisseurs étaient là pour récupérer le trésor des Samaritains. Mais pourquoi ceux-ci s'en dépossédaient-ils si facilement ? Était-ce contre de l'argent ? Était-ce contre autre chose ? Et pourquoi le faire assister à cette transaction ?

La cérémonie se poursuivit. Le shohet, le sacrificateur, apparut muni de longs couteaux effilés. Tous sortirent de la synagogue. Femmes, enfants, vieillards et jeunes hommes, coiffés de tarbouches et habillés de robes rayées descendant jusqu'aux chevilles, s'affairèrent pour préparer le sacrifice pascal. Les jeunes apprêtaient l'enclos, creusaient des foyers dans le sol, apportaient du bois, préparaient la paille et la glaise, installaient des cuvettes remplies d'eau, et taillaient de longues broches. D'autres allaient cueillir de l'hysope et des herbes amères, qui ont la propriété d'empêcher la coagulation du sang ; les Samaritains s'en servent pour conserver le sang des agneaux, avant d'en badigeonner, comme le veut la tradition, les linteaux des portes.

Mon père se demandait pourquoi on le conviait à cette fête alors qu'il était confiné le reste du temps dans sa chambre. Deux Samaritains l'entouraient étroitement, rendant toute fuite impossible. Tout était prêt pour le sacrifice : l'autel, le sacrificateur, le couteau et l'agneau. Cependant, il y avait deux autels : un grand et, à côté, un plus petit. Le grand était sans doute pour les agneaux, mais le plus petit... pour quel animal ? Tout était là, certes : l'autel, le couteau, le sacrificateur, mais l'objet du sacrifice manquait.

À moins que ce ne fût lui.

* * *

Pierre Michel gigotait sur son siège, visiblement mécontent, pendant que Paul Johnson continuait sa péroraison.

« Tout ce que les rouleaux de la mer Morte sont en mesure de nous révéler, dit Johnson, c'est la façon dont Jésus pouvait vivre, et le milieu dans lequel est né le christianisme. Mon but sera d'éclairer d'un point de vue historique ce contexte dans lequel furent écrits les manuscrits. Il s'agit, bien entendu, du judaïsme, et c'est pourquoi je vais commencer par vous narrer, d'un point de vue strictement historique, ce qui se passait avant et pendant la période où la secte essénienne écrivit ces rouleaux. »

Il commença alors un long discours à propos de choses et d'autres, dans lequel il évitait soigneusement d'évoquer le sujet des manuscrits. Il croisait de temps en temps le regard de Pierre Michel, qui le toisait avec une haine mêlée de crainte. Celui-ci leva plusieurs fois les yeux au plafond, comme s'il était scandalisé et qu'il prenait le ciel à témoin de sa stupeur. Il paraissait de plus en plus exaspéré.

Brusquement, il se leva de son siège. Il monta à la tribune, l'air finalement excédé. Il étala quelques papiers devant lui, et regarda un instant l'auditoire, comme s'il jaugeait un adversaire. Johnson le darda de regards tour à tour menaçants et inquiets. Il se tut, de même que les autres personnes à la tribune, qui n'osaient pas protester. L'assistance, qui n'ignorait pas que Pierre Michel possédait les papiers les plus importants, sembla retenir son souffle, si bien que le silence était total lorsque s'éleva, tel le nouvel augure d'un prophète sans espoir ni pitié, sa voix vibrante.

« Je ne peux admettre qu'une telle hypocrisie vienne parachever des siècles de mensonge, dit-il, martelant chaque mot d'un coup de poing frappé sur la table, comme s'il battait le tambour pour l'assaut final. Pourquoi ne pas se dire la vérité, juifs et chrétiens ? Pourquoi nous mentir et avoir si peur ? dit-il en se tournant vers Johnson. Nous sommes des brebis égarées qui cherchent leur chemin et ne font que reprendre sans cesse et sans cesse celui qu'elles prirent lorsqu'elle se perdirent.

« Voulez-vous connaître l'âge des rouleaux ? Voulez-vous savoir s'ils parlent de Jésus ou s'ils n'y font pas même allusion ? Voulez-vous savoir si Jésus a existé, ou s'il n'est qu'un mythe ? Et s'il a existé, s'il fut essénien ou pharisien, à quelle secte il appartenait ? Et s'il a existé, qui l'a tué et pourquoi ? Ou préférez-vous que l'on continue de vous prendre pour des enfants ?

« Vous autres croyants, vous vous complaisez dans l'obscurantisme, vous adorez les idoles dont on prétend faire les arguments de votre foi, et vous ne haïssez pas ces gens qui jugent impossible de regarder fermement la vérité en face. Vous préférez ne pas savoir.

« Vous les athées, vous ne voulez plus entendre parler de ce christianisme qui façonne pourtant le monde dans lequel vous vivez. Vous vous moquez des croyants et de leur foi imbécile, mais savez-vous qu'au fond de vous, c'est par une plus haute exigence que vous les méprisez ? Vous les non-croyants, vous croyez ne pas croire mais vous croyez encore davantage que d'autres, sans avoir le courage d'aller jusqu'au bout de votre insatisfaction.

« Alors, voilà, moi, je vais vous dire ce qui s'est passé réellement à Qumran. Et vous verrez, pour certains, j'apporte le baptême, la nouvelle naissance qui vous purifiera de toutes les scories déposées par les siècles d'ignorance. Et pour les autres, c'est le scandale que j'apporte.

— Les textes de Qumran sont médiévaux, interrompit un homme dans le public.

— Ils n'auraient alors aucune relation avec les origines de la chrétienté ; est-ce là que vous voulez en venir ? répliqua Pierre Michel.

— Non ! Ils sont du IIe ou IIIe siècle après Jésus, dit quelqu'un d'autre.

— Alors la relation, si relation il y a, ne serait pas importante... Mais si, en revanche, continua Pierre Michel en élevant la voix qui trembla dans l'amplificateur du micro, s'ils ont été écrits pendant les siècles qui précédèrent *immédiatement* l'ère chrétienne, alors ils deviennent capitaux aussi bien pour le judaïsme que pour le christianisme. Or il se trouve que la communauté décrite par ces rouleaux révère un certain Maître de justice qui aurait subi un martyre. C'est pourquoi la date de ces documents est une question vitale. L'enjeu ne vous a pas échappé : c'est celui des origines du christianisme. Et la question essentielle est la suivante : les premiers chrétiens appartenaient-ils à la communauté essénienne ?

« Même pour les croyants, une question historique doit avoir une réponse historique. Depuis deux mille ans, la réponse de l'Église sur l'origine et la signification du christianisme est claire : Jésus est le Messie venu accomplir les Écritures, non pas pour les seuls juifs, mais pour l'ensemble des nations. Il a été envoyé par Dieu qui l'a fait juif, mais son enseignement se distingue radicalement de celui du judaïsme. Or, si les rouleaux affectent cette vision, s'ils nous obligent à reconnaître que Jésus et les premiers chrétiens sont issus d'une secte juive, que celle-ci avait des sacrements et une organisation presque identiques à ceux du christianisme primitif, alors ce sont des siècles de croyance qui sont en défaut, et des siècles d'ignorance et d'intolérance qui seront condamnés sans appel. Alors il sera nécessaire de tirer des conséquences de ces faits historiques et d'admettre que le christianisme n'est pas né d'une intervention suprasensible, mais qu'il est le résultat d'une évolution sociale et religieuse naturelle.

« Que nous révèlent les rouleaux ? Je vous le dis tout net. Entre les esséniens, les gnostiques et les christianoi, il y eut un intense conflit idéologique pendant les trois siècles qui suivirent la naissance du Christ. Les rouleaux nous apprennent que le christianisme, loin d'être une foi répandue par des saints en Judée, est une des branches du judaïsme. Et cette branche était l'essénisme, et elle s'est greffée à d'autres religions du monde des gentils, jusqu'à devenir un système de croyance autonome — le christianisme. L'autre tendance du judaïsme, le pharisianisme, qui promeut la Torah, qui exalte la tradition rabbinique, et le Talmud comme texte encore plus révélé que la Bible, a été affectée, à un moindre degré, par le monde païen, et est devenue le judaïsme tel que nous le connaissons aujourd'hui — à l'exception toutefois des fondamentalistes juifs, que je placerai plutôt dans la lignée de l'essénisme que dans celle du pharisianisme.

— Les rouleaux sont des faux », interrompit encore quelqu'un, qui se fit aussitôt rappeler à l'ordre par le président. Ce qui n'empêcha pas un autre d'ajouter : « Ils sont karaïtes ; on doit les dater du Xe siècle. »

Pierre Michel répondit calmement :

« La secte juive des karaïtes s'était dispersée au VIIIe siècle après Jésus à travers toute la Babylonie, la Perse, la Syrie et l'Égypte, aussi bien que la Palestine. Au XIe siècle, elle déclina dans ces zones tandis qu'elle faisait des progrès considérables en Europe. Son trait distinctif était son interprétation littérale de la Bible dans ce qui était supposé être les règles de piété. Néanmoins, les trouvailles archéologiques et paléographiques infirment tout lien entre cette secte et Qumran.

« Mais bien entendu, je comprends que la datation des rouleaux vous fasse peur... En effet, il y a des correspondances troublantes. Parmi les écrits rejetés par les Pères de l'Église, on trouve les apocryphes de l'Ancien et du Nouveau Testament ainsi que le pseudépigraphe. Ce n'est évidemment pas un hasard. Vous savez tous qu'apocryphe signifie "caché". Je pense que ces textes ont été écartés, parce qu'on voulait que leur sens demeure caché à la masse des fidèles et ne soit accessible qu'à de rares initiés. N'oublions pas que les écrits ésotériques étaient nombreux au début de l'ère chrétienne, et qu'ils sont très importants pour comprendre le christianisme originel. Or je prétends qu'ils nous permettent d'interpréter les manuscrits de la mer Morte, comme ceux-ci les éclairent en retour, car il existe des correspondances troublantes... »

Pierre Michel s'arrêta un instant et but une gorgée d'eau. Puis il sortit lentement de son cartable un paquet entouré de linges blanchâtres, qu'il déroula lentement, pour découvrir un rouleau. Je reconnus immédiatement un manuscrit de la mer Morte. Il l'éleva au-dessus de sa tête afin de le montrer à toute l'assemblée qui le contempla, bouche bée. C'était un parchemin antique, très fin, de couleur brun clair, moucheté de taches plus sombres, mangé par le temps, les insectes et l'humidité. Il était enroulé sur ses deux bords, tels deux bras timides, effrayés de leur propre audace, qui hésitaient à s'ouvrir et à découvrir leur nudité — celle, impudique, de la vérité. Recroquevillé sur lui-même, il paraissait si fragile et si délicat qu'il aurait pu s'effondrer en poussière devant nos yeux, ou s'effriter en mille morceaux et disparaître à jamais, sans que personne ne le connût. Il était si vieux, il avait vu défiler tellement de siècles, jusqu'aux millénaires, qu'il semblait vouloir enfin achever son long, trop long calvaire, et dire ce qu'il avait à dire, avant de pousser son dernier soupir, de souffler la dernière poussière et de n'être plus cette preuve, cette pièce à conviction pour l'homme oublieux, mais un souvenir, une idée, une histoire, trace de sa trace, ineffable et précaire, une prière, un nom à invoquer pour les parents et pour les enfants, et les enfants de leurs enfants. Bientôt il se résignerait et abdiquerait en faveur des mots dont il n'était que le support. Déjà il hésitait entre le matériel et l'immatériel, entre le réel et l'imaginaire, l'esprit, la pure mémoire de ces mots, à jamais gravés, à jamais perdus, à jamais retrouvés. Il avait tellement résisté, il avait tant combattu et, depuis peu, tant voyagé qu'il semblait las et à bout de forces. Mais il était présent, tangible encore, au vu et au su de tous, parce qu'il n'avait pas encore rempli sa mission, et qu'il gardait dans ses replis quelque chose qui devait être dit, enfin.

Pierre Michel reprit, d'une voix forte :
« Voulez-vous savoir si Jésus a existé et qui il était ? Ce manuscrit apporte la réponse et je vous la livre. Oui, Jésus a existé. Ce manuscrit en parle. Non, il n'est pas celui que vous croyez. »

Un grand tumulte s'éleva dans la salle. Tous les yeux étaient fixés sur le rouleau, que Pierre Michel tenait encore élevé au-dessus de sa tête. Alors, il baissa les bras, posa délicatement l'objet sur la table et dit :

« Tout le monde sait qu'il existe des similitudes troublantes entre les esséniens et les premières communautés chrétiennes, des ressemblances qui ne peuvent être le fruit du hasard. Les deux communautés mettaient leurs biens en commun, qui étaient gardés dans une sorte de caisse générale, qui constituait un trésor. Un trésorier en titre redistribuait ce qui était nécessaire pour les achats de la communauté. Or, lorsque Jésus dit à un homme riche de donner aux "pauvres" tout ce qu'il possède, il est clair qu'il veut désigner par ce nom ses frères, les esséniens : ce terme de "pauvres" était justement l'un de ceux que les esséniens utilisaient pour qualifier les membres de leur communauté. Les gens fortunés qui rejoignaient la secte essénienne devaient abandonner leurs richesses et contribuer au fonds commun. Or, lorsque Jésus invite l'homme riche, il lui dit précisément : "Viens, joins-nous", pour l'encourager à rejoindre la communauté essénienne *à laquelle il appartenait lui-même.* »

De nouveau, une clameur monta dans le public. Mais Pierre Michel continua, imperturbable.

« La ressemblance entre les règles des esséniens et celles des premiers chrétiens ne s'arrête pas là. La fraude financière vis-à-vis de la communauté était gravement châtiée chez les uns et les autres, même si les chrétiens semblent avoir été plus durs. Dans le *Manuel de discipline* des esséniens, celui qui a volé la secte doit payer une certaine somme ou être puni soixante jours durant. Dans *Le Livre des actes des apôtres*, Pierre, qui a découvert la fraude d'Ananias, lui dit qu'il a péché contre Dieu, et Ananias, terrifié, expire immédiatement.

« Mais, surtout, les esséniens et les premiers chrétiens vivaient de la même manière. Les esséniens évitaient les villes et préféraient s'établir dans les villages. Ils refusaient le sacrifice des animaux. Leur enseignement reposait sur les principes de la piété, de la justice, de la sainteté, de l'amour pour Dieu, pour la vertu et pour l'homme. C'est pourquoi les esséniens étaient admirés par de nombreux juifs, au grand dam des prêtres du Temple qui collaboraient avec l'occupant impie.

« De plus, les deux communautés avaient une vision du monde similaire : toutes deux annonçaient un cataclysme à la fin des temps, et croyaient au royaume de Dieu inauguré par le Messie. Toutes deux se considéraient comme le peuple élu de Dieu, en conflit avec les fils du mensonge. Elles croyaient être les fils de lumière engagés dans la lutte contre les fils des ténèbres. Les esséniens comme les chrétiens se situaient au centre d'un conflit cosmique.

« Pour accomplir cette destinée, ils conçurent un même système messianique, une même organisation de leurs communautés en mouvement religieux, un même univers conceptuel. Il suffit pour s'en convaincre de comparer le *Manuel de discipline* et le *Nouveau Testament*. Tous les éléments concordent, *car il s'agit de la même communauté.* Je vous le dis : les esséniens et les chrétiens formèrent une seule et même secte. Ce qui signifie que, jusqu'à ce que l'Église soit fondée, le christianisme était une partie organique du judaïsme. »

Des murmures de plus en plus confus se firent entendre dans l'assistance. Pierre Michel reprit, plus fort, pour couvrir le bruit des voix :

« Il faut en finir avec des siècles de détournement des textes. Considérez le *Testament des douze patriarches,* que l'on a longtemps cru écrit par un chrétien parce qu'il y était question du Messie. On a depuis découvert qu'il n'en était rien, qu'il était de la main d'un juif. Et ce n'est qu'un exemple parmi tant d'autres !

« Dès lors, on comprend le mystère de l'Évangile de Jean, et sa singulière différence avec les autres Évangiles avec lesquels il est presque impossible à concilier. Chez Jean, Jésus est une sorte de rabbin. Sa vie publique est plus longue : trois ans au lieu de quelques mois ou un an. Toute son existence se déroule en Judée et non en Galilée. Il est le Messie dès le début.

« Or, j'ai découvert que l'Évangile selon Jean cite presque littéralement certaines phrases du manuscrit de Qumran que j'ai étudié ; il a donc été écrit très tôt, en Palestine, là où pensées chrétienne et hellénistique se sont rencontrées — c'est-à-dire à Qumran. J'ai toutes les raisons de penser que l'Évangile de Jean a été composé par un membre de la secte essénienne.

« Ne voyez-vous pas combien le personnage de

Jésus, tel qu'il est décrit par Jean, est proche du Maître de justice essénien, le prêtre exalté, le prophète qui a souffert le martyre et doit réapparaître en Messie ? L'auteur de l'Évangile de Jean a donc composé le récit de la vie de Jésus, en accord avec la doctrine du Maître de justice : *Je suis la voie, la vérité et la vie ; personne ne vient par le Père sinon moi, je vous apporte la paix*, cite Jean. La lecture de ce manuscrit m'a permis de résoudre le mystère de l'Évangile de Jean : c'est un traité théologique sous forme de biographie de Jésus, qui contient les doctrines prêchées par le Maître de justice.

« J'irai plus loin. Tout le monde sait, même si personne ne veut l'admettre, que Jean le Baptiste était un essénien. Il prêchait le baptême, rite essentiel des esséniens, venait du désert, comme les esséniens, et comme eux annonçait la venue du royaume des Cieux. Mais que signifie alors que Jésus ait été baptisé par Jean ? Il n'est pas sûr que Jésus, en délivrant son propre enseignement, se soit réellement éloigné de Jean.

« De même, les disciples de Jésus étaient sans doute des esséniens ; sinon, comment expliquer qu'ils laissent aussitôt leurs occupations lorsque Jésus leur demande de le rejoindre ? Jésus dit à ses compagnons d'aller prêcher, deux par deux et de ne prendre ni pain ni argent. Comment pouvaient-ils survivre ? Où dormaient-ils ? Soit il y avait en Galilée des gens hospitaliers, soit les disciples de Jésus étaient étonnamment bien pourvus en amis et en relations. Mais peut-être s'attendaient-ils à être reçus par les sectes esséniennes implantées dans les villes et les villages, décrites par Philon et Josèphe. Car s'ils étaient eux-mêmes esséniens, la règle sacrée de la secte leur garantissait l'hospitalité.

« Enfin, si Jean et ses disciples étaient esséniens, qu'en était-il de Jésus ? Rappelez-vous : lorsqu'il eut douze ans, Jésus se disputa avec les savants du Temple. C'est à ce moment-là, qu'encore enfant, il est initié, selon la coutume essénienne. C'est alors qu'il apprend les Écritures canoniques, et aussi les écrits propres aux esséniens. Cela explique pourquoi il connaissait si bien les Écritures, car il est impossible qu'il ne les ait pas apprises quelque part. En ce temps-là, tout le monde avait des maîtres. *Il est impossible que Jésus n'ait été initié par personne, et qu'il n'ait appartenu à aucune secte.* »

Pierre Michel s'arrêta un instant pour reprendre un peu d'eau et rassembler ses esprits. Des gouttes de sueur perlaient sur son front. Johnson le dardait de regards noirs. Il était clair que, s'il avait pu l'empêcher de parler, il l'aurait fait. L'auditoire, d'abord réticent, puis surpris, semblait peu à peu gagné par les paroles du petit homme. Certains souriaient, radieux, heureux d'entendre prononcer les mots qu'ils attendaient depuis longtemps. D'autres, inquiets, semblaient sincèrement ébranlés.

C'était le trouble, le scandale que Pierre Michel apportait. Lancé, il persévérait, inébranlable, son travail de sape, dont pas une âme, pas un siècle, pas une certitude ne semblait devoir sortir indemne. Il semblait habité. Il défiait les doctrines et les dogmes, longuement échafaudés, les erreurs patiemment enracinées au long des jours, des mois et des années, au plus profond des consciences sans litige, convaincues par l'Église et sa foi, cette éminence grise qui lui conseillait des les laisser à jamais sans voix. Mais par-delà l'Église, c'était Jésus qu'ils retrouvaient, Jésus seul et sans attache, Jésus tel qu'il était dans sa parole et dans sa foi ; et ils le savaient, et c'est pourquoi ils écoutaient.

« Sinon, comment expliquer que Jésus ait passé quarante jours dans le désert ? reprit Pierre Michel. Il n'aurait pu survivre sans un abri. Or le monastère de Qumran se trouvait dans le désert de Judée ; il se peut donc que Jésus ait vécu dans les grottes de Qumran, comme d'autres esséniens le faisaient. Sinon, où Jésus allait-il à la synagogue ? Les synagogues étaient les lieux de rassemblement. Or Jésus ne se rendait certainement pas dans celles des pharisiens qu'il critiquait vivement. C'est aux assemblées des esséniens qu'il allait, dans ce qu'ils appelaient les rencontres des "Nombreux".

Sinon, comment expliquer que Jésus soit appelé "le Nazaréen" à une époque où il n'y avait pas de ville du nom de Nazareth ? »

Quelques exclamations de surprise retentirent dans l'assemblée.

« Nazareth n'est jamais mentionnée, que ce soit dans l'Ancien Testament, le Talmud ou les écrits de Flavius Josèphe. Et pourtant ce dernier, commandant en chef des juifs lors de la guerre contre les Romains en Galilée, ne manquait jamais de noter tout ce qu'il voyait. Si Nazareth avait été une ville importante de la Galilée, comment se peut-il que Flavius Josèphe, qui se battait dans cette province — qu'il décrit par ailleurs en détail —, n'en fasse pas même mention ? C'est que Nazareth n'est pas le nom d'une ville, mais le nom d'une secte. C'est Matthieu, obsédé qu'il était par l'accomplissement littéral des prophéties, qui a écrit que Jésus était allé à Nazareth, pour que s'accomplisse la parole des prophètes selon laquelle le Messie devait être un "Nazaréen". Il se réfère à Isaïe (XI, 1) selon lequel il devait y avoir un plant — *netzer* — en hébreu de Jesse, sur lequel l'esprit de Jessé serait. Or, justement, il se trouve que les esséniens s'appelaient "nazaréens", c'est-à-dire "croyants dans le Messie"... tout comme "christianos". »

Johnson fulminait, les poings serrés sur ses genoux, tous les muscles de son visage crispé. Tantôt, il regardait de tous côtés, comme pour compter les personnes qui étaient là, qui entendaient les paroles de Pierre Michel. Tantôt, accablé, il se prenait la tête dans les mains, comme s'il ne voulait plus rien voir ni rien entendre de ce qui se passait autour de lui.

* *
*

Totalement abasourdi, terrassé par l'attente de ce qu'il suspectait de plus en plus, muet de terreur, mon père regardait les préparatifs, sans parvenir à y croire : les uns faisaient bouillir les herbes amères et les enveloppaient dans une pâte azyme. Les autres allumaient des fournaises ardentes dans de grandes tours cylindriques, d'où jaillissaient les hautes flammes du feu alimenté de branchages et de bûches. De jeunes Samaritains se promenaient, impatients, dans leurs robes de fête, et faisaient mine de s'activer autour de marmites fumantes. Les enfants s'amusaient avec les agneaux.

Peu à peu, tous les Samaritains regagnèrent leurs demeures pour revêtir l'habit traditionnel du sacrifice, et effectuer les ablutions rituelles. Les Anciens mirent des tuniques à fines rayures, et recouvrirent leurs épaules d'un châle blanc de prière. Puis ils se réunirent pour former un cortège, le grand prêtre en tête, suivis par les Anciens de la classe sacerdotale, puis les vieux de la communauté, et enfin les plus jeunes.

Le grand prêtre se plaça devant un bloc de pierre, le visage tourné vers le sommet du Gerizim, à l'opposé du soleil couchant. Douze autres prêtres s'installèrent autour de l'autel du sacrifice. Ils entonnèrent des prières lancinantes, des lamentations, dont les refrains étaient repris en chœur par l'assistance. Le grand prêtre monta sur le bloc de pierre, et commença à psalmodier. Au moment précis où le dernier rayon solaire disparaissait derrière les montagnes, dans un moment de silence et d'émotion, le cent quarante-sixième descendant d'Aaron récita trois fois, d'une voix retentissante, l'injonction biblique : « Et toute l'assemblée d'Israël l'égorgera vers le soir. »

Les sacrificateurs essayèrent le fil de leurs couteaux sur le bout de leur langue, attrapèrent d'une main ferme les animaux qui se débattaient vigoureusement de leurs dernières forces, en proie à la plus

grande terreur, et, d'un seul geste, ils leur tranchè-
rent la gorge. Une clameur immense retentit, un cri
rauque qui déchira le ciel. Le sang aussitôt coula à
flot des gorges mutilées.

Une explosion de joie accueillit l'holocauste. En
une minute, vingt-huit agneaux furent immolés. Les
douze prêtres s'approchèrent alors de l'autel du
sacrifice, tout en continuant de réciter l'Exode. À
l'évocation de l'injonction divine d'apposer une marque rouge sur les linteaux des portes, les pères plongèrent l'index dans les gorges encore sanguinolentes,
et marquèrent leurs enfants sur le front et le nez.

Puis tous vinrent rendre hommage au grand prêtre. On lui apporta des plats fumants, on lui baisa les
mains. Partout, ce n'étaient qu'accolades, embrassa-
des et joyeuses effusions. Les plus jeunes s'empa-
raient des animaux sacrifiés et les précipitaient dans
l'eau bouillante afin de leur enlever plus facilement
leur toison. Une fois écorchés, ils étaient pendus à
des poteaux, nettoyés de leurs parties impures, et
dépecés. Ils étaient ensuite salés, afin d'être expurgés
de leur sang. Il incombait aux prêtres la tâche de
choisir les bêtes aptes à être consommées et de vérifier qu'elles ne présentaient aucun défaut. Celles qui
n'étaient pas parfaites étaient immédiatement jetées
au feu avec la laine, les entrailles et les pieds des
autres animaux.

À cet instant, mon père pensait qu'il s'était trompé,
et que le petit autel, resté immaculé, ne lui était pas
destiné. Un enthousiasme juvénile s'était emparé de
tous, jeunes et vieux, en proie à l'exultation religieuse. Inlassablement, les prêtres ânonnaient
l'Exode sur un ton monocorde, tout en circulant
parmi les fidèles.

Alors mon père se dit qu'ils l'avaient peut-être
oublié. Ils allaient accomplir leur sacrifice, et peut-
être allaient-ils simplement rentrer chez eux. Les animaux, embrochés, étaient prêts à être brûlés sur le
grand autel. Autour de chacun d'eux, des jeunes gens
attendaient, guettant le texte de l'Exode qui les auto-

riserait à les précipiter tous, d'un même élan, dans les flammes.

* *
*

« Rappelez-vous ce passage de l'Exode, dit Pierre Michel, où Moïse prend le sang des holocaustes et en asperge le peuple, en disant : "Voici le sang de l'alliance que le Seigneur a conclue avec vous, sur la base de toutes ses paroles." Cela ne vous rappelle-t-il rien ? C'est pourtant l'origine de l'Eucharistie, lorsque Jésus identifie le vin à son sang, renouvelant ainsi l'alliance mosaïque. Mais cela rappelle aussi le rite essénien qui consistait à symboliser le sang et la chair du Messie par le pain et le vin consacrés lors des repas pris en commun. »

Il marqua une pause, et sembla peser ses mots, avant de dire :

« Les esséniens pensaient que l'homme que l'on appelait Jésus le nazaréen, Jésus l'essénien, était leur Messie, leur Maître de justice.

— Que voulez-vous dire ? cria Johnson, ne pouvant plus contenir sa fureur. Que le Messie des chrétiens n'était autre que le Maître de justice dont parlent les esséniens ? Ne savez-vous pas que les chrétiens attendaient un seul Messie alors que les esséniens parlent de deux Messies ?

— Il est possible que les deux soient devenus un, tout comme il est possible que les chrétiens aient fait une synthèse tardive, répondit calmement Pierre Michel. Les deux communautés croyaient qu'elles étaient les peuples d'un "nouveau contrat", ce qui a le même sens que "Nouveau Testament". Pour les premiers chrétiens, comme pour les esséniens, il s'agissait de la loi de Moïse. C'est Paul qui s'est détaché de cette loi de Moïse, afin de faciliter les conversions et les progrès de l'Église des gentils.

— Non, interrompit brutalement Johnson. Il n'est pas possible d'établir les fondements du Nouveau

Testament sur des bases historiques. Le problème doit être réglé par la théologie.

— Vous dites cela, mais vous savez bien que vous n'êtes pas satisfait par ce Christ auquel on vous demande de croire par la seule foi. Vous voulez en savoir plus sur cette figure énigmatique. Vous voulez connaître le Jésus de l'histoire. C'est un raisonnement circulaire : vous voulez établir une théologie qui soit juge de l'histoire, et vous voulez fonder les problèmes historiques sur la Bible. Si la narration du Nouveau Testament n'est pas factuelle, comment avoir foi dans son protagoniste ? Comment faire en sorte que la foi ne soit pas séparée de la réalité ?

— Mais la plus grande partie de l'histoire humaine est sujette au doute. La foi est nécessaire dans la plupart des cas, avant de donner un sens à l'histoire.

— Ce n'est pas une position tenable pour une théologie fondée sur la Bible. On ne peut ancrer les origines chrétiennes sur quelque chose qui n'a pas pu se produire, seulement parce qu'on souhaite qu'il en soit ainsi. On peut bâtir un monde imaginaire de cette façon, dans lequel on peut penser, réfléchir et, à travers des symboles, vénérer Dieu, mais on est en dehors du vrai monde. Je suis religieux, mais je ne peux me départir d'un certain sens de l'histoire ; je veux rester en contact avec la réalité. Et je ne crois pas qu'il suffise de croire en la théologie du présent pour pouvoir déterminer les événements du passé.

« Or, ce qui rend les rouleaux de Qumran tellement fascinants, c'est qu'ils ont une réalité tangible. Ils sont là, ils existent. La théologie peut-elle les faire disparaître ? Mais ce que les rouleaux impliquent est aussi quelque chose de substantiel. La théologie peut-elle supprimer les conséquences et les inférences ? Mais il n'y a pas que des manuscrits, il y a aussi des grottes, des ruines du monastère, des piscines à baptême, des scriptoriums. Et ainsi grâce à Qumran, l'histoire revient à la vie. »

Pierre Michel était descendu de l'estrade. À présent, il parlait à tous et à chacun en particulier. Il faisait des mouvements avec ses bras, comme s'il prêchait, ou plutôt comme s'il bénissait. Il s'arrêtait de temps à autre, et fixait certains visages heureux. Et lui-même était transcendé, porté par son discours comme si une aura l'entourait ; comme si la grâce était sur lui. Le ton de sa voix était à la fois doux, chaleureux et embrasé. Ce jour était son jour, celui qu'attendait depuis longtemps cet homme en passion.

« Les rouleaux existent, continua-t-il, et avec eux existe quelque chose d'autre qui dépasse leur propre signification. Ils deviennent des signes, des marqueurs de direction sur la charte de l'histoire. À travers ces rouleaux, les esséniens, bien que morts, se mettent à parler. Et ce qu'ils disent apporte de nouvelles réponses à d'anciennes questions, des réponses d'où peuvent découler d'autres réponses, plus nombreuses, pour former ensemble un compte rendu naturel de l'histoire chrétienne.

« Ainsi, par exemple, la figure de Jean Baptiste dans le désert n'est pas celle d'un homme habité soudainement par l'Esprit saint, mais celle d'un des membres de la communauté des esséniens qui mène une vie austère, et qui recherche, comme ses frères, la pureté à travers la pratique des bains rituels.

— C'est oublier la différence de taille qu'il y a entre Jean Baptiste et les esséniens, interrompit Johnson : qu'y a-t-il de commun entre la vie recueillie et silencieuse des esséniens et l'ardeur prophétique de Jean qui, dans l'esprit d'un Élie ou d'un Amos, annonce le jugement de Dieu comme imminent, et dénonce les scandales de la cour ?

— Et l'impatience eschatologique de la *Règle de la communauté* ? répliqua Pierre Michel. Sous la conduite du Maître de justice, la communauté naissante avait déjà la conviction que la fin des temps était proche. C'est ce que montre le *Rouleau de la guerre* : Bélial déployait sa rage contre les pénitents d'Israël et l'heure du jugement allait retentir. Le commentateur du *Rouleau d'Habaquq* constate également que les temps se prolongent plus que prévu ; il en déduit que le Jugement n'en sera que plus terrible contre les transgresseurs de l'Alliance. Le *Rouleau de la guerre* est l'œuvre de l'aile extrémiste qui se joindra aux zélotes dans la lutte contre Rome, et il évoque, en termes à la fois réalistes et apocalyptiques, la guerre sainte des fils de lumière contre les fils des ténèbres. La communauté essénienne, obsédée par la fin des temps, permet au contraire de situer et de comprendre la figure de Jean Baptiste.

— Vous prétendez que Jean Baptiste était essénien. C'est faux, mais admettons cela un instant. Je vous mets au défi de prouver qu'il a été en contact avec Qumran. Vous le savez, il existait plusieurs formes d'essénisme. Et les quelques hommes de Qumran ne sont qu'une poignée par rapport aux nombreuses familles qui constituaient l'ordre essénien. Aux dires de Philon et de Flavius Josèphe, la majorité des esséniens vivait aux abords des villes et des villages.

— C'est bien avec la secte de Qumran que Jean Baptiste a eu des contacts. La proximité géographique du monastère de Qumran avec le site où il réunissait les foules n'est pas fortuite. Et je dirais même plus : non seulement Jean Baptiste était essénien, mais Luc également, qui évoque le désert dans lequel il a grandi ; nous savons aujourd'hui que seuls les esséniens accueillaient les enfants dans le désert pour les instruire de leur doctrine.

— Jean Baptiste n'était pas essénien. Son père, Zacharie, était un prêtre fidèle du Temple de Jérusalem, alors que les esséniens contestaient les grands prêtres en exercice !

— Jean Baptiste menait une vie d'ascète, proche de celle des membres de Qumran, respectant scrupuleusement la *Règle de la communauté*.

— Flavius Josèphe parle du caractère communautaire et sacral des repas que faisaient les esséniens ; ils étaient assimilés aux repas sadducéens du Temple, au cours desquels les prêtres consommaient en état de pureté et de manière rituelle les offrandes faites à Dieu. Jean, lui, ne se nourrit que des produits naturels du désert, millet et sauterelles.

— Certains membres de la secte professaient le jeûne. Mais le plus important est le sens de l'action de Jean Baptiste dans le désert : il voulait renouer avec la prédication prophétique. Vous savez l'importance spirituelle et religieuse du désert. Le prophète Osée avait annoncé que Dieu y conduirait son peuple infidèle pour lui rendre la promesse de ses fiançailles. Ézéchiel a évoqué le désert des peuples dans lequel Dieu entrerait en jugement avec son peuple. Le second Isaïe a décrit le nouvel Exode dans le désert comme un paradis, et a invité ses compatriotes à y frayer le chemin pour Dieu. Ce texte est cité deux fois dans la *Règle de la communauté* pour justifier la sécession du groupe essénien, et son abandon du Temple pour le désert. Le désert est toujours l'ultime phase de préparation avant le grand jour.

De plus, Jean Baptiste partageait certaines des idées de ses contemporains, notamment les auteurs d'Apocalypses, mais il se distinguait d'eux par son radicalisme. C'est par ce radicalisme qu'il est proche des esséniens de Qumran, qui opposent l'Israël perverti à leur petite communauté qui, fidèle à la prophétie d'Isaïe, se veut la *clef de voûte précieuse qui ne vacillera pas*. Il est proche des esséniens de Qumran lorsqu'il menace le peuple de la colère de Dieu, et qu'il prédit aux enfants d'Israël qu'ils ne sauraient y échapper sans une conversion radicale.

— Jean était un prédicateur itinérant qui ne craignait pas de se mêler à la foule. Vos esséniens, eux, très sourcilleux en matière de pureté, se tenaient à distance de tous les pécheurs.

— Son but était de purifier tous ces gens par le baptême, qui était un usage essénien. Les esséniens accordaient une importance primordiale à la "purification des Nombreux" par les bains rituels.

— Mais Jean présidait au baptême des autres, alors que chacun des membres de la communauté de

Qumran prenait lui-même son bain de purification, sans aucun médiateur. Contrairement au radicalisme intégriste qui s'est développé sur les rivages de la mer Morte, Jean a annoncé le grand souffle de l'Évangile, par le large accueil fait aux pécheurs. L'humilité de son attitude devant le "plus grand que lui", Jésus, en fait un chrétien remarquable et c'est à bon droit que la tradition voit en lui le précurseur et l'annonciateur de Jésus, notre Seigneur...

— Justement, c'est au Christ que je veux en venir. »

Ils ne l'avaient pas oublié. Ayant fini leur tâche, ils se dirigèrent vers mon père. Lentement, ils le bâillonnèrent, et l'attachèrent avec une corde grossière à l'autel.

Des larmes coulèrent de ses yeux et tout son corps fut secoué de terribles tremblements, mais ses bourreaux, déterminés à le sacrifier, restaient impassibles à ces suppliques muettes. Il n'était pas au bout de son calvaire : les Samaritains se retirèrent dans leurs maisons pour méditer, se recueillir et continuer à lire en famille l'histoire du peuple hébreu dans le Sinaï.

Mon père, ligoté, bâillonné, renonça à chercher de l'aide. Chaque minute, chaque seconde d'épouvante voyait arriver la suivante comme la dernière, et plus insupportable encore, chacune voyait une indéfectible lueur d'espoir percer tant bien que mal, percer et persister, pour le garder, l'accrocher à la vie, cette vie sacrifiée, qui lui murmurait encore que Dieu ne l'abandonnerait pas. Il se mit à haïr cet espoir si indissolublement lié à la vie, ce maudit espoir qui lui faisait encore attendre un dernier secours, naturel, humain ou surnaturel ; n'importe quoi qui le fît sortir de cette situation désespérée. Au seuil de la mort violente, voilà qu'il attendait encore quelque chose ; c'était ainsi, car il était homme.

Les liens meurtrissaient ses poignets bleuis, déchiraient sa peau. Il était couché sur l'autel, le dos plaqué contre la pierre, les bras attachés à chacun des angles supérieurs de la table, les jambes repliées sur la gauche, les chevilles liées ensemble à un troisième angle. Dans son corps ainsi contorsionné, le sang circulait mal ; ses jambes devenaient de plus en plus douloureuses et il n'arrivait plus à respirer normalement.

Il entra en prières. Comme pour l'accompagner, le son du choffar retentit, de même qu'au jour de Kippour, où il annonce la fin du jeûne, la grande délivrance, et le jugement céleste qui fera la part, dans les destinées de chacun, des bonnes et des mauvaises actions. Mais ce n'était pas le jour de Kippour, ce n'était pas le renouveau de la vie purifiée. C'était un sacrifice humain. Pour l'amour de Dieu, où donc était Dieu ? Allait-il l'abandonner ? Les larmes jaillirent à nouveau de ses yeux lorsqu'il lui demanda pardon, lorsque, dans un dernier sursaut de foi fervente, il l'invoqua de tout son être, et l'implora, encore une fois, une dernière fois, une toute petite fois, de le sauver, de ne pas l'abandonner.

Les chefs de famille sortirent un à un de leurs maisons, un bâton à la main, le tapis de prière sous le bras, une couverture sur l'épaule. Le grand prêtre, suivi de toute la communauté, revint sur les lieux. Ils encerclèrent l'autel où était ligoté mon père, et entonnèrent des psaumes. Alors le grand prêtre s'approcha lentement de lui, un couteau à la main. Mon père ferma les yeux. Il sentit la lame effilée sur sa gorge nouée.

***

« Non ! »

Le cri retentit et laissa un écho dans la salle. Pierre Michel, d'un pas décidé, remonta à la tribune.

« Vous ne m'empêcherez pas de parler, Johnson, ni de dire à tous ce que vous et moi savons parfaitement : que le Maître de justice et Jésus ne forment qu'une seule et même personne. Les "Kittim", ces fils des ténèbres, ces abominables bourreaux dont parle le *Rouleau du Maître de justice*, ceux qui vont le transpercer, le crucifier, ne sont autres que les Romains.

— Mais non ! Ce mot désignait les peuples latins et grecs des îles méditerranéennes. "Kittim" peut aussi bien s'appliquer aux Séleucides, qui étaient des Grecs. Et si ce sont les Grecs qui sont visés dans le *Rouleau du Maître de justice*, alors celui-ci daterait du IIe siècle avant Jésus.

« L'identité du Maître de justice, comme celle du "prêtre impie" dont parle le Rouleau, reste à élucider. Car beaucoup de personnages historiques peuvent être rapprochés de l'un comme de l'autre. Le prêtre impie pouvait très bien être Onias III, le grand prêtre banni par Antiochus Épiphane, ou Ménélas, le méchant prêtre qui l'a persécuté ? Ou encore, Juda l'Essénien, figure sainte qui affronta le terrible Aristobulus Ier.

« De plus, le Maître de justice était un prêtre, peut-être même un grand prêtre du Temple. Il s'allia avec un ordre religieux, dont il instruisit les membres du sens des Écritures, en ajoutant ses propres enseignements et prophéties. Persécuté et mis à mort, il resta à jamais le prophète martyr de l'ordre essénien qui l'adora et le vénéra, et qui attendit son retour dans l'ère messianique. Mais ce Maître de justice vivait au Ier ou au IIe siècle avant Jésus !

— C'est ce que vous prétendez. Mais vous et moi en savons beaucoup plus sur ce sujet, depuis que nous avons déchiffré le dernier rouleau ; celui qui ouvre la porte des secrets, celui qui est ici, en ma possession, et ce malgré toutes tes tentatives pour me le reprendre », dit-il en pointant un doigt accusateur vers Johnson.

L'assemblée était stupéfaite. Quelque chose se jouait entre les deux hommes, une vieille rivalité, peut-être encore plus ancienne qu'eux-mêmes, mais certainement aussi un conflit personnel entre deux anciens amis, même si ce conflit ne jouait plus aucun rôle — en tout cas, ils ne cachaient plus qu'ils se connaissaient bien.

« Jésus a existé, reprit Pierre Michel, c'est vrai. Mais il n'était pas celui qu'on croit. Le temps est venu de dire ce que révèle ce rouleau. Ce manuscrit nous apprend non seulement qui était Jésus, mais également qui l'a vraiment tué, et pourquoi. Et c'est cela qui te fait peur, Misickzy, toi qui te caches sous le nom d'emprunt de "Johnson", c'est cela que tu ne peux pas supporter. Mais aujourd'hui, tu vas l'entendre, et tout le monde va savoir — *tout* savoir. Car je vais révéler à tous ce qui s'est passé ce fameux soir de la Pâque où Jésus trouva la mort. »

Johnson, fou de rage, se mit à hurler :

« Tu es un traître ; tu as volé nos manuscrits pour nous faire du tort. Moi aussi, je vais révéler à tous ce que tu as fait, et ce qui te fait agir. Cet homme n'a pas seulement apostasié, dit-il, en s'adressant à l'auditoire. Cet homme... Cet homme s'est converti au judaïsme ! »

Johnson laissait libre cours à sa haine qui tordait sa bouche, déformait son visage et qui gonflait les veines de ses tempes violacées.

« Tu t'es converti à ce peuple qui a la responsabilité de la mort de Jésus, car c'est Israël le coupable, et nul autre, continuait Johnson. Tu t'es converti à cette religion folklorique, désuète et déicide.

— Cela ne m'étonne pas de toi, de croire à cette imposture antisémite, dont l'Église s'est rendue coupable lorsqu'elle s'est paganisée, à cette calomnie qui est directement à l'origine des souffrances et des persécutions sans nom infligées aux juifs au long des siècles. L'Église catholique n'est revenue qu'à moitié et bien tardivement sur cette accusation de déicide portée contre les juifs. Elle me fait honte. Vous me faites honte.

« Je connais tes mobiles et ceux de la Congrégation

pour la doctrine de la foi : l'autopréservation, la survie nationale et spirituelle de vos opulents aristocrates. La vérité, celle que tu refuses, c'est que les prêtres qui ont condamné Jésus n'avaient pas l'adhésion des masses juives, car ils s'étaient mis au service de l'occupant païen pour préserver leur position, du reste précaire, vis-à-vis du pouvoir romain.

« Parmi ces prêtres, il y avait quelques hommes intègres, une minorité dissidente, composée principalement de pharisiens, qui tâchait de réfréner les sadducéens. Les esséniens étaient ces prêtres dissidents. La communauté de Qumran fut fondée après les guerres maccabéennes, en signe de protestation contre le détournement de la religion juive par l'autorité du Temple à dominante sadducéenne. Les prêtres esséniens étaient convaincus que Dieu ne sauverait pas le peuple juif si celui-ci n'obéissait pas à sa Loi. Les esséniens suivirent les préceptes de la Torah de manière stricte, et en appelèrent à la justice de Dieu pour que les prophéties s'accomplissent. Ils pensaient qu'aucun pouvoir politique, aucune puissance militaire ne pourrait libérer Israël du joug de l'oppresseur ; que seule une intervention surnaturelle, celle du Messie, l'Oint de Dieu, établirait un ordre nouveau. Les esséniens de Qumran se tournaient vers le passé, relisaient les Écritures sacrées d'Israël pour comprendre la signification de la destinée des Hébreux et du peuple d'Israël. Ces textes éclairaient les événements contemporains d'un jour nouveau. Cette histoire donnée par Dieu devait être transcrite sur des parchemins pour être lue et relue. Ainsi les scribes de la secte commencèrent à rédiger non seulement les copies des livres sacrés que les juifs respectaient, mais aussi des propres écrits de la secte.

« Mais quel rôle a joué Jésus dans tout cela ? »

L'assistance, impatiente et anxieuse, était pendue à ses lèvres. Sa voix se radoucit étrangement lorsqu'il dit :

« Il n'était pas un humble charpentier, ni un doux berger, qui prêchait l'amour et le pardon à travers des paraboles, ni une incarnation divine venue offrir le pardon et se sacrifier pour les fautes des hommes. Non. Le Messie d'Israël était un guerrier triomphant et un juge, un prêtre et un sage avisé. Il n'y avait rien de métaphorique dans sa ferveur messianique. Les esséniens de Qumran croyaient fermement que les Romains et leurs agents judéens incarnaient les forces des ténèbres. Ils croyaient que l'élimination de la méchanceté et du Malin ne serait possible que par une guerre de religion sanglante. Alors seulement viendrait une période de renouveau, de paix et d'harmonie. Le peuple d'Israël devait jouer un rôle dans sa propre rédemption. Guidés par leur Messie, les esséniens allaient refaire le monde. Mais tout ne s'est pas passé comme prévu. Et ceux qui avaient prémédité l'assassinat de Jésus, les meurtriers sont...

— Tais-toi ! hurla Johnson, qui ne se maîtrisait plus. Tu n'as plus le droit à la parole. Le christianisme a supplanté la religion juive. La seule réponse correcte des juifs au christianisme est la conversion. Vous êtes un archaïsme, votre religion est vétuste et anachronique. L'occupation de Jérusalem est fondée sur un énorme mensonge. On ne peut pas déporter toute la population juive d'Israël. Mais on peut déjà en éliminer un... »

*
* *

Lorsqu'on lui mit le couteau sur la gorge, il vacilla, les yeux exorbités. Puis il se débattit, affolé, poussant un cri déchirant. Le feu était prêt ; sa meurtrière incandescence se préparait à lécher la chair meurtrie pour en faire monter le souffle vers Dieu, afin qu'il en agrée la supplique.

*
* *

Le bruit assourdissant d'un coup de feu éclata. Puis un second, puis un troisième. Suivis aussitôt d'une clameur d'effroi et de panique.

**

C'était une jeune bête sans défaut, immaculée et frêle. Effrayée par le feu, elle se cabra de tout son corps. La sueur de la souffrance, le souffle haletant de la peur n'ébranlèrent pas la décision de l'homme : c'était à Dieu qu'on le consacrait par cet holocauste. Alors le prêtre appuya le couteau affûté et, d'un geste sec, il lui trancha la gorge. Il y eut un dernier cri, à peine audible, comme un sanglot, et l'agneau expira. Le sang coulait encore lorsqu'on fit monter le feu.

**

Pierre Michel s'écroula sur le sol.

**

C'était une tout petite bête prise du troupeau, qui têtait encore sous sa mère. Au dernier moment, avant d'immoler mon père, ils l'avaient libéré, et ils l'avaient sacrifiée à sa place, sur le petit autel. Alors il comprit ce qui s'était passé : ils avaient rejoué la scène du sacrifice d'Isaac, lorsqu'Abraham, après avoir ligoté son fils, le libère sur l'injonction divine, et tue un agneau à sa place. En même temps qu'il comprit, ses nerfs le lâchèrent et il perdit connaissance.

**

Une foule houleuse se pressa dans toutes les directions. Certains cherchaient à sortir, d'autres à se rapprocher du lieu du drame. Tous voulaient savoir ce qui se passait.

Ce qui se passait était simple : Paul Johnson avait tiré sur Pierre Michel et avait aussitôt laissé tomber son arme. À présent, encadré par le service d'ordre

qui avait surgi des coulisses, il était totalement
hébété, ahuri par l'acte qu'il avait accompli.

*
* *

*J'ai pensé en mon cœur sur l'état des hommes que
Dieu leur fera connaître, et ils verront qu'ils ne sont
que des bêtes. Car l'accident qui arrive aux hommes et
l'accident qui arrive aux bêtes est un même accident :
telle qu'est la mort de l'un, telle est la mort de l'autre
et ils ont tous un même souffle, et l'homme n'a point
d'avantage sur la bête, car tout est vanité.*

*
* *

Jane et moi tentâmes de rejoindre la tribune, mais
le cordon de sécurité refoulait tout le monde. Quelques minutes plus tard, des brancardiers arrivèrent
pour enlever le corps. Le barrage se relâcha un instant et Jane s'engouffra dans cette brèche. Mais bientôt elle revint à mes côtés, n'ayant sans doute pas pu
aller très loin. Nous vîmes passer le cadavre de Pierre
Michel, mort sur le coup, puis Johnson, menottes
aux poignets, escorté par la police. Autour de nous,
dans la salle, régnait une panique sans précédent.

Nous partîmes, désespérés à l'idée d'avoir perdu
Pierre Michel, et tristes, car nous avions le sentiment
d'avoir été, plus ou moins, la cause involontaire de
sa mort. Une sombre mélancolie m'envahit, qui ne
me quitta pas pendant les jours qui suivirent. Il me
semblait que par mon agitation, non seulement je
n'avais pas progressé dans ma recherche, mais
encore que j'étais responsable de la perte d'un juste.
*Il y a un mal fâcheux que j'ai vu sous le soleil, c'est
que des richesses sont conservées pour le malheur de
celui qui les possède. Et les richesses périssent après
un mauvais travail, de sorte qu'on aura mis au monde
un enfant à qui il n'en parviendra rien. Un tel homme
s'en retournera nu, comme il est sorti du ventre de sa
mère, s'en allant comme il est venu. C'est aussi ici un*

mal fâcheux, que comme il est venu, ainsi s'en va-t-il ;
et quel avantage a-t-il d'avoir travaillé après du vent ?

J'avais voulu tendre un piège, Pierre Michel en
avait été le principal appât. L'étau se resserrait
autour de moi, et tout se passait comme si je parcourais le monde pour essaimer la *mauvaise* nouvelle,
comme si j'étais un prêtre impie. Sur mon passage,
je jetais le trouble, le tourment, et l'horreur. Toutes
les personnes que je rencontrais, qui m'indiquaient
le chemin à suivre, ou simplement me parlaient, ne
serait-ce qu'un moment, disparaissaient, sauvagement assassinées. Je finissais par me demander si
tout cela n'avait pas un lien avec moi. Ou peut-être
Johnson avait-il raison : les rouleaux répandaient des
ondes maléfiques et jetaient un mauvais sort sur
ceux qui s'en approchaient.

Il fallait que j'aille le voir, afin d'en savoir plus sur
les raisons occultes ou rationnelles de son acte.

II

Johnson avait commis un meurtre en direct,
devant des milliers de témoins. C'était la seule charge
retenue par l'instruction ouverte contre lui, mais il
était également soupçonné d'avoir crucifié le prêtre
Osée, Almond et Millet, et d'avoir tué Matti, dont on
avait finalement retrouvé le corps, affreusement
mutilé. Johnson niait être l'auteur des autres
meurtres et n'avouait que celui de Pierre Michel. De
son côté, Jane croyait qu'il disait la vérité.

« Il ne pourrait pas commettre un crime de sang-
froid, dit-elle.

— Pourtant, celui-ci était bien prémédité. Cela faisait longtemps qu'il menaçait Pierre Michel. Il est
venu au colloque avec une arme sur lui.

— Nous devrions l'interroger. »

Nous nous rendîmes à la prison où il était détenu. Lorsque je le vis, je ne reconnus plus l'homme que j'avais rencontré avec mon père, arrogant et sûr de lui. Affaibli, il semblait avoir perdu toute contenance. Les rides qui striaient ses tempes de part en part semblaient s'être creusées et palpitaient sous la nervosité. Nous nous assîmes autour de la table du parloir vitré où l'on nous avait laissés seuls. Jane lui expliqua, d'une voix calme et douce, pourquoi nous étions venus, et elle lui demanda quelles étaient les raisons de son acte.

« J'ai tué Pierre Michel parce qu'il nous a trahis et parce qu'il a abandonné la foi chrétienne, dit-il.

— Est-ce vous qui l'avez menacé ? demanda-t-elle.

— Il avait volé le rouleau. Je l'ai recherché, et je l'ai menacé à plusieurs reprises. Ce rouleau m'appartenait, vous comprenez ? Il n'avait pas le droit de me le voler.

— C'est vous qui nous l'avez volé, lançai-je. Il appartenait à Matti.

— Mais qui l'a aidé à l'obtenir ? C'est moi qui ai effectué les tractations avec Osée. C'est moi qui étais constamment en rapport avec lui.

— Vous vous êtes servi de Matti pour acheter le rouleau, parce que vous n'aviez pas les fonds nécessaires, et ensuite vous le lui avez dérobé.

— Oui, car c'est à moi que ce rouleau revenait. Malgré tout ce que j'avais fait pour lui, Osée ne voulait pas me le céder ; il demandait trop d'argent, il était devenu vorace. Alors je me suis servi de Matti pour l'acquérir. Mais, après l'avoir repris au musée, j'ai fait une immense erreur. Je l'ai confié à Pierre Michel pour qu'il l'étudie et le traduise. Je le lui ai donné, parce qu'il était le meilleur et que j'avais une confiance totale en lui. Mais j'avais réchauffé une vipère dans mon sein. Il m'a trahi.

— Qu'y a-t-il donc dans ce rouleau pour que vous ayez attenté à la vie d'un homme ? »

Il ne répondit pas à ma question. Je la répétai. Je n'obtins toujours pas de réponse. Alors je demandai :
« Savez-vous quelque chose à propos de la disparition de mon père ?

— Non. Je ne savais pas qu'il avait disparu.

— On l'a enlevé, Johnson, dis-je, la voix tremblant de colère. Alors si vous savez quoi que ce soit concernant les rouleaux, vous feriez mieux de le dire. »

Il ne répondit pas à ma question. Il me toisa d'un regard ironique, ce même regard arrogant qu'il avait lors de notre première entrevue. N'y tenant plus, je me penchai par-dessus la table et l'empoignai par le col.

« Ary ! dit Jane. Que fais-tu ?

— Je vous préviens, lui dis-je en le regardant au fond des yeux, que si vous êtes impliqué dans cette affaire, d'une façon ou d'une autre, je vous le ferai payer, de mes propres mains.

— Ary ! répéta Jane.

— Vous vous prétendez chrétien, continuai-je, mais vous êtes un escroc et un assassin. Vous avez volé le rouleau qui nous appartenait, et non content de cela, vous avez harcelé et tué Pierre Michel ; et tout cela à cause de votre antisémitisme.

— Ary ! cria Jane.

— Et Osée, Almond et Millet ? Et Matti ? Vas-tu répondre ? hurlai-je, de plus en plus hors de moi.

— Ary ! Lâche cet homme !

— Je n'y suis pour rien, dit-il dans un souffle, alors que je desserrais mon étreinte. Je connaissais à peine Matti. Je ne sais pas qui a pu faire cela et je ne sais pas qui a enlevé votre père. J'ai tué Pierre Michel, mais pas les autres. Almond n'était pas chrétien, et son témoignage m'était bien égal. De toute façon, il n'avait pas le manuscrit essentiel. J'ai tué Pierre Michel parce qu'il était mon ami et qu'il m'avait trahi, et parce qu'il voulait révéler le contenu du rouleau ; et si c'était à refaire, je le referais.

— Viens, partons, dit Jane en me prenant le bras

et en m'entraînant vers la porte, nous n'obtiendrons rien de plus de lui. »

En vérité, je ne pensais pas que Johnson pût être l'auteur des autres meurtres. Mais s'il ne savait rien de l'enlèvement de mon père, alors il devenait de plus en plus clair que celui-ci était à mettre en relation avec les autres crimes.

« Enfin, Ary, qu'est-ce qui t'a pris ? me dit Jane, après que nous fûmes sortis de la prison.
— J'ai pensé que cet homme savait des choses qu'il ne veut pas nous dire.
— Mais cette violence ? »
Elle paraissait stupéfaite.
« Mon nom — Ary —, tu sais ce qu'il veut dire ? lui dis-je.
— Non ?
— Cela veut dire "le lion"... Écoute, je ne peux plus rester ici. Je dois partir en Israël. Je sens que c'est là-bas que se trouve la solution du mystère.
— Alors laisse-moi t'accompagner.
— Non. Là où je vais, tu ne peux pas te rendre. Tu resteras ici. Tu seras moins en danger à New York — et loin de moi. »

Le lendemain, veille de mon départ, nous dînâmes dans un restaurant cacher de Manhattan. C'était une pizzeria du quartier des diamantaires, où se pressaient une foule de hassidim, les hommes en habit et chapeau, et les femmes souvent très élégantes, avec des perruques imitant tous types de cheveux, courts ou longs, des plus raides et des plus blonds jusqu'aux boucles les plus foncées.

« Tu es sûr, Ary, que tu ne veux pas que je t'accompagne ? dit Jane.
— Oui.
— Tu sais. J'ai été vraiment affectée par les révéla-

tions de Pierre Michel, et par sa mort aussi. J'aimerais en savoir plus à présent. J'aimerais t'aider. C'est important pour moi — disons pour ma foi chrétienne.

— Tu as déjà beaucoup fait...

— ... mais tu dois partir, continua-t-elle, je sais : tu n'es plus avec moi que pour peu de temps... »

Après le repas, je la raccompagnai chez elle. Nous restâmes pendant un long moment silencieux devant le pas de sa porte.

« Puisque l'on doit se quitter, n'est-ce pas ? finit-elle par dire, laisse-moi te donner quelque chose. »

Elle plongea la main dans son sac, et en retira un objet de forme oblongue, soigneusement enveloppé dans des linges blancs, qu'elle déplia délicatement, et qu'elle me tendit. Je ne pus retenir un cri de surprise. Il s'agissait d'un vieux rouleau, un parchemin antique tout fripé, strié d'une petite écriture noire et serrée.

« J'ai réussi à me faufiler derrière les brancardiers jusqu'à la tribune. Je l'ai pris sur la table. Dans l'affolement général, personne ne s'en est aperçu. »

Dans la précipitation des événements, je n'avais même plus pensé au rouleau, que je croyais chez les policiers. Mais je n'eus pas le temps d'exprimer ma surprise. Un homme, surgi par-derrière, saisissait le bras de Jane et l'obligeait à lâcher le rouleau. Il lui asséna un violent coup qui la fit tomber, sa tête heurtant la chaussée. Alors qu'il se baissait pour prendre le manuscrit, j'attrapai le bras de l'homme. Celui-ci fit volte-face et sortit un couteau. Nous luttâmes corps à corps, roulant sur le trottoir. Écrasé par une masse robuste, je sentis son souffle passer sur mon visage. J'étais moins fort que lui, et les habits amples de hassid ne rendaient pas la tâche commode, mais je parvins à lui porter plusieurs crochets à l'estomac et à la poitrine. De toutes les forces que je n'avais jamais utilisées depuis l'armée, mais que, par un suprême effort, je reconstituai pour l'occasion, je combattis. Je transperçai la peau, j'ébranlai des organes sous ma main, je cassai des dents. Je portai un violent coup de coude à sa mâchoire. Mais soudain, je sentis la lame rentrer dans ma hanche. Surpris par la douleur, je perdis prise. Il me martela, prêt à se dégager. Je sentis mes os craquer comme s'ils étaient cassés en plusieurs morceaux, et mon estomac se rétracter sous la force de ses poings. Je compris que ma dernière chance était le revolver de Shimon. Je plongeai la main dans ma poche. Mais je n'en ressortis que la petite fiole d'huile de balsamier. Mon adversaire s'en saisit et me la fracassa sur la tête. Un liquide rouge, épais et nauséabond se répandit sur mes cheveux et me dégoulina sur la figure. Enfin, j'extirpai mon arme et la lui enfonçai dans les côtes. La lutte s'arrêta net.

Jane, entre-temps, était revenue à elle. Je l'aidai à se relever. Encore titubante, elle ramassa le parchemin qu'elle remit dans son sac. Puis, d'une main, elle ouvrit la porte de son appartement, appuyant l'autre sur son front endolori. Je fis signe à l'homme d'avancer. *Éternel ! Débats contre ceux qui débattent contre moi, fais la guerre à ceux qui me font la guerre. Prends le bouclier et la rondelle ; et lève-toi pour venir à mon secours. Avance la hallebarde, et ferme le passage devant ceux qui me poursuivent. Dis à mon âme : « Je suis ta délivrance. »*

Je demandai à Jane de tenir un moment le revolver, et j'attachai le prisonnier à un radiateur avec des embrasses de rideaux. Gardant l'arme à portée de main, nous nous occupâmes tour à tour rapidement de nos blessures. Jane nettoya ses genoux écorchés et appliqua de la glace sur l'entaille qu'elle avait au front. Je mis une compresse sur ma hanche ensanglantée, et me passai la tête sous l'eau pour enlever le liquide visqueux et malodorant qui enduisait ma peau et collait à mes cheveux. Je me regardai dans la glace : mon visage, tuméfié, portait des marques rouges et bleues.

Mon adversaire n'était pas en meilleur état, mais il semblait plus alerte. Pourtant, il devait avoir une cinquantaine d'années. Ses cheveux gris et frisés avaient dû être très noirs, et sa peau était foncée. Ses yeux bruns exprimaient une vive agitation. Je lui demandai en anglais qui il était. Il me répondit en hébreu qu'il s'appelait Kaïr. Kaïr Benyaïr.

Enfin, pensai-je, il nous était donné de retrouver quelqu'un, fût-il notre pire ennemi. Le piège que nous avions tendu avec le colloque n'avait peut-être pas été inutile.

« Pourquoi veux-tu ce rouleau ? demandai-je.

— Pour la même raison que toi.

— Laquelle ? insistai-je.

— Parce qu'il indique où est caché le trésor des esséniens.

— Mais comment le sais-tu ? As-tu déchiffré le rouleau ?

— Non, je ne l'ai pas lu. C'est Osée qui me l'a dit. Il avait déjà récupéré certaines parties du fabuleux trésor du temple grâce à des parchemins ; une véritable fortune en objets précieux. Tout est encore chez lui, dans son appartement. »

En effet, je me rappelai les centaines d'objets de valeur, la vaisselle et les antiquités que j'y avais vus. Je savais maintenant d'où ils provenaient.

« Mais, continua Kaïr, il lui manquait la dernière cachette du trésor, celle qui était, selon lui, la plus importante.

— Sais-tu où se trouve mon père ? Sais-tu qui l'a enlevé ?

— Non. Je ne sais pas qui est ton père.

— Et sais-tu qui a tué Osée ?

— Je les ai vus, oui. J'étais dans la pièce à côté

quand ils sont venus. Osée avait l'air de les connaître. Ils ont eu une discussion violente à propos du trésor. Ils disaient à Osée qu'il ne le découvrirait pas. Il leur répondait que rien ne l'empêcherait de le faire. Puis ça a été atroce. Je me suis enfui. Mais j'ai peur. Ils savent que je travaillais avec Osée, et je suis sûr qu'ils me recherchent à présent. C'est pour ça que je me suis enfui d'Israël. »

Alors je me dis que, pour retrouver la trace de mon père, il fallait certainement trouver celle du trésor, et donc savoir enfin ce que contenait ce rouleau.

Alors je le pris, l'ouvris délicatement, et commençai à le dérouler, les mains tremblantes. Je sentis la peau craquelée se détendre comme par magie. L'écriture apparut, fine et serrée. Il s'agissait bien du manuscrit perdu : ainsi que l'avait dit le professeur Matti, les lettres étaient tracées de gauche à droite, contrairement à l'hébreu normal, ce qui empêchait d'en faire une lecture cursive ou, du moins, rendait la tâche singulièrement compliquée.

Pourtant, il y avait une explication simple à ce qui avait paru à tous relever d'un maléfice surnaturel. En effet, je remarquai que comme le document était enroulé de façon très serrée, à cause de l'humidité, le texte s'était décalqué sur le dos de la colonne enroulée autour de lui, laissant la colonne originale en blanc. Ainsi le transfert de l'écriture et son inversion n'étaient pas intentionnels. Ce n'était qu'un accident. Quoi qu'il en soit, il suffisait, pour le lire, de le regarder dans un miroir, ce que je fis sans tarder. Les lettres araméennes réapparurent dans leur ordre naturel, telles qu'elles avaient été tracées par la main d'un scribe.

Hélas ! Que n'ai-je été plus attentif lorsque mon père m'apprenait les lettres anciennes. Que n'ai-je été plus savant, au lieu de passer mon temps à de vaines occupations ! Pourquoi une telle peine m'était-elle infligée ? Être si prêt du but, ne pas même pouvoir l'atteindre ! Deux heures plus tard, je me trouvais encore dans le même état d'ignorance que plusieurs mois auparavant. *Me voilà, tel un insensé, alors que je croyais être sage. Suis-je une mer, ou quelque autre grand poisson, que tu m'aies ainsi resserré ?*

Seuls quelques rares spécialistes pouvaient déchiffrer la petite écriture elliptique et serrée des scribes de Qumran. Sans l'aide de mon père, il m'était impossible de la traduire, car la moitié des lettres étaient effacées, et la lecture dans ces conditions était un travail ardu d'interprétation, de divination presque. Je lus et relus jusqu'à ce que les lettres hallucinent mes yeux et m'étourdissent d'un ballet infernal. Mais je ne comprenais pas ce que je lisais. Il ne me restait plus qu'à contempler le vieux parchemin usé, tant désiré, tel un ignorant, tel un insensé qui n'a pas de sagesse. *La sagesse vaut mieux que tous les instruments de guerre, et un seul homme pécheur fait perdre de grands biens.*

Je ne savais que faire. Bien entendu, il était hors de question de faire appel à d'autres savants. Quand bien même j'eusse connu des gens capables de le transcrire, je n'étais plus sûr de personne. Cependant, il était clair qu'il fallait repartir en Israël, où se trouvait le trésor et peut-être mon père. Je ne voulais pas relâcher Kaïr, de peur qu'il n'alertât des complices. Mais lui-même ne semblait pas vouloir partir. Il nous proposa un marché : puisque nous cherchions tous la signification de ce rouleau, pourquoi ne ferions-nous pas une alliance ?

En effet, il était de notre intérêt de ne pas nous séparer de Kaïr.

« À présent tu as besoin de moi ; sinon qui pourra garder un œil sur lui ? me dit Jane.

— Je pourrai m'en charger tout seul. Et je ne crois

pas qu'il s'échappera. Il a trop peur et ce n'est pas dans son intérêt, car il est recherché par la police. Il a besoin de nous pour le protéger aux frontières et le cacher.

— Mais tu ne peux pas prendre le risque de le perdre. Et tu ne pourras pas être à la fois avec lui et à la recherche de ton père.

— Je m'arrangerai, répondis-je brièvement.

— Très bien. Si tu le prends comme cela, je vais être obligée d'employer les grands moyens. Si tu refuses de m'emmener en Israël, je vais tout révéler au journal. Je dis tout à mon patron, Barth Donnars, qui — soit dit en passant — recherche frénétiquement le manuscrit disparu. Crois-moi, avec un article bien pesé, il ne fera qu'une bouchée de toi.

— Tu ne ferais pas ça ! dis-je, éberlué.

— Non, je ne le ferai pas. Par contre, je serais bien capable de te suivre malgré toi. Après tout, je n'ai pas besoin de ton autorisation pour partir en Israël. Et ce manuscrit, il m'appartient un peu... »

Une aide contre soi ; ainsi était la femme. Je savais que je ne devais pas céder ; en prolongeant notre association, je risquais de m'attacher à elle, encore plus que je ne l'étais. Mais sa résolution était telle que je la laissai faire.

C'est ainsi que cette curieuse équipée se mit en route pour Israël, où se trouvait, je le pressentais, la solution de tous les problèmes.

Mille souvenirs me revinrent dans l'avion, au fur et à mesure que nous nous rapprochions : Jérusalem en un soleil couchant de fin d'été, sous une brise fraîche, presque glaciale parfois, en certains soirs où déjà l'on pressent l'hiver ; la lumière dorée qui, en ces instants de grâce crépusculaire, recouvre les murs blancs de la vieille ville d'une tenture ocre, et baigne le mont des Oliviers d'une aura safranée, dont l'on ne sait si elle provient du soleil, de la lune, du firmament, des étoiles, des éclairs, des roses ou des candélabres, ou alors de tout cela à la fois.

Je me rappelai l'un des plus anciens quartiers en dehors des murs de la vieille ville, Nahalat Shivah, que le monde contemporain essaye d'annexer. Dans l'une de ses portes, se trouve Kahl Hassidim, une petite synagogue où parfois je me rendais, l'une des plus vieilles de la cité. Ses murs étaient recouverts de plaques qui commémoraient des vies depuis très longtemps rendues à la poussière. Dans les rues étroites, les piétons marchaient le long des trottoirs, et sautaient d'un côté ou de l'autre, à chaque fois qu'une voiture passait, ou alors c'étaient les véhicules qui montaient sur les bas-côtés pour éviter de les écraser. Certains passages étaient si exigus qu'on ne pouvait y avancer qu'en file indienne, l'un devant l'autre. Il me semblait à présent que le monde nouveau et les temps modernes assiégeaient les vieilles artères. Les murailles de salut et les porches de louange, à peine éclairés par la lumière du jour, à peine effleurés par l'éclat de la lune, semblaient prêts à flamber.

Lève-toi, dit-il à son peuple, resplendis, car ta lumière est venue, et la gloire de Dieu rayonne sur toi. Car voici que les ténèbres couvrent la terre et une brume sombre est sur les nations, et sur toi Dieu rayonne, sur toi sa gloire se manifestera.

III

Ce fut un immense bonheur de revoir ma terre. Dans l'avion, j'avais eu peine à retenir mon impatience, comme si quelque chose de fabuleux allait se passer à notre arrivée, un fait nouveau, un changement capital. Et effectivement, cela se produisit.

Lorsque nous atteignîmes les abords du pays, je contemplai de très haut la longue plage de Tel-Aviv, sa mer fertile et ses grandes constructions. C'était comme un retour, une *alyah*. J'eus le sentiment qu'ont les nouveaux immigrants, de retrouver un endroit perdu depuis des siècles, lorsque cette contrée lointaine, jamais vue ni jamais connue, se trouve être chez soi. Je retrouvais une identité. Je n'étais personne au milieu de la diaspora, où je cherchais désespérément d'autres juifs semblables à moi. Ici, je me reconquérais, j'étais moi à nouveau. Je n'avais plus besoin de me battre pour justifier mon existence. Je ne recherchais plus une communauté. Ici était le repos, où tout coulait de source. Pendant des siècles, j'avais connu la diaspora. À présent, je rentrais. Le juif errant posait ses bagages.

L'air tiède dans lequel nous fûmes délicieusement enveloppés lors de la descente de l'avion me réchauffa le cœur. Dans le taxi qui nous mena à Jérusalem, je ressentis aussitôt une paix immense. Nulle part je n'avais eu si présent en moi ce sentiment d'être bien, d'être là. Quelque chose d'extraordinaire, une expérience unique se déroulait, dont je faisais partie ; ici, tout avait un autre sens et je n'avais pas besoin de lutter pour ma vie.

La route amorça son premier virage : c'était le signe que nous nous élevions vers Jérusalem. Ce chemin que j'avais pris mille fois me sembla pourtant produire une véritable impatience. Ce n'était pas seulement celle du retour chez soi, ni l'appel de la maison, du repos et de la restauration après un très long voyage. Au fur et à mesure que nous faisions notre ascension, je me rendais compte que j'attendais l'arrivée là-haut comme on espère un monde meilleur. J'avais devant moi la vision des premières murailles, qui devenaient de moins en moins troubles, jusqu'à ce qu'elles fussent tout à fait réelles ; pendant ce temps, mon cœur tressautait de joie à leur appel et mon âme s'élevait avec la montée. Je sentis le Divin venir en moi ; j'en étais tout enivré. Je me dis que bientôt, j'allais le trouver. À ce point je reconnus le sentiment qui m'envahissait : c'était une impatience eschatologique. Le sentiment de Dieu m'habitait et faisait tressaillir mon âme. J'étais troublé.

Un psaume me revint à la mémoire ; il disait que si je chancelais, Dieu dans sa bienveillance me sauverait à jamais, que si je trébuchais, la justice de Dieu me justifierait pour toujours, que si l'oppression se déclenchait, il me sauverait de la fosse ; il affermirait mes pas sur la route. Il disait que dans la vérité de sa justice, il m'avait jugé, que par l'abondance de sa bonté toutes mes iniquités étaient expiées, par sa justice, il me purifiait de la souillure de l'homme et du péché des fils de l'homme, pour que soit louée la justice de Dieu et la majesté du Très-Haut.

Je te rends grâces ô Adonaï !
Car tu ne m'as pas abandonné
Lorsque j'étais en exil chez un peuple étranger,
Car ce n'est pas selon ma faute que tu m'as jugé,
Et tu ne m'as pas abandonné à cause des infamies
*   [de mon penchant,*
Mais tu as secouru ma vie en la préservant de la
Tu as mis mon âme pour le jugement   [fosse.
Au milieu des lions destinés aux fils de la faute,
Des lions qui brisent les os des forts,
Et qui boivent le sang des vaillants.
Et tu m'as placé dans un lieu d'exil parmi des
*   [pécheurs nombreux,*
Qui étendent un filet sur la face des eaux
Et parmi les chasseurs mandés contre les fils de
Et là, pour le jugement, tu m'as aidé,   [perversité.
Et tu as fortifié dans mon cœur le secret de vérité ;
Et c'est d'ici qu'est venue l'Alliance vers ceux qui la
Et tu as fermé la gueule des lionceaux, [cherchent ;
Dont les dents sont comme un glaive
Et les crocs comme une lance pointue,
Remplis de venin de serpents.

Tous leurs desseins tendaient à mettre en pièces
Et ils étaient à l'affût ;
Mais ils n'ont pas ouvert leur gueule contre moi.
Car toi, ô mon Dieu, tu m'avais caché
Au regard des fils d'homme
Et tu as fait venir ta Loi en moi
Jusqu'au temps où me fut révélé ton salut.

Une intuition divine me souleva le cœur et l'esprit, et m'emmena, coûte que coûte, vers l'union avec le Créateur. Par Son Nom, j'invoquai celui de mon père, comme s'il était là, comme s'il était en moi et que j'étais en lui, comme si c'était Dieu lui-même qui m'annonçait qu'il n'était pas mort, mais bien vivant, qu'il vivait à travers moi et à travers lui, et que bientôt je le retrouverais, et ainsi nous serions tous unis. Et ce fut une consolation. La raison me commandait de ne pas faillir, et me soufflait, par des pages que je connaissais bien, que l'instantanéité de l'intuition surnaturelle n'était que la paresse de la pensée et l'envers d'un rationalisme englué dans l'imaginaire. Mais la raison était vaine, le fait inexplicable ; j'étais emporté.

Elle n'était pas bien grande, et on ne peut pas dire qu'elle fût importante, au sens moderne du terme. En fait, elle n'aurait pas dû être là du tout. Comme Ur en Chaldée et l'ancienne Babylone, elle aurait dû, depuis longtemps, devenir un amas de pierres, l'habitation des bœufs. Pourquoi son nom fut-il changé, pour n'être pas oblitéré ? Mais l'empire sous lequel il le fut s'est lui-même écroulé, et des poussières et des cendres des destructions, Jérusalem reconstruite continuait de survivre. Sous les millénaires, ni les Byzantins, ni les Perses, ni les Abbassides, ni les Baghdadis, ni les Fatimides, ni les Mammelouks, ni les Égyptiens, ni les Ottomans, ni les Anglais ne la dominèrent pour l'éternité.

L'éternité, c'est-à-dire Jérusalem. C'est-à-dire les escaliers en pierre des murailles magnifiées qui tournent autour de la ville comme la mariée autour du marié, sept fois comme les sept portes de la ville, comme les sept bougies du candélabre, et comme les sept jours de la semaine et le septième avant le premier, le mur aux lueurs dorées, aux têtes chapeautées, aux prières et aux vœux murmurés, et par-dessus le mur, la colline du Temple, où le premier père brava l'Éternel, qui maudit les demeures des hommes vomis par la terre. C'est-à-dire les pentes escarpées des collines, par-delà la porte des choses immondes, où la cité du roi conquérant, blottie contre le versant qui domine la vallée du Kidron, s'abreuvait à la source unique de l'intarissable sans eau, et au-dessus, le mont des petits arbres, terre millénaire des grandes âmes, et au fond de la vallée, le tombeau du fils rebelle et la pyramide du prophète en colère, les piliers pour les cieux, les bas-reliefs sculptés pour la terre. C'est-à-dire le tombeau du roi guerrier, transformé en mosquée aux plafonds voûtés à la lueur vacillante des chandelles, et la salle adjacente, la chambre aux rouleaux profanés, autodafés d'hommes, pages brûlées, mots bafoués. C'est-à-dire le chemin douloureux, marche sanglante des opprimés, bras de fer et croix messianique, et les stations de souffrance, et l'aboutissement du calvaire, postérité des hommes, abandon céleste. C'est-à-dire la mosquée d'Omar soutenue par les colonnes où sera suspendue la balance pour soupeser chaque âme lors du dernier jugement. C'est-à-dire les chiffres romains et les inscriptions mystérieuses sur les murs, sur le sol et sur le sous-sol trépané, les corniches ondulées des maisons, les blanches demeures, la pierre nouvelle, et l'appel du mont sacré, vers Ezra et Néhémie revenus chez eux après l'exil, des ghettos de Sanz, Mattersdof, Ger ou Bez, des mellahs et des casbahs, et qui surent, à leur retour, déchiffrer la ville et lire sur les murs insondables, maculés de poussière et collés de mouches puantes : ceci est ma terre ; et jamais je ne l'oublierai.

Quand le soleil se lève sur les collines de la Judée, la vieille ville tombe dans l'ombre. Mais à travers la vallée de Kidron à l'est, il est un mont qui toujours capture les moindres rayons. Le plus vieux cimetière juif du monde est sur ses pentes, et à ses pieds, les oliviers et les cyprès témoignent de cet endroit autrefois nommé Gethsémani, preuve évidente des choses passées il y a longtemps, des choses cachées depuis la fondation du monde : ici, dans son désir fou de préserver le passé, l'homme fut capable de répudier les simulacres. Il est facile, alors que la lumière blêmit sur la colline, de conjurer le mauvais sort de la désillusion et du désenchantement. C'est l'endroit que Jésus aima, où il chercha la paix, où il pria dans la solitude. C'est là qu'il trouva un abri pour la nuit. C'est là aussi, dit-on, qu'il fut trahi.

Plus loin, par-delà les collines, on force le désert à se retirer. Plus bas, derrière les remparts, s'élève la ville, qui porte l'antiquité avec sa déconcertante insouciance. En son sein, le mur. En son sein, le centre invisible, le Temple par deux fois détruit, le saint des saints, au cœur de l'ancien palais d'or et de cèdre, la maison où Dieu toujours pourrait s'abriter. Personne n'avait le droit d'y entrer, sauf le grand prêtre, pour le jour de Kippour. On raconte que le jour où le Temple fut saccagé, un général romain s'y précipita pour savoir enfin, pour voir cet endroit que les juifs gardaient à Dieu. Il voulait percer le secret. Mais quand il souleva le rideau du lieu saint, il ne trouva rien. Là — le centre de tous les centres, le Lieu par excellence, le cœur brûlant de Jérusalem, le cœur brûlé du Temple —, là était simplement un lieu vide, un vide de lieu. *Vanité des vanités, tout est vanité.*

Nous nous rendîmes dans un petit hôtel hors des murs, non loin de l'ancienne ville. J'évitai de passer par chez mes parents, qui vivaient dans la ville nouvelle, dans le quartier résidentiel de Rehavia, pour éviter de dire à ma mère que mon père avait disparu. Mais je voulais revoir Méa Shéarim ; et montrer l'endroit à Jane. Nous laissâmes Kaïr à l'hôtel, qui ne voulait pas sortir pour ne pas s'exposer à d'inutiles dangers. Il se savait recherché par la police, et certainement par le mystérieux homme qui crucifiait.

Nous prîmes un bus jusqu'à la ville nouvelle et arrivâmes à la rue des prophètes à Méa Shéarim. Jane s'était vêtue avec pudeur. Elle avait mis une grande jupe et un chemisier à manches longues. Mais il était rare, dans ce quartier, de voir un homme tel que moi, un hassid, se promener à côté d'une jeune femme non mariée. Nous en fîmes néanmoins rapidement le tour, et je lui montrai les endroits que je fréquentais : la synagogue, certaines yéchivoth, les maisons de mes amis. Au croisement d'une rue, j'aperçus Yéhouda, mon camarade d'études. Je l'appelai. Il courut vers moi.

« Mais où étais-tu passé depuis tout ce temps ? me dit-il. Tu aurais pu me donner des nouvelles.

— Mon voyage a duré un peu plus longtemps que prévu, répondis-je. Je te présente Jane. »

Elle ne lui tendit pas la main : elle avait appris que les hassidim ne touchent jamais une femme, à moins que ce ne fût la leur.

« Eh bien, venez, restons un peu ensemble, dit-il. J'ai une chose importante à te dire, Ary. »

Nous nous assîmes dans un café, un des rares du quartier, tenu par un hassid. Yéhouda me dit qu'il passait ses jours au kollel, une yéchiva pour les hommes mariés qui vouent leur vie à l'étude du Talmud. Il recevait un peu d'argent de la yéchiva, et sa femme travaillait dans un jardin d'enfants.

« Alors, connais-tu la grande nouvelle ? ajouta-t-il, d'un air à la fois fier et mystérieux.

— Non ?

— Tu n'en as pas entendu parler, là-bas, aux États-Unis ?

« — Mais non, de quoi s'agit-il ?

— Le rabbi a parlé à propos du Messie. Et il s'est enfin dévoilé.

— Qu'a-t-il dit ?

— Il s'est révélé.

— Qui ? demandai-je, abasourdi.

— Mais enfin, le rabbi ! Il a dit qu'il était le Messie et que la fin des temps était pour bientôt. »

Cette nouvelle me laissa sans voix. Qu'est-ce qui avait poussé le rabbi, à quatre-vingt deux ans, à faire une telle révélation ? Pourquoi maintenant ?

« Mais toi, crois-tu qu'il soit vraiment le Messie ? lui demandai-je.

— Eh bien, avant de l'approcher de près, j'avoue que j'étais aussi dubitatif que toi, Ary. Mais à présent que je suis son beau-fils et son disciple, je le connais mieux. Je crois que c'est vraiment un saint homme. Et même beaucoup plus que cela. Je crois en effet que le rabbi va tous nous délivrer. »

Je compris ce qu'il voulait dire. J'avais laissé Yéhouda encore jeune homme, à peine marié, frais émoulu de la yéchiva ; je le retrouvai à présent dans l'entourage proche du rabbi, où il avait certainement acquis des fonctions officielles. Il faisait partie des quelques élus, enviés de tous les autres, qui fréquentaient le rabbi de près et le suivaient dans sa vie quotidienne.

« Ne vois-tu pas, dit-il, comme tout va mal dans le monde ? La guerre, la misère, l'injustice, tout cela ne fait qu'empirer. On croyait que les horreurs de la Seconde Guerre mondiale ne se reproduiraient jamais plus. Mais non. La guerre du Golfe, la purification ethnique en ex-Yougoslavie, le génocide au Rwanda ; de toutes parts le monde explose sous le mal. Et sur notre terre, dans notre propre pays, le combat que nous menons depuis la création de l'État d'Israël, celui de Gog et Magog ! Regarde Jérusalem ! Enfin, à présent nous avons l'espoir d'un monde meilleur dans un avenir très proche. Nous attendons la révélation pour bientôt. Elle est imminente. Tu ne le sens pas ? Dieu a enfin écouté nos prières et il va nous exaucer. Il a choisi le rabbi et l'a envoyé sur terre, pour nous sauver. Ary, dit-il de sa voix un peu rauque, en se penchant vers moi comme il le faisait auparavant, et en me prenant par les épaules, dans un an, nous sommes en l'an 2000.

— Il y a longtemps que nous avons passé l'an 2000. Cela fait même exactement trois mille sept cent cinquante-neuf ans que nous avons dépassé l'an 2000. Nous ne sommes pas chrétiens. Pour nous, cela ne veut pas dire grand-chose. »

Il baissa les bras, et hocha la tête.

« Tu ne te rends pas compte de ce qu'il nous sera donné de voir bientôt... Si tu ne te repens pas, tu ne seras pas sauvé, tu n'auras pas part...

— ... Au royaume des Cieux, dis-je, presque machinalement. »

Tout d'un coup, je me rappelai le rêve que j'avais fait avant de partir pour les États-Unis, ce rêve où j'étais avec Yéhouda dans une voiture qui suivait un autobus et montait vers les cieux. L'autobus représentait le monde extérieur, le monde chrétien, déjà sauvé par Jésus, et notre petite voiture représentait notre monde à nous.

Mais je m'étais réveillé en sursaut en criant « pas maintenant ! ». Je n'étais pas si sûr de souhaiter que le Messie vînt si vite. Que nous réservait vraiment cet autre monde ?

« Tu sais, demain, c'est la grande fête de Lag Baomer, dit Yéhouda. Comme d'habitude, les hassidim vont y tenir un stand. Cette année, c'est moi qui m'en occupe. Nous annoncerons la nouvelle au public. Ne veux-tu pas m'y accompagner ? »

J'acceptai de le retrouver le lendemain. Non que je fusse transporté par la nouvelle, mais un plan se tramait dans mon esprit, qui passait par les mêmes chemins que ceux de Yéhouda ; ce qui, comme je devais le découvrir plus tard, n'était pas tout à fait le fruit du hasard.

Après que nous nous fûmes séparés de Yéhouda, Jane me posa plusieurs questions sur lui et sur moi. Je lui racontai comment il s'était marié, et la façon dont son mariage avait été arrangé.

« C'est ainsi que tu feras, toi aussi ? demandat-elle.

— Moi, il faudra que j'aille chez un marieur spécial, car mes parents ne sont pas pieux.

— Il y a même des marieurs pour les gens comme toi ?

— Il y en a qui s'occupent des cas un peu délicats, des gens qui ne s'adaptent pas tout à fait à la société, ceux qui prient trop, ou trop fort, ceux qui étudient trop, ou encore ceux qui jeûnent trop, font des dépressions nerveuses, ou souffrent d'un problème émotionnel. Tu vois, personne n'est oublié. »

Le soir commençait à tomber. Son visage prenait les reflets dorés de la cité. Ses yeux étaient tristes et lumineux.

« Ils s'occupent aussi de ceux issus de mariages mixtes — je veux dire entre séfarades et ashkénazes —, et aussi des séfarades qui ont étudié dans des yéchivoth et sont devenus "noirs" ; ils ne font pas que s'habiller de noir, ils veulent aussi épouser une fille ashkénaze. Alors les marieurs essaient de leur trouver des filles qui ont un handicap physique, ou alors celles qui ont un problème d'héritage.

— Et si c'est une fille séfarade qui cherche quelqu'un ?

— Alors, il y a beaucoup de chances qu'elle ne trouve personne, car les clients, qu'ils soient ashkénazes ou séfarades, ne veulent pas de séfarades.

— Et les femmes qui ont des problèmes émotionnels, est-ce qu'elles trouvent ?

— En général, les femmes n'ont pas des problèmes émotionnels avant le mariage. Enfin, rajoutai-je en voyant son air surpris, on ne le sait pas dans la communauté. La famille n'en parle pas, de peur qu'elles ne trouvent pas de mari. Pour les garçons, ce n'est pas pareil : on ne peut pas le cacher. Ils sont tous les jours à la synagogue, à la yéchiva ou dans la rue, alors qu'on ne voit les filles qu'une fois par an, à la synagogue.

— Que se passe-t-il après que l'affaire a été conclue ?

— Eh bien, le futur couple se rencontre pour la première fois en présence des parents. Après les présentations, on commence une conversation à propos de choses et d'autres. Au bout de quelques minutes, les parents vont dans une autre pièce pour laisser les jeunes gens ensemble. La porte reste entrouverte, pour qu'ils ne soient pas totalement isolés, car cela est interdit pour un couple non marié.

— Et de quoi parlent-ils ?

— De leurs études, de choses générales. Parfois, ils ne disent rien. La fille est généralement très timide. Puis ils se séparent ; ils ne se reverront que le jour du mariage.

— Est-ce que la fille ou le garçon peuvent refuser ?

— Non. Ils pensent que leurs parents ont fait pour le mieux et ils ont une confiance totale dans leur choix.

— Combien de mariages sont ainsi arrangés à Méa Shéarim ?

— Tous, je pense, ou presque. Même si les parents se connaissent et pensent que leurs enfants iraient bien ensemble, ils préféreront faire appel à un marieur. Comme ça, les choses sont arrangées par un tiers.

— Et après ?

— Après le mariage, les filles travaillent jusqu'à la naissance du premier enfant ; elles enseignent ou trouvent un emploi dans la communauté.

— C'est elle qui fait vivre le couple ?

— Oui, car le garçon étudie. Mais le contrat de mariage les pourvoit d'un appartement. En dépit de la maigreur de leur revenu, ils arrivent à s'en sortir avec l'aide de leur famille, de leurs amis, et les prêts qu'ils font auprès des banques.

— Et si c'est une goya qui veut se marier ? »

Je sursautai. Elle connaissait la réponse à cette question. Je compris que c'était une provocation. Je ne m'étais pas rendu compte qu'à lui parler de mariage, je lui rappelais l'impossibilité de notre union, et qu'ainsi je la blessais.

En rentrant à notre hôtel, nous passâmes par le Mur occidental. Il était cinq heures de l'après-midi : le soir commençait à descendre. En gravissant les petites marches de pierre qui surplombent l'esplanade, on pouvait voir ceux qui priaient devant le mur, et ceux qui, plus loin, revenaient de la mosquée d'Omar après les dernières oraisons. Le soleil de la fin d'après-midi illuminait le mur d'une lumière cuivrée, qui, telle une composition fragmentaire, rappelait, par son absence même, le Temple parfait et la Jérusalem idéale, avec ses grands blocs de pierres blanches uniformes entourées par la paroi rectangulaire. Ce lieu saint et vide, site des abominations, des révoltes, des usurpations du droit de la ligne de Zadok, des idoles exhibées par Antiochus Épiphane, détruit et reconstruit, détruit et jamais reconstruit, n'en était pas au bout de son histoire mouvementée, perdue et recommencée, rêvée avant d'être vécue, réalisée puis imaginée, depuis toujours, depuis Babylone, au milieu des déportés, auprès du fleuve Kebar, lorsque les cieux s'ouvraient devant les prophètes en extase, qu'un vent de tempête venait du nord, et qu'un feu fulgurant éblouissait leurs fidèles. Dans leurs prophéties, ils revoyaient la grande plateforme carrée dans laquelle il y avait le sanctuaire de Dieu, et par des visions très précises, ils évoquaient les portes, les vestibules, les chambres, et le Saint des Saints ; dans leur transe, il voyaient comme si elles étaient devant leurs yeux l'orientation et la dimension précise de chaque mur, de chaque porte et de chaque fenêtre, car c'était pour eux le code secret de la sainteté, et dans leur extase, ils imaginaient les symétries, les miroirs et les espaces sacrés. Mais ce n'était qu'une utopie, et lorsque les exilés revinrent de Babylone, et lorsqu'ils érigèrent leur Temple sur le sommet de Moriah, ce fut à l'intérieur de leur sanctuaire que les prêtres, les pèlerins et les pénitents se divisèrent, au lieu de se rassembler autour des plans parfaits de la Jérusalem idéale. Et Hérode paracheva l'abomination, lorsqu'en despote imposé par Rome, il entreprit la vaste reconstruction du Temple sur le mont Moriah, et lorsque, sur l'une des plus belles constructions de l'Empire romain, il apposa le sceau de l'aigle royal, l'aigle d'or symbole de Rome, prêtresse impie. Au moment où les manuscrits de la mer Morte étaient écrits, le Temple se remplissait d'impureté ; les sacrifices étaient offerts chaque matin pour la santé de l'empereur et chaque jour la demeure divine était un peu plus dérobée à son Dieu, le Dieu iconoclaste.

Et voici que deux mille ans plus tard, certains cherchaient ses vestiges, non pas sous la mosquée d'Omar, où l'on croyait que le Temple hérodien se trouvait jusqu'ici, mais un peu plus loin, où des fouilles se tramaient, qui avaient mis au jour certains éléments du Temple. Alors je me pris à imaginer ce que serait le Temple reconstruit, s'il se pouvait vraiment que ces excavations en révèlent le lieu véritable.

Dans mon esprit, il n'était entouré d'aucune muraille, mais d'une construction ouverte où il n'y avait que des linteaux et des portes, qui dessinaient une sorte d'immense pont circulaire, et par lesquelles il était facile de pénétrer dans l'enceinte, depuis les parvis intérieurs. Traversé d'auvents et de grandes allées, il était fait de vastes pièces qui donnaient toutes sur la cour intérieure. De la cour, on pouvait voir chaque chambre, de chaque chambre, on voyait la cour, et chaque pièce communiquait avec l'autre, et chacune donnait sur la cour. Et chacune était différente de l'autre, par les mesures et par la forme. L'une était un rectangle de douze mètres de long sur huit mètres de large, l'autre un triangle de quinze mètres de côté sur dix mètres de base, l'autre un isocèle de douze mètres de côté, l'autre un carré parfait, de vingt-trois mètres de côté, l'autre une chambre parfaitement circulaire, de huit mètres de rayon, l'autre une vaste pièce circulaire de trente-deux mètres de rayon, l'autre un hexagone dont les côtés faisaient, respectivement, huit et douze mètres, l'autre un grand ovale de cinquante-deux mètres de côté, l'autre une ellipse, de neuf mètres de rayon, l'autre une forme indéterminée, carrée puis circulaire, l'autre une forme oblongue sans nom, l'une avec des plafonds très hauts et l'autre avec des plafonds très bas, l'une avec un sol carrelé et l'autre avec un parquet lustré, l'une avec de la moquette moelleuse et l'autre avec un tapis d'Orient, l'une avec un grand lustre et l'autre avec une simple lampe, l'une avec des persiennes et l'autre avec des rideaux, l'une avec des fenêtres coulissantes et l'autre avec des fenêtres à battants, l'une peinte de couleurs vives et l'autre tout de bois. Et pourtant, chacune s'emboîtait l'une dans l'autre pour former un ensemble rassemblé sous le pont.

Sur les parvis de la cour, il y avait quatre tables, qui servaient pour les offices et où étaient déroulés les rouleaux de la Torah. Et vers l'un des côtés d'une des portes de dehors, vers le lieu où l'on montait, à l'entrée de la porte qui s'ouvrait au septentrion, il y avait encore deux autres tables. Et de l'autre côté, à l'opposé de cette porte, il y avait encore deux autres tables, ce qui faisait huit tables pour les offices, faites de pierre de taille, de longueur d'un mètre et demi, de largeur d'un mètre, et de hauteur d'un mètre. Chacune était réservée à un officiant différent, et chacun priait, et il y en avait une pour le prêtre sadducéen, et une autre pour le moine essénien, et une autre pour le rabbin pharisien, tous ressuscités. Et l'autre était pour le rabbin orthodoxe, et l'autre pour le rabbin libéral, et l'autre pour le rabbin réformé, qui était une femme. Et encore une pour celui qui voulait, et encore une autre pour celui qui ne voulait pas. Parmi les pièces vitrées, certaines étaient réservées pour les chantres, qui donnaient sur les parvis intérieurs, et d'autres, qui s'ouvraient sur les parvis extérieurs, étaient pour les rabbins qui avaient la charge de la Maison, qui s'approchaient de l'Éternel, pour faire leur service, car ils étaient les descendants de Lévi.

Au centre, il y avait un vestibule auquel on accédait par plusieurs escaliers. Il donnait sur la pièce secrète du Temple, qui avait une longueur de soixante-dix mètres et une largeur de quarante mètres et demi. À l'extérieur, il était fait de poteaux, de fenêtres et de chambres tout en lambris de bois ; et même le sol en était couvert jusqu'aux fenêtres. Et ce lambris était sculpté de chérubins et de palmes, et chaque chérubin avait deux faces, et toutes les faces étaient différentes. Et tout autour de l'endroit, il y avait des sculptures de bois ; depuis le sol jusqu'au-dessus des ouvertures, il y avait des chérubins et des palmes sculptées. *Fils de l'homme, c'est ici le lieu de mon trône, et le lieu des plantes de mes pieds, auquel je ferai ma demeure à jamais parmi les enfants d'Israël ; la maison d'Israël ne souillera plus mon Saint Nom, ni eux ni leurs rois, par leurs prostitutions, ni par les cadavres de leurs rois, dans leurs lieux élevés.*

C'était le Saint des Saints, la demeure de Dieu, où seul pouvait accéder le grand prêtre. Et celui-ci se faisait appeler le Fils de l'homme, et celui-ci en ces images m'apparaissait sous les traits du rabbi. Était-ce lui le Rassembleur, le Roi-Messie sauveur de tout Israël ? Le grand prêtre, le méchant prêtre, le Fils de l'homme, le fils des ténèbres ou le fils de lumière... Qui était-il en vérité ?

Brusquement, je sortis de ma rêverie.

Il n'y avait plus personne devant les parvis du Temple. Nous y restâmes encore quelque temps, et ce n'est que tard dans la nuit que nous regagnâmes notre hôtel. Sur la route, mon pas était chancelant et pondéré, tel celui d'un somnambule. À ma grande surprise — était-ce un rêve, une vision ou une prophétie, était-ce une transe ou était-ce la réalité ? — la porte Dorée, sur le mont Moriah, en face du mont des Oliviers, celle qui était murée depuis 1530, était ouverte cette nuit-là. Nous l'empruntâmes et rentrâmes à notre hôtel, emportés par la brise fraîche de Jérusalem.

Par la porte de l'Orient, personne n'entrera parce que l'Éternel est entré par elle, et le prince s'y assiéra, et il entrera par le chemin de l'allée de cette porte-là, et sortira par le même chemin.

Le lendemain matin, j'expliquai à Jane pourquoi j'avais décidé de me rendre à la fête du Lag Baomer : celle-ci commémorait la dernière et brève tentative d'indépendance juive de Bar Kochba, en 135 de l'ère courante. Bar Kochba avait été soutenu par rabbi Akiba qui croyait qu'il était le Messie sur qui se portaient les espoirs nationalistes et mystiques. Cette fête attirait donc surtout les juifs très pieux et, parmi eux, les hassidim. C'était l'occasion pour tous, séfarades ou ashkénazes, d'honorer certains rabbins qui avaient marqué la tradition, tels que Rabbi Shimon Bar Yochaï. Mais ce grand rassemblement était aussi une aubaine pour les Bédouins qui venaient y vendre leurs produits. Je savais que les Taamireh, ceux qui avaient découvert les rouleaux, avaient l'habitude de s'y rendre.

Je demandai donc à Jane de rester à l'hôtel et de surveiller Kaïr Benyaïr, puis je pris le bus pour me rendre à Méron. Quatorze cents autobus et autant de camions et de voitures avaient quitté une Jérusalem embouteillée et avaient déversé une véritable marée humaine en Galilée au pied d'une colline. Cent mille

personnes devaient la gravir avant la nuit de Lag
Baomer. Certains dressaient leurs tentes sur les pentes rocheuses proches des tombes des rabbins. Des
malades, transportés sur des civières, progressaient
péniblement sur les sentiers ravinés. Des mendiants
en djellaba et d'autres habillés en hassidim prenaient
position aux entrées du sanctuaire. Ils se chamail-
laient pour protéger leurs maigres besaces, et ten-
taient d'attirer l'attention sur eux en faisant résonner
une piécette dans leurs gamelles. Partout, des vendeurs d'objets de piété, de boissons, de fallafels ou
d'articles de toutes sortes avaient dressé de précai-
res échoppes.

Je m'engageai dans la foule, pour essayer de trouver l'emplacement des hassidim. Je finis par découvrir la tente de toile beige près de l'entrée du tombeau de Rabbi Shimon. Je me penchai et jetai un
coup d'œil à l'intérieur : je vis quelques planches
posées sur des tréteaux, et partout des livres pieux et
des téfilins jetés pêle-mêle. Par l'ouverture opposée,
j'aperçus Yéhouda, qui, muni d'un porte-voix,
annonçait aux passants :

« Le Messie est là ! Il arrive ! Nous entrons dans
l'ère messianique ! »

Puis il attrapa un jeune soldat par le bras, et lui
proposa de mettre les phylactères. Comme il refusait,
il se mit à argumenter. De guerre lasse, le jeune
homme finit par accepter.

Alors Yéhouda se tourna et vint vers moi.

« Ary, me dit-il, je suis content que tu sois venu !
Tu vas pouvoir m'aider.

— Je fais d'abord un tour et je te rejoins bientôt. »

Tout près de la tente des hassidim, des vieilles femmes disaient la bonne aventure à l'aide de cartes
qu'elles posaient trois par trois sur une planche :

« Venez voir, criait l'une d'elles, venez voir si Bar
Yochaï est avec vous. »

Plus loin, des jeunes gens se battaient pour avoir le privilège de porter, pendant quelques dizaines de mètres, le rouleau de la Torah qu'ils élevaient au-dessus des têtes, tandis que, dans le cortège, s'improvisaient des danses. Un groupe de hassidim les suivaient et agitaient des banderoles proclamant : « We want Machiah now. »

La Torah atteignit la tombe de Rabbi Shimon dans l'enthousiasme général. Chacun fêtait à sa manière l'anniversaire de sa mort : partout ce n'étaient que danses effrénées, chaleureuses retrouvailles, discussions animées et repas plantureux sous les vastes tentes. Ils interrompaient parfois leurs festivités, le temps de courir jeter sur la tombe d'un rabbin quelques offrandes de bougies ou d'encens, et de demander que leurs prières soient exaucées.

Enfin, j'aperçus la tente des Bédouins. Je m'approchai. Ils vendaient toutes sortes de breloques et d'objets faits main. J'achetai un petit plat sans marchander, et engageai le dialogue.

« Où se trouve la tribu des Taamireh ? demandai-je en arabe.

— Nous sommes les Taamireh, répondirent-ils. »

J'expliquai sommairement que je souhaitais m'entretenir avec eux des grottes et des manuscrits qu'ils y avaient trouvés, il y avait bien longtemps, dans des jarres. Ils parurent comprendre ce que je leur disais. Ils allèrent chercher un vieux sage à qui je répétai ma demande.

« Il faut aller voir Yohi », dit-il après m'avoir écouté. Puis il repartit au fond de la tente.

« Qui est Yohi ? demandai-je aux autres Bédouins.

— Yohi est celui qui est parti.

— Parti où ?

— Il est gardien de la tombe », répondirent-ils.

Je rebroussai donc chemin, et me dirigeai vers la tombe de Rabbi Shimon Bar Yochaï. C'était une petite maison de pierre, dont il fallait parcourir les sombres couloirs et les petites cours intérieures

avant de parvenir à la pièce centrale, où se trouvait
le caveau, creusé à même le sol. À l'intérieur, il y
avait des mendiants, des infirmes et de pauvres hères
qui ne pouvaient pas s'offrir une tente et qui priaient
pour l'amélioration de leur sort.

Sans l'avoir jamais vu, je le reconnus tout de suite.
Il avait une peau marron et parcheminée, des petits
yeux noirs et perçants, et des cheveux gris à moitié
cachés par un turban. Il se tenait à l'entrée de la
pièce, assis sur une vieille chaise, et semblait méditer. Je m'approchai de lui et demandai :

« Es-tu Yohi ?

— C'est moi », dit-il.

Il semblait attendre que je lui donne une pièce,
comme faisaient les gens avant d'entrer dans le
caveau mortuaire. Je mis un billet dans sa coupelle.
Il leva les yeux, surpris.

« As-tu quitté ta tribu ? »

Il fit signe que oui.

« Quand ?

— Il y a quelque temps.

— Pourquoi es-tu parti ? »

Je n'eus pas de réponse.

« C'est moi qui l'ai fait partir, Ary, » dit quelqu'un
derrière moi.

Je sursautai. Cette voix un peu enrouée m'était
très familière. Je me retournai lentement. *C'était
Yéhouda.*

« C'est moi qui lui ai trouvé ce travail et qui l'ai fait
sortir de sa tribu. Que lui veux-tu ? me dit-il sur un
ton que je ne lui avais jamais connu.

— Mais que lui veux-tu toi-même ? fis-je, éberlué.

— Cet homme nous est utile, car il connaît l'endroit où sont les manuscrits de Qumran.

— Les manuscrits de Qumran ! Mais quel rapport
avec toi ? Est-ce le rabbi qui t'envoie ?

— Oui. Il dit qu'on parle de lui dans ces
manuscrits. Il dit qu'il les veut car ils parlent du

Messie, et qu'ils y annoncent sa venue pour bientôt, pour l'année 5760.

— Est-ce vrai ? demandai-je au Bédouin, tu connais les manuscrits ? »

Il resta un instant silencieux, puis il dit :

« Les rouleaux de Qumran ?

— Oui.

— C'est mon père qui les a trouvés. »

La nuit prenait fin et les premières lueurs de l'aube commençaient à poindre lorsque Yéhouda et moi quittâmes Yohi. Dehors, les hassidim se couvraient d'un talith et attachaient leurs téfilins pour commencer la prière du matin. Les chants et les danses de la veille laissèrent place au recueillement pieux. Dans l'aube naissante, parfumée par les brasiers à demi consumés, tous les hassidim, orientés vers le mur occidental, balançaient vigoureusement leurs corps en avant et en arrière.

Un petit groupe de hassidim méditait en cercle, assis par terre, pendant que des clarinettes jouaient une mélopée nostalgique, dont chaque phrase, improvisée semblait-il, était ponctuée de lourds soupirs qui venaient des tréfonds de l'âme, comme si on l'entendait respirer. Car il faut savoir soupirer pour être hassid. Toute la joie et toute la tristesse sont présents dans le souffle du hassid qui soupire, tant son cœur est à la fois réjoui par la ferveur de l'attente messianique et meurtri par les stigmates indélébiles de la destruction du Temple.

Alors s'il faut savoir soupirer pour être hassid, certainement, en ce petit matin, j'étais hassid. Ma souffrance était trop grande, et ma joie trop ternie. C'était trop de mal. Trop de mal pour Lui.

Et moi, je me suis tu, et mon bras fut détaché de ses ligaments et mon pied marcha dans le bourbier. Mes yeux se sont bouchés pour ne pas voir le mal, et mes oreilles pour ne pas entendre les meurtres. Mon cœur fut hébété à cause du dessein de la malice, car c'est Bélial que l'on voit lorsque se manifeste le penchant de leur être, et toutes les fondations de ma bâtisse craquèrent et mes os se disjoignirent, et mes membres, en moi, furent comme un bateau dans la furie de la bourrasque. Et mon cœur frémissait jusqu'à extermination, et un vent de vertige me faisait tituber à cause des malheurs de leurs péchés.

Sixième rouleau

LE ROULEAU DES GROTTES

J'ai dit dans Mes Écritures toutes les bénédictions et récompenses qui leur sont destinées, parce qu'ils ont été trouvés préférant le ciel à leur propre vie en ce monde, tout en étant écrasés par les méchants, accablés par eux de honte et d'opprobre et couverts d'outrages, alors qu'ils Me bénissaient. Et maintenant, Je vais appeler les esprits des vertueux nés dans la génération de lumière (...), ainsi que ceux qui n'ont pas reçu dans leur chair l'honneur digne de leur fidélité. Je ferai sortir dans une brillante lumière ceux qui ont aimé Mon saint nom et Je ferai asseoir chacun d'eux sur son siège de gloire. Ils resplendiront pour des temps innombrables, car juste est le jugement de Dieu : Il accorde confiance aux fidèles dans la demeure où conduisent les voies de la rectitude. Ils verront jeter dans les ténèbres ceux qui sont nés dans les ténèbres, tandis que les justes resplendiront. Les pécheurs gémiront et les verront resplendir, et ils iront eux-mêmes là où leur ont été fixés par écrit des jours et des temps (...).

Et maintenant, je vous dis ce mystère : les pécheurs altèrent et réécrivent les paroles de vérité, ils en changent la plupart, ils mentent et forgent de grandioses fictions, ils rédigent des Écritures en leur nom. Si seulement ils écrivaient en leur nom toutes mes paroles, fidèlement, sans les abolir ni les altérer, mais en rédigeant fidèlement les témoignages que je leur transmets ! Je sais encore un second mystère : les justes, les saints et les sages recevront mes livres pour se réjouir de la vérité (...). Ils y accorderont foi et s'en réjouiront, et tous les justes jubileront d'y apprendre toutes les voies de la vérité.

Rouleaux de Qumran, *Livre d'Hénoch.*

I

Dieu, après le commencement, après qu'il eut créé l'homme et la femme et que ceux-ci eurent commis la faute, se mit à maudire ces créatures qui lui avaient échappé. À la femme il dit qu'elle enfanterait dans la douleur et qu'elle serait avide de l'homme qui la dominera. À l'homme il prédit qu'il travaillerait dans la peine, qu'il retournerait au sol d'où il avait été pris, et que poussière il retournerait à la poussière. Puis il mit les chérubins à l'orient du jardin d'Éden, afin qu'avec la flamme de leur épée foudroyante ils gardent le chemin de l'arbre de la vie. Mais pourquoi Dieu avait-il créé l'homme libre s'il fallait qu'il payât de sa vie le prix de cette liberté ? Pourquoi donner, si c'était pour reprendre ?

« C'est ton père qui a trouvé les manuscrits ? avais-je commencé par demander à Yohi.

— Oui.

— Et où est-il à présent ?

— Il est mort. On l'a tué, avait-il répondu.

— Parle, dis-je, raconte-moi ce qui s'est passé. Tu n'as rien à craindre de moi. On a enlevé mon père. Je voudrais le retrouver. »

Alors il raconta. Il n'y avait jamais eu de brebis perdue, ni de pierre jetée au fond d'une grotte : ce n'était pas ainsi que l'on avait retrouvé les manuscrits. Un jour, un homme était venu au camp des Taamireh. Il avait l'apparence d'un Bédouin, mais il parlait une langue inconnue. Comme tout étranger, il fut reçu selon la coutume, avec beaucoup d'égards : on déroula une couverture, on lui servit du thé très sucré sur le plus beau plateau que possédait la tribu. Puis on lui fit du café, que l'on servit dans les belles tasses décorées.

Ce jour-là, comme à l'habitude, le campement de tentes noires était rangé selon une longue ligne, face au sud-ouest. Tout était parfaitement calme. Chacun allait et venait à son rythme. La chaleur de l'été donnait simplement envie de s'étendre sous le soleil, sans rien faire d'autre, puis, quand elle était à son comble, au milieu de la matinée ou de l'après-midi, de s'asseoir à l'ombre de la tente, et, pendant les heures suffocantes, de jeûner et de s'étendre sur le coude.

Je connaissais un peu le mode de vie si particulier des Bédouins. Mon père, qui avait eu, dans sa jeunesse, des amis parmi eux, m'en avait parlé. Il disait que pénétrer dans une de leurs tentes blanches et noires, c'était comme trouver un refuge au milieu de la désolation de la vie sauvage. Dehors, il y avait l'espace vide et menaçant du désert où l'eau est rare, où les jours sont brûlants et les nuits extrêmement froides. Il disait que lorsqu'il avait partagé leur tente, pendant la nuit, il se réveillait et frissonnait jusqu'à l'aube. Il observait alors le paysage qui, noir et blanc comme les tentes, se nimbait peu à peu d'une faible couleur, jusqu'au moment où le soleil se levait, enfanté par le sol. Alors, il faisait de plus en plus chaud, et pendant quelques heures, le désert prenait les couleurs de la vie. Mon père était profondément habité par cette expérience du désert. Il disait qu'entendre son silence effrayait ceux qui étaient habitués à la clameur des villes, ceux qui n'avaient jamais connu la solitude absolue. Dans le désert, on pouvait scruter l'horizon à perte de vue, sans jamais y trouver un seul être vivant. Partout, le sol était vide, comme si la force du soleil et le manque de pluie avaient voulu le rayer de la carte.

Parfois, les Bédouins allaient dans les montagnes hautes et sauvages. Et aussi vers les dunes de sable, qui, telles des vagues géantes exposées à l'érosion du vent, prenaient des formes mystérieuses. Tous les Bédouins pensaient que le désert était habité par des djinns. Ils disaient que le chant étrange des dunes, ce bruit des grains de sable dégringolant sous la caresse légère du vent, était la musique jouée par les djinns. Parfois, des membres de la tribu chantaient et dansaient d'une façon étrange. C'est encore les djinns.

Quand l'étranger fut restauré et installé, on lui demanda ce qu'il faisait et où il allait. Mais comme on ne comprenait pas sa langue, on appela le père de Yohi, qui allait vendre les objets dans les villes d'Israël. Il connaissait l'hébreu, et aussi un peu d'anglais. Son père n'eut pas trop de difficultés à parler avec l'homme : sa langue ressemblait beaucoup à l'hébreu, même si ce n'était pas exactement celui qu'il avait l'habitude d'entendre.

Dans la tente où il avait été reçu, il y avait le cheikh, et plusieurs hommes importants de la tribu. Son père fit l'interprète entre les uns et les autres. L'étranger leur dit qu'il avait apporté des objets d'une grande valeur, et il cherchait à les vendre à la ville. Il pensait que si les Taamireh s'en occupaient, ils pourraient partager les bénéfices. Alors il sortit d'une vieille gibecière des jarres très anciennes, desquelles il retira avec mille précautions de très vieux parchemins. Les Bédouins le regardèrent faire avec curiosité.

« Est-il sûr que ces peaux de bête sont d'une grande valeur ? demanda le cheikh, un peu dubitatif. »

Son père répéta la question, et en guise de réponse, l'homme fit passer l'un des parchemins au chef et à ses hommes, pour qu'ils le voient de plus près. Ils le regardèrent attentivement : le rouleau était orné de petites pattes noires assez fines et régulières. Ils ne savaient pas lire ; mais ils sentirent, en voyant l'homme si fier de sa trouvaille, qu'il devait s'agir de quelque chose d'important. Alors, ils tinrent un petit conseil, au bout duquel ils décidèrent de les remettre au père de Yohi, qui se nommait Falipa, pour qu'il essaie de les vendre lors de son prochain voyage en ville.

Il se mit à faire nuit ; alors ils invitèrent l'homme à manger avec eux le plat de riz traditionnel, avec raisins et oignons, qu'ils avaient préparé. Puis il dormit dans la tente du cheikh, et il partit le lendemain, à l'aube. Il fut convenu qu'il retrouverait les Taamireh à leur prochain campement, un mois plus tard.

Une semaine après, Falipa partit à Jérusalem, où il exposa, dans le souk, parmi les autres objets qu'il vendait, les jarres et leurs manuscrits. Plusieurs journées se passèrent sans que personne ne s'arrêtât. Un matin, un homme qui passait dans le souk sursauta en les voyant. Puis il les contempla avec attention.

« D'où les as-tu eus ? finit-il par demander.

— On me les a donnés, répondit le Bédouin.

— Combien en demandes-tu ? »

À cette question, Falipa resta perplexe. Il n'avait pas idée de la valeur de ces manuscrits. Mais, à en croire l'homme qui les avait donnés, ils pouvaient valoir beaucoup ; de plus il fallait partager. Il lança un prix au hasard, équivalant à sept cents shekalim, pensant que l'autre marchanderait et qu'il baisserait de moitié.

Mais l'autre accepta, et paya sans un mot. Alors il revint au camp, heureux d'avoir pu obtenir une telle somme. Lorsque l'homme revint lors du rendez-vous qu'ils s'étaient fixé, il prit l'argent qui lui était dû, et proposa d'autres jarres, avec d'autres manuscrits. Les Bédouins s'empressèrent d'accepter, et c'est ainsi que commença le petit trafic des manuscrits.

Au bout de quelques mois, la rumeur s'étendit dans les campements bédouins avoisinants que les Taamireh étaient devenus riches, et que l'année avait été bonne pour eux : on disait que leurs chameaux étaient gras, que leurs bosses étaient si rondes qu'on ne pouvait plus dire s'il s'agissait de chameaux ou d'une autre espèce d'animal, et que trente-six petits étaient nés les derniers jours. Et c'était vrai. Grâce aux manuscrits que le père de Yohi continuait de vendre, toujours à la même personne, la tribu s'était enrichie. Les autres tribus en conçurent de la jalousie. Et leur jalousie les poussa à la convoitise.

Car le désert n'était pas en paix à cette époque. Les raids et les contre-raids s'y succédaient. Les tribus ennemies s'affrontaient, se pillaient, parfois se tuaient. Les guerres bédouines n'étaient pas l'affaire du hasard ; elles étaient conduites selon des règles rigides : ne pas les respecter eût été l'aveu d'une bassesse et d'une honte que l'honneur d'un homme ou d'une tribu n'aurait pu supporter. Mais gagner en respectant les lois couvrait l'individu et sa tribu de gloire et d'honneur — les biens les plus convoités du monde bédouin. La base du code bédouin était la justice. On ne se battait que contre ceux qui pouvaient se défendre : les femmes et les enfants ne devaient pas être touchés, ni l'invité dans une tente, ni même le garçon qui gardait un troupeau. Lors des raids, une attaque surprise contre l'autre camp pouvait se concevoir, bien que la guerre fût d'ordinaire engagée après déclaration des hostilités, mais c'eût été une honte d'attaquer à minuit ou à l'aube, alors que tout le monde dormait. Quand un homme dort, pour un Bédouin, son âme s'évade par ses narines et se promène.

Un matin, ils attaquèrent. C'était bien dans les règles : il était honorable de commencer au lever du soleil, car les victimes avaient toute la journée pour retrouver leurs troupeaux perdus. Les assaillants se nommaient les Revdat : c'était une tribu ennemie des Taamireh. Arrivés devant le camp, ils s'étaient divisés en deux parties : les uns devaient emporter les troupeaux, les autres étaient embusqués pour arrêter les chevaux des ennemis lancés à leur poursuite lorsqu'ils quitteraient le camp.

En une heure, tout fut pillé. Les troupeaux et les chameaux volés, le camp dévasté. Il y eut même un mort : un Bédouin avait voulu défendre son troupeau à l'épée, qui fut piétiné par leurs chevaux. Pourtant, les Bédouins n'aimaient pas gaspiller le sang humain lors des combats, même si leur vie était si dure qu'ils étaient relativement indifférents à la souffrance et à la mort. Le prix du sang était pour eux sans discrimination de classe, de rang ou de fortune, et le code de l'honneur leur interdisait de tuer les ennemis à leur merci. Le but d'un raid était plus le vol que le meurtre. C'est pourquoi le meurtre du Bédouin fut considéré comme un fait assez grave. Comme les femmes et les enfants d'ennemis vaincus ne devaient pas être laissés sans rien, ils donnèrent un chameau à chacune des femmes Taamireh, pour qu'elles puissent rejoindre leurs plus proches parents dans leurs camps. Sans cela, les autres n'avaient plus rien, et ils étaient désespérés. Ils tinrent conseil, pour aviser de ce qu'il fallait faire : parfois, des raideurs nobles pouvaient être persuadés de rendre les chameaux volés ou les chevaux aux propriétaires lorsqu'il était montré que leur vol n'était pas honnête, mais ceux-ci étaient de farouches ennemis, jaloux de surcroît, à cause de leur fortune récente et facile.

Cependant, les Taamireh n'en voulaient pas le moins du monde aux Revdat, car il leur paraissait normal qu'ils aient agi ainsi : après les jours chauds et difficiles de l'été, les Bédouins avaient l'habitude d'échafauder des plans pour faire le *ghazu*, le raid destiné à prendre des troupeaux de chameaux et de chevaux des autres tribus. Ce n'était pas un larcin pour eux : c'était presque un échange. N'agissaient-ils pas au nom d'Allah ? Eux-mêmes avaient souvent fomenté et mené de telles expéditions guerrières, dans une atmosphère d'excitation et de secret.

N'avaient-ils pas souvent joué les effets de surprise ? Tous les hommes du camp pouvaient en témoigner, et même les jeunes garçons, qui, dès l'âge de douze ans, avaient fait leurs premières armes. Non, ce n'était pas le vol qui les tracassait. Ils en avaient vu d'autres, qui pouvaient se dérouler sur de très longues distances et durer des mois entiers ; ceux qu'ils avaient faits à cheval, pour doubler les chameaux ; ceux où chacun apportait sa farine, ses dattes, son eau, et surtout ses munitions pour ne manquer de rien en cas de dispersion. Leur chef leur rappela tout cela, avec sa figure forte, passionnée et tragique, et son éloquence. Ce qui les gênait bien plus, c'était que ces hommes avaient ouï dire de leur fortune et des manuscrits, c'est pourquoi ils étaient venus les piller. Alors, le chef, devant tous les membres de la tribu réunis dans le camp dévasté, s'exprima ainsi :

« Nous avons attiré la colère d'Allah, et nous avons appelé le mauvais œil sur nous. C'est à cause de ces manuscrits qui nous ont rendus riches. Allah a donné, et il a repris : cela veut dire qu'il ne veut pas que nous soyons riches. Nous n'allons plus vendre ces manuscrits. »

Les Bédouins accueillirent la nouvelle avec soulagement ; ainsi, ils avaient une explication de la colère d'Allah. S'ils suivaient les conseils de leur chef, ils éviteraient certainement le pire.

C'était la fin de l'été, les hommes et les animaux avaient besoin de boire. Leurs tentes étaient placées près d'un point d'eau mais la sécheresse avait sévi, qui l'avait presque tari. Cette fin du mois d'août était particulièrement difficile, car il faisait encore très chaud. Cela faisait plusieurs jours que, inquiets, ils scrutaient les nuages dans les cieux.

Or un jour, peu après la déclaration du chef, ils virent se profiler de grands éclairs. Aussitôt, ils envoyèrent des hommes pour voir où la pluie était tombée. Quelques jours plus tard, ceux-ci revinrent, et indiquèrent la direction de la Jordanie. Alors toute la tribu leva le camp, et se mit en route.

Ils marchèrent jusqu'au désert jordanien, où ils plantèrent à nouveau leurs tentes. La nuit où ils y arrivèrent, un gros orage ourdit sur le camp endormi ; l'air devint subitement chaud et oppressant. Un vent glacé se mit à souffler, il y eut un claquement de tonnerre à soulever l'âme, et un éclair lumineux lança un faisceau blanc qui laissa voir, l'espace d'un instant, tout le désert comme s'il faisait plein jour. Alors les hommes se précipitèrent sur les chameaux qui leur restaient, et les femmes vers les tentes, pour protéger leurs enfants. Pendant dix minutes, chacun resta figé, en attendant la suite. Un grondement sourd, de plus en plus profond, grandissait à chaque instant. Enfin, la pluie survint, d'abord timide et intermittente, puis fraîche et forte. Alors, pendant que les espaces ouverts autour du camp se remplissaient d'eau, des cris de joie retentirent, des hurlements de bonheur se propagèrent comme des ondes sur le sable ; lorsque la pluie se fit plus fine, les hommes, les femmes et les enfants se précipitèrent dehors pour la recueillir dans des récipients, des bassines, des casseroles, et tout ce qu'ils pouvaient trouver de rond et de creux. Quand ils eurent rempli leurs outres à ras bord, ils s'assirent dans la pluie et levèrent leur visage vers les cieux pour l'avaler. Les hommes réveillèrent les chameaux et leur firent boire des litres d'eau dans la mer brune et fraîche qui entourait le camp : tout le monde délirait de joie. La bénédiction était venue. Tous étaient convaincus que c'était à cause de l'abandon du commerce des manuscrits. Dieu était grand, qui avait sévi, puni, puis récompensé.

Quand survint l'aube, aux premières lueurs du matin, ils s'assemblèrent et dirent des prières de remerciement. Chaque tente était comme une petite arche perchée sur une mer d'eau fraîche. L'été se terminait. La pluie avait apporté des couleurs pastel, qui avaient teinté le désert d'un vert opalescent. La vie reprit son cours. Les Bédouins appauvris se débrouillèrent comme ils le pouvaient. Ils avaient l'eau, l'élément essentiel de leur nouveau départ.

Un jour, l'homme du désert revint : il apportait avec lui d'autres jarres remplies de manuscrits. Mais le chef de la tribu lui dit fermement qu'ils avaient fait le vœu de ne plus y toucher, et il le pria de repartir en emportant ses objets.

Le lendemain de sa venue, une mauvaise tempête de sable se déclencha. Une véritable soupe de pois se déversa sur le désert. On ne pouvait plus rien voir. À l'intérieur des tentes, il fallut allumer les lampes et protéger de la poussière dévastatrice la nourriture, les marmites, les figures et les habits. Pendant plus de deux heures, personne ne sortit : le sable allait à une allure si folle que l'on risquait d'être gravement blessé.

Dans sa tente, le cheikh demanda :
« Est-ce que tout cela ne vient pas de Dieu ? Peut-être Allah est-il courroucé car nous avons vu cet homme hier. Peut-être est-il en train de se venger de cet homme. »

En effet, l'homme était parti la veille, et il devait encore être dans le désert, alors que le sable soufflait, déchaîné. Il arrivait souvent que les hommes se perdent lors des tempêtes de sable. Et si, comme c'était le cas, celles-ci étaient violentes sous le souffle du vent, alors il était certain que celui qui marchait dans le désert aurait du mal à survivre. Mais il se pouvait aussi qu'il eût de l'expérience et qu'il arrêtât son chameau à temps pour le faire s'agenouiller et se recroqueviller sous son flanc.

Plusieurs jours s'écoulèrent sans que rien se produisît. Puis un soir, ce fut à nouveau la panique ; le ciel trembla, le tonnerre donna des roulements étranges ; les tentes commencèrent à s'affaisser. Certains se mirent aussitôt à prier. D'autres montèrent au sommet d'une petite dune qui jouxtait le campement, pour scruter l'horizon. Ce qu'ils virent les horrifia : au loin, aussi loin qu'ils pouvaient voir, tout l'horizon était en feu. Des nuages puissants, noirs de fumée, s'étendaient sur le ciel et dévoraient les étoiles. C'était une ceinture de feu sous une chape de plomb : une tornade d'un pourpre profond fonçait sur eux à une vitesse vertigineuse.

Ils coururent se réfugier dans leurs tentes, pour prier Allah et implorer son pardon. Ils baissèrent les rideaux, et se tinrent à des cordes, comme ils avaient l'habitude de le faire lors des tempêtes de sable les plus terribles. Une brise fine et froide rendit plus fort encore le vent glacé. Certains jetèrent un œil dehors. La chose se rapprochait, mais ce n'était pas du feu. Le vent se transforma en une forte grêle.

Alors ils comprirent : c'était une tempête de sable rouge brique. Ce qui leur était apparu comme de la fumée noire, tout en haut du ciel, et qui s'étendait partout à présent, n'était qu'une poussière épaisse. Les grandes langues de feu, qui montaient en incandescence et descendaient régulièrement, reflétaient une série de colonnes de poudre tourbillonnante montée du sol, comme par magie. Des décharges électriques tombèrent des cieux, accompagnées de bruits de craquements, et suivies de gros roulements de tonnerre, présages de la fin des temps. En une poignée de secondes, le campement fut entièrement recouvert de sable rouge. Puis, au bout de quelques heures, le tonnerre passa et céda la place à une brise fraîche.

Alors, les Bédouins se mirent à chanter *al-hamadu li'ilah* : « Nous n'avions jamais eu une telle révélation. Nous pensions que le feu de Dieu allait nous dévorer, et que la fin du monde était arrivée. » Mais leur joie était mitigée : c'était un événement terrible. Ils durent se reposer le reste du jour. Le soir, il prirent un maigre repas tout imprégné encore de poussière rouge. Bientôt, le ciel fut clair à nouveau, mais tout le paysage était empreint d'une couleur brique, et une couche de poussière fine persistait sur le sol.

Le lendemain, ils décidèrent de lever le camp. Ils partirent vers le nord, où ils pensaient trouver un climat moins violent, et un peu plus de verdure. Mais ils n'étaient pas au bout de leurs peines ; au bout de quelques jours de voyage, alors qu'ils se fixaient dans un endroit calme et vert, non loin de la frontière jordanienne, un tapis ondulant se profila à l'horizon. Peu à peu, l'essaim se rapprocha : c'était une armée de sauterelles étroitement serrées les unes contre les autres, et prêtes à tout ratisser sur son passage.

Effectivement, la vague jaune et noire ne laissa rien derrière elle. Pendant trois jours, des nuages très denses se massèrent tous dans la même direction. Les Bédouins essayèrent d'en attraper quelques-unes pour les manger ; ils tendirent des couvertures, des tapis et tout ce qu'ils trouvaient pour former un piège ; chameaux, chiens et hommes s'en firent un festin, maigre consolation pour se venger de tout ce qu'elles avaient dévasté. Car elles dévoraient tout ce qu'elles trouvaient, buissons vivants et herbe grasse, et tout ce qui était vital dans un pays désert.

Après leur passage, les arbres et la végétation eurent l'air d'avoir été brûlés par une bombe. Les champs étaient vides. Il n'y avait plus que le désert. Même les gros buissons étaient entièrement dévorés. Les troupeaux étaient voués à la mort car il ne restait plus d'herbe pour les nourrir. Pour les hommes, le sort n'était pas tellement meilleur. Les Taamireh se crurent poursuivis par le Malin.

Un matin après leur départ, au moment où le soleil de l'aube commençait imperceptiblement à illuminer le camp, les hommes sortirent un à un des tentes dans l'air encore froid pour s'agenouiller ensemble sur le sable. Alors le cheikh prit la parole devant toute la tribu rassemblée. Il fit appeler les femmes aussi, qui priaient dans leur tente, ou préparaient le repas du matin.

« Voici pourquoi je vous ai réunis ce matin, leur dit-il. Allah nous a donné des signes d'avertissement de sa colère, des signes qui montrent que nous avons péché. Nous avons eu les voleurs qui nous ont pris tous nos animaux et ont tué l'un de nos hommes ; nous avons eu la tempête de feu rouge qui annonçait la fin du monde ; puis les sauterelles nous ont pris le peu qui nous restait. Tout cela se passe, car Allah n'est pas content, et il n'est pas content à cause des manuscrits. Ils sont maudits ; il n'en veut pas !

— Mais nous ne les avons plus. Nous avons renvoyé l'homme, et celui-ci est peut-être mort, objecta un Bédouin.

— Nous l'avons renvoyé, oui. Mais je crois que si la colère d'Allah est sur nous, c'est que l'un d'entre nous a pris les manuscrits. Et celui-là doit se dénoncer, maintenant. Il doit le faire pour que la colère d'Allah cesse de s'abattre sur nous. Il doit rendre les manuscrits, et disparaître à jamais de notre vue. »

Tout le monde se tut. Chacun regarda son voisin avec suspicion et inquiétude. Puis tout d'un coup, quelqu'un se leva. C'était Falipa, le père de Yohi.

« C'est moi qui les ai pris, dit-il. Je ne voulais pas faire de mal. Je ne pensais pas offenser la volonté d'Allah. Je voulais simplement retrouver notre fortune.

— Où sont-ils à présent ? » demanda le chef.

Falipa baissa la tête.

« Je les ai déjà vendus », avoua-t-il.

Le lendemain, on le retrouva mort dans sa tente.

Quand un assassinat est commis dans le désert, l'homme qui l'a fait doit d'ordinaire se réfugier chez un cousin d'une autre tribu aussi lointaine que possible, pour échapper à la vengeance de la famille. Puis, de ce refuge, il essaie de négocier le prix du sang. S'il n'y a pas de représailles dans les jours qui suivent l'assassinat, on accepte l'argent qui est l'équivalent d'une cinquantaine de chameaux pour un parent, et de sept chameaux pour un homme d'une autre tribu.

Or, dans ce cas, aucun homme n'était parti dans

une autre tribu. Personne n'avait proposé d'argent. Il apparut clairement que les Bédouins s'étaient concertés pour le tuer, car ils pensaient ainsi se débarrasser des fléaux.

Alors Yohi alla voir le cheikh, afin de réclamer vengeance. Il lui dit que c'était lui qui gouvernait la tribu ; que, par conséquent, il devait faire quelque chose. Le cheikh convoqua une assemblée de sages, à laquelle Yohi fut convié. À l'issue d'une longue délibération, il fut établi que le père de Yohi avait agi de façon déloyale, et qu'il avait mis toute la tribu en grand danger en appelant sur elle la vengeance de Dieu. L'un des sages alla même jusqu'à insulter le nom de son père en disant qu'il était sans doute en enfer, et Yohi faillit le frapper, retenu de justesse par les autres.

Pour un Bédouin, le paradis était un pays où il y avait toujours le printemps, avec de l'herbe abondante et permanente, et l'eau coulait, intarissable, sans début ni fin, des ruisseaux et des petites rivières ; c'était un lieu où la faim, la soif, les champs asséchés et les maladies des animaux n'existaient pas, où les tribus vivaient ensemble et où personne ne vieillissait. En enfer, au contraire, un homme trouvait tout ce qu'il détestait en ce monde : un été chaud, sans pluie ni eau, et il fallait sans cesse qu'il portât l'eau sur son dos pour ses chameaux assoiffés.

Souhaiter à quelqu'un que son père aille en enfer était la pire des choses pour un Bédouin. Yohi ressortit du conseil, défait et triste. Toute la tribu était contre lui : il ne pourrait obtenir de vengeance pour son père.

C'était alors qu'il avait rencontré Yéhouda, lors de la fête de Lag Baomer. Celui-ci, en échange de certains renseignements sur les manuscrits trouvés par son père, lui avait donné la possibilité de quitter sa tribu. Il avait tout de suite accepté.

« Qu'est-il arrivé à l'homme qui apportait les manuscrits ? demandai-je, après qu'il m'eut raconté son histoire.

— L'homme n'était pas mort dans la tempête de sable. Au début, il a continué à marcher vers son camp. Puis, au bout de deux heures, il a pensé qu'il était perdu, et il s'est arrêté. Quand tout est devenu plus clair, il a repris son chemin.

— Comment l'as-tu su ?

— Parce que j'ai revu son fils.

— Quand l'as-tu revu ?

— Hier. Il est venu me trouver.

— Que voulait-il savoir ?

— La même chose que Yéhouda. Si mon père avait gardé des manuscrits qu'il n'aurait pas vendus.

— Et alors ?

— Non. Tout ce qu'il avait, il l'a vendu.

— Mais comment as-tu entendu parler des manuscrits ? demandai-je à Yéhouda.

— C'est le rabbi qui m'a envoyé pour les retrouver. Depuis qu'il avait entendu parler des manuscrits par la presse, il avait fait son enquête, et il avait vu Osée plusieurs fois. »

Alors j'eus une idée. Je posai une dernière question à Yohi :

« Comment s'appelle l'homme dont le père a trouvé les manuscrits, celui que tu as vu hier ?

— Il s'appelle Kaïr. Kaïr Benyaïr. »

Lorsque je rentrai à l'hôtel, je retrouvai Jane, et Kaïr était avec elle.

« Écoute, lui dis-je aussitôt, j'ai rencontré un homme de la tribu des Taamireh, qui s'appelle Yohi. Cela te dit-il quelque chose ? »

L'autre ne répondit pas.

« Ce n'est pas la peine de mentir. Il m'a tout dit, continuai-je.

— Je me suis échappé pour aller le retrouver, et puis je suis revenu à l'hôtel.

— Pourquoi es-tu allé le voir ? D'où le connais-tu ? »

L'autre ne répondait toujours pas.

« Mais d'où viens-tu ? Qui es-tu ? criai-je. Et où ton père a-t-il trouvé les manuscrits ? Et quels sont tes liens avec Osée ? Vas-tu me répondre ? »

Je faillis l'empoigner, mais Jane me retint.

À toutes mes questions, il répondit invariablement qu'il ne savait rien. Je ne voulais pas faire intervenir Shimon, avant d'avoir essayé par moi-même de retrouver mon père, car une fois encore, j'avais peur d'envenimer la situation, et de faire intervenir des éléments supplémentaires que je n'aurais pu maîtriser.

« Très bien, dis-je, en prenant le téléphone. Tu refuses de me répondre. Alors je vais appeler la police. »

D'un geste de la main, il m'arrêta.

« Mon père les a trouvés dans une grotte, dit-il. Je vais te montrer où ils étaient. Je vais t'y amener.

— Dis-moi d'où tu viens d'abord, et comment tu as rencontré Osée.

— Lorsque mon père a trouvé les manuscrits, il a eu l'idée de les vendre. Mais il ne savait pas comment s'y prendre. C'est pourquoi il a fait appel aux Bédouins et à Falipa. Mais ils ont fini par tuer Falipa ; et ils ne voulaient plus entendre parler de cette affaire. À la mort de mon père, je suis allé moi-même là où Falipa avait l'habitude de se rendre pour les vendre, à l'endroit que mon père m'avait décrit. C'est ainsi que j'ai rencontré Osée. C'était à lui que Falipa les vendait.

— Comment les as-tu trouvés ? Es-tu un Bédouin ?

— Non, je ne suis pas un Bédouin, dit-il. Demain, je te montrerai où je les ai trouvés. Car il y a encore beaucoup plus à prendre que ce que nous avons déjà pris. Il y a là-bas un trésor. Osée en a trouvé une bonne partie, mais il reste encore les pièces les plus précieuses. Tout est inscrit avec précision dans le manuscrit. Peut-être pourrons-nous le retrouver, et ton père aussi. »

Je décidai de me satisfaire, pour le moment, de ces explications. Même si je ne comprenais pas comment ni pourquoi, il pouvait me conduire dans les grottes cachées de Qumran : c'était déjà beaucoup.

II

Le lendemain, nous partîmes pour Qumran. Nous louâmes une voiture, que Jane conduisit. Kaïr semblait à présent nous suivre tout en nous précédant, sans que nous ayons besoin de le contraindre. Il espérait découvrir le fameux trésor, et l'attrait du gain le rendait impatient.

Je retrouvai le paysage de la mer Morte avec un sentiment étrange de crainte et d'émotion triste. Au loin, les montagnes blanches de Qumran, poudreuses, sans ombre ni arbre, sans herbe ni mousse, avaient pour seul horizon la mer de sel, sa vase desséchée et ses sables mouvants, plus menaçants que jamais. Des arbustes chétifs croissaient péniblement sur cette terre privée de vie. Des feuilles couvertes de minéraux penchaient la tête, accablées. La mer ne brillait pas : les villes coupables qu'elle cachait en son sein l'avaient ternie ; elle s'enfonçait peu à peu dans des abîmes solitaires qui ne peuvent nourrir aucun être vivant. Ses grèves sans oiseaux ni arbre ni verdure, son eau amère et pesante qu'aucun vent ne soulevait exprimaient toute la détresse du monde. La mer Morte, sans port et sans voile, m'apparut comme une mer déserte environnée de déserts. On s'en approchait d'instinct comme d'une source vitale, et on était sans cesse trompé par son absence d'eau, vide insondable.

Nous parvînmes au désert. Le sol, entre les plages arides des rivages de la mer, et les roches qui abritaient Qumran, devint sablonneux et rocailleux. Nous étions les seuls, au milieu d'espaces vides et opaques. Le vent soufflait de plus en plus fort. Sur le capot de la voiture, on sentit des claquements de voiles, telle une draperie fortement agitée par un être diabolique au-dessus de notre tête. Le soleil montait, brûlant d'un feu blanc impitoyable. Le mica étincelait sombrement sur le sol. Il n'y avait pas une plante, plus rien.

Nous arrivâmes ainsi au site d'Aïn Feshka où se trouvaient les vestiges des habitations esséniennes. Les quartiers résidentiels étaient des tentes, des huttes et des grottes. Entre Aïn Feshka et Qumran s'étendait une plaine cultivée de plusieurs kilomètres de long, avec des installations agricoles. En cet endroit, pour peu que l'on se penche pour gratter un peu de terre, on retrouvait des noyaux de dattes : les esséniens vivaient au milieu des palmiers. À présent, les ruines étaient entourées de quelques plants, maigres et épars, arrosés par les sources qui provenaient des failles de la masse montagneuse, et qui prouvaient que l'endroit, abandonné aux tamaris et aux roseaux, pouvait être à nouveau le lieu d'une végétation fertile.

Dans les ruines, les constructions laissaient apparaître de solides fondements. Un long mur, épais d'environ un mètre, qui bordait toutes les zones irrigables, formait une fondation très large, certainement destinée à supporter une tour élevée. C'était une vraie clôture, en briques de terre sur la pierre, qui dessinait déjà les limites d'une ville reconstruite. Un petit bâtiment se trouvait au beau milieu de la longueur du mur ; c'était un simple carré, qui, ouvert à l'est, à l'intérieur de la plantation, était divisé en une cour et trois chambres, dont les murs, à moitié élevés, rappelaient ceux d'une construction en train de s'achever.

L'installation principale était près de la source de

Feshka, à la pointe sud de l'endroit fertile, et à deux kilomètres au nord de la pointe du Ras Feshka. C'était un vaste enclos carré, un peu irrégulier, appuyé contre le mur de clôture, bordé au nord par un hangar dont le côté intérieur était ouvert. Jouxtant cet enclos, un grand bâtiment, ouvert à l'est vers la plantation, contenait une ancienne cour bordée de petites chambres. Un escalier montrait qu'une partie de l'installation avait eu un étage.

Enfin, tout au nord, trois bassins à eau, reliés les uns aux autres par des canaux, creusés dans la terre rocheuse, vastes et encore viables, formaient l'ensemble le mieux conservé de la ruine, comme si, par eux, la purification par les eaux baptismales, premier augure du monde futur, condition de possibilité des temps nouveaux, était toute prête encore à recueillir les âmes, les têtes ou les corps en quête de l'ultime pardon.

Tout était là, comme une montre qu'on avait cessé de remonter, mais dont le mécanisme était en bon état, et qui ne demandait qu'à être portée. Il suffisait d'un peu d'eau, qui viendrait de la chute de Wadi Qumran, et arriverait à nouveau dans le large bassin de décantation. Elle passerait par les bras du canal, traverserait les cours et les bâtiments de service, pour se jeter dans le petit bassin et remplir la grande citerne ronde, ainsi que les deux citernes rectangulaires. À l'ouest, elle abreuverait la meunerie dont les murs bien cimentés et les alvéoles étroitement cloisonnées permettaient de récupérer le plus de farine possible. Par une autre branche du canal, elle se dirigerait aussi vers la citerne, mais avant d'y arriver, elle passerait par une dérivation qui permettait de nettoyer à grande eau la salle de réunion et de réfectoire. Puis, empruntant le canal principal, elle tournerait autour du réservoir pour s'orienter vers le petit bassin et terminer sa course dans la grande citerne. Elle servirait également au potier, qui la puiserait dans la piscine, pour fouler l'argile dans l'aire cimentée, avant de la laisser mûrir dans la petite fosse, puis de la travailler sur son tour archaïque, mû directement par ses pieds, implanté dans le trou garni de pierres bien maçonnées, et enfin, de cuire les pièces, grosses ou petites, dans les fours.

Nous nous arrêtâmes devant le scriptorium, où écrivaient les scribes qui recopiaient les manuscrits bibliques et transcrivaient les œuvres de la secte. Là encore, il n'y avait plus les hommes, mais les moindres rouages de leurs techniques persévéraient : la table principale en argile, haute et large, les restes de deux établis plus petits, et dans les débris de la pièce, les deux encriers, l'un de bronze et l'autre de terre cuite, vestiges sans emploi ni utilité, mais qui restaient les vrais maîtres du lieu. L'émotion soudain me serra la gorge, de revoir celui que j'avais remarqué lorsque j'étais venu en ce lieu avec mon père : l'encre séchée y demeurait, comme s'il avait été abandonné non pas quelques milliers d'années auparavant, mais quelques semaines. Plus loin, il y avait la grande salle de réunion qui servait de réfectoire commun, les silos à grain, la cuisine, la forge, les ateliers et la fabrique de poterie, avec ses deux fours et sa plate-forme plâtrée.

Avec ces objets et leur usage si concret, tout un monde reprit vie : un peuple organisé, dont les activités n'avaient de cesse d'entretenir celles qu'ils plaçaient au-dessus de toutes les autres, l'écriture. Ces ruines vivantes, à nouveau envisagées, étaient telle la flamme du buisson qui brûlait sans se consumer. Vingt ans à peine, vingt ans ou trente : ce n'était que quelques poussières de temps, qui se servait aussi des vivants. Ce n'étaient pas des ruines mais des ébauches.

Avant que la corde d'argent se rompe, que le vase d'or ne se casse, que la cruche ne se brise sur la fontaine, et que la roue ne se rompe sur la citerne. Et que la poudre retourne dans la terre, comme elle y avait été, et que l'esprit retourne à Dieu qui l'a donné, Dieu

fera venir en jugement tout ce qu'on aura fait, avec
tout ce qui est caché, soit bien, soit mal.

« Crois-tu, me dit Jane, qu'ils furent massacrés par
les Romains ou qu'ils réussirent à s'enfuir ?

— Je ne sais pas. Ces habitations n'ont pas l'air
d'avoir été détruites. On n'a pas retrouvé de débris ni
de restes d'aucune sorte qui laissent penser à un
massacre.

— Mais alors, s'ils se sont enfuis, où sont-ils
allés ? » dit-elle.

Je tournai mon regard vers les grottes.

« À un endroit qui n'était pas très loin — un
endroit qu'ils connaissaient bien, qui les abritait de
temps en temps et qui, le cas échéant, pouvait consti-
tuer une merveilleuse cachette. »

Depuis que nous étions arrivés sur le site, Kaïr
paraissait nerveux. Mais il semblait connaître son
chemin, qui passait par de nombreuses pentes escarpées et bientôt la montagne, qui permettait d'avancer
sans être vu. C'est ainsi que nous accédâmes aux
grottes. Devant nous, s'élevait le mur de falaise, presque vertical, qui les retenait en son sein. Nous
marchions en silence, suivant l'antique chemin des
Bédouins qui gagnaient leur campement aux environs de Bethléem. Nous retenions notre souffle, à
cause du danger, et par peur de ne rien trouver. À
mesure que nous montions, l'air se faisait plus doux
et plus agréable à respirer que celui des bords de la
mer Morte : un approvisionnement d'eau douce
maintenait une certaine fraîcheur. Autour de nous,
les ravins étaient raides, et isolaient du reste du
monde le très haut promontoire des grottes — un
bon moyen de se défendre.

Alors, devant l'entrée de la première cavité, Kaïr
s'arrêta, et tourna vers nous son regard grave,
comme pour nous demander si nous étions prêts à

affronter le danger. Par un étrange pressentiment, je me tournai vers Jane :

« Ne viens pas, toi.

— Mais, Ary... Je veux t'accompagner, commença-t-elle.

— Non, ne proteste pas, dis-je d'un ton ferme. Tu sauveras peut-être nos vies. Écoute : retourne à Jérusalem, et si nous ne sommes pas de retour demain, tu donneras l'alerte.

— Je ferai comme tu dis », dit-elle résignée.

Nous échangeâmes un dernier regard, dans lequel, tant bien que mal, nous essayâmes de masquer notre peur.

Puis, sans plus me retourner, je m'engouffrai avec Kaïr dans le ventre des roches.

Au bout de la première grotte, il y avait une petite fente sur la paroi. Nous nous y introduisîmes. Les bords étaient friables, et par moment, des morceaux de terre tombaient, à droite et à gauche, comme s'ils allaient nous ensevelir. De l'autre côté de la paroi, il y avait une seconde grotte, identique à la première. J'en inspectai tous les bords avec ma lampe de torche, jusqu'à découvrir la même fente, sur le côté droit.

Au bout de quelques heures, nous entrâmes dans une grotte aux dimensions impressionnantes. Cela ressemblait à une très vaste pièce circulaire, qui aurait été découpée de façon régulière dans la paroi rocheuse, par la main de l'homme. Il y faisait froid ; elle était remplie d'un air très humide, et elle était très sombre. J'en balayai les murs de ma lampe de poche. J'éclairai le plafond : des centaines de chauves-souris s'y étaient accrochées, qui se mirent aussitôt à danser autour de nous un ballet effrayant et macabre, d'une sonorité terriblement aiguë. Nous bouchant les oreilles, nous restâmes un instant immobiles sous l'assaut tonitruant. Alors, les chauves-souris se calmèrent et rejoignirent une à une des cachettes silencieuses. Nous avançâmes prudemment, et le faisceau lumineux éclaira dans un des coins de la grotte un grand coffre de cuivre. Le trésor de Qumran, pensai-je avec émotion, celui du *Rouleau de cuivre*.

Immédiatement, Kaïr se précipita sur le coffre. Pendant qu'il essayait de l'ouvrir avec son couteau, je remarquai un énorme sac de cuir brun, disposé près de l'entrée de la grotte, non loin du coffre. Je l'ouvris ; il contenait un amas d'os humains, de squelettes effrayants. Alors, en un éclair, je compris ce qui allait se passer. *La main de l'Éternel fut sur moi, et l'Éternel me fit sortir en esprit, et il me posa au milieu d'une campagne, qui était pleine d'os. Et il me fit passer près d'eux tout autour, et voici, ils étaient en fort grand nombre sur le dessus de cette campagne, et ils étaient fort secs.*

Mais au moment où je me retournai pour enjoindre à Kaïr de ne pas ouvrir ce coffre, il était trop tard. Il l'avait ouvert et un gaz étouffant s'était échappé du coffre, qui l'asphyxia sur-le-champ. Le gaz se répandait dans la grotte. Je me dirigeai vers l'ouverture par laquelle nous étions entrés : elle était close. Je commençai à suffoquer, et plaquant des mouchoirs sur mon visage, ne voyant plus d'autre solution, je m'enfonçai plus avant dans la paroi rocheuse. Là, tout au fond, il y avait une toute petite porte en pierre. Je l'ouvris péniblement, en retenant ma respiration tant bien que mal. J'entrai alors dans une pièce sombre, plus petite, et refermai aussitôt la porte. Je repris mon souffle, et, lorsque mes yeux se furent un peu accommodés à l'obscurité, je sursautai : il y avait un homme tout au fond de la grotte. Il s'approcha de moi.

Alors que je me préparais au pire, ce fut le meilleur que je vis arriver. C'était mon père.

Éternel ! Le roi se réjouira en ta force, et combien n'aura-t-il pas de joie de ta délivrance ! Tu lui as donné le souhait de son cœur, et tu ne lui as point refusé ce qu'il a prononcé de ses lèvres. Sélah. Car tu m'as prévenu par toutes sortes de bénédictions et de biens, et tu as mis sur sa tête une couronne d'or fin. Il t'avait demandé la vie, et tu la lui as donnée ; et une prolongation de jours à perpétuité. Sa gloire est grande par ta délivrance, tu as mis sur lui la majesté et la gloire.

Aussitôt, ne retenant plus ma joie, je libérai toute ma peur, et pleurai longuement. En ce moment béni, j'oubliai pour un instant où nous étions et dans quelle situation nous nous trouvions : qu'un homme venait de mourir, que nous étions dans un labyrinthe de grottes, qu'il avait fallu rechercher mon père jusqu'ici, et je ne savais même pas pourquoi. Une seule idée me venait à l'esprit, une idée à laquelle je n'osais plus croire et qui était pourtant mon souhait le plus cher en ce monde : il était vivant. N'étais-je pas comblé ? N'étais-je pas exaucé ? Même si mon bonheur n'était qu'un court répit dans l'angoisse, il me semblait qu'en cet instant, je pouvais goûter cette félicité sans penser à autre chose, et en élaguant les anticipations. Je pouvais aussi bien partir sans rien exiger d'autre : ni rouleaux ni éclaircissement aucun. Il était là. Que pouvais-je demander de plus ?

Je lui racontai un peu confusément tout ce qui s'était passé depuis sa disparition et comment nous étions arrivés ici.

« Mais nous parlerons de tout cela après, plus tard. Pour le moment, essayons de nous enfuir », dis-je.

Je me précipitai contre la petite porte de pierre par laquelle nous étions rentrés. Elle était fermée. J'eus beau essayer de la forcer, elle résistait. Je me retournai, et compris, au regard de mon père, qu'il était inutile de faire ces efforts, qu'il avait dû tenter de faire pendant de longues heures, sans succès. Je compris que nous étions enfermés. *Nous étions prisonniers des roches.*

Nos yeux s'habituèrent peu à peu à l'obscurité de la grotte. Ne sachant que faire, nous nous assîmes, et mon père me raconta ce qui lui était arrivé pendant tout ce temps : comment, après avoir été enlevé, il avait été séquestré, puis emmené de force en Israël, chez les Samaritains, et comment il avait été ligoté par eux, et presque immolé, avant d'avoir été remplacé à la dernière minute par un agneau ; comment il avait pensé qu'il subirait le même sort, et comment il s'était préparé à l'atrocité de cette fin, comment les heures passaient, et ils ne le tuaient toujours pas, ce qui augmentait le supplice ; et combien en ces instants, il avait pensé à ma mère et à moi, et cette pensée ne faisait que l'effrayer encore plus, car il ne savait pas où j'étais ni si j'étais encore en vie. Après cette terrible épreuve, ses ravisseurs revinrent le prendre pour l'amener autre part, sans qu'il sût si c'était pour le meilleur ou pour le pire. Après un trajet en voiture, ils le conduisirent dans un lieu très sombre, qu'il reconnut tout de suite. Les yeux bandés, il sentit le souffle âcre et chaud du désert de Judée, puis l'humidité caractéristique et l'odeur moite de la pierre des grottes de Qumran.

« Alors j'ai su qui ils étaient, continua-t-il. Ils étaient des gens que je connaissais bien : ils étaient mes frères que j'avais quittés à dix-huit ans.

— Comment, *tes frères* ? demandai-je, interloqué.

— Mes frères les esséniens étaient venus me reprendre, » dit-il.

Sur le moment, je ne compris pas. Les esséniens n'existaient plus depuis des millénaires ; je crus qu'il était devenu fou. *Quand l'insensé marche en son chemin, le sens lui manque tandis qu'il dit de chacun : il est insensé.*

« On les a crus disparus, massacrés ou engloutis dans un tremblement de terre après l'invasion romaine. Mais en fait, ils s'enfuirent dans les grottes, où ils vécurent pendant tous ces siècles, *où ils vivent encore*. Ary, je ne te l'ai jamais dit, et personne ne le sait, pas même ta mère ; car j'ai fait, en les quittant, le serment de ne rien révéler. Mais les esséniens existent toujours, et je faisais partie de leur communauté, jusqu'à la création de l'État d'Israël. Après, comme un certain nombre d'entre nous, j'ai décidé de les quitter, car je voulais connaître ce que nous avions tant espéré, ce pour quoi nous priions depuis des millénaires. Je voulais rencontrer d'autres juifs aussi, je voulais revivre sur la terre d'Israël, à l'air libre, au-delà de la mer Morte, par-delà les dunes du désert de Judée, non plus dans les grottes souterraines. Je voulais voir Jérusalem. Est-ce que tu me comprends ? »

Sa voix tremblait, des larmes coulaient de ses yeux ridés, crispés, comme s'ils cherchaient à les retenir.

« Ils voulaient me questionner, dit-il, pour voir si j'avais trahi, et parce qu'ils recherchaient le manuscrit qu'on leur avait dérobé. Ils m'ont gardé captif, et ils n'ont pas osé me tuer, car je suis Cohen. Je faisais partie des grands prêtres, qu'ils sont tenus de respecter, car ils sont très soucieux de la hiérarchie. Et puis, ils me croyaient. Ils savaient que je ne savais rien.

— C'est seulement après être arrivés ici qu'ils se sont dévoilés à toi ?

— Oui, afin de me retenir captif ; car ils savaient que tu étais avec moi, et, qu'inquiet pour ta vie, je n'aurais eu de cesse de te retrouver, et j'aurais argumenté avec eux, et j'aurais avancé l'argument d'autorité. »

Puis, baissant la voix, il ajouta :

« Ce sont ceux qui sont restés ici après la création de l'État d'Israël : ils ne veulent pas habiter le pays avant que le Messie n'arrive. Ils pensent que les choses ont été précipitées. À présent, ils espèrent une intervention divine, qu'ils croient imminente, et ils prient toute la journée pour qu'elle se produise. Mais voilà, à force de rester dans leurs grottes souterraines alors que tant de choses se passaient au-dehors, je crois qu'ils sont devenus fous.

— Ils t'ont fait du mal ?

— Non. Ils ne m'ont rien fait. »

C'était la première fois qu'il me parlait de sa jeunesse, et il fallait que ce fût comme au détour de son récit, presque par souci scientifique, comme s'il fallait bien expliquer, comme s'il fallait que je comprenne. En d'autres circonstances, j'aurais demandé mille éclaircissements. J'aurais mis des jours à me faire à cette idée que j'aurais ressassée maintes et maintes fois. Mais là-bas, cela paraissait si naturel, si évident que je ne mis que peu de temps à l'entendre. Tout d'un coup, tout s'éclairait : sa résistance à vouloir poursuivre la mission qui nous incombait, sa peur de découvrir des choses terribles, son désir aussi de venir en aide aux esséniens, ses frères. Je compris aussi ce semblant de superstition qui perdurait comme un inébranlable vestige dans cet esprit scientifique.

Mais quand bien même eussé-je voulu en savoir plus, les événements ne m'en laissèrent pas le temps. Soudain, alors qu'il racontait son histoire, un homme apparut dans la grotte et l'interrompit brusquement.

Il était d'une taille moyenne et avait l'apparence et les habits des Bédouins, mais sa peau n'était pas tannée et cuivrée comme la leur. Sous la lumière, elle paraissait au contraire d'une blancheur absolue.

L'homme s'approcha de moi, et me regarda d'un air surpris.

« C'est mon fils, Ary ; ne lui fais pas de mal, dit mon père, qui semblait le connaître. Il est venu me chercher.

— Si c'est ton fils, c'est un scribe, fils de scribe, répondit l'autre. Alors il doit rester ici. »

L'homme nous tendit des parchemins, un encrier et une plume, et il nous dit, dans une langue vétuste, un araméen si ancien qu'il semblait tout droit sorti des stèles que mon père étudiait :

« Voilà ce que vous allez faire. Vous allez remplir votre mission. Vous allez écrire ce que je vais vous raconter. »

Alors l'homme, qui était le chef des esséniens, le grand prêtre, commença son récit. Nous l'écoutâmes en silence.

« Il fut un temps où ma vallée était un lac long et continu, et les rochers étaient au fond des combes, dit l'homme. Quand le niveau de l'eau a baissé, les pierres qu'elle avait taraudées ont formé des grottes, et cette cité immergée devint une habitation viable pour l'homme. La plupart du temps, elles ne sont pas faciles à voir. Certaines petites cavités sont entièrement recouvertes, et il est nécessaire de dégager l'entrée pour y parvenir. Ce sont de précieuses cachettes aussi, soit pour les hommes, soit pour les trésors que les hommes veulent ensevelir. La nôtre jamais ne fut découverte ; elle est bien trop retranchée, et moi-même, je ne la connais que par tradition ancestrale. Il faut beaucoup marcher et se courber pour y parvenir, car elle est au fond, tout au fond de la vallée. Quand David, il y a plus de trois mille ans, se cacha dans l'une des grottes d'Ein Guedi, le roi Saül prit avec lui des milliers d'hommes pour aller le chercher, mais au lieu de le trouver, il s'assoupit dans la caverne où le futur roi était caché, sans même s'apercevoir de sa présence. De même la grotte des manuscrits n'a pas été découverte par les Bédouins. Elle était bien trop reculée pour cela, elle avait résisté à deux mille ans d'hommes, toute seule, quelque part au nord d'Aïn Feshka, dans la désolation de pierres. Son entrée n'était qu'un trou minuscule dans le rocher ; sur le sol, il y avait des jarres en argile, intactes et scellées ; dedans, des manuscrits. Mais nous savons bien comment ils ont trouvé les grottes et pourquoi. Comment croire que les Bédouins qui étaient là depuis des siècles, ne les ont découvertes que si tard, à cause d'une chèvre égarée ?

« Dans les grottes, nous étions nombreux pendant longtemps, avant le retour des juifs sur leur terre. Nous avions été chassés par les Romains, mais nous avions dissimulé les manuscrits dans les grottes pour qu'ils ne les saccagent pas, et nous avons eu l'idée de les rejoindre et de nous y abriter aussi, à l'insu de tous. Pendant des siècles, qui devinrent des millénaires, notre communauté vécut là, à l'abri des changements du monde, dans le respect de la Loi et des rites, conformément à sa vocation, mais abandonnant le célibat, car nous étions seuls dans les grottes, et devions donc engendrer des enfants pour nous perpétuer. Nous avions devant nous la loi de Dieu, nous la portions sur nos bras et notre front, et nous la touchions à l'entrée de nos demeures, grâce aux mezouzoth. Nous avons traversé le temps grâce à l'écriture et à notre calendrier qui nous a permis de suivre la marche des astres et des saisons.

« Selon la volonté de Dieu, nous suivons l'Année solaire, réduite à trois cent soixante-quatre jours, et divisée en quatre parties de quatre-vingt-onze jours. Nous commençons chaque tronçon un mercredi, et nous suivons deux mois de trente jours, puis un mois de trente et un jours. Nous avons des lieux saints, où nous suivons des réunions liturgiques et lisons les textes écrits, et nous y prenons nos repas. Du haut de l'ambon, nous y lisons la Parole de Dieu en hébreu. Nous y récitons les psaumes, les cantiques, les hymnes, les bénédictions et malédictions. Nous prenons chaque jour des bains de purification et des repas sacrés. Purs de nos souillures, nous pouvons nous réunir, et prendre le repas messianique. Chaque jour, au lever et au coucher du soleil, nous nous réunissons pour prier ensemble, sauf les prêtres qui ont un office spécial, l'office des luminaires. Le dimanche, nous commémorons la création et la chute de l'homme, le mercredi le don de la Loi à Moïse, le vendredi, nous implorons le pardon des péchés, et le Chabbath est un jour de louanges.

« Toute notre vie était parfaitement réglée, et depuis des millénaires, nous avons perduré, à l'insu de tous, dans le creux des roches. Mais lorsque les juifs au début du siècle vinrent rejoindre les autres, ceux qui étaient restés sur la terre, et puis quand d'autres arrivèrent un peu plus tard, et enfin quand survint le retour final du peuple sur sa terre, et la création du pays, ce ne fut plus pareil. Nous savions tout cela par nos expéditions dans les villes, où nous nous rendions, déguisés en Bédouins. Alors certains d'entre nous décidèrent que le temps était enfin venu de vivre au grand jour et de sortir des grottes pour retrouver les frères perdus dans la diaspora. Pour eux, le temps de l'expiation était achevé, et nous entrions dans une nouvelle ère, une ère messianique. Mais d'autres n'étaient pas d'accord. Ils pensaient qu'il ne fallait pas retourner sur la terre avant que le Temple ne fût reconstruit. Or il y avait un dôme d'or à l'emplacement du Temple qui empêchait qu'il fût à nouveau érigé. Pour eux, le Messie n'était pas encore là, et il fallait continuer à l'attendre à l'abri des grottes, espérer qu'il vienne nous sauver, et ne rien faire sans son aide.

« N'était-ce pas un signe de Dieu, que ce retour du peuple après les grands cataclysmes ? N'y avait-il pas eu la guerre de Gog et Magog, celle des fils de lumière contre les fils des ténèbres en Occident ? Nos frères n'avaient-ils pas souffert plus que de coutume, disaient les uns ? Tant que la main de Dieu ne se sera pas manifestée par l'intermédiaire du Messie, nous ne devons pas sortir, répondaient les autres. Certains pensaient que le chef de la guerre pour la conquête d'Israël était le Messie envoyé par Dieu. D'autres disaient que ce n'était qu'un chef guerrier et, tant que le sang serait versé, il n'y aurait pas de sortie possible.

« La communauté fut ainsi divisée en deux. Une partie sortit des grottes pour aller habiter en terre d'Israël. L'autre partie resta dans les grottes. Avant la séparation, ceux qui partaient prêtèrent un serment solennel selon lequel jamais ils ne diraient d'où ils venaient, ni ne parleraient de leurs frères restés dans la communauté, où qu'ils soient, quoi qu'ils fassent, à qui que ce fût, car il fallait respecter le secret de leur isolement et de leur solitude qui leur avait permis de rester vivants.

« Mais quelque chose se produisit, qui empêcha que tout se déroule normalement : l'un d'entre nous parla, pour de l'argent. C'est lui qui livra nos manuscrits aux Bédouins, qui à leur tour les vendirent. Comme l'homme ne voulait pas qu'on sache ce qu'il avait fait, les Bédouins racontèrent l'histoire de la chèvre qui s'était perdue dans les grottes. Cet homme se nommait Moché Benyaïr. Il rencontra par hasard, lors d'un négoce, Osée, l'un des nôtres aussi, un apostat devenu grand prêtre chez les orthodoxes. Les deux scélérats s'associèrent et ensemble, ils répandirent notre secret dans le monde entier. Ils cherchèrent notre trésor, et le trouvèrent, et le vendirent, et le vilipendèrent.

« Alors nous tînmes conseil pour statuer sur le châtiment que devait recevoir ce traître, cet homme concupiscent et mauvais qui avait vendu notre trésor pour de l'argent, et qui peut-être allait nous vendre nous-mêmes, révéler notre cachette et notre identité, nous empêchant d'accomplir notre mission. C'est alors que nous décidâmes d'exécuter Osée. Quant à Moché, il s'échappa avant que nous puissions l'attraper ; mais son fils est revenu et il est mort à cause de sa propre cupidité. Nous avons récupéré tous les objets précieux qu'Osée avait dans sa chambre, les objets sacrés du Temple. Nous avons acheté, avec l'argent que nous lui avons pris — et aussi avec toi, David, car nous t'avons laissé en otage pour leur cérémonie —, le reste du trésor là où il était, chez les Samaritains, et nous avons tout rassemblé. Et à présent, tout est là, dans le coffre. Tout est gardé ici en attendant la venue du Messie.

— Mais pourquoi avoir crucifié des hommes ? Pourquoi la crucifixion ? Pourquoi avoir tué les autres aussi ? Ils n'étaient pas des esséniens, m'écriai-je.

— Trois autres personnes avaient pu avoir accès aux manuscrits : Matti, le fils d'Eliakim Ferenkz, Thomas Almond et Jacques Millet. Nous les avons crucifiés, selon le rite infligé à Jésus, il y a plusieurs millénaires. Crucifier était notre rite depuis Jésus. C'était notre façon d'exécuter les traîtres, et ceux qui voulaient nous voler notre passé. *Œil pour œil, dent pour dent.*

— Mais pourquoi Jésus ? Était-il des vôtres ?

— Cela c'est notre secret.

— Et l'affaire Shapira du début du siècle ? L'homme qui s'est suicidé sans que l'on retrouve jamais les manuscrits qu'il avait trouvés ? Était-ce vous les responsables ?

— Oui, c'était nous ; nos aïeuls. Il avait retrouvé nos manuscrits, et il était sur le point de découvrir notre existence. Alors ils l'ont tué en Hollande, et ils ont repris les rouleaux.

— Et pourquoi avoir crucifié sur ces croix de Lorraine étranges, et non sur des croix normales ? Était-ce pour ajouter au supplice de la crucifixion celui de la torsion ? » demandai-je.

L'homme ne parut pas comprendre ma question. Je la répétai. Mais il restait impassible.

Alors mon père intervint.

« C'est les seules qu'ils connaissaient, Ary, dit-il. Ce sont les vraies croix des Romains, celles sur lesquelles ils crucifiaient. Celles que nous connaissons, les deux barres transversales, résultent d'une déformation tardive. La croix de Jésus est une croix de Lorraine décapitée.

— Mais alors, dis-je, tu étais au courant de tout depuis le début ?

— Oui... je m'en doutais.

— Pourquoi n'as-tu rien dit ?

— Mais que voulais-tu que je dise ? Je ne pouvais pas les trahir. C'est pourquoi j'ai accepté cette mission ; car je pensais qu'il pouvait s'agir d'eux. Du moins, j'en avais peur. Et puis, je ne voulais pas qu'un autre finisse par découvrir leur existence. C'est aussi pourquoi j'ai voulu tout abandonner, lorsque j'ai vu tous ces crimes atroces. Je ne comprenais plus ce qui se passait. Je ne voulais plus les aider à garder leur secret.

— Mais quel est votre passé ? Que vouliez-vous cacher, qui fût si abominable ? m'écriai-je.

— Cela, tu ne peux encore le savoir, dit l'homme, le chef des esséniens. À présent, dit-il, en tournant les talons, écrivez, voici votre travail. »

Alors, deux hommes apparurent, qui, nous menaçant avec d'antiques couteaux, nous poussèrent au fond de la grotte.

Nous sortîmes par une porte qui débouchait sur un souterrain. Ils nous firent marcher d'abîme en abîme, dans un labyrinthe compliqué. Souvent, les parois étaient trop étroites, et nous devions nous baisser et ramper. Enfin, au bout de près d'une demi-heure de marche dans l'humidité et l'obscurité, nous parvînmes à une grotte. Une porte était sculptée dans la pierre. Nous y entrâmes, et ils nous y enfermèrent.

Ce fut notre logement de fortune : nous restâmes là quarante jours et quarante nuits. Au début, pendant trois jours, nous n'eûmes ni à boire ni à manger. Je m'écroulai sans force dans un coin de la grotte, pendant que mon père tentait vainement de rester debout, vacillant sur ses deux jambes affaiblies par la faim. Le seul espoir que j'avais était en Jane. Je savais qu'elle avait dû s'inquiéter, et à l'heure qu'il était, elle faisait certainement tout ce qu'elle pouvait pour nous retrouver. Elle avait sûrement compris que nous nous étions précipités dans un piège infernal, au cœur du secret de Qumran. Elle connaissait l'entrée de la grotte, mais comment trouverait-elle ce lieu sépulcral ? Je ne savais pas non plus qui elle irait voir, peut-être Shimon, dont je lui avais parlé, ou Yéhouda, qu'elle avait rencontré, ou alors les autorités israéliennes. Je désirais qu'elle revînt et nous sortît de là, de toutes mes forces, et pourtant, tout au fond de moi, quelque chose me disait qu'il fallait que le secret de Qumran ne fût pas ébruité, même s'il ne m'était pas encore dévoilé.

Par ce jeûne, je perdis peu à peu mes forces physiques et morales. Je sentais mon corps s'affaiblir. Mon esprit s'égarait en des pensées insensées, qui ne connaissaient plus ni l'espace ni le temps. Tout se mélangeait ; tout s'entrechoquait dans ma tête avec de plus en plus de violence, à mesure que progressait l'inanition.

Et c'est alors que, de cette discipline forcée par l'abstinence, par un effort de concentration intense, par un oubli du corps et de ses souffrances, c'est alors que me prit la devequout. Je vis des choses inoubliables, des images trépassées, du temps de Qumran. C'était un monde mauvais. Partout, la luxure et la profanation se moquaient avec arrogance des créations divines. Qu'un tel monde fût détruit allait de soi. Et que cet anéantissement fût imminent, voilà qui ne pouvait être imaginé dans un autre lieu que celui des rivages de la mer Morte, à quelques trois cents pieds sous le niveau de la mer, entre un lac d'eaux amères et emprisonnées, et des récifs désolés, nus, vides et menaçants. Là où le soleil se déployait en une telle chaleur, là où même le vent soufflait un miasme chaud et venimeux, là où les êtres vivants avaient peine à survivre, il y avait peu de place pour un monde. Dans ce trou noir, le bord des régions infernales venait à la surface des eaux et des terres. Sous les rayons du soleil brûlant surgissait l'enfer. J'étais l'homme primitif, je voyais la scène du plus terrible jugement de Dieu sur la faute humaine.

Il y avait Sodome et Gomorrhe et le feu pleuvait sur le paradis. Un gigantesque cataclysme se produisait. Sous les cieux déchaînés, la mer pleurait des larmes de sel amer. Partout, de grands dépôts de pétrole et le bitume explosaient en de longues lames d'acier et de feu mélangés. Au-dessus, le Gohr à travers le Jourdain poursuivait sa route vers la mélancolie ; c'était une saga intarissable. L'écorce terrestre trépignait de rage, et de ses entrailles montait un sourd grondement qui venait de l'ère primaire et se poursuivait en des âges lointains vers de redoutables tremblements de terre. Une coïncidence se tramait avec le dernier cataclysme, qui rejetait des milliers de tonnes de pétrole, soufflait un tonnerre électrique et enflammait par des flots d'huile et de bitume macérés les dessous de l'écorce terrestre, lesquels crachaient le soufre, abondamment. La grêle et le feu, mêlés de sang, tombèrent sur la terre, qui se mit à flamber et, avec elle, les derniers arbres et les pâles verdures du bord de mer. Et la mer était en sang, et ses créatures périssaient, et ses navires sombraient. Un astre immense n'en finissait pas de tomber du ciel, qui brûlait comme une torche.

Alors les fleuves et les sources des eaux prirent feu. Et ce fut au soleil et à la lune d'être frappés et de s'assombrir, et au jour de perdre sa clarté et la nuit sa luminosité. Les étoiles tombèrent, d'où monta une grande fumée, comme une fournaise. Des sauterelles se répandirent sur la terre, qui étaient comme des scorpions, des chevaux équipés pour le combat. Sur leurs têtes, il y avait des couronnes d'or, et leurs visages étaient comme des visages humains.

Puis une foule immense, qui venait de toutes nations, tribus, peuples et langues, se tint debout devant le trône céleste, et devant l'agneau, vêtus de robes blanches, et portant à la main des palmes. Tous proclamèrent à voix haute : « Le salut est à notre Dieu qui siège sur le trône, et à l'agneau. » Et tous les anges rassemblés autour de lui tombèrent devant lui, face contre terre, et ils adorèrent Dieu.

Dans ce vaste mouvement, la terre disparut. Il y eut un ciel nouveau et une autre terre, car le premier ciel et la première terre avaient sombré et la mer n'était plus. Je vis la nouvelle Jérusalem descendre du ciel, prête comme une épouse qui s'est parée pour la nuit de noces. Une voix, qui venait du trône, disait que le temps était proche, qu'il ne fallait plus se taire ni garder secrètes les paroles des livres. *Que l'injuste commette l'injustice et que l'impur vive encore dans l'impureté, mais que le juste pratique encore la justice et que le saint se sanctifie encore. Voici, je viens bientôt, et ma rétribution est avec moi pour rendre à chacun selon son œuvre. Je suis l'Alpha et l'Oméga, le Premier et le Dernier, le commencement et la fin. J'ai envoyé mon ange pour vous apporter ce témoignage, je viens de la lignée de David, l'étoile brillante du matin*, disait-elle.

C'était la conquête des fils de lumière contre les fils des ténèbres, contre l'armée de Bélial, contre la bande d'Edom et de Moab et des fils d'Ammon, et la multitude des fils de l'Orient et de la Philistie. Les fils des ténèbres souffraient les peines du désert, et la guerre allait éclater contre eux, car elle était déclarée à toutes leurs bandes, car la déportation des fils de lumière était finie ; car ils étaient de retour du désert des peuples pour camper éternellement dans celui de Jérusalem.

Après cette lutte finale, les nations montèrent de la diaspora. Et en son temps, voilà enfin qu'*Il* sortit, en proie à une violente fureur, pour combattre contre les rois du Nord, et sa colère chercha à détruire et à anéantir la corne des ennemis. C'était le temps du salut pour le peuple de Dieu ; il y avait un désarroi immense pour les fils de Japhet, et la domination du mal disparut, et l'impiété fut abattue sans qu'il n'y eût de reste, sans qu'il n'y eût un seul rescapé parmi tous les fils des ténèbres.

Alors, je vis les camps des esséniens dans les lieux solitaires, chassés de Judée par la persécution du grand prêtre et contraints de vivre en exil au pays de Sem ; et je vis la déportation, qui avait refoulé les juifs en Babylonie au temps de Nabuchodonosor. Et je vis toute la suite de l'histoire juive, de destruction en injustice, de massacres en catastrophes. Je vis l'exécuteur, la victime et le témoin.

Puis je vis les fils de lumière éclairer toutes les extrémités du monde, de façon progressive, jusqu'à ce que fussent consommés un à un tous les moments des ténèbres. Puis je vis le moment où Sa grandeur brilla pour tous les temps, pour le bonheur et la bénédiction, la gloire et la joie, et la longueur des jours furent donnés à tous les fils de lumière.

Et je vis une rude bataille, un carnage sans fin, en un jour sombre, fixé par Lui autrefois. En ce jour s'approchèrent pour la lutte finale la congrégation des dieux et l'assemblée des hommes. Et ce fut un temps de détresse pour tout le peuple racheté de ses fautes ; et par tous les malheurs de la terre, il n'y en eut pas de pareille à celui-là jusqu'à ce qu'il fît place à la Rédemption. Pour une fois, les fils de lumière étaient plus forts que les fils des ténèbres.

Ils venaient des bords du lac d'asphalte. Il n'y avait nul endroit en cette terre où la nature et l'histoire avaient conspiré autant pour leur fin, et pour l'avènement d'un ordre nouveau. Après les temps néfastes, avec la venue du Messie, quand les places rugueuses furent lissées, tous verront que Dieu les avait sauvés, ici même, sur les rivages désolés de la mer Morte. *Sur les bancs de sable, sur cette partie et sur d'autres, se lèveront les arbres, et leur feuilles ne se faneront pas,*

*et les fruits ne se corrompront pas, car les eaux vien-
dront en abondance du sanctuaire.*

J'entrai en transe. Des fièvres m'agitèrent dans
tous les sens. Et c'est alors que je vis la vérité, celle
que je m'étais empêché de voir, depuis le début,
depuis que je savais tout : mon père était scribe, et
tous mes aïeux étaient des esséniens. Ainsi, que je le
veuille ou non, *j'étais aussi un scribe essénien.* À cette
pensée, ma tête sembla exploser, et je me cognai violemment contre toutes les parois de la roche.

Au bout de trois jours, jugeant l'épreuve et la
menace suffisantes, ils vinrent nous apporter à boire
et à manger, et ils nous dirent d'accomplir notre travail, et d'écrire tout ce que leur chef avait dit. Nous
ne pouvions pas sortir de la grotte : l'unique entrée
avait été bouchée et le plafond de la grotte, qui était
le sol de la roche montagneuse, était trop haut pour
que nous puissions nous hisser pour sortir. Au sommet, une fente laissait percer un rayon de la lumière
du jour. Il ne nous restait plus qu'à faire selon leur
commandement. Nous mangeâmes et revînmes un
peu à la vie. Et nous commençâmes notre travail.

C'est là que nous vécûmes. Nous étions dans le
ventre de la terre, au sein de la terre. Nous ne savions
pas pourquoi nous étions là, ni si nous allions en
sortir, mais cela ne nous désespérait pas. Je crois que
nous nous sentions plus en sécurité en cet endroit.
*Qui est-ce qui connaît si l'esprit des hommes monte
haut, et si l'esprit de la bête descend en bas dans la
terre ? J'ai connu qu'il n'y a rien de meilleur à l'homme
que de se réjouir en ce qu'il fait ; parce que c'est là sa
portion, et qui est-ce qui restera pour voir ce qui sera
après lui ?*
Mon père était persuadé qu'au-dessus, sur nos
têtes, la fin du monde approchait. Son mysticisme

le reprenait passionnément, peut-être à cause de ce retour dans les lieux de ses origines, et aussi parce qu'il n'avait jamais pu abandonner leur souvenir, lui ayant consacré sa vie. Il prétendait que nous étions envoyés ici pour rester à l'abri de l'Apocalypse, et que plus tard, il nous serait donné de resurgir à la surface de la terre dévastée pour suivre le Messie, et fonder un monde nouveau.

Ces discours prophétiques ne lui ressemblaient pas. Je ne l'avais jamais entendu parler de son espérance du Messie. Mais il retrouvait les prières et les leçons du temps où il était enfant, chez les esséniens, et sa croyance dans la Délivrance dont la science l'avait délivré. Avec la barbe grise qui lui avait poussé en quelques jours, et les versets de la Bible qu'il citait sans cesse, et qu'il mêlait à ses propres interprétations concernant le présent, il ressemblait à un prophète hébreu.

Je savais bien — il me l'avait lui-même expliqué de nombreuses fois — que les prophéties apocalyptiques et les prédictions messianiques ne surviennent que dans les temps de crise, dans les situations désespérées. Je savais le lieu propice à la croyance en la fin du monde. Mais j'étais également persuadé que s'il devait y avoir une Apocalypse, ce ne pouvait être dans cette grotte, au sein de ces vieux parchemins.

Alors nous écrivîmes, ainsi que l'avait demandé le chef, ce qu'il nous avait conté. Et après avoir écrit, nous déchiffrions ensemble le précieux rouleau que j'avais pris et gardé sur moi depuis que Jane me l'avait donné, de peur qu'on ne me le volât. Comme les lettres hébraïques se trouvaient à l'envers, et que nous n'avions pas de miroir, nous commençâmes par les recopier, avec la plume qu'on nous avait remise, sur l'envers du rouleau qu'on nous avait donné.

Alors nous sûmes la vérité sur Qumran.

À ce moment où il nous fut donné de découvrir la vérité, nous comprîmes qu'il faudrait la taire jusqu'au jour de l'avènement messianique. Nous ne connaissions sans doute pas toutes les conséquences de cette révélation, mais nous savions que ce que nous avions appris n'était pas quelque chose que l'on pût dire, mais écrire, et garder. Je ne pouvais oublier la vision que j'avais eue lorsque j'étais en transe. Cette vision m'avait donné l'ordre d'écrire ce que je savais. N'étais-je pas un scribe, fils de scribe ?

Dans ce lieu et dans ces temps où nous ne pouvions rien faire, sinon espérer, étudier et discuter, mon père me parla enfin des esséniens. Il retrouvait ses souvenirs par bribes, parfois difficilement, et parfois ils lui arrivaient comme un flot intarissable et se prolongeaient dans d'interminables mélopées. Il ne se lassait pas d'en parler, comme s'il fallait qu'il rattrapât tout ce qu'il avait tu pendant ces longues années.

Ils étaient l'élite du peuple élu. Pour leurs contemporains, ils étaient une petite secte inconnue, sans pouvoir ni influence, et sans importance pour l'histoire. Mais ce n'est pas la façon dont ils se voyaient. Ils pensaient qu'ils étaient destinés à jouer un rôle éminent dans les événements qui allaient changer l'histoire. Le monde existant allait toucher à sa fin, et alors reprendrait un cycle très différent de celui qui avait été inauguré jusque-là, et cette secte devait avoir un rôle dominant dans le grand drame du cosmos. Ils pensaient que les juifs étaient le peuple élu de Dieu, qui avait conclu avec eux une alliance exclusive. Cependant, tous les juifs n'étaient pas fidèles à ce contrat. Beaucoup d'entre eux ne comprenaient pas ce que la promesse engendrait, ni toutes ses conséquences. C'était eux, membres d'une secte particulière d'un peuple particulier, que Dieu allait utiliser, afin de préparer la voie vers un nouvel ordre auquel il allait mener le monde à travers celui qui était « Oint », qui était le chef d'Israël. Et à travers Israël, ce serait la Rédemption pour toute l'humanité.

Et ils pensaient qu'ils étaient les seuls à détenir la véritable interprétation des Écritures. C'est pourquoi ils avaient leur propre bibliothèque, maintenue et augmentée en copiant et recopiant les écrits bibliques, auxquels ils ajoutaient leurs propres rouleaux. Ceux-ci étaient le vrai trésor de la secte. Ils interprétaient le passé. Ils rendaient évidente la signification des événements contemporains. Ils prophétisaient. Ils dictaient avec précision la façon de vivre de chacun d'entre eux.

Cette secte avait sa façon bien à elle de voir la saga nationale. Ils traitaient le mythe comme une vérité littérale, et prenaient la légende comme un fait. Pardessus tout, ils pensaient qu'ils étaient le peuple de la première alliance avec la Loi de Moïse, que Dieu avait choisi entre tous. Le Sinaï était le lieu d'une intervention cosmique à travers laquelle Dieu avait fait une alliance éternelle avec les enfants d'Israël. Mais cette obligation, les prêtres et les gouverneurs l'avaient trahie, et Israël tout entier l'avait bafouée. Eux seuls suivaient encore la bonne voie. Aussi Dieu avait contracté avec eux, les élus d'entre les élus, *une seconde alliance*.

Certes Dieu avait consolidé son alliance avec le règne de David, qui était aussi « Oint ». C'est pourquoi les victoires de David étaient un avant-goût du triomphe d'Israël. Mais avec David, il y avait Zadok, le plus grand des grands prêtres d'Israël. Ils étaient les vrais zadokistes qui s'opposaient aux faux zadokistes, les sadducéens, ceux qui profanaient les autels de Dieu, qui amassaient des richesses indues, qui faisaient des guerres de spoliation pour voler les fruits qui venaient du travail.

Et Dieu avait annoncé lors de cette seconde alliance la venue d'un prophète, Elie, dans l'esprit des prophètes Amos, Isaïe et Jérémie. Et aussi, pour consacrer cette alliance, la venue du Maître de justice qui ouvrirait l'ère nouvelle.

« Qu'est-il arrivé aux esséniens ? lui demandai-je.

— L'occupation romaine de la Judée fut très calme pendant un moment. Les gouverneurs romains étaient rapaces, mais ils étaient moins voraces que les rois natifs. Antigonus, le dernier de la ligne maccabéenne, laissa place à Hérode en 37 avant Jésus-Christ, qui était appelé le Grand. Il construisit beaucoup de splendides bâtiments, fonda le port de Césarée, et commença la restauration du Temple, qui ne fut pas complète avant l'an 64 après Jésus-Christ, six ans avant d'être à nouveau détruit. Quand il mourut, certains le pleurèrent sincèrement. Après Hérode, le royaume fut divisé. Antipas, qui gouvernait la Galilée, se maria avec la femme de son frère, et fut critiqué par Jean Baptiste, qu'il exécuta. Quand il perdit la bataille avec Aretas, le père de sa première femme qu'il avait délaissée, le peuple le vit comme une punition pour avoir décapité Jean. Il gouverna jusqu'en 34 après Jésus. En Judée, Archelaus régna pendant dix ans, mais son règne fut si néfaste qu'Auguste le révoqua, et fit de la Judée une province romaine sous des procurateurs de bas niveau : l'un d'entre eux était Ponce Pilate, qui fut rappelé et banni en Gaule.

« La tension entre juifs et Romains n'en finissait pas de croître. Les Romains n'étaient pas capables de comprendre ceux qu'ils voyaient comme des fanatiques religieux, et les juifs ne pouvaient tolérer les profanations qu'ils faisaient au sein même du Temple. Pilate était à la fois étonné et énervé de la résistance des juifs à l'emprise militaire des Romains. Jusque-là, aucun peuple n'avait refusé la religion et l'idolâtrie romaines, pourquoi la Judée résistait-elle ? L'empereur Caligula exigea que sa statue fût élevée dans le Temple, mais il fut assassiné. Après cela, toute la Palestine fut sous domination romaine. Mais les juifs continuaient de les braver : à cause des fréquents recours du gouverneur Antonius Felix à la crucifixion, une secte, les sicaires, firent des assassinats en série des Romains. Alors les affaires en Judée atteignirent un sommet néfaste : le brigandage faisait rage, le gouvernement était irresponsable. Tout n'était que volonté de rébellion, séditions et signes de guerre. Pour faire face à la crise, les juifs formèrent un gouvernement d'urgence, et ils placèrent Flavius Josèphe en charge de défendre la Galilée. Il se battit, mais sans succès, et il finit par passer chez l'ennemi. Les pharisiens, qui avaient la confiance du gouvernement romain, essayèrent vainement de mettre en œuvre une politique modérée, et finirent par être démis de leur pouvoir. Pleins de colère, les zélotes prirent la direction du gouvernement, et c'en fut fini de la modération.

« Si Israël avait été unie et moins corrompue, la guerre aurait pu réussir. Mais telles que les choses étaient, elle ne pouvait s'achever que d'une façon tragique. Jérusalem était sous l'emprise de fractions rivales, les juifs massacraient les juifs ; le combat fratricide ne faisait qu'augmenter les massacres des Romains. À la fin de l'été 70 après Jésus-Christ, la cour externe du Temple était mise en feu. Le combat arriva jusqu'à l'autel incandescent. Selon la prédiction de Jésus, le Temple fut détruit. Comme une calamité en suivait une autre, les prêtres de Qumran crurent que le jour du jugement était enfin arrivé, et que le Messie dont ils attendaient la Résurrection allait bientôt revenir. Il est vrai que le lune n'était pas encore en sang, et que les étoiles n'étaient pas tombées du ciel, mais la destruction venait jusque chez les impies qui avaient gouverné Israël, et il était temps pour Dieu de tourner sa main contre les Kittim. Ils attendaient. Ils savaient que les Romains viendraient à eux. C'est alors qu'ils mirent leurs précieux manuscrits dans des jarres pour les protéger, et qu'ils les montèrent jusqu'aux grottes. Quand la bataille serait finie, un jour, ils reviendraient les chercher. Et quand ils reviendraient, les Écritures seraient toujours leur trésor, et le Messie d'Aaron et d'Israël présiderait le repas sacré, dans le jour du

Seigneur, avènement du royaume de Dieu. C'est à ce moment que l'histoire perdit leur trace géographique et historique, en même temps qu'elle vit apparaître celle des sectes chrétiennes. En vérité, après avoir abrité les manuscrits, ils partirent se réfugier à Qumran, pour se préparer à nouveau à la venue messianique. Et c'est là qu'ils restèrent, à l'insu de tous, pendant des siècles. »

Ainsi mon père parla, et raconta toutes les histoires enfouies de son passé, et du passé de son passé, pendant de longues heures. Et j'écoutais tout ce qu'il disait, afin de me rappeler, et plus tard, de l'écrire ainsi que je devais le faire. Il raconta sa vie et celle des siens, ainsi qu'elle s'écoulait lorsqu'il était enfant, au gré de leur calendrier précis, les jours et les fêtes, la vie rituelle et monastique de sa communauté, en retrait de tous pendant ces millénaires où ils avaient abrité leur existence dans les déserts de la mer Morte. Mais ils avaient connaissance du temps qui passait, et ils savaient qu'en dehors d'eux, et bien loin de leurs terres, leurs frères les juifs se perdaient parmi les nations, pendant qu'ils restaient les gardiens du rouleau, car il leur était interdit de quitter les grottes de Qumran, sauf quand, prenant l'apparence de Bédouins, ils allaient aux nouvelles sur les marchés trois fois l'an, pour les fêtes de Roch Hachana, Pessah et Chavouoth, mais personne ne savait qu'ils vivaient encore là.

Puis, au bout de quarante jours et quarante nuits, le couloir laissa entendre des bruits de pioche. Quelqu'un venait. Nous crûmes, au début, qu'il s'agissait des esséniens, qui nous apportaient notre ration quotidienne, et vérifier que le travail avançait. Pourtant, les bruits ne venaient pas de l'endroit par lequel ils avaient l'habitude d'arriver. Ils se rapprochèrent et bientôt, ils résonnèrent dans la cavité voûtée, comme s'ils étaient à quelques mètres de nous. Trois silhouettes apparurent alors, surgies de l'ombre et des roches. Nous retînmes notre respiration, lorsque nous reconnûmes Shimon, accompagné de deux hommes.

Il avait été alerté par Jane, et, sur ses indications, il menait des recherches depuis plusieurs semaines dans les grottes, sans arriver à nous trouver, tant elles étaient imbriquées les unes aux autres, formant un labyrinthe inviolable. Il nous expliqua que Jane, ne nous voyant pas revenir, avait fouillé dans mes papiers dans ma chambre d'hôtel pour savoir qui elle pouvait alerter. Elle avait trouvé les coordonnées de Shimon et avait aussitôt appelé.

Nous repartîmes à travers les grottes. Dehors, la lumière du jour nous éblouit violemment, et nous aveugla pendant plusieurs minutes. Quelques instants plus tard, harassés, comme si toute la tension de plusieurs mois de souffrance nous tombait brusquement dessus, nous étions en route pour Jérusalem dans la voiture de Shimon.

« Alors ? demanda Shimon, dans la voiture.

— Alors quoi ? dit mon père.

— Avez-vous trouvé le manuscrit ? »

Mon père fit un signe négatif de la tête.

Shimon nous déposa devant l'appartement de mes parents.

« Au revoir, dit-il. Reposez-vous. Je vous laisse quelques jours, je reviendrai vous voir, pour que nous parlions en détail de toute l'affaire.

— Merci, dit mon père, en lui tendant la main. Je crois que nous te devons la vie.

— Non, dit Shimon. C'est moi qui vous ai envoyés là. À très bientôt. »

Nous restâmes un instant sur le trottoir. Un peu perdus, nous regardâmes sa voiture s'éloigner. Cela paraissait irréel ; nous avions peine à le croire. Comme si rien n'était arrivé, nous étions enfin rendus à notre maison, notre foyer, où ma mère certainement nous attendait depuis longtemps, en proie à de durs tourments.

Mais nous n'étions pas au bout de nos peines. Nous nous dirigeâmes lentement vers la porte d'entrée. Là, nous nous arrêtâmes, stupéfaits. Dans le hall de notre immeuble, quelqu'un d'autre nous attendait. *C'était Yéhouda.*

« Yéhouda ? m'écriai-je. Mais que fais-tu ici ? Comment savais-tu que nous devions arriver ?

— C'est Jane qui m'a prévenu, hier, que l'on allait bientôt vous trouver. Je vous attends depuis ce matin, fit-il d'une voix sombre.

— Jane ? Mais où est-elle ? »

Son visage, soudain, changea d'expression.

« Écoute, Ary, si tu veux la retrouver... Il te faut venir maintenant avec moi.

— Comment ça, maintenant ?

— Tout de suite, Ary. Je ne plaisante pas. Elle est en danger. »

Alors, sans même rentrer chez nous, nous fûmes emmenés dans une petite synagogue que je connaissais bien, car je la fréquentais parfois du temps où j'étudiais à Méa Shéarim. C'était là que le rabbi et ses fidèles venaient souvent prier. Elle se situait au deuxième étage d'un bâtiment assez vétuste, au fond d'une cour, dans une rue étroite et longue. À vrai dire, c'était le vrai bastion de l'orthodoxie, qui rassemblait les rabbins, les savants et les disciples les plus « noirs » de Méa Shéarim. Ils étaient tous de vénérables vieillards aux papillotes grises, aux grandes barbes blanches, aux larges chapeaux et à l'habit traditionnel, qui ne parlaient que yiddish entre eux, et qui avaient consacré leur vie à l'étude, à la loi et à l'éducation de leur abondante progéniture. À présent qu'ils se faisaient vieux, ils étaient devenus les sages de la communauté, et formaient une sorte d'assem-

blée rituelle que l'on venait consulter pour toutes
sortes de problèmes. On les considérait comme les
vrais maîtres de la tradition, les vrais gardiens des
rouleaux de la Torah. Ils étaient douze.

Quand nous arrivâmes, il était trois heures de
l'après-midi et la synagogue était déserte. La prière
ne devait commencer que deux heures plus tard.

Mais là, ce n'était pas Jane qui nous attendait.
C'était le rabbi. Il était sur l'estrade, comme à son
habitude, le coude appuyé sur la table de l'office, où
était posée une Torah, dont les deux rouleaux étaient
enroulés. Il avait dû en effectuer une lecture cursive,
afin d'en vérifier l'écriture, pour qu'il n'y ait aucune
faute, ainsi qu'il le faisait souvent.

« Alors ? demanda-t-il à son tour. L'avez-vous
trouvé ?

— De quoi parlez-vous ? répondis-je.

— Ary, ne fais pas l'imbécile. Je parle du parchemin. *Le Rouleau du Messie* ; celui qui a disparu.

— Non, dis-je. Nous ne savons pas où il est.

— Moi, je sais où il est », répliqua-t-il.

Il montra de son doigt la poche un peu gonflée de
la veste de mon père, où se trouvaient en effet les
deux rouleaux, enroulés l'un dans l'autre, l'original
et la copie que nous avions faite, et qu'il avait emportés avec lui lorsque nous étions sortis des grottes.

« Voyons, insista-t-il, donnez-le moi.

— Non, s'opposa mon père. Il ne vous appartient
pas. Il est aux esséniens. »

Alors, à ma grande surprise, le rabbi partit d'un
immense éclat de rire. Un rire sonore, claironnant,
exacerbé, curieux, un rire étrange, de malheur plus
que de joie, qui résonna dans toute la synagogue.

« Mais tu ne sais pas ? Voyons ! dit-il, comme il
avait l'habitude de le faire lorsqu'un élève commet-
tait une erreur triviale dans un raisonnement talmudique. *Ton* peuple et *mon* peuple : ce sont les mêmes.
Tu ne sais pas que les esséniens sont appelés les *hassidim* dans la littérature talmudique ? Tu ne sais pas

que c'est moi le Messie des esséniens, et que le moment est venu pour moi de prendre possession du monde entier ? Mes ancêtres remontent jusqu'au rabbi Juda Ha-Hasid, qui, au XIIe siècle, avait interdit le mariage de ses nièces, pour instaurer le célibat, car il était un essénien qui avait émigré en Allemagne. Depuis des générations, nous sommes des esséniens qui nous transmettons une mission, de père en fils : préparer la venue du Messie, attendre, fomenter la fin du monde. Et j'ai eu la révélation : *le Messie, c'est moi*. Tu as compris ? À présent, s'adressa-t-il à mon père d'un air autoritaire, donne-moi le rouleau. »

Alors mon père, défait, lui tendit le vieux parchemin.

« Non ! criai-je, que fais-tu ? »

Il se tourna vers moi, et murmura, l'air impuissant :

« Je suis scribe. Il est grand prêtre. Je suis obligé par l'ordre hiérarchique.

— Que dis-tu ? hurlai-je. Tu n'es pas scribe ! Tu n'es rien ! Tu les as quittés ! »

Le rabbi avait pris le parchemin et commençait à l'approcher de la flamme du candélabre de la synagogue.

« Que faites-vous ? criai-je, hors de moi. Qui croyez-vous tromper avec votre Torah dont vous ne respectez plus les commandements ? Vous êtes un faux Messie, vous êtes un usurpateur. Vous connaîtrez le Jugement final que vous annoncez tant ! Mais vous en serez vous-même la victime.

— *Le prêtre impie persécuta le Maître de justice, l'engloutissant dans l'irritation de sa fureur*, récita tranquillement le rabbi, comme si une prophétie était en train de s'accomplir par sa bouche.

— Mais c'est vous, le prêtre dont l'ignominie est devenue plus grande que la gloire. »

Les mots m'étaient sortis de la bouche, sans que j'aie pu les empêcher. Je savais que ce que je faisais était très grave et assimilable au blasphème, mais la fureur m'habitait et m'ôtait la raison.

Alors le rabbi me lança un regard étrange.

« Et toi Ary ? dit-il. Qu'as-tu fait aux États-Unis lorsque ton père était enlevé ? As-tu pensé à lui ou as-tu forniqué avec une schikze ? Moi je vais te dire ce que tu as fait. Tu es allé dans les voies de l'ivresse afin d'étancher sa soif. Tu te dis juif, et hassid, mais le prépuce de ton cœur n'est pas circoncis. Dans la cité, tu as commis des actions abominables. Tu as souillé le sanctuaire de Dieu, tu t'es rendu dans les lieux interdits, tu as pris des drogues, tu es entré dans les églises. Tu as fauté.

— Qui vous a dit tout cela ? Vous m'espionniez ?

— Le rabbi de Williamsburg m'a tout raconté... Il m'a dit dans quels lieux de perdition tu t'es trouvé. Je t'avais prévenu avant que tu partes. Je t'avais dit, Ary, quels dangers tu courais, et je t'avais dit d'insuffler l'air du Machiah à chacune de tes inspirations. Mais voilà, tu n'a pas cru à mes paroles ; tu as trahi l'alliance que Dieu a contractée avec nous, et tu viens de profaner mon nom saint. Tu as trahi la parole de la fin des jours ; tu n'a pas cru, Ary, lorsque tu les as entendues, toutes les choses qui arriveront à la dernière génération, tu n'as pas cru les paroles de ma bouche, que Dieu a placées dans ma maison, toutes les paroles que j'ai dites par lesquelles Dieu a raconté toutes ces choses qui arriveront à son peuple et aux nations. Car c'est moi, Ary, le hiérophante de la glose divine, c'est moi et nul autre qui connais tous les secrets de la révélation.

— Vous êtes l'homme du mensonge, dis-je, cette fois plein de haine et de honte, ayant la certitude d'avoir été pris au piège. Vous annoncez des oracles trompeurs, vous façonnez des images pour que l'on vous fasse confiance, vous fabriquez des idoles muettes. Mais les statues que vous fabriquez ne vous délivreront pas le jour du jugement. Le jour viendra où Dieu exterminera tous ceux qui servent les idoles, ainsi que les impies de la terre.

— Ce jour-là est pour bientôt, Ary.

— Tous les temps de Dieu arrivent à leur terme. »

À ces mots, le rabbi se mit dans une colère terrible. Ses lèvres tremblaient et ses yeux lançaient des éclairs lorsqu'il me dit :

« Comment, tu oses contredire ma parole ? Tu es un impie qui s'est déguisé en baal téchouva, tu t'es nommé du Nom de vérité, mais ton cœur n'a pas changé : impie tu étais, impie tu resteras. Tu as abandonné notre Dieu, tu as trahi tous nos préceptes, tu as fauté avec la femme, tu as volé notre rouleau, tu as voulu amasser ses richesses, tu t'es révolté contre Dieu et tu as eu une conduite abominable en toutes les espèces de souillure impure.

— C'est vous, criai-je, les prêtres de Jérusalem qui amassez richesse et gain en pillant les peuples. *Le vaticinateur du mensonge a égaré les gens pour bâtir sa ville dans le meurtre et la tromperie.*

— *Et la coupe de la fureur de Dieu l'engloutira en accumulant sur lui son abjection et la douleur.* »

En disant cela, le rabbi plongea le double rouleau dans la longue flamme qui brûlait sur le candélabre.

« Non ! criai-je, ne faites pas ça ! »

Je fis un geste pour l'en empêcher, mais c'était trop tard. Il avait déjà jeté à terre les rouleaux en feu, qui se consumèrent presque aussitôt, avec une rare incandescence. Ils dégagèrent une odeur forte et âcre, comme si c'était une chair humaine qui brûlait ; et c'était bien cela : une peau tuée, tendue, tannée, tatouée, et à présent ravagée jusqu'à la fin. Les rouleaux brûlaient de tout leur long, sans se dérouler, opaques, fermés pour l'éternité, léchés, mangés, dévorés, bientôt digérés par la flamme. Je vis, halluciné, les petites lettres noires se plier et fondre sous la chaleur, puis disparaître tout à fait pour redevenir poussière et charbon. Il y eut alors une fumée opaque qui monta jusqu'au plafond et sembla le traverser pour atteindre les cieux. Sur l'autel de la synagogue, les rouleaux sacrifiés était agréés et à jamais oblitérés. À celui qui avait bravé le temps, pendant si longtemps, il était rendu à sa juste mesure ; comme s'il ne s'était rien passé, comme s'il n'avait jamais survécu, comme s'il n'avait jamais été abrité pendant deux mille ans dans les grottes de Qumran, comme s'il n'avait pas été volé, puis restitué, et dérobé à nouveau, comme si personne ne l'avait jamais cherché ni voulu, ni lu, ni écrit. *En vain*. L'instant vengeur tua l'immortel, d'un simple revers de la main.

Alors une fureur invincible me prit. Était-ce celle d'Élie lorsqu'il égorgea de sa main les quarante faux prophètes sur le mont Carmel ou était-ce celle des prêtres impies, voleurs et meurtriers ?

Je m'emparai de la Torah aux anneaux d'argent massif, enrobée dans sa lourde parure de velours rouge et or, aux rebords oblongs et argentés.

« Car voici, dis-je, un jour vient, embrasé comme une fournaise, et tous les orgueilleux, et tous ceux qui commettent la méchanceté, seront comme du chaume ; et ce jour-là qui vient les embrase, a dit l'Éternel des Armées, et ne leur laisse ni racine ni rameau. »

De toutes mes forces, avec toute la puissance et toute la colère dont j'étais capable, je frappai le rabbi. Il s'écroula, terrassé.

Je ne sais plus ce qui se passa après. Je perdis connaissance. Plus tard, on me dit qu'un conciliabule s'était tenu entre mon père et Yéhouda. Mon père le convainquit de ne rien dire. Yéhouda était effondré ; mais il pensait que le cours des événements ne serait pas changé si j'étais mis en prison, et que le rabbi, s'il était vraiment le Messie, allait bientôt ressusciter. De plus, il se sentait coupable d'avoir organisé cette arrestation, et il ne voulait pas que ma vie soit ruinée à cause de ce geste, car c'était lui qui avait parlé de la présence de Jane au rabbi, et c'était lui, qui, sur son ordre, l'avait séquestrée. C'est pourquoi Yéhouda accepta de dire à tout le monde que le rabbi avait eu une attaque.

Il fut également décidé que je devais disparaître, pendant quelque temps, dans un lieu sûr, retranché, où personne ne me suivrait. C'est ainsi que, sans même avoir revu Jérusalem, sans même avoir embrassé ma mère, pour le meilleur ou pour le pire, comme s'il était impossible que je m'en éloigne, je me retrouvai à nouveau à Qumran.

III

Lorsque je revis les esséniens, ils m'accueillirent comme s'ils m'attendaient. Ils crurent à un retour, à un noviciat. Ils pensaient que je venais simplement reprendre le flambeau.

Pendant longtemps, je ne revis personne. J'étais terrassé par mon acte. Je m'efforçais de le comprendre, sans y parvenir, comme si sa cause autant que sa portée dépassaient largement ma personne. J'avais honte, aussi, d'être un meurtrier. Puis je revis mon père, qui, à plusieurs reprises, vint jusqu'aux grottes pour me voir. Une fois ou deux, ma mère, à qui il avait enfin tout dit, l'accompagna.

Je m'occupais à écrire, et à apprendre à vivre comme eux, au beau milieu du désert de Judée.

Ce qui me frappa au début fut le silence. Aucun cri, aucun trouble, aucun tumulte ne venait rompre la solennité de l'endroit. Le silence, entre la sobriété et la sérénité, était un mystère redoutable, l'essence même de ce désert torride et sévère, qui abritait en secret un peuple de pénitents. Un jour, déguisés en Bédouins, nous partîmes loin dans le désert, dans un endroit reculé où se trouvait un cimetière semblable à celui qui avait été trouvé à Khirbet Qumran, rempli de tombes orientées sud-nord. C'était là qu'ils enterraient leurs morts, dans un lieu où, sous le souffle doux et chaud du vent, régnait le même mutisme profond et hiératique que dans les grottes. Lorsque je leur demandai la raison de cette orientation, ils répondirent que pour eux le paradis était au nord : ainsi le disait le livre d'Hénoch, dont ils étaient des lecteurs fervents : *Morts en attendant le jour de la Résurrection, ils gisent tête au sud, contemplant dans le rêve d'un sommeil passager leur future patrie. Éveillés, ils se lèveront face au nord et marcheront droit vers le paradis, la montagne sainte de la Jérusalem céleste.* Il me sembla alors comprendre le sens de leur silence : un sommeil profond, endormi de cette vie, rêveur séraphin de la suivante.

Je sus alors à quel point les esséniens étaient les hommes du désert : ils n'appartenaient pas à la terre comme les sédentaires, mais ils s'appartenaient à eux-mêmes, et à Dieu. J'appris à vivre comme eux dans ce monde déshabillé face auquel je retrouvai ma nudité. Je compris combien nous étions en exil sur cette terre, combien nous n'étions pas chez nous en cette terre étrange, sans construction, sans maison ni ville, et sans objet familier. Le désert était le monde lors du deuxième jour de la création, lorsque Dieu fit la terre et le ciel, mais il n'y avait aucun arbuste ni aucune herbe des champs, car Dieu n'avait pas encore fait la pluie ; et il n'y avait pas d'homme pour travailler le sol.

Il en est qui, comme Dieu, transforment la terre sèche en sol fertile, qui inventent la verdure, et l'herbe portant semence qui donne des fruits portant semence. Mais nous, nous voulions être au désert et participer du chaos. Nous n'étions pas la relève ;

nous voulions que les forces de la mort triomphent, que le désert reprenne son territoire perdu, qu'il soit habité par les chacals, les hyènes, les chats sauvages et les vipères, et qu'il soit hanté par les démons. Nous étions les réprouvés. Notre désert n'était pas un éden, avec fruits et fleurs. Notre désert était un désert.

J'appris à le connaître intimement. Ce n'était pas un désert comme un autre ; ce n'était pas les cratères du Néguev, où s'engouffrait le souffle chaud et blanc de l'Absolu. Ce n'était pas même le désert du second jour comme tous les autres déserts, mais celui du troisième jour de la création, un peu feuillu, parcouru ici et là de quelques arbustes, pour rappeler ce qu'une terre peut être ; avec une mer âcre, pour faire penser à ce qu'une mer peut être, avec des roches sur lesquelles le vent sculpte de savantes figures, pour évoquer ce que l'homme peut faire. Ses dunes clairsemées avaient des cimes effilées comme des cimeterres. Le vent y dessinait des vagues rugueuses aux crêtes régulières et aux croissants lunaires. Parfois, le ciel tombait sur le sol et y imprimait des empreintes étoilées. Certaines nuits, quand la brise nous apportait les rumeurs du désert, nous entendions les grands palmiers converser avec leurs petits, pousses jaillies aux flancs de leur stipe.

Étendu sur le sol, je goûtais ce désert aux pierres âcres et salées et aux humeurs marines, je respirais son odeur si particulière : celle du soufre qui venait des minéraux de la mer Morte. Je mangeais à m'en rendre malade les dattes multicolores. Il y avait mille variétés. Mes favorites étaient les « doigts de lumière », jaunes, très craquantes, âpres au goût. Certains les préfèrent bien mûres, et attendent que le temps et le soleil les confisent entre les palmes, avant de les cueillir. Je les préférais jeunes. Je sentais bien tout le potentiel de douceur qu'il pouvait y avoir en leur vieillesse, lorsque leur peau flétrie retenait dans leurs chairs un suc exquis. Mais jeunes, elles étaient lisses et dorées, astringentes et piquantes au palais. Elles étaient vigoureuses.

Dans les grottes, il y avait une véritable cité secrète, avec ses rues, ses quartiers, ses habitations, ses boutiques et sa synagogue. Les esséniens n'y étaient plus nombreux ; beaucoup avaient quitté les grottes depuis 1948. Il restait une cinquantaine de personnes, essentiellement des hommes ; et puis quelques femmes.

Ils vivaient dans l'obscurité. Ce n'étaient pas les pénombres que parfois nous connaissons en ville, celles d'un appartement sombre, mal exposé. Ici c'était la nuit tout le jour. Les torches venaient jeter des rais de lumière dans les pièces sombres, qui traversaient l'obscurité, pour en sortir plus forts. Parfois, par nostalgie de la lumière, je tentais de les saisir et ma main se refermait sur le vide. Quand nous sortions, elle aveuglait nos yeux meurtris d'obscurité. C'était comme Dieu. C'était le commencement, lorsque la lumière et l'obscurité ne se faisaient pas encore face, mais qu'elles se mêlaient, par un lien profond et intime, lorsque au cœur même du mal brillait le bien, avant qu'il ne s'en détache et qu'il ne cherche sa propre indépendance. Ici, la lumière se mouvait dans les ténèbres, en leur sein, sans lutte, sans concurrence ni conflit.

Il y avait tout ce qui était nécessaire à la vie matérielle d'une laure isolée dans le désert loin de tout centre urbain, et qui, vivant en autarcie, fabriquait elle-même ce qu'il fallait pour son entretien. De vastes cavités avaient été aménagées en pièces où il y avait des silos, des fours de boulanger et des fours à poterie, des grandes meules, des cuisines même où s'empilait de la vaisselle pour toute la communauté : des centaines de terrines, d'écuelles, de bols et de gobelets.

D'autres anfractuosités plus tortueuses étaient aménagées en laveries, en ateliers, en citernes et piscines alimentées en permanence par des canalisations complexes. L'une des chambres, longue et étroite, était un vaste réfectoire, pièce centrale où tous les membres de la communauté se retrouvaient, deux fois par jour. Étant novice, je n'avais pas le droit de me joindre à eux avant deux ans passés dans leur communauté. Mais je les voyais chaque jour, deux fois par jour, y pénétrer dans le silence, comme dans une enceinte sacrée ; puis le boulanger distribuait les pains dans l'ordre hiérarchique de la secte, et le cuisinier servait à chacun une écuelle, avec un seul mets. Le prêtre préludait au repas par une prière, et il n'était permis à personne de goûter à la nourriture avant qu'il ne procède. Ainsi, chaque jour, il rejouait symboliquement la scène finale : à la place du Messie d'Israël, avant qu'il ne se révèle en personne, en chair et en sang, il étendait ses mains sur le pain, et il le rompait, et il bénissait le vin. Ils disaient que quand le Messie viendrait, ce serait lui qui étendrait ses mains sur le pain et sur le vin pour les bénir.

Ayant achevé, ils enlevaient les vêtements sacrés de lin blanc qu'ils avaient mis pour le repas, et ils travaillaient jusqu'au soir, où une autre cène les attendait.

Chaque membre de la communauté avait une occupation différente. Tous se levaient très tôt, avant le soleil, et ne s'arrêtaient que bien après son coucher. Les agriculteurs travaillaient au-delà des grottes, dans un petit coin d'air et de verdure caché entre les roches, alimenté par une nappe phréatique. Les pasteurs conduisaient des troupeaux dans le même endroit. Quelques-uns s'occupaient d'apiculture, d'autres étaient des artisans, qui faisaient toutes sortes d'objets en poterie ou en céramique. Chacun recevait un salaire de son métier, qu'il remettait intégralement à une seule personne, l'intendant, élu par tous. Leur nourriture était commune, et leurs vêtements aussi. Ils portaient tous les mêmes manteaux de laine grise épaisse pour l'hiver, et des tuniques rayées blanc et brun pour l'été. Ce qui était à chacun appartenait à tous, et réciproquement.

Avant 1948, ils vivaient en famille jusqu'au mariage, qui pour eux n'était destiné qu'à la reproduction de la secte. Ils m'expliquèrent que, pendant trois mois, ils avaient l'habitude d'examiner la femme qu'ils désiraient épouser : il fallait qu'elle fût purifiée par trois fois, pour fournir la preuve qu'elle pouvait enfanter, alors seulement ils l'épousaient, dans le seul but de se reproduire. Mais à présent qu'il n'y avait presque plus de femmes, ils s'adonnaient à une vie monacale.

Le véritable centre de leur vie, le noyau de la Rédemption, était le bain de purification qu'ils prenaient chaque jour. Ce baptême était le rite le plus important et le plus solennel, qui présidait au repas sacré, lui-même avant-goût de l'ère messianique. Vêtus de pagnes de lin pour les hommes, ils s'immergeaient entièrement, corps et tête, chaque matin, dans l'eau glacée de la piscine — tel l'homme occidental, lorsqu'il prend sa douche matinale sans songer qu'il se prépare et se baptise pour la venue du Messie.

Puis ils sortaient, s'essuyaient, et revêtaient un vêtement sacré. Ils disaient que ceux qui ne se purifiaient pas ainsi n'auraient pas part au monde futur.

Un jour, on me mena au scriptorium, pièce voûtée éclairée de dizaines de flambeaux, dans laquelle étaient disposées plusieurs tables étroites et longues, couvertes de piles de parchemins et de petits encriers de terre et de bronze. Ce fut là que je passai les plus longues heures de la journée, penché sur la table, à plonger le calame dans l'encrier, avec, pour compagnons de labeur, l'humidité, la fraîcheur, l'odeur particulière de la roche poreuse et quelques autres scribes besogneux.

J'avais une chambre aussi, où je dormais, un petit

trou monacal avec un lit creusé dans la pierre, une table et un flambeau accroché au mur. Certaines galeries contenaient des habitations plus grandes avec des lits renfloués de quelques meules de foin. Mais même les anciennes chambres des familles étaient dépouillées à l'extrême. Les esséniens ne se contentaient pas de professer la pauvreté ; ils vivaient dans un véritable ascétisme, conforme à leurs principes. Ils ne possédaient rien en propre, ni maison, ni champ ni troupeau, ni aucune richesse ; tout était mis en commun.

Comme tout néophyte, je devais me soumettre pendant deux années à un stage probatoire, qui correspondait à une purification progressive des biens terrestres et de la souillure du monde extérieur, en sorte que je devienne apte à entrer en relation avec les Nombreux, et à prendre part aux activités communautaires. Pendant le noviciat, on ne communiquait pas encore les doctrines secrètes, ni *tout ce qui a été caché à Israël, mais qui est apparu à l'homme qui a cherché.* Je savais que cette retraite dans le désert avait pour but de frayer la voie de Dieu, d'aplanir dans la steppe une chaussée pour ses pas, d'en cacher la doctrine aux mauvais et d'en instruire les bons.

Un des prêtres, qui se nommait Yacov, avait pour charge de m'initier à leurs secrets. Il m'apprit de nombreuses choses sur la nature de l'homme, sur les deux esprits qui sont en chacun de nous, sur la Visite Divine, et la présence de Dieu en ce monde depuis la création, du Dieu des Connaissances dont provient tout ce qui est tout ce qui sera. Avant que les êtres ne fussent, il établissait leur dessein, qu'ils ne font qu'exécuter conformément à Son Plan glorieux, sans y rien changer.

Yacov m'apprit le discernement. Il m'enseigna à

différencier l'esprit de vérité de l'esprit de perversion.
Il me dit que lorsque l'esprit du bien illumine le cœur
de l'homme, il aplanit devant lui toutes les voies véritables de la justice et du jugement de Dieu : l'humilité, la longanimité, l'abondante miséricorde, l'éternelle bonté, l'entendement et l'intelligence, et la
toute-puissante sagesse qui a foi dans toutes les
œuvres de Dieu et se confie dans sa grâce abondante.
Mais l'esprit de perversité fait naître la cupidité et le
relâchement de la justice ; il est maître de l'impiété
et du mensonge, de l'orgueil et de l'élévation de cœur,
de la fausseté et de la tromperie, de la cruauté et de
la scélératesse, de l'impatience, de la folie et de l'ire
insolente, et de toutes les œuvres abominables commises par l'esprit de luxure et par les voies de la
souillure. L'aveuglement des yeux et la dureté
d'oreille, la raideur de la nuque, la rondeur de cœur
et l'astuce maligne en sont aussi les signes reconnais-
sables.

C'est lui qui m'apprit que les deux esprits luttent
dans toutes les générations, d'âge en âge, d'époque
en époque. Car Dieu a disposé ces deux esprits avec
égalité, jusqu'au terme ultime, et il a mis une haine
éternelle entre leurs classes, et l'abomination pour la
vérité est dans les actes de la perversité, et l'abomination pour la perversité est dans toutes les voies pour
la vérité. Ainsi jamais les deux esprits ne marchent
de concert, mais ils luttent dans le cœur de chacun,
entre la sagesse et la folie. C'est en parties égales que
Dieu les a disposés, jusqu'au terme décisif du Renou-
vellement, où sera connue la rétribution de leurs
œuvres, car Il les a répartis entre les fils d'homme,
afin que ceux-ci connaissent le Bien, et qu'ils sachent
aussi ce qu'est le mal. Mais au moment de l'ultime
visite, Dieu, en ses mystères d'intelligence et sa glo-
rieuse sagesse, mettra un terme à l'existence de la
perversité, et il l'exterminera à jamais. Alors, la vérité
se produira dans ce monde. Et Dieu nettoiera toutes
les œuvres de chacun, il épurera la bâtisse du corps
de chaque homme pour supprimer tout l'esprit de

perfidie de ses membres et pour éradiquer par l'esprit de sainteté tous les actes d'impiété. Alors l'esprit de vérité jaillira sur l'homme comme de l'eau lustrale. La perversité n'existera plus, et toutes les œuvres de tromperie seront honnies.

Lorsque le prêtre Yacov m'enseigna toutes ces choses, il me sembla qu'elles étaient familières, proches en idées et proches en acte. Je compris pourquoi le rabbi avait dit que les hassidim et les esséniens étaient le même peuple. Toux deux étaient hantés par le bien comme par un fantôme dont on ne peut se déprendre, au point de fuir ce monde-ci, et de se retirer de la vie humaine, et d'en mépriser les richesses. Ils vivaient tous deux en des lieux retranchés, à l'écart du monde. Mais leurs interdictions n'étaient pas des restrictions. En tout temps et toutes circonstances, ils louaient Dieu ; ils chantaient des mélodies belles et étranges, en s'accompagnant de la lyre, du luth, de la harpe et de la flûte : telle était leur façon de vivre, leur ascétisme était une attente solennelle et joyeuse.

Et la fin était voulue ! ô combien ! *Machiah*, disaient-ils en cœur. Ils attendaient le Messie d'Aaron, le Messie sacerdotal, le Cohen qui était le descendant des grands prêtres. Tous les jours, ils prononçaient avec ferveur les mots de l'attente : *un astre s'est avancé de Jacob, et un sceptre s'est levé d'Israël, et il brisera les temps de Moab et il décimera tous les fils de Seth.* Et certes, ce n'était pas pour me dépayser : les hassidim aussi espéraient la fin des temps, l'avènement du règne de Dieu et l'anéantissement des impies. *Et la terre criera à cause de la ruine survenant au monde, et tous les êtres raisonnables crieront et tous ses habitants seront dans l'affolement et ils tituberont à cause du grand désastre.*

Périodiquement, je me rendais devant le grand prêtre du camp qui examinait mes progrès, évaluait mon intelligence et mes capacités. Un jour, après un an, il décida que j'étais apte à entrer dans l'Alliance de Dieu. Bien que je fusse fils d'essénien et non pas d'étranger, comme j'avais été élevé en dehors de la communauté, je dus me prêter à la cérémonie d'usage.

Tous les membres de la communauté étaient réunis dans le cénacle. Les douze prêtres étaient assis à la grande table que présidait le grand prêtre. Debout devant eux, habillé du vêtement sacré de lin blanc, je fis solennellement le serment de me convertir à la Loi de Moïse, selon toutes les prescriptions, comme le voulait la Règle, c'est-à-dire à la Loi telle qu'elle était interprétée par la congrégation.

« Je m'engage, dis-je devant toute l'Assemblée des sages, à agir selon ce que Dieu a prescrit, et à ne pas m'en retourner loin de Lui sous l'effet d'une peur ou d'un effroi, ou d'une épreuve quelconque. »

Alors les prêtres narrèrent les exploits de Dieu et ses œuvres puissantes, et ils proclamèrent toutes les grâces de la miséricorde divine à l'égard d'Israël. Et les lévites dénoncèrent les iniquités des fils d'Israël et toutes leurs rébellions coupables, et les péchés commis sous l'empire de Bélial. Et ce fut à mon tour de faire ma confession et de dire : *j'ai été inique, je me suis révolté, j'ai péché, j'ai été impie, moi et mes pères avant moi sommes allés à l'encontre des préceptes de vérité.*

« Que soient bénis, dirent les prêtres, tous les hommes du lot de Dieu, ceux qui voient de façon parfaite en toutes ses voies.

— Que soient maudits, dirent les lévites, tous les hommes du lot de Bélial.

— Amen », dis-je, en m'inclinant devant eux.

Puis je m'étendis de mon long sur le sol et, les bras en croix, je fis le serment d'aimer la vérité et de poursuivre le menteur, de ne rien cacher aux membres de la secte, de ne rien révéler à des personnes extérieures, même si l'on usait de violence envers moi jusqu'à la mort.

« Je promets, dis-je, selon la formule consacrée, de ne communiquer à personne les doctrines que l'on m'a enseignées, ni celles dont on m'instruira à l'avenir. Je jure la plus stricte observation de la "règle d'obéissance", par laquelle je fais acte de soumission totale à l'autorité de la majorité des membres de la communauté, quelles que soient les décisions qu'elle prend, sur ma vie et sur ma mort. Car c'est eux qui décident du sort de toute chose, qu'il s'agisse de la loi, des biens ou du droit. Je fais don à la communauté du prépuce du penchant mauvais et de l'insubordination, pour participer aux procès et aux jugements destinés à condamner tous ceux qui transgressent les préceptes. »

Après la cérémonie d'entrée dans l'Alliance, il ne m'était toujours pas permis de participer au baptême rituel, ni de prendre les repas sacrés. Il fallait encore attendre un an pour cela. Cependant, je prenais plus part à la vie communautaire. J'eus le droit de sortir des grottes pendant une journée.

Puis-je le dire ? Oserai-je l'avouer ? Dans mon esprit, mon serment, autant qu'un vœu, était un renoncement : pendant tout ce temps, je n'avais pas oublié Jane. Je ne l'avais pas vue quand elle avait été détenue par le rabbi, pour me faire venir auprès de lui. Je ne l'avais plus vue depuis la première fois où j'étais entré dans les grottes. Mon père m'avait dit qu'aussitôt après mon départ, Yéhouda l'avait délivrée. Puis elle était rentrée aux États-Unis. De temps en temps, mon père avait de ses nouvelles. Un jour où il vint me rendre visite dans les grottes, il me dit qu'elle était venue à Jérusalem, et qu'elle avait demandé à me voir.

Souvent, je pensais à elle, et des images me revenaient de nos discussions, et de cette bataille que nous avions menée ensemble.

Étais-je tellement sûr de mon fait, si solidement ancré dans mes positions que je ne pouvais connaître l'amour ? Étais-je perdu en cet éternel repos que me donnait le sentiment de sécurité de savoir qui j'étais, de connaître mon identité, ma mission, et d'avoir trouvé mon habitation, ma communauté ? J'avais une fratrie, j'avais des principes sur lesquels m'appuyer. Tels étaient les reproches muets que parfois je me faisais.

C'est pourquoi je décidai d'utiliser mon seul jour de permission pour aller la voir à Jérusalem.

Nous nous retrouvâmes par un petit matin d'avril dans un café de la rue piétonnière Ben Yéhouda. Lorsque je la vis, toute vêtue de blanc, ses longs cheveux blonds pendant sur ses épaules, j'eus la même impression qu'à notre première rencontre : c'était un ange. Peut-être veillait-il à ma protection, de près ou de loin, comme je veillais à la sienne.

Pour la première fois depuis qu'elle m'avait connu, je n'avais plus ma longue redingote noire, ni mes papillotes, même si j'avais toujours ma barbe clairsemée. Mes vêtements restaient sombres, mais dépouillés, à la façon des esséniens : une tunique de toile grossière sur des pantalons simples. Elle me regarda avec attention.

« C'est drôle, j'ai l'impression que tu n'es plus tout à fait toi dans ces vêtements. Certains s'habillent comme cela aujourd'hui. Tel que tu es, on ne peut pas te reconnaître. Tu pourrais très bien avoir tout quitté, et être comme n'importe qui. Tu es plus antique que jamais, et en même temps plus actuel », dit-elle.

Nous échangeâmes un regard rapide, un peu gêné, puis elle dit :

« Alors, ta retraite à Qumran se prolonge volontairement ?

— J'ai prêté serment il n'y a pas longtemps ; j'ai fait le vœu de rejoindre la communauté, répondis-je.

— Tu peux être sûr, Ary, que je ne dirai jamais rien à quiconque ni à ton sujet ni au leur. Je garde votre secret avec moi.

— Je sais.

— Tu es heureux, là-bas, n'est-ce pas ?

— Oui.

— Tu sais, poursuivit-elle, après le coup que tu lui as porté, le rabbi n'est pas mort sur-le-champ, mais il a sombré dans le coma pendant quelques jours, avant de succomber. Tous ses disciples sont venus en hâte, à ses côtés, puis ils se sont affairés, à droite et à gauche, pour appeler les docteurs et faire transporter le rabbi à l'hôpital. Les médecins n'ont jamais compris ce qui s'était passé. Ils ont pensé à une attaque, et vu son grand âge, ils n'ont pas cherché plus loin.

— Je sais. Je n'ai plus besoin de me dissimuler. Personne ne m'aurait inquiété pour ce meurtre. Mais pour moi-même, je dois faire pénitence. J'ai eu l'impression d'être à nouveau très loin dans l'Antiquité, dans les temps lointains où on lapidait les faux prophètes et les femmes adultères, et je pensais que sans le vouloir, j'avais à nouveau tué le Messie.

— Qu'en est-il maintenant ? Que disent les esséniens de ce crime ? Et de leurs meurtres atroces ? Et toi, qu'en penses-tu, Ary ?

— Les esséniens ne parlent plus du rouleau perdu. Mais leur terrible secret, associé à tant d'autres horribles morts, les a soudés. Ils sont frères d'amour et frères de crimes, unis pour toujours dans la complicité clandestine des anciens combattants. Ils sont les fils de lumière et les fils des ténèbres à la fois. Ils gardent leur mystère aussi précieusement qu'ils conservent, dans leur coffre, leur trésor retrouvé. Un jour, ils l'ont ouvert devant toute l'assemblée et ont montré à tous les objets précieux, les vaisselles sacrées, les pierres et les couronnes d'or pur ; une merveille de deux mille ans qui attend à présent l'occasion de rayonner à nouveau au grand jour, lors de la venue du Messie. »

Elle eut un sourire triste, et elle me dit :

« Je savais que tu étais un moine juif. Je te l'avais dit, n'est-ce pas ? »

Il y eut encore un silence. Je la sentis soudain très émue, même si elle n'en montrait rien. Nous n'avions plus parlé de nous depuis New York et le colloque, mais je sentais que même si loin, après tout ce temps, elle tenait encore à moi. Cette certitude m'avait empli d'un confort moral et d'une sécurité qui avaient apaisé mes penchants pour elle. Je n'avais jamais imaginé qu'un jour nous serions vraiment séparés — pour l'éternité. Je n'étais pas le moins du monde préparé à cette idée. Aussi, lorsque je l'avais attendue, attablé au café où nous avions rendez-vous, j'avais eu l'impression que c'était pour toujours, et qu'elle allait revenir à chaque fois que nous le voudrions. Je l'avais attendue le plus naturellement du monde, et quand elle était arrivée et qu'elle s'était assise en face de moi, il ne m'était pas apparu que c'était pour la dernière fois.

Soudain, cela se produisit. Mon cœur se mit à battre violemment, et ma poitrine résonna d'un coup de gong. Comme si une catastrophe abominable allait survenir, je m'aperçus de ce qui allait nous arriver. J'essayai tant bien que mal de contenir la vague d'émotion qui menaçait de me submerger. Je me rappelai combien j'avais désiré cette femme, et combien peut-être je l'avais aimée, même si cet amour n'avait pas le même nom que l'amour conjugal, car m'étant interdit, il n'avait pour moi ni concept ni catégorie. Une émotion ineffable, d'abord ténue, avait grandi, qui se déchaîna au-delà de tous les mots, et s'épancha en une formidable nostalgie, lorsque, après notre entretien, elle se leva de la table où nous étions assis, et qu'elle s'éloigna dans la rue. Je fus aussitôt plongé dans une léthargie, une torpeur livide qui me laissa comme mort, absent à moi-même. C'était le non-aboutissement, la non-révélation, le non-événement de cet amour qui gisait à présent en moi, mort-né, dans toute sa force et toute son inertie. C'était un barrage qui explosait soudainement, et toutes les vannes s'ouvraient si violemment sous la force de la pression, qu'elles saccageaient tout sur leur passage, des années de calculs et de réflexion, de construction minutieuse, de chantiers laborieux et de matériaux solides. Tout d'un coup, je compris. Elle allait partir ; *je ne la reverrais plus jamais.* Elle allait disparaître de ma vie et moi, j'allais rester seul, tout seul face aux autres et face à la mort. Deux séquences consécutives se précipitaient dans mon esprit égaré : elle partait, j'étais seul. C'était comme si l'on m'arrachait soudainement une partie de mon propre corps. C'était impossible.

Je sentis que j'allais m'évanouir, quand, dans un sursaut de volonté, je trouvai une dernière force pour l'appeler : c'était un cri qui n'avait pas de nom et qui s'exprimait dans les flots de l'émotion. Il n'y avait qu'un visage, le sien, et pas d'avenir, pas de mariage, pas d'enfant, pas de religion, de culture ni de peuple, mais simplement l'instant qui lançait souverainement son impérieux commandement : qu'on le saisisse, qu'on le prenne sans y penser, car il était l'éternité. Elle se retourna, hésita quelques secondes, et reprit sa marche d'une allure plus vive. Debout, près de la table, le bras à demi levé vers elle comme pour esquisser un signe d'adieu ou de bienvenue, j'étais encore pétrifié et restai ainsi de nombreuses minutes, hagard.

Je n'entendis plus jamais parler d'elle, et je ne sais ce qui se serait passé si elle avait décidé de tourner les talons, de redescendre la rue de son pas agile, et de revenir à moi. Je savais qu'à cet instant, je ne tenais à rien qu'à elle. Mais je savais aussi qu'après, la raison aurait repris sa marche implacable, et avec les remords, je m'en serais repenti, même si j'avais su qu'en cet instant la douleur était telle que je n'aurais pu agir autrement. Je pense aussi qu'elle avait compris le sens de mon appel, et qu'en une fraction de seconde elle avait pris sur elle de décider de cet avenir. Je ne sais quelle pensée l'avait guidée vers ce choix plutôt qu'un autre, mais je sais que pas un jour ne s'écoule sans que me vienne en mémoire sa silhouette fine s'éloigner dans la rue, comme une figurine s'échappant d'une boîte à trésor, résistant courageusement au moindre appel.

Savait-elle au fond d'elle, celle dont le sein aurait pu recueillir ma tête, savait-elle où j'appartenais ? Son rôle avait-il été simplement de m'aider à retrouver ma demeure : le silence du désert de Judée, ses dunes fauves, son souffle chaud le jour, frais la nuit, son paysage indéfini de rocailles humides et de végétation défraîchie, ternie par le soleil, mais courageuse. À revoir la couleur ocre de certaines de ses plaines. À sentir les humeurs nébuleuses et salées qui remontent de la mer Morte jusqu'à nos grottes, et l'exhalaison âcre que les vapeurs saumâtres laissent sur la peau, sur la langue, et parfois au fond des yeux. À les plisser devant la surface scintillante de l'eau, la teinte rose et mordorée des falaises escarpées sur ses rives miroitantes, devant les contreforts olivâtres, comme une toile de fond derrière les berges, les montagnes pourpres et mauves de Moab et d'Edom ; à les fermer devant les canyons et les oueds crépusculaires, déchiquetés par les ténèbres, devant la haute falaise qui du nord jusqu'au sud se rapproche de la rive salée jusqu'à Ras Feshka, et au pied de la falaise, la source vive d'Aïn Feshka, et la terrasse de la ruine de Khirbet Qumran, et les grottes silencieuses, silhouettes dans la pénombre. À savoir là, caché, en bas, tout en bas, au point le plus bas du monde, par le rêve d'un sommeil dérobé, l'attente qui s'étire vers l'aube des Temps Nouveaux.

Pendant une autre année, je poursuivis mon initiation. Puis un jour, Yacov vint à moi et me remit un petit rouleau, qui se trouvait tout au fond du coffre, un parchemin si fin qu'on aurait dit un crayon, pour que je le lise et le recopie.

« Tiens, dit-il. Pour le joindre à celui que tu réécris de mémoire, le rouleau détruit par le rabbi, que l'on nommera le *Rouleau perdu*, par lequel il te fut donné de connaître notre secret. Celui-ci est le passé ; et voici le petit manuscrit, le *Rouleau du Messie*, qui est le futur. Et voici ce que nous voulions te dire : il ne ressuscitera point, le rabbi, le Roi-Messie. En lisant le *Rouleau du Messie*, tu comprendras ce qui s'est passé, et ce que tu as accompli. Celui que tu as tué, tu ne mettras que peu de temps à l'identifier. Mais tout d'abord, avant de savoir, il te faut te purifier. Voici le temps, Ary, où tu as droit au baptême. »

Alors il me remit une ceinture pour le bain, et un vêtement blanc, ainsi qu'une petite pioche, qui était utile pour survivre dans les grottes. C'était le signe que je pouvais commencer à participer à toutes les activités de la communauté, que je pourrais aussi avoir pleinement ma place à la table des Nombreux, et partager avec eux le pain et le vin.

Le soir, ils disposèrent la table pour le dîner. Ils préparèrent le vin pour boire, et le pain pour être rompu et distribué. Nous commençâmes par déposer nos manteaux, et nous ceindre du linge rituel pour nous immerger dans l'eau baptismale. Puis nous revêtîmes nos manteaux et nous nous mîmes à table.

Mais ce soir n'était pas un soir comme les autres. D'ordinaire, je le savais, le grand prêtre étendait la main et prononçait la bénédiction sur les prémices du pain et du vin. Mais cette nuit était différente des autres nuits : le vin était versé ; le pain était prêt sur la table. Mais le prêtre ne commença pas la bénédiction, ainsi qu'il avait l'habitude de le faire, dans le silence et le respect. Il ne souleva pas la coupe de vin vermeil pour la bénir devant tous. Il ne prit pas le pain pour le rompre après l'avoir consacré. Au lieu de quoi, il se tourna vers moi.

C'était la fin de la deuxième année passée en leur compagnie, je n'étais plus captif — si je le fus jamais. Je compris alors qu'il était temps pour moi de formuler le vœu solennel d'entrée chez les esséniens, devant toute la communauté ; de dire en public le serment qui m'engageait auprès d'eux à jamais, qui me convertissait à la Loi de Moïse, selon tout ce qu'il révéla aux fils de Zadoq, aux prêtres qui gardent l'Alliance et à la majorité des membres de leur Alliance, ceux qui sont volontaires en commun pour Sa vérité et pour marcher dans Sa volonté. Je compris qu'il était temps pour moi de m'engager par l'Alliance, de me séparer de tous les hommes pervers qui sont dans la voie de l'impiété, de ceux qui sont hors de notre laure ; de ne plus répondre à leurs questions concernant toute loi ou ordonnance, de ne plus manger ni boire d'aucun de leurs biens, et de n'accepter rien de leurs mains. Je compris qu'il était temps de participer aux sacrements divins et de leur consacrer ma vie.

Mais ce n'était pas cela que le prêtre attendait de moi. D'un geste lent, il avança son bras.

Car il sortira un rejeton de la tige de Jessé, et une fêlure naîtra de sa racine. Et l'esprit du Seigneur se posera sur lui — l'esprit de sagesse et d'intelligence, l'esprit de conseil et de force, l'esprit de science et de piété. Et il sera rempli de l'esprit de la crainte du Seigneur.

Il restera caché quarante jours dans le palais et ne se montrera à personne. Au bout des quarante jours, une voix venant du trône appellera le Messie et le fera sortir du « nid d'oiseau. »

À cette époque, le Roi-Messie quittera cette région du

jardin d'Eden qui est appelée « nid d'oiseau » et il se révélera en la terre de Galilée. Le monde sera tourmenté et tous les habitants de la terre se cacheront dans des grottes et des cavernes. C'est à cette époque que s'appliquera la prophétie d'Isaïe : « Les hommes fuiront au fond des cavernes et des grottes et dans les antres les plus creuses de la terre, pour se mettre à couvert de la terreur du Seigneur et de la gloire de sa majesté, lorsqu'il se lèvera pour frapper la terre. »

Car ce soir n'était pas un soir comme les autres soirs. C'était la nuit de la Pâque, de la célébration de la sortie d'Égypte ; et la table, qui avait été si soigneusement préparée, avait été dressée pour le Seder.

Car ce soir n'était pas un soir comme les autres soirs. Et tous le savaient. Et tous attendaient que le grand prêtre avançât son bras d'un geste lent, et qu'il fît ce qu'il devait faire.

Alors il le fit.

Il me donna le pain. Puis il me tendit le vin.

Septième rouleau

LE ROULEAU PERDU

I

Au commencement était le verbe
Et le verbe était tourné vers Dieu
Et le verbe était Dieu.
Tout fut par lui,
Et rien de ce qui fut
Ne fut sans lui.
En lui était la vie
Et la vie était la lumière des hommes
Et la lumière brille dans les ténèbres
Et les ténèbres ne l'ont point comprise.
Il y eut un homme, envoyé de Dieu,
Son nom était Jean.
Il vint en témoin,
Pour rendre témoignage à la lumière
Afin que tous croient par lui.
Mais ses paroles furent tronquées
Et ses mots changés
Et le verbe devint mensonge
Pour cacher la vérité,
La véritable histoire du Messie.
Celle qui doit toujours être masquée en son opacité
Jamais révélée
Par les siècles, par les scribes, par les docteurs de
Voici la vérité nue, plus terrible que la mort. [la foi.
Voici en vérité qui fut Jésus,

Voici sa vie,
L'histoire secrète de sa mort.

Elohim, Elohim, lama sabaqtani ?

Ainsi furent ses dernières paroles,
À l'extrême fin de son calvaire,
Lorsque enfin il se rendit compte que tout était
Alors, inclinant la tête, Jésus remit l'esprit. [achevé.

La veille au soir, Jésus avait réuni ses disciples,
Afin de partager avec eux le repas offert
En souvenir de la libération d'Égypte,
Mais cette nuit n'était pas comme toutes les autres
Car en cette nuit,   [nuits,
Son heure était venue,
L'heure de la Révélation.
Il le savait,
Et c'est pourquoi il avait réuni ses disciples
Une dernière fois près de lui
Avant le grand jour.
Autour de la table dressée pour le Seder,
Ils étaient treize.
À la droite de Jésus, la tête appuyée sur sa poitrine,
Il y avait Jean, son hôte,
Le disciple que Jésus aimait.
Puis il y avait Simon Pierre et André,
Jacques et Jean,
Philippe et Barthélemy,
Thomas, Matthieu,
Jacques, fils d'Alphée et Thaddée, Simon,
Et Judas Iscariote.
Car lui aussi était aimé de Jésus
Et lui aussi était convié à sa dernière nuit.

La pièce était grande ; la table dressée,
Les treize allongés.
Alors il se leva, déposa son manteau

Et prit un linge dont il se ceignit.
Il versa de l'eau dans un bassin,
Il lava les pieds des disciples
Il les essuya avec le linge qu'il portait.
Lorsqu'arriva le tour de Pierre, celui-ci s'écria :
« Toi, Seigneur, me laver les pieds à moi ! Jamais !
— Si je ne te lave pas, tu ne pourras pas avoir part
                              [avec moi.
— Non pas seulement les pieds, mais aussi les
                              [mains, et la tête !
— Celui qui s'est baigné n'a nul besoin d'être lavé,
  [car il est entièrement pur : et vous, vous êtes purs,
Mais non, pas tous... »

Car il y avait Judas
Et il savait qu'il allait le livrer.

Lorsqu'il eut achevé,
Il revêtit son manteau et se remit à table.
« Comprenez-vous ce que je vous ai fait ?
Vous m'appelez "le Maître et le Seigneur",
Et vous dites bien, car je le suis.
Si je vous ai lavé les pieds,
Moi le Seigneur et le Maître,
Vous devez vous aussi vous laver les pieds les uns
                              [aux autres
Car c'est un exemple que je vous ai donné,
Ce que j'ai fait pour vous,
Faites-le vous aussi.
En vérité, je vous le dis,
Un serviteur n'est pas plus grand que son maître,
Ni un envoyé plus grand que celui qui l'envoie.
Sachant cela, vous serez heureux, si du moins vous
                              [le mettez en pratique.
Je ne parle pas pour vous ;
Je connais ceux que j'ai choisis.
Mais qu'ainsi s'accomplisse l'Écriture.
Celui qui mangeait le pain avec moi,
Contre moi a levé le talon.

Je vous le dis
Avant que l'événement ne se produise.
Ainsi lorsqu'il arrivera,
Vous croirez en moi.
En vérité, je vous le dis,
Recevoir celui que j'enverrai,
C'est me recevoir moi-même.
Et me recevoir, c'est recevoir Celui qui m'a envoyé. »

Puis il ajouta :
« L'un d'entre vous va me livrer. »

Alors ils se regardèrent les uns les autres,
Et ils se demandèrent de qui il parlait.
Simon Pierre fit signe à Jean,
Le disciple que Jésus aimait entre tous :
« Demande de qui il parle. »
Le disciple se pencha alors vers la poitrine de Jésus
Et il lui dit :
« Seigneur, qui est-ce ? »
Alors Jésus répondit :
« C'est celui à qui je vais donner la bouchée que je
                                                    [vais tremper. »
Alors il prit la bouchée qu'il avait trempée,
Et il la donna à Judas Iscariote, fils de Simon,
De Simon le zélote.

« Ce que tu as à faire, fais-le vite. »
Judas, ayant pris la bouchée,
Sortit immédiatement.
D'un pas rapide, il partit dans la nuit.

Quand il fut sorti,
Jésus dit aux autres disciples :
« Maintenant, le fils de l'homme est glorifié
Et Dieu a été glorifié en lui-même.
Mes chers amis,
Je ne suis plus avec vous
Que pour peu de temps.

Mais vous savez que là où je vais,
Vous ne pouvez venir.
À vous aussi maintenant je dois le dire.
Avant de partir,
Je vous donne un commandement nouveau :
Aimez-vous les uns les autres.
Comme je vous ai aimés,
Vous devez aussi vous aimer les uns les autres.
Et si vous avez de l'amour les uns pour les autres,
Tous reconnaîtront que vous êtes mes disciples. »

Ayant ainsi parlé, Jésus s'en alla avec ses disciples,
Au-delà du torrent du Kidron.
Il y avait un jardin
Où il entra avec ses disciples,
Or Judas, qui le livrait, connaissait l'endroit,
Car Jésus maintes fois l'y avait amené.
Il prit la tête de la milice
Et des gardes fournis par les grands prêtres
Et les pharisiens,
Et il gagna le jardin
Avec torches, lanternes et armes.
Et Jésus, qui savait tout ce qui allait arriver,
S'avança, et il leur dit :
« Que cherchez-vous ?
— Nous cherchons Jésus.
— C'est moi, » répondit-il.
Parmi eux, il y avait Judas qui le livrait.

Alors ils eurent un mouvement de recul,
Alors ils tremblèrent.
À nouveau, Jésus leur demanda :
« Qui cherchez-vous ? »
Et ils répondirent :
« Jésus de Nazareth.
— Je vous l'ai dit, c'est moi, » répéta-t-il.

Alors, Simon Pierre,
Qui portait un glaive, dégaina

Et frappa le serviteur du grand prêtre,
Auquel il trancha l'oreille droite.
Mais aussitôt, Jésus dit à Pierre :

« Remets ton glaive dans ton fourreau !
Comment ?
Je ne boirais pas la coupe
Que le Père m'a donnée ? »

Car il savait
Que l'arrêt de sa mort était un commandement
Auquel il ne fallait pas résister.
La milice et les gardes des juifs le saisirent
Et ils le ligotèrent.
Jusqu'ici, tout était parfait.
Tout était exécuté exactement
Selon le dessein
Ainsi qu'il avait été prévu.

En l'an 3760,
Un astre était sortit de Jacob,
Un sceptre s'était élevé d'Israël.
Et le Seigneur lui-même avait donné un signe,
Voici, la jeune fille devint enceinte,
Et elle enfanta un fils.
Le huitième jour de sa naissance,
Il fut circoncis selon la Loi,
Et nommé Yéochoua
Dieu sauve.
Alors Joseph et Marie
Se rendirent au Temple
Pour offrir un sacrifice à Dieu
Et pour le racheter,
Car il était premier-né.

Il eut des frères et des sœurs.
Sa famille était nombreuse
Et pauvre.
Et sa ville était pauvre,

À cause des impôts,
Et de la famine
Et des guerres.
Il apprit la Loi écrite
Et la Loi orale.
Son esprit était vif,
Ses pensées secrètes.
Il parlait peu
Même à ceux qui lui étaient proches.
Et souvent il restait seul, pour méditer,
Pour chercher les réponses dans la prière.
Et parfois il interrogeait ses maîtres
Lorsqu'il s'agissait d'une question difficile.

Puis il grandit
Il devint un jeune homme,
On l'appela « rabbi »,
Comme les Docteurs de la Loi
Et comme les scribes, qui disaient
Aime le métier d'artisan
Et déteste le rang de rabbi.
Car les scribes voulaient qu'à tout enfant
Fût enseigné un métier manuel
Et la plupart d'entre eux le faisaient.
N'y a-t-il pas parmi nous, disaient-ils,
Un charpentier, fils de charpentier,
Qui puisse résoudre cette question ?
Or Jésus était fils de charpentier,
Et il était charpentier lui-même.
Mais il ne se plaisait pas dans le métier
Que lui avait enseigné son père.
Et il décida de le quitter.
Et il laissa sa famille
Et il invectiva sa propre mère.
« Qu'avons-nous de commun, femme ? »

Car la fin des temps était proche.
Et ce n'était plus le temps de la famille,
Car *tous* étaient les siens,

Et il pensait que quiconque venait à lui
Devait haïr son père, sa mère, sa femme, ses enfants,
C'est ce qu'ils lui avaient enseigné   [ses frères.
Afin qu'il pût partir de chez lui
Et accomplir sa mission.
Dès sa première rencontre avec les esséniens,
Il sut qu'il lui faudrait quitter sa famille,
Si un jour il voulait les rejoindre
Et partir dans la communauté
Très loin des autres dans les déserts brûlants.
S'il voulait avoir pour lui,
Et tout autour de lui,
La présence constante de l'Esprit.

Cela s'était produit
Alors qu'il avait douze ans.
Ses parents étaient montés à Jérusalem
Pour la fête de Souccoth.
Marie et l'enfant étaient là,
Qui avaient accompagné Joseph en ce long périple :
Quatre jours durant, ils marchèrent
Et la nuit, ils invoquaient le Messie comme Daniel,
Ils regardaient dans les visions nocturnes
Et voici qu'avec des nuées du ciel venait
Comme un Fils d'Homme ;
Il parvint jusqu'à l'Ancien
Et on le fit approcher de lui.
On lui offrit domination, gloire et règne.
Les gens de tous les peuples, nations et langues
Le servaient.

Puis ils arrivèrent à Jérusalem,
Et ils montèrent au Temple
Et ils montrèrent à l'enfant la Maison,
Les quatre-vingt-dix tours de marbre,
Les murs immenses du palais d'Hérode.
Les pierres qui obstruaient l'horizon,
Et rappelaient la domination des pouvoirs anciens,
Des puissances tyranniques.

Les Kittim qu'à chaque étape
On rencontrait,
Qui contrôlaient même
L'entrée de la ville sainte.
Qui surveillaient.
Depuis la tour Antonia,
Qui observaient l'intérieur du Temple
Et le culte païen
Qu'ils y avaient introduit.
Et Hérode soumis aux Kittim,
Qui avait détrôné le grand prêtre.

Et ils s'arrêtèrent au mont des Oliviers,
Avant de pénétrer dans le Temple,
Ils posèrent leur besace
Ils s'assirent un instant
Ils chantèrent des psaumes du Hallel
Ils dirent la prière.
Puis ils se rendirent dans la vallée de Kidron
En bas du mont des Oliviers.
Ils montèrent sur la colline de Moriah
Où le Temple était bâti,
Et ils entrèrent dans Jérusalem la belle
Ils se rendirent au bassin de Bethesda
Pour prendre le bain rituel,
Afin qu'ils fussent purs, avant d'entrer au Temple.
Puis ils se rendirent à la cérémonie
Que présidait le prêtre Zacharie,
Le cousin de Marie.
Onze prêtres vinrent depuis le nord,
Ils portaient des tuniques longues et étroites,
Et leurs têtes étaient couvertes de couronnes.
Tous allaient nu-pieds.
Devant eux marchait le maître du sacrifice,
Il se tourna vers la face nord de la cour des prêtres,
À la place destinée à l'immolation.
L'agneau fut tenu par un Lévi,
Alors le maître du sacrifice posa sa main sur la tête
Et il identifia le prêtre avec l'animal.   [de l'animal,
Puis le sacrificateur tua l'animal de son couteau

Et retourna à l'autel.
Et les Lévis recueillirent le sang de l'agneau dans
Et les autres lui enlevèrent la peau.   [un bassin
Le sang et la chair furent apportés au sacrificateur,
Et il versa une petite quantité de sang sur l'autel,
Et il brûla la graisse,
Il enleva les entrailles,
Il laissa la viande rôtir sur le feu de l'autel.
Il se dirigea vers le Saint des Saints,
Il en ouvrit la porte avec une double clef.
Il y entra seul,
Pendant que tous les fidèles se prosternaient
Face contre terre.
Dans le sanctuaire, solitaire,
Le prêtre accomplit l'acte final,
Il répandit le sang dans une cuvette de bronze,
Il agita l'encens,
Il dit une prière
Sur le sang versé devant l'autel,
Sur l'âme du sacrificateur
Et les fautes du corps,
Et celles de l'âme,
Ainsi étaient le sacrificateur, l'autel et la victime.

Puis il retourna à la cour
Et il demanda aux prêtres de bénir les fidèles
Les Lévis répondirent « amen »   [rassemblés.
L'un des prêtres lut les versets saints,
Un autre prit de l'encens dans ses mains
Les prêtres étalèrent un voile de lin fin
Devant lui
Et ils le cachèrent.
Alors il enleva ses habits,
Il se baigna,
Il revêtit des habits d'or.
Il se tint debout
Il enleva ses vêtements dorés.
Il se baigna
Il revêtit des vêtements blancs,

Il lava ses mains et ses pieds.
Puis la main sur la tête,
Il se baigna,
Il confessa ses fautes
Il dit une prière à voix haute.

Et Jésus regardait,
Et Jésus ne savait
S'il était le prêtre ou l'agneau.
Le lendemain, pour prendre le chemin du retour,
Ils descendirent les rues étroites de Jérusalem.
Jésus marchait derrière ses parents,
Il les suivait,
Quand il s'arrêta devant un vieil homme
Qui lui parla
Et Marie et Joseph poursuivaient leur chemin
Sans s'apercevoir que l'enfant s'était arrêté.
Lorsqu'il releva la tête,
Ils n'étaient plus là.
Il courut longtemps pour les rattraper,
Mais il ne les retrouva pas
Et il se perdit dans la ville.

Une semaine plus tard, ils le virent,
Il était assis sur les parvis du Temple.
Il avait changé,
Et ils ne s'en étaient pas aperçus.
Il ne leur dit pas ce qui lui était arrivé
Car on lui avait interdit d'en parler.

C'était un homme qu'il avait suivi,
Un homme vêtu de blanc
Qui près du Temple le mena.
Il y avait plusieurs de ses amis
Vêtus comme lui.
Ils parlèrent
Et Jésus les écouta.
Ils parlaient de l'avènement du Royaume des cieux
Et de la venue prochaine du Messie.

Alors, il parla
Et les hommes l'écoutèrent.
Avec ferveur, ils attendaient le Messie.

Ils vivaient près de la mer Morte,
Dans le désert profond.
Ils avaient quitté leur famille
Ils se consacraient à l'étude
À l'attente.
Alors ils l'emmenèrent avec eux dans une maison
Ils lui enseignèrent l'attente du *Maître de justice*.
Ce mot leur était venu en voyant l'enfant.
Ils avaient trouvé en l'enfant le Maître qu'ils
Ils lui dirent de quitter sa famille   [espéraient.
Ils lui firent
Rejoindre ses frères.

Ainsi il quitta les siens
Qui le pensaient fou,
Qui ne croyaient pas en lui comme les esséniens,
Car ils lui avaient montré le chemin.
Sa mère et ses frères voulurent s'approcher de lui
Ils lui parlèrent,
Ils lui dirent de ne pas partir.
Mais il leur répondit :
« Voici ma mère et mes frères !
Quiconque fait la volonté de mon Père dans les
Celui-là est mon frère, ma sœur et ma mère. [cieux,
Quiconque aura quitté maison, femme, frères,
À cause du Royaume de Dieu,   [parents ou enfants,
Recevra bien davantage en ce temps-ci
Et dans le temps à venir la vie éternelle. »

Ils avaient l'habitude de vivre reclus,
Mais ils croyaient que la fin des temps était proche,
Ils disaient qu'il fallait prêcher la repentance parmi
Ainsi viendrait le Royaume des cieux   [les autres.
Qu'il fallait annoncer
Afin que tous fussent sauvés.
À quoi servait de vivre reclus

Lors de la venue du Messie ?
Que valait d'être sauvés
Si ce n'était qu'eux ?
À quoi sert la vérité
Sans la repentance et la rémission ?
Une voix clamait
Dans le désert,
Préparez le chemin du Seigneur,
Dans la steppe,
Aplanissez une route pour notre Dieu.
Il fallait séparer la demeure des hommes du Mal,
Et gagner le désert pour y préparer le chemin du
                                        [Seigneur.

Or il y avait un essénien qui s'appelait Jean,
Fils de Zacharie et d'Elishéba,
Et cette homme quitta le désert
Et il annonça à tous le baptême
Pour la rémission des péchés de tout Israël.
On le nomma Jean le Baptiste,
Et des foules nombreuses il attira,
Qui parfois venaient de loin pour l'entendre.
Des centaines d'hommes écoutèrent ses paroles
De pénitence,
Puis ils confessèrent leurs péchés
Et reçurent de lui le baptême dans le Jourdain,
Selon le rite essénien,
Car par l'immersion, leurs péchés étaient remis,
Et ainsi ils échappaient à la colère divine.
Et Jean exigeait d'eux une pénitence préalable
Il voulait que tous les juifs s'adonnent à la vertu,
Qu'entre eux ils exercent la justice
Et la piété envers Dieu.
Il disait que les immersions qu'ils faisaient
Ne purifiaient que de l'impureté du corps.
Il disait que le péché maintenait
Dans l'impureté.
Il disait qu'il ne devait pas y avoir d'immersion
Sans renoncement au mal,
Et seul celui qui humiliait son âme

Sous le précepte de Dieu
Serait purifié en sa chair
Quand l'eau le toucherait,
Et il se sanctifierait dans l'eau de la pureté.
Ainsi parlaient les esséniens,
L'eau ne peut purifier le corps
Que si l'âme a déjà été purifiée par la justice.
Et l'âme sera purifiée lors de la pénitence
Par l'esprit de sainteté.

Lorsqu'il lui fut donné d'écouter
Les paroles d'amour et de justice,
La foule brûla d'une émotion douloureuse.
Les hommes et les femmes confessèrent leurs
Ils plongèrent leur corps dans l'eau   [péchés,
Ils furent rendus purs
Ils implorèrent le don du Saint-Esprit
Afin qu'il enlevât de leurs âmes la souillure du mal.

Jésus partit de chez lui
Il partit retrouver les esséniens,
Dans le désert,
Et ils lui dirent que sa place n'était pas
Dans le désert,
Mais près de Jean,
Dans la voie publique.
Car Jean annonçait la venue d'un homme
Fils de l'Homme
Plus grand que lui-même.
Alors il s'en fut au Jourdain,
Là où se trouvait déjà Jean,
Il l'écouta
Il sut que les années de l'attente
Étaient venues à leur terme.
L'esprit du Seigneur,
L'Éternel, était sur lui,
Car l'Éternel l'avait oint
Pour porter la nouvelle aux malheureux,
Il l'avait envoyé pour guérir
Ceux qui ont le cœur brisé,

Pour annoncer aux captifs leur liberté,
Aux prisonniers la délivrance,
Pour proclamer une année de grâce de l'Éternel.
Lorsqu'il fut baptisé par Jean,
Les cieux s'ouvrirent,
Et il vit l'Esprit de Dieu descendre sur lui
Comme une colombe.
Ils entendirent une voix,
Qui descendait sur eux pour leur dire :
Voici mon serviteur que je soutiens,
Mon élu,
Auquel mon âme prend plaisir.
J'ai mis sur lui mon esprit
Pour qu'il apporte le droit aux nations.

Alors Jésus comprit les paroles des esséniens.
Il avait été choisi
Il était le fils,
Le serviteur,
L'élu d'entre les élus.
Mais ils lui dirent
Que le chemin est long
Pour celui qui apporte la nouvelle.
Que le chemin est long vers la lumière
Pour le peuple qui marche dans les ténèbres.
Que le chemin est long vers la seule vraie lumière,
Pour ceux qui habitent le pas de l'ombre de la mort.
À lui incombait la tâche,
À lui qui avait nom *Dieu sauve*.

Il se rendit à Capharnaüm,
Le pays de Zabulon et de Nephtali,
La contrée voisine de la mer,
Par-delà le Jourdain,
La Galilée où il était né,
Sous la domination païenne,
Sous la tutelle d'Antipas,
Fils de leur ennemi,
Le roi Hérode.
Parmi eux, les zélotes combattaient avec ferveur

Et armes nombreuses.
C'est pourquoi il ne fallait pas révéler
Qui il était,
Car on l'aurait tué,
Et il n'aurait pu annoncer
À tous son message.
C'est pourquoi il parlait en paraboles,
De sorte que les espions et les informateurs
Ne pussent avancer de preuves contre lui.

Sur les rives de Tibériade,
Il y avait Bethsaïde,
Pays natal d'André et de Pierre.
Sur les rives de Tibériade,
Il y avait deux autres frères,
Pêcheurs du lac
Jean et Jacques,
Les fils du Tonnerre,
Les fils de Zébédée.
Il y avait aussi Simon, le Roc.
Comme Élie appelant Élisée
Il les appela.
Douze hommes composaient l'assemblée des sages
Qui gouvernait la fraternité essénienne
Et douze ils devaient être
Dans cette assemblée des sages
Qui devaient propager la parole.
C'est pourquoi il chercha douze hommes,
Qui seraient ses frères
Et qui accepteraient
Par leur vœux
De le suivre
De l'aider.

Alors il commença à prophétiser
Et à lancer des invectives
Dans les villes
Qui n'avaient pas encore fait pénitence.
Malheur à toi Chorozaïn,
Malheur à toi Bethsaïde !

Si les miracles accomplis chez eux
L'avaient été à Tyr et à Sidon,
Il était certain que depuis longtemps,
Elles auraient fait pénitence
Sous le sac et sous la cendre.
Mais voilà : pour Tyr et Sidon,
Le jour du Jugement serait plus supportable que
                                        [pour eux.
Et toi, Capharnaüm, seras-tu élevée jusqu'au ciel ?
Tu descendras jusqu'aux enfers.
Car si les miracles accomplis chez toi
L'avaient été à Sodome,
Elle subsisterait encore aujourd'hui.
Oui, je te le dis,
Pour le pays de Sodome,
Le jour du Jugement sera plus supportable que pour
Et par ces paroles   [toi.
Par ces prophéties inspirées,
Il accomplit la mission
À travers le pays,
La poursuivit.

Alors ils lui révélèrent
Qui était Jean Baptiste.
Il était le précurseur,
Le prophète de la Fin des Temps,
Le prophète Élie qui devait précéder le Messie.
C'était celui qui annonçait le Fils de l'Homme,
Qui un jour rendrait à jamais
Le verdict de la colère divine.
Jean était d'une unique prière
Jean avait une seule raison de vivre
C'était la venue du Messie.
Jean était seul
Ceux qu'ils baptisaient
Aussitôt le quittaient
Ceux qu'ils purifiaient
Retournaient chez eux.
À son métier,

Chacun il renvoyait.
Avec ardeur,
Il voulait savoir
Si son espérance était advenue.
Alors il envoya deux messagers,
Afin qu'ils lui demandent
S'il était le Messie,
Celui que l'homme avait enfanté.
Car Jésus disait
Faites pénitence,
Le Royaume des cieux est proche.
Car Jésus enseignait
Dans les synagogues,
Car Jésus guérissait
Toute maladie et toute langueur parmi le peuple.
Ainsi allait s'accomplir
La prophétie de Malachie
Voici, je vous enverrai Élie le prophète.

Alors les messagers de Jean dirent à Jésus :
« Es-tu celui qui doit venir,
Ou devons-nous en attendre un autre ? »
Alors Jésus répondit :
« Allez et faites savoir à Jean
Ce que vous entendez
Et ce que vous voyez
Que les aveugles voient,
Que les boiteux marchent,
Que les sourds entendent,
Qu'aux pauvres le salut est annoncé.
Heureux celui qui ne doute pas de moi !
L'esprit du Seigneur, l'Éternel
Est sur moi,
Car l'Éternel m'a oint
Pour porter de bonnes nouvelles
Aux malheureux
Il m'a envoyé pour guérir
Ceux qui ont le cœur brisé,
Pour proclamer aux captifs la liberté
Et aux prisonniers la délivrance.

« Toute maladie est du diable,
Et le Royaume des cieux est proche
Lorsque Satan, le mauvais conseiller,
Le tentateur, le serpent,
Est enfin vaincu,
Et lorsqu'il reste sans voix
Sans puissance. »
Or Jésus voyait Satan tomber du ciel
Comme l'éclair.
Lorsqu'il guérissait
Lorsqu'il expulsait
Les démons impurs,
Il était le conquérant victorieux
Que tous attendaient,
L'ennemi du démon par qui le Royaume des cieux ne
À travers tout le pays,   [vient pas
Il dispensait les bienfaits.
Il prêchait pour les pauvres.
L'esprit du Seigneur Dieu était sur lui,
Car le Seigneur par la Sainte Huile
L'huile de balsam
L'avait oint
Et voilà qu'il annonçait
Le salut aux humbles,
Qu'il pansait leurs cœurs meurtris,
Qu'il annonçait aux captifs la liberté
Aux prisonniers la Rédemption,
Qu'il prévoyait une année de grâce
De la part du Seigneur,
Et aussi un jour de vengeance
Afin de consoler tous les affligés.
Ainsi était-il
L'esprit du Seigneur était sur lui,
Et les esséniens l'avaient oint
Pour annoncer le salut aux humbles
Aux pauvres.
Il partait au désert pour les voir,
Pour leur narrer les pérégrinations,
Pour recueillir leurs paroles.

Et quand il revenait,
Il disait à ses disciples
Tout ce qu'ils avaient dit.

Il ne voulait pas abolir la Loi
Ils voulaient l'accomplir.
Il méprisait les faux religieux
Ils haïssaient les prêtres et les scribes
Il ne venait pas pour convertir les Gentils,
Ils voulaient ramener à eux les pauvres en esprit,
Les humbles, les brebis perdues d'Israël,
Les pécheurs et les égarés.
Ils l'initièrent à leur science et à leur magie.
Il opéra des guérisons miraculeuses
Le jour du chabbath,
Non pour transgresser le chabbath,
Mais pour l'accomplir.

Alors les messagers quittèrent Jésus
Ils rapportèrent tout cela à Jean Baptiste.
Et Jésus haranguait les foules.
« Qu'êtes-vous allés contempler dans le désert ?
Un roseau agité par le vent ?
Qu'êtes-vous allés voir ?
Un homme vêtu de vêtements délicats ?
Mais ceux qui portent des habits délicats se trouvent
Dans les demeures des rois.
Alors qu'êtes-vous allés faire ?
Voir un prophète ?
Oui, je vous le dis,
Et plus qu'un prophète !
C'est lui dont il est écrit :
Voici, j'envoie mon messager
Pour préparer la route devant moi.
Ce n'est pas un lieu pour les courtisans d'Hérode
               [Antipas vêtus d'habits délicats,
Pour ceux qui habitent les demeures des rois,
Et pour ceux qui fléchissent
Comme les roseaux agités par le vent.
Le roseau résiste à la tempête

Puisqu'il peut ployer sous le vent,
Tandis qu'un arbre robuste,
Qui ne peut fléchir,
Est souvent déraciné lors des plus fortes intempéries.
Il disait que Jean était un prophète,
Qu'il était Élie enfin revenu,
Ressuscité pour accomplir sa mission. »

Ainsi parlaient les esséniens,
Si Jean est le plus grand
Parmi les enfants des hommes,
Le plus petit dans le Royaume des cieux
Est plus grand que lui.
Jean avait ouvert la brèche
Par laquelle la lumière devait percer.
Ils lui rappelèrent le message céleste,
La voix divine qu'il avait entendue
Qui, lors de son baptême au Jourdain,
Lui désignait sa mission propre.
Ainsi parlaient les esséniens.
« Tu ne peux pas devenir le disciple de Jean,
Lui dirent-ils.
C'est à toi-même qu'il revient de traverser
Les villages du bord du lac
Pour annoncer le Royaume des cieux. »

Alors Jean ne douta plus.
Avec tout son cœur, toute son âme
Et tous ses moyens,
Il prêcha
Il annonça l'imminence de la venue.
« Dépêchez-vous ! disait-il
Hâtez votre pas,
Il est encore temps,
Mais bientôt il sera trop tard
Et vous n'aurez plus part.
Venez vite ! Venez vous repentir ! »

Alors sa renommée crut
Et traversa le pays.

Le roi Hérode le craignit
Il redoutait qu'il n'accusât les Kittim.
Avec sa femme,
Qui n'aimait pas Jean
Il le fit arrêter
Il l'enferma à la citadelle de Machéronte,
Il le fit exécuter.
Salomé, fille digne d'une mère perfide,
Apporta sa tête sur un plateau d'argent
En dansant la danse sauvage
Et morbide de la victoire
Des fils des ténèbres.

Alors les esséniens dirent
Qu'Élie était déjà venu,
Qu'ils ne l'avaient pas reconnu
Qu'ils l'avaient traité à leur guise.
C'est alors qu'ils commencèrent à tramer leur plan :
C'était la fin
C'était la lutte
Le Fils de l'homme devrait souffrir.

II

Ainsi commença la guerre
Des fils de lumière
Contre les fils des ténèbres.
Les fils des ténèbres étaient
Les professeurs de foi,
Les fomentateurs de règles, de préceptes et de
[commandements,
Les docteurs de l'interprétation écrite et orale,
Les séparés, les scrupuleux,
Les pharisiens.
Eux aussi, ils croyaient dans l'immortalité,
Dans le paradis et dans l'enfer,

Dans la résurrection des morts
Et dans le royaume messianique,
Les fils des ténèbres étaient
Sous le fier étendard de la Maison des Maccabées,
Détestant les pharisiens,
Privilégiant la Maison royale,
Vainqueurs des guerres civiles
Qui les opposaient aux pharisiens,
Siégeant fièrement au Temple de Jérusalem
Pour mieux influencer les responsables du pays,
Les sadducéens
Qui niaient la tradition orale
Et qui se moquaient de la foi populaire
En la vie éternelle
Qui disaient que rien ne pouvait être dit
Que rien ne pouvait être connu
Et comme les Grecs ils croyaient dans le libre arbitre.

Et le Maître,
Auquel les foules n'étaient pas indifférentes,
Devait saper leurs efforts,
Secouer le joug des commandements qu'ils avaient
                              [pris tant de peine à définir,
Manger avec les publicains
Et avec les pêcheurs.
Afin qu'ils veuillent se débarrasser de lui.
Que les fils des ténèbres
Fassent venir de Jérusalem
Des scribes érudits
Qu'ils disent à tous
Qu'il était possédé par le démon.
Ainsi disait le Plan :
Que les docteurs du peuple
Et les chefs des dirigeants,
Que tous le haïssent
Que la guerre commence !
Car la fin des temps approche.

Alors ils haïrent les pharisiens,
Qu'ils appelèrent

Les interprètes fallacieux,
Les hypocrites à la langue mensongère
Aux lèvres fausses
Qui parvenaient à séduire tout le peuple,
« Faites donc, disaient-ils,
Observez tout ce qu'ils peuvent vous dire ;
Mais ne vous réglez pas sur leurs actes,
Car ils disent et ne font pas.
— Malheur à vous, disaient-ils,
Scribes et pharisiens hypocrites
Qui bâtissez les sépulcres des prophètes
Et décorez les tombeaux des justes.
Si nous avions vécu du temps de nos pères,
Nous ne nous serions pas joints à eux
Pour verser le sang des prophètes.
Ainsi vous témoignez contre vous-mêmes,
Vous êtes les fils de ceux qui ont assassiné les
Vous êtes les fils des ténèbres. »   [prophètes.

Et les esséniens
Détestaient les sadducéens
Car ils avaient quitté leur Temple
Et emporté leur trésor,
Le trésor du roi Salomon
Dans le désert ils avaient bâti
Un nouveau Temple
Qui se substituait à l'ancien
Une nouvelle alliance entre Dieu et son peuple
Par un autre exode
Et une autre conquête
Des villages et des villes
Où ils s'établirent
Avec femmes et enfants
Dans la pureté
Loin de l'ancien Temple souillé
Par l'impureté
Où régnaient les sadducéens
Et leur prêtre impie.

Ils lui dirent qu'il fallait se battre,

Lui qui jamais n'avait gouverné,
Lui qui jamais n'avait exercé un pouvoir
Lui qui ne connaissait que les villageois
Et les pauvres en esprit, les humbles, les siens
La campagne de Galilée,
Ses fleurs et ses arbres,
Ses champs et ses vergers.
Ils lui enseignèrent
À présenter la joue gauche
Lorsqu'on frappait la droite.
À faire deux milles
Lorsque les Kittim obligeaient à l'angaria.
À ne pas recourir à la violence,
Qui ne faisait qu'écarter du chemin
Que Dieu avait tracé,
À lancer son appel,
Non pas aux autres nations,
Mais aux brebis perdues de la maison d'Israël.
« En toutes choses, disaient-ils
Il faut aimer son prochain
Exercer la miséricorde à son égard,
De cette manière,
On imite l'action de Dieu.
Car la justice de Dieu
Est sa miséricorde,
Et Dieu se donne avant tout
Aux pauvres et aux opprimés,
Et plus loin que la confiance en la force
Et en la puissance de l'homme,
Il y a la crainte du Seigneur. »
Ils lui enseignèrent
Les hommes justes et les pécheurs,
Les fils de lumière et les fils des ténèbres
Les justes d'un côté, les pécheurs de l'autre.
Ils lui enseignèrent
Que la faute de l'homme envers son prochain
Ne sera remise qu'au Jour de la Réconciliation,
Avant qu'il n'apaise son prochain,
Il faut être miséricordieux,
Comme Dieu est miséricordieux.

Si l'on pardonne aux hommes leurs manquements,
Le Père céleste aussi absoudra.
Mais si l'on ne pardonne pas aux hommes,
Le Père non plus n'excusera pas.
En un monde meilleur, il sera donné
Au juste dans la mesure de sa justice,
Et au pécheur à la mesure de son péché.
Mais en ce monde-ci,
Seul l'amour du prochain mérite la faveur de Dieu ;
Et la haine du prochain attire la colère divine.

« *Ne jugez pas et vous ne serez pas jugés,*
Ne condamnez pas et vous ne serez pas condamnés,
Remettez et il vous sera remis,
Donnez et l'on vous donnera.
Tu aimeras ton prochain comme toi-même,
Tu craindras Dieu comme Job,
Tu aimeras Dieu comme Abraham.
L'amour est au-dessus de la crainte.
Mieux vaut le service de Dieu par amour
                                        [inconditionné
Que la servilité par crainte du châtiment divin.
Fuis le mal et ce qui lui ressemble
Suis les commandements faciles
Car ils sont aussi importants que les grands.
Comme dit le sage Hillel,
Aime Dieu plus que tu ne le crains »,
Ainsi parlaient les esséniens.

« Préservez-vous de la souillure de l'histoire,
Qui est idolâtrie,
Qui est adultère,
Par respect de la loi
Qui est protection et barrière,
Différence et séparation.
Noé n'est-il pas monté dans son arche
Pour ne pas se corrompre ? »
Ainsi parlaient les esséniens.

« Soyez saints

Car ainsi Dieu reste votre allié,
Soyez le Reste divin retiré au désert,
Qui maintient seul l'Alliance,
Soyez les Appelés par leur nom
Instruits par les oints de l'Esprit saint,
Tel Moïse et tel Aaron,
Les oints de Dieu.
Israël est le Reste des nations
Nous sommes le Reste d'Israël
Dans l'alliance nouvelle,
Retranchés parmi les Séparés
Par la Grâce divine perpétuelle.
Les choses cachées depuis la fondation du monde
Ont été révélées aujourd'hui aux Saints et aux
                                            [Parfaits.
Nous vivons ici et maintenant l'accomplissement
De la prophétie et des justes ordonnances.
Notre cœur est nouveau
Notre esprit libéré des ténèbres de la matière
Nous unit aux Saints d'En Haut et aux anges.
Les cieux racontent la gloire de Dieu
Et nous chantons avec eux quotidiennement.
Le présent est déjà futur,
L'ailleurs est dès à présent ici.
La volonté de Dieu est faite
Sur la terre venue au ciel,
Le Messie vient maintenant
Autour de notre table commune
Sur laquelle nous partageons la parole divine,
Alliance éternelle et définitive
Dieu est avec nous. »
Ainsi parlaient les esséniens.

Ils lui enseignèrent la pauvreté
Car les vrais fils de lumière
Sont les pauvres élus par Dieu,
Ainsi parlaient les esséniens.
Et ils croyaient que le Messie
Établirait un ordre nouveau.

Ils regardaient en arrière,
Ils lisaient les Écritures sacrées d'Israël
Les forces des ténèbres étaient les Kittim
Et leurs agents de Judée,
L'élimination de la méchanceté
Serait apportée par une guerre de religion sanglante.
Puis viendrait une période de renouveau
De paix
D'harmonie.
La victoire finale
La destruction du mal
Seraient le fait de la prédestination divine.
Alors ils transmirent à Jésus leur secret,
L'arme infaillible de la victoire.
Au cours d'une longue nuit
Ils lurent,
Je ne vengerai le mal de personne,
Je poursuivrai l'homme
En ne faisant pour lui que ce qui est bien,
Car Dieu est juge sur tout ce qui vit,
Et c'est à lui qu'il appartient de rétribuer.
La guerre avec les hommes de perdition,
Je ne la mènerai pas avant le jour de la vengeance,
Mais ma colère,
Je ne la détournerai pas des hommes de méchanceté
Et je ne vivrai pas en paix
Avant le jour du jugement fixé par lui.

Vaincre les méchants en faisant le bien :
Telle était l'arme secrète,
Puissante par son extrême faiblesse,
Qu'ils transmirent à Jésus.

« L'homme bon n'a pas l'œil mauvais,
Il est miséricordieux envers tous,
Même s'il y a des pécheurs,
Et même s'ils se concertent pour faire le mal à son
— Ainsi, dirent-ils, celui qui fait le bien   [égard.
Sera plus fort que le méchant,
Puisqu'il sera protégé par le bien.

Si ton intention est bonne,
Les hommes mauvais eux-mêmes vivront en paix
Les débauchés te suivront   [avec toi,
Et se convertiront à ce qui est bien,
Les avares ne renonceront pas seulement à leur
Mais ils rendront leur bien   [passion de l'argent,
À ceux qu'ils ont dépouillés.
L'intention bonne n'a pas la langue double
Pour bénir d'un côté
Et pour maudire de l'autre,
Pour avilir
Et pour honorer,
Pour affliger
Et pour réjouir,
Pour pacifier
Et pour troubler,
Pour l'hypocrisie
Et pour la vérité,
Pour la pauvreté
Et la richesse.
Elle n'a qu'un seul
Et loyal sentiment envers tous.
Elle n'a pas deux manières de voir ni d'entendre,
Tandis que l'œuvre de Bélial est ambiguë
Et il n'y a pas de simplicité chez lui. »
Ainsi parlaient les esséniens.

Et Jésus répondit :
« Nous avons appris qu'il a été dit :
Œil pour œil,
Dent pour dent,
Main pour main,
Pied pour pied,
Brûlure pour brûlure,
Meurtrissure pour meurtrissure,
Plaie pour plaie.
Mais moi,
Je dirai
De ne pas tenir tête au méchant,
Et si quelqu'un donne un soufflet sur la joue droite,

De lui tendre encore l'autre,
Et s'il veut prendre ta tunique,
De lui laisser encore l'autre,
Et de partir pour une course de deux milles,
S'il en requiert un.
Et de donner,
À qui demande,
Et de donner,
À qui prend ton bien,
Et de ne jamais demander qu'il le restitue. »

Et Jésus répandit leur parole.
Il dénonça le danger des biens terrestres.
Les premiers seront les derniers
Les derniers seront les premiers
Les affligés seront consolés.
À ceux qui ont l'esprit brisé,
Est promise la joie éternelle.
Bienheureux les humbles de cœur,
Les pauvres en esprit, les affligés,
Ils avaient un consolateur.
Le Royaume des cieux leur appartient.
Comme Élisée nourrissant une foule,
Il donna à manger au peuple.
Comme Jonas maîtrisant la tempête,
Lorsque Dieu suscita un grand vent sur la mer
Il calma la tempête.
Alors il se rendit dans une synagogue de Galilée,
C'était le jour saint du Chabbath
On lui donna le rouleau d'Isaïe
Il le déroula
Et découvrit :
« *L'esprit du Seigneur est sur moi*
Parce qu'il m'a conféré l'onction
Pour annoncer la Bonne Nouvelle
Aux pauvres.
Il m'a envoyé proclamer aux captifs
La libération. »
Ayant fini la lecture,
Il roula le parchemin et s'assit.

Il est dit :
« *Aujourd'hui, cette écriture est accomplie*
Pour vous qui l'entendez. »
Mais ils étaient sceptiques :
Nul n'est prophète en son pays
Il évoqua la longue lignée
Des prophètes rejetés et persécutés
Élie et Élisée
Mieux accueillis chez les païens
Qu'en leur terre natale.
Tous furent remplis de colère
Ils le jetèrent hors de la ville.
« *Parole de l'Éternel à mon Seigneur*
Assieds-toi à ma droite,
Jusqu'à ce que je fasse de tes ennemis
Ton marchepied. »

Alors ils désignèrent comme envoyés
Deux de ses disciples les plus proches
Qui devaient parcourir le pays en son nom,
Car ils avaient reçu de lui des instructions précises.
Ils ne devaient parler qu'aux juifs,
Pas aux Gentils
Ni aux Samaritains.
Comme les esséniens,
Ils ne s'encombraient dans leurs voyages ni de
                              [bagages ni d'argent.
Si une maison ou une ville ne voulait pas les recevoir,
Ils n'y restaient pas.

Mais personne n'était touché par l'appel à la
                              [repentance
La Galilée, sa propre région, son pays natal
Refusait son prophète.
Lorsque Jonas,
Le prophète de Galilée,
Avait déclaré qu'après quarante jours
Ninive serait détruite,
Le peuple s'était repenti

Il avait renoncé à son impiété.
Si Dieu avait accepté ses souffrances,
Si son peuple avait prêté l'oreille,
Jésus aurait donné sa vie.
Nous étions tous errants comme des brebis,
Chacun suivait sa propre voie.
Et le Seigneur a fait retomber sur lui
L'iniquité de tous.
« Races de vipères, dit-il,
Comment pourriez vous dire de bonnes choses,
Méchants que vous êtes ? »
Alors il repartit.
Quiconque met la main à la charrue
Et regarde en arrière
N'est pas propre au Royaume de Dieu.

Et le méchant roi, Hérode,
Tétrarque de Galilée et de Pérée,
Surveilla les activités de Jésus,
Lorsqu'il apprit qu'un prédicateur
Annonçait en Galilée l'avènement du Royaume des
Et attirait de vastes foules   [cieux
Comme Jean auparavant,
Comme Jean ressuscité.
Cela aussi faisait partie du Plan.

Mais certains pharisiens,
De la Maison d'Hillel,
Qui voulaient sauver la vie de Jésus,
Qui savaient ce qui se tramait,
Vinrent le prévenir qu'il devait partir,
Car Hérode voulait le tuer.
« Allez, dit-il, et dites à ce renard :
Voici, je chasse les démons
Et je fais des guérisons aujourd'hui
Et demain
Et le troisième jour, j'aurai fini.
Mais il faut que je marche aujourd'hui,
Et demain

Et le jour suivant.
Car il ne sied pas qu'un prophète périsse hors de
Et cela aussi faisait partie du Plan.   [Jérusalem. »

Alors il se retira au nord de la mer de Galilée,
Dans la région de Césarée.
Il demanda à ses disciples
Ce que les gens disaient à son sujet.
« Certains pensent que tu es Jean Baptiste, Élie et
— Et vous, que dites-vous ?   [Jérémie.
— Tu es le Messie.
— Tu l'as dit,
Dit-il,
Mais tu ne dois plus le répéter.
Je vous dis à tous
De garder le secret.
Car il est encore trop tôt pour le révéler.
Mon heure n'est pas encore venue.
Le moment viendra où j'irai,
Où je me rendrai à Jérusalem. »
Ainsi était leur dessein.
Puis Jésus dit à Pierre :
« Tu es heureux, Simon, fils de Jonas,
Car cette révélation t'est venue
Non de la chair et du sang,
Mais de mon Père qui est dans les cieux. »
Car Pierre était différent
Il avait eu une révélation
Autre que celle des esséniens,
Il n'était pas influencé par eux
C'est pourquoi il pouvait être heureux
Et différent.

Alors, ils commencèrent à lui apprendre
Que le Fils de l'Homme souffrirait beaucoup,
Qu'il serait rejeté par les anciens,
Par les sacrificateurs, par les scribes,
Par les Kittim,
Qu'il serait mis à mort

Et qu'il ressusciterait.
Car dans le Psaume il était dit :
Protège ce que ta droite a planté,
Et le fils que tu t'es choisi !
Que ta main soit sur l'homme de ta droite,
Sur le Fils de l'Homme que tu t'es choisi !
Et ainsi Dieu ne l'abandonnerait pas.

« Je connais, dit-il,
Ceux qui agiront contre moi,
Les anciens, les sacrificateurs, les scribes,
Et les Kittim.
Mais les combattre, je ne veux pas.
Je veux, dit-il, m'entendre avec mon adversaire,
Tant que je suis
Encore avec lui sur le chemin,
De peur que l'adversaire ne me livre au juge,
Et le juge au garde,
Et qu'on ne me jette en prison.
Je ne veux pas, comme les zélotes,
Résister aux Kittim.
C'est par l'Esprit saint
Que je veux libérer ce monde de toutes les sujétions
Pour attendre j'attendrai
Jusqu'à ce qu'il se révèle à nous.
Mais seul je n'irai pas
Car mon âme a soif de Dieu
Mais du Dieu de la vie. »

Alors ils lui répondirent :
« N'aie pas peur !
Ton nom n'est-il pas Yéochoua ?
Dieu sauve
Car par l'Esprit saint
Tu seras sauvé
Tel Isaac
Tu seras ligoté
Tel Isaac
Tu seras sauvé
À la dernière extrémité

Tu ne seras pas abandonné.
Et ainsi tous sauront
Qui tu es
Le Maître de justice
Comme un Fils d'Homme
Non, crois-le,
Dieu ne t'abandonnera pas. »

Alors il crut
Alors il s'en fut
Près de la mer de Galilée dans la Décapole,
Dans les régions de Galaad et du Basan,
Ainsi que vers le Liban et Damas
Là où sont les Récabites et les Qénites,
Chez les Galiléens,
Comme les esséniens qui étaient sortis du pays de
Et s'étaient exilés au pays de Damas   [Juda
Ainsi ils voulaient contracter la Nouvelle Alliance
Dont parlait le prophète Jérémie,
S'engageant à se préserver de toute iniquité,
À ne pas voler le pauvre, la veuve et l'orphelin,
À distinguer le pur de l'impur,
À observer le Chabbath
Ainsi que les fêtes et les jours de jeûne,
À aimer leurs frères comme eux-mêmes,
À soutenir le malheureux, l'indigent et l'étranger.
Ils lui enseignèrent
Que la communauté était un arbre
Dont le feuillage verdoyant
Était la nourriture de toutes les bêtes de la forêt,
Dont les branches abritaient tous les oiseaux.
Mais il était dépassé par les arbres aquatiques
Qui représentaient le monde mauvais environnant.
Et l'arbre de la vie restait caché par eux,
Sans considération
Sans reconnaissance.
C'est Dieu même qui protégeait
Qui cachait son propre mystère,
Tandis que l'étranger voyait sans connaître

Tandis qu'il pensait sans croire à la source de vie.
Car le Royaume des cieux n'était pas seulement
Celui du règne de Dieu qui fait irruption,
Mais aussi un mouvement voulu par Dieu
Qui se répandait sur terre
Parmi les hommes.
Il n'était pas seulement une royauté,
Mais un Royaume de Dieu,
Une région qui s'étend,
Qui gagne les terres et les hommes,
Dans laquelle l'héritage
Vient aux grands et aux petits.
Pour cela Jésus avait appelé les Douze,
Afin qu'ils fussent pêcheurs d'hommes
Pour guérir
Pour annoncer le salut
Pour le pauvre, l'indigent et l'étranger.

Alors Pilate, le gouverneur de Judée,
Pensa qu'il fallait le mettre à mort
Car il avait peur
De la Nouvelle Alliance
De l'avènement du Royaume de Dieu
Qui mettrait fin à l'occupation romaine.
Il savait combien l'écoutaient,
Combien haïssaient les Kittim.
Certains de ses disciples étaient zélotes
Qui partout dans le pays semaient le trouble
Qui croyaient au règne unique de Dieu,
Qui désiraient ardemment la libération finale
Des envahisseurs.

Alors Jésus prit le chemin de Jérusalem
Il quitta la Galilée,
Il parcourut la Samarie,
S'arrêta sur le mont Gerizim,
Où l'attendait le Samaritain
Il déposa une partie du précieux trésor des esséniens
Le trésor antique

Des prêtres du Temple
Le trésor magnifique de Salomon
À cet endroit
Où il ne serait pas cherché
Où il était en lieu sûr
Chez les scribes samaritains
Amis des scribes esséniens.
Ainsi lors de la guerre
Des fils de lumière contre les fils des ténèbres
Le trésor ne serait pas volé
Ainsi dans l'ère
Messianique, ils le reprendraient pour prendre le
[pouvoir

Et il poursuivit son chemin
Et sur son chemin
Il cacha les autres parties
Du trésor
Puis il se rendit à Jérusalem,
Ville sainte où s'élevait la demeure de Dieu,
Centre prédestiné du royaume
D'où la Rédemption et la bénédiction devaient
À toutes les nations.   [s'étendre
Jérusalem en disgrâce
Jérusalem des païens
Bafouée par les Kittim
Profanée, salie
Par ceux qui sans cesse surveillaient les parvis du
Il fallait se repentir   [Temple.
Ou alors
La ville, du plus grand au plus petit,
Périrait dans la douleur.
Il se rendit à Jérusalem
Lors de la fête de Pâque.
Il s'arrêta à Béthanie,
Il fut accueilli par Marthe et par sa sœur Marie.

Alors il se rendit à Jérusalem,
Où il savait ce qui l'attendait.
Il n'était plus parmi les Galiléens de chez lui,

Mais en Judée où les dangers étaient grands
Où il devait affronter les fils des ténèbres,
Les autorités suprêmes juives et romaines,
Le gouverneur romain, Ponce Pilate,
Et le prêtre impie, Caïphe,
Qui détenait la charge sacrée
De grand prêtre,
Acquise avec l'or de ses coffres bien remplis.

La Pâque se célébrait le premier mois.
Pour commémorer les miracles accomplis jadis en
                                                [Égypte,
Lorsque Dieu avait délivré son peuple de la
On mangeait l'agneau pascal   [servitude.
Qui ce soir fut Jésus.

Et le pain sans levain de son corps
Et les herbes amères de l'humiliation,
Car le sacrifice de Pâque s'accomplit selon les
                                                [Écritures,
Le sang de Jésus devant être répandu lui-même
                        [comme le vin des célébrations.
Et puis il serait ensuite glorifié,
Car les premiers fruits de l'orge étaient consacrés à
Au lendemain du Chabbath pascal   [Dieu
Lorsque l'on priait pour la rosée
Ainsi il était écrit :
Que tes morts revivent !
Que mes cadavres se relèvent !
Réveillez-vous et tressaillez de joie,
Habitants de la poussière,
Car ta rosée est une rosée vivifiante
Et la terre redonnera le jour aux ombres.
Je réparerai leur infidélité.
Je serai comme la rosée pour Israël.
Car Dieu ne l'abandonnerait pas.

Alors il se rendit à Jérusalem
Car il devait se révéler publiquement à Israël
Sous le nom de Messie.

Alors son heure serait venue.
L'heure de l'avènement du Royaume des cieux
L'heure finale très belle
Et le temps était pour lui
Maître des profondeurs et des ténèbres.
Non Dieu ne l'abandonnerait pas.

Alors à Jérusalem
Le Sanhédrin convoqua une cession extraordinaire.
Le grand prêtre Caïphe parla en ces termes :
« N'avez-vous point compris dans votre intérêt
Mieux vaut voir mourir un seul homme pour le
                    [peuple plutôt que toute la nation ? »
Et le Conseil décida de condamner Jésus.

Et cela il le savait,
Car son ami Jean
Le disciple qu'il aimait entre tous,
Son ami et son hôte,
Son allié secret, son espion
Jean était prêtre au Sanhédrin
Il savait tout ce qui s'y passait
Et tout était répété à Jésus son maître.

Alors Jésus quitta Béthanie
Il se retira dans la ville d'Ephraïm,
En bordure du désert.
Puis il retourna en Galilée,
Pour faire le pèlerinage de Pâque
Avec les Galiléens.

Alors il vint aux abords de Jérusalem
À Bethphagé.
Le soin avait été confié à Lazare
D'agir selon le Plan préparé
Par les esséniens.
L'ânon devait se trouver attaché
À l'entrée du village de Béthanie.

Mais aucun des Douze n'était au courant.
La consigne avait été donnée
De le laisser partir avec des messagers qui diraient :
Le maître en a besoin.
Les messagers revinrent avec l'ânon,
Ils s'émerveillèrent
Car le Messie devait arriver sur un âne
Selon la prophétie.
Sur son passage, on mettait des vêtements
On coupait des joncs pour en tapisser le chemin.
À Béthanie, Marthe avait préparé le souper.
Elle mit sur ses pieds une précieuse huile de nard
Qu'elle essuya ensuite avec sa chevelure
Ainsi elle embaumait déjà
Son frère essénien.
Jésus lui avait demandé
D'apporter l'huile sainte,
Sans expliquer pourquoi
Afin qu'exaspéré un de ses disciples le trahît
Et s'accomplît la prophétie
Celui-là même avec qui j'étais en paix,
Qui avait ma confiance
Et qui mangeait mon pain,
Lève le talon contre moi.
Car c'était le signe :
Richesse et mort
Ainsi était le plan des esséniens.

Alors il se rendit à Jérusalem
Comme un roi
Ils entonnèrent le Hallel,
Et ils dirent *Hosannah !*
Béni est celui qui vient au nom du Seigneur !
Certains pharisiens scandalisés lui demandèrent de
Afin qu'il ne fût pas tué,   [les faire taire,
Afin de le sauver,
Mais il répondit :
« *Je vous le dis, s'ils se taisent, les pierres crieront !* »
Il consentait à se faire acclamer par la foule juive,

Signe de provocation
Signe de trahison envers César.
Il était accompagné
Par la foule de pèlerins galiléens.
Et les Kittim avaient la consigne de laisser ces juifs
                                        [qui chantaient
S'approcher du centre de leur culte.

Dans la cour des Gentils,
La partie du Temple accessible à tous,
Jésus lança une attaque contre les marchands.
Avec un fouet fabriqué à l'aide de cordes rompues
Servant à attacher les bêtes vendues comme
Il distribua les coups   [victimes sacrificielles,
Il renversa les tables des changeurs de monnaies
Les sièges des vendeurs de colombes,
Non pas dans le lieu saint,
Mais juste devant,
Sur les parvis des Gentils
Où l'on échangeait les monnaies
Pour acheter les victimes sacrificielles.
Il leur dit qu'il était écrit :
Ma maison sera appelée une maison de prières
Et vous en avez fait un repaire de brigands.
Et il ajouta :
« Je détruirai ce Temple fait de main d'homme
Et, après trois jours, j'en rebâtirai un autre
Qui ne sera pas fait de main d'homme. »
C'était une prophétie de la destruction du Temple.

Ainsi le voulait le Plan.
Afin que la catastrophe fût inévitable.
Car les sadducéens n'avaient comme refuge que le
                                        [Temple.
Et voilà qu'il annonçait la fin des prêtres sadducéens.
Et la fin de leur Temple.
Car le Temple était souillé
Par le sacerdoce illégitime,

Par leur calendrier illégal
Fixant les temps sacrés et les temps profanes
À leur manière.

C'était la guerre, la revanche,
Des fils de lumière contre les fils des ténèbres,
Des fils de Lévi,
Des fils de Judas,
Des fils de Benjamin,
Des exilés du désert
Contre les armées de Bélial,
Les habitants de Philistie,
Les bandes de Kittim d'Assour
Et ceux qui les aidaient, les traîtres.

Alors les fils des ténèbres lui posèrent des questions
Pour le prendre au piège.
« De quelle autorité parles-tu ? demandèrent-ils.
— Le baptême de Jean est-il selon vous,
Divinement inspiré ou non ? répondit-il.
— Nous ne savons pas.
— Dans ce cas, dit-il,
Je n'ai pas à vous dire en vertu de quelle autorité
J'agis comme je le fais. »
Des personnes dispersées dans la foule
Devaient lui poser des questions
Pour le prendre au piège.
Mais il était trop averti
Pour se laisser prendre.
« Le tribut à César doit-il être payé ? » dirent-ils.
Car l'impôt fixé sur un recensement
Transgressait la loi qui interdisait
Le dénombrement de la population
« Pourquoi me tendre un traquenard ?
Montrez-moi un denier. »
Alors ils le lui montrèrent
Mais il refusa de le toucher
Pour ne pas offusquer les zélotes
Qui étaient pour lui.
« De qui sont cette effigie et cette inscription ?

— De César.
— Rendez-donc à César ce qui est à César
Et à Dieu ce qui est à Dieu.
Car Dieu est seul Seigneur », dit-il.

Alors Jésus célébra la fête de Pâque
Le mardi, selon le calendrier solaire de Qumran
Et non selon le calendrier du Temple impur
Ainsi qu'il avait l'habitude de le faire
Avec les membres de la communauté.
À la fin de la journée,
Il quitta le Temple pour la dernière fois,
Il passa le quatrième jour à Béthanie,
Et la soirée chez Simon le lépreux.
Le cinquième jour commençait la fête des Matsoth
Où était abattu l'agneau pascal
Qui ce soir était Jésus.

III

Alors il se rendit à Jérusalem
Pour le dernier repas,
Qui était celui de la Pâque.
Il réunit ses disciples,
Afin de partager avec eux le repas traditionnel
Offert en souvenir de la libération d'Égypte.
Mais cette nuit n'était pas comme toutes les autres
[nuits
Car cette nuit était la dernière de sa vie en ce monde.
Son heure était venue,
Il s'en doutait,
Il le savait.
Mais était-ce son heure ou celle de ce monde ?
Cette nuit était-elle la dernière de sa vie *en ce*
[*monde* ?
Ou bien la dernière *de sa vie* en ce monde ?

Il avait décidé de réunir ses disciples
Une dernière fois
Ils étaient treize autour de la table
Dressée pour le Seder.
Parmi eux, il y avait Judas Iscariote.
Car lui aussi était un disciple,
Aimé de Jésus
Et convié à sa dernière nuit.

Les douze disciples s'étaient attablés
Autour de Jésus, qui se leva de table,
Déposa son manteau
Et prit un linge dont il se ceignit
Il versa de l'eau dans un bassin,
Et il commença à laver les pieds des disciples
Et à les essuyer avec le linge qu'il portait.
Selon le rite des esséniens
Afin qu'aucun ne se sente supérieur
Et afin que tous fussent parfaitement égaux.
Alors arriva le tour de Simon Pierre.
« Toi, Seigneur, me laver les pieds à moi !
Jamais ! »
Car Pierre ne faisait pas partie de la secte,
Et il ne voulait pas faire partie du complot.
« Si je ne te lave pas,
Tu ne pourras pas avoir part avec moi », répondit
Car il pensait que les esséniens   [Jésus,
Détenaient les clefs du Royaume des cieux,
« Non pas seulement les pieds,
Mais aussi les mains et la tête »,
Répondit Simon Pierre
Et ainsi il accepta le baptême
Des esséniens
Car il croyait en Jésus.
« Celui qui s'est baigné n'a nul besoin d'être lavé,
Car il est entièrement pur
Et vous, vous êtes purs, dit Jésus,
— Mais non, pas tous. »
Car il y avait Judas.
Et Jésus savait qu'il allait être livré.

Car Judas, fils de Simon
Le zélote,
Était le plus fort d'entre les esséniens
Et celui qui croyait le plus en Jésus
Au point de perdre sa pureté
Judas plus que Pierre
Et plus que tous les autres
Croyait que Jésus était le Messie
Et croyait en Dieu
Judas pensait
Judas savait
Que Dieu ne l'abandonnerait pas
Judas devait
Le livrer pour faire advenir le Royaume des cieux
Celui du Roi-Messie
Celui de Jésus.
Et il fallait qu'il fût fort
Pour supporter l'impureté
Et il fallait qu'il fût zélote
Pour supporter un tel sacrifice
Le sacrifice de l'éternité
Le sacrifice de son sacrifice.

Lorsqu'il eut achevé,
Jésus revêtit son manteau,
Se remit à table
Et dit :
« Comprenez-vous ce que je vous ai fait ?
Vous m'appelez "le Maître et le Seigneur",
Et vous dites bien,
Car je le suis.
Si je vous ai lavé les pieds,
Moi le Seigneur et le Maître,
Vous devez vous aussi vous laver les pieds les uns
                                        [aux autres
Car c'est un exemple que je vous ai donné,
Et ce que j'ai fait pour vous,
Faites-le vous aussi.
En vérité, je vous le dis,
Un serviteur n'est pas plus grand que son maître,

Ni un envoyé plus grand que celui qui l'envoie.
Sachant cela, vous serez heureux
Si du moins vous le mettez en pratique
Je ne parle pas pour vous
Je connais ceux que j'ai choisis.
Mais qu'ainsi s'accomplisse l'Écriture.
Celui qui mangeait le pain avec moi
Contre moi a levé le talon.
Je vous le dis
Avant que l'événement ne se produise,
Afin que lorsqu'il arrivera,
Vous croyiez qui je suis.
En vérité, je vous le dis,
Recevoir celui que j'enverrai,
C'est me recevoir moi-même,
Et me recevoir,
C'est recevoir Celui qui m'a envoyé. »
Il voulait qu'ils continuent de perpétrer cette
Des esséniens, des pauvres,   [fraternité
Si jamais il ne devait pas revenir
Car il savait le risque qu'il prenait
En acceptant le Plan
Car il savait qu'il risquait *sa vie*.

Alors ils prirent le repas
Similaire à celui des esséniens
Et Jésus dit :
« En vérité, je vous le dis,
Je ne boirai plus de ce vin jusqu'au jour du Royaume
Ainsi il se dévoila à ses disciples   [de Dieu. »
Comme étant le Messie
Ainsi il révéla à ses disciples
Qu'il ne participerait plus au repas sacré
En tant que communiant,
Mais comme Messie visible et présent,
Lors de la confrontation avec les prêtres.
Car selon les Écritures des esséniens
Il était dit que le Messie d'Israël
Devait serrer les mains sur le pain,

Et après avoir fait la prière,
Le partager avec toute la communauté.
Et Jésus suivit ce rituel,
Comme il avait l'habitude de le faire
Lorsqu'il célébrait la Pâque
Avec les esséniens.
Pendant que ses disciples mangeaient,
Il prit le pain,
Et le bénit,
Il le rompit
Et leur donna.
Il attendit que ses disciples eussent commencé à
Pour faire le sacrement   [manger
Comme il le faisait
Lorsqu'il célébrait la Pâque
Avec les esséniens.
Alors Jésus parla ainsi aux douze disciples :
« J'ai désiré ardemment de partager avec vous cet
Car je vous le dis   [agneau pascal
Je n'en mangerai plus jusqu'à ce qu'on mange à
              [nouveau dans le Royaume de Dieu. »

Il prit ensuite une coupe de vin,
Rendit grâces
Et dit :
« Prenez
Partagez-le entre vous.
Car je vous le dis,
Je ne boirai plus jamais du fruit de la vigne
Jusqu'à ce que j'en boive de nouveau dans le
Royaume de Dieu. »
Car il pensait que le Royaume de Dieu
Était pour bientôt.

Puis il fit le geste consacré
Celui du Messie.
Il prit du pain,
Rendit grâces
Et dit :
« Ceci est mon corps. »

Ainsi il prononça les derniers mots du repas,
Identifiant le pain avec son corps
Et le vin avec son sang.
Mais ce soir, il ne répéta pas la prière essénienne,
Selon laquelle la nourriture représentait le Messie
Car le pain était sacré   [absent.
Il était le symbole de la nourriture.
Il s'identifia lui-même avec le pain,
Qui représentait
Le Messie dans le repas sacré,
Il ne dit pas
Ainsi qu'il avait l'habitude de le dire
« Ce pain représente le Messie d'Israël »
Mais il dit :
« Il représente mon corps. »
Ainsi il se révéla à eux
Car il pensait
Que le Royaume de Dieu
Était pour bientôt
Et que bientôt
Il serait sauvé
Et tous seraient sauvés.
Alors il déclara à ses disciples :
« En vérité, je vous le dis,
L'un d'entre vous va me livrer. »

Alors ils se regardèrent les uns les autres,
Et ils se demandaient de qui il parlait.
L'un d'entre eux, Jean, le prêtre
Celui que Jésus aimait,
Se trouvait à côté de lui.
Simon Pierre lui fit signe :
« Demande de qui il parle. »
Car à Jean seul
Jésus parlait
Selon son cœur
À lui
Il disait tout
Car il était le prêtre

Qui était proche des esséniens
Et qui observait tout ce qui passait au Sanhédrin
Et lui disait tout.
Le disciple se pencha alors vers la poitrine de Jésus
Et il lui dit :
« Seigneur, qui est-ce ? »
Alors Jésus répondit :
« C'est celui à qui je vais donner la bouchée,
Celle que je vais tremper. »
Alors il prit la bouchée qu'il avait trempée,
Et il la donna à Judas Iscariote,
Fils de Simon
Simon le zélote.
Et Jésus lui dit les paroles de connivence
Car ensemble ils venaient de sceller leur pacte
« Ce que tu as à faire, fais-le vite. »
Et comme Judas tenait la bourse de la communauté
                                        [des esséniens
Quelques-uns pensèrent que Jésus lui avait dit
Ce qui était nécessaire pour la fête   [d'acheter
Ou encore de donner quelque chose aux pauvres.
Mais il était convenu entre eux qu'à ces mots
Judas le livrerait,
Et qu'il donnerait
L'argent qu'il recevrait en échange
Au trésor de la communauté essénienne.
Il prit la bouchée,
Il sortit immédiatement.

Dès qu'il fut sorti,
Jésus fut soulagé
Car ils n'avaient pas faibli
Tous les deux ensemble
Et il était parti,
Comme ils avaient prévu,
Ainsi qu'ils l'avaient choisi,
Suivant leur Plan.

Il dit aux autres :

« À présent, le Fils de l'Homme est glorifié
Et Dieu a été glorifié en lui-même,
Et c'est bientôt qu'il le glorifiera.
Avant de partir,
Je vous donne un commandement nouveau :
Aimez-vous les uns les autres.
Comme je vous ai aimés,
Vous devez aussi vous aimer les uns les autres.
Et si vous avez de l'amour les uns pour les autres,
Tous reconnaîtront que vous êtes mes disciples. »

Ce Plan était celui des esséniens.
Car ils voulaient qu'il fût confronté
À la Vérité,
Et que par lui,
Leur vérité triomphe,
Ils pensaient que Dieu le sauverait
Comme il avait sauvé Isaac
Ils voulaient la révélation enfin
Et pour cela,
Ils pensaient qu'il fallait précipiter les choses
Prendre Dieu à témoin
Le faire intervenir.
L'obliger à révéler le Messie.

C'était leur Plan
C'était leur complot :
Un complot pour Dieu,
Un complot contre Dieu.
Livrer Jésus, son envoyé,
Aux Kittim,
Et au prêtre impie.
Non pas tel l'agneau sur l'autel,
Mais tel Isaac sur l'autel,
Il devait être sauvé au dernier moment.
Et Jésus avait accepté ce pacte
Car il croyait en eux
Comme ils croyaient en lui.

Après le repas,
Jésus et ses disciples
Quittèrent la ville
Pour le mont des Oliviers.
Ils montèrent en un lieu nommé Gethsémani.
Il demanda alors aux disciples de rester là
Et leur dit
De prier.
Puis il s'avança,
Se jeta à terre
Et pria :
« Père si tu le veux,
Éloigne de moi cette coupe,
Mais que ce ne soit pas ma volonté qui se fasse,
Mais la tienne. »
Il ne ferait rien par lui-même,
Mais ne ferait qu'attendre un signe de Dieu.
Il ne se sauverait pas.
Il attendrait qu'Il le sauve.

Il alla trouver les disciples
Qui étaient endormis.
Alors il leur dit :
« Que dormez-vous ?
Levez-vous
Et priez pour que je n'entre pas en tentation.
L'esprit est prompt,
Mais la chair est faible. »
Car il avait peur de ne pas poursuivre sa mission,
De faiblir
De s'enfuir.
Mais il parvint à surmonter la tentation
Qui s'était emparée de lui,
Irrésistible,
Celle que l'on nomme la « peur »
Profiter de la nuit
Pour fuir les jardins de Gethsémani.

Alors Jésus partit avec ses disciples,

Au-delà du torrent du Kidron.
Il y avait là un jardin
Où il entra avec eux.
Et Judas, qui le livrait,
Prit la tête de la milice
Et des gardes fournis par les grands prêtres
Il gagna le jardin avec torches, lampes et armes.
C'est alors que survint la garde du Temple
Et avec elle les Kittim
Et le fils du zélote
Qui s'approcha de Jésus
Ils s'embrassèrent
Pour se donner l'espoir
Et pour s'encourager
En même temps que pour se dire adieu.
Jésus s'avança au-devant d'eux,
Pour se livrer lui-même,
Et il leur dit :
« Que cherchez-vous ?
— Nous cherchons Jésus. »
Ils eurent un mouvement de recul,
Ils tremblèrent très fort.
À ce moment
Il aurait pu s'enfuir.
Mais à ce moment encore
Il persévéra.
Et à nouveau leur demanda :
« Qui cherchez-vous ? »
Et ils répondirent :
« Jésus de Nazareth.
— C'est moi. »

Alors, Simon Pierre,
Qui portait un glaive,
Dégaina
Frappa le serviteur du méchant prêtre,
Trancha son oreille droite.
Enfin il avait compris ce qui s'était tramé,
Il voulait sauver Jésus.
C'est sa propre oreille,

À moitié fermée,
Qu'il aurait voulu couper.
Mais aussitôt, Jésus dit à Pierre :
« Remets ton glaive dans ton fourreau !
Comment ?
Je ne boirais pas la coupe que le Père m'a donnée ? »

Alors Pierre comprit :
Car entre Pierre et les esséniens,
Entre Pierre et Jean,
Le disciple que Jésus aimait,
C'était eux,
C'était lui,
Qui avaient gagné.
Épée, lève-toi
Sur mon pasteur
Et sur l'homme qui est mon compagnon !

La milice avec son commandement
Et les gardes des juifs saisirent Jésus
Et ils le ligotèrent.

Le soir venu,
Judas ne fut pas un traître
Il était le plus pur et le plus croyant
Le fils du zélote
Celui qui espérait le plus en la Délivrance finale
Celui qui avait le plus foi dans la victoire
Celle de Jésus   [messianique
Contre les fils des ténèbres,
Celui qui était le plus persuadé
Qu'il était le Messie.
Même Pierre, le Bien-Aimé,
Le renia trois fois ce soir-là.
Or Judas était le frère de Jésus,
Mandaté par la secte pour le dénoncer
Afin que la Vérité puisse éclater au grand jour
Il était le Messie,
Le Royaume des cieux était arrivé,

Les fils de lumière allaient l'emporter
Contre les fils des ténèbres.
Ils voulaient hâter la fin du monde
Par la guerre
Des fils de lumière contre les fils des ténèbres.

Et Jésus le savait
Face aux grands prêtres
Il avait dit que le maître de la vigne
Avait envoyé un serviteur aux vignerons
Pour se faire remettre sa part du fruit de la vigne,
Mais les vignerons le battirent
Et ils le renvoyèrent.
Il envoya encore un autre serviteur,
Et celui-là aussi ils le battirent
Et ils l'injurièrent.
Il en envoya encore un autre
Mais ils le blessèrent
Et ils le jetèrent dehors.
Il envoya son fils,
Pensant qu'ils auraient pour lui des égards.
Mais en le voyant,
Les vignerons disaient entre eux
« Voici l'héritier.
Tuons-le,
Et l'héritage sera à nous ! »
Et ils le jetèrent hors de la vigne,
Et ils le tuèrent.
Que leur fera donc le maître de la vigne ?
Il viendra,
Il fera périr ces vignerons
Et il donnera la vigne à d'autres.
Les grands prêtres l'avaient compris
Les vignerons homicides,
C'était eux,
Les méchants prêtres
Qui avaient le monopole sur le peuple de Dieu
Et la vigne, c'était le peuple d'Israël.

Ce soir-là,

Ils étaient treize,
Allongés autour de la table du repas pascal.
Il y avait Jésus
Les Douze,
Et à la place d'honneur
Le maître de maison,
Le disciple bien-aimé, Jean,
L'essénien qui allait dans la maison des prêtres
Le prêtre qui était devenu un essénien.
Et lorsque Jésus fut arrêté,
Il courut à la maison du prêtre Anne,
Fils de Sen, ancien grand prêtre.
Car il savait où Jésus devait être conduit.
Pendant ce temps,
Jésus avait été conduit devant le prêtre.
Et il lui demanda
Ce qu'il enseignait.
« Pourquoi m'interroges-tu, dit Jésus.
Demande à ceux qui m'ont entendu ce que je leur
Ce sont eux qui le savent. »   [ai dit.
Alors Anne envoya Jésus devant le Conseil.
Le Sanhédrin se réunit
Et il garda le silence
Comme un agneau muet
Devant celui qui le tond,
Il n'ouvrit point la bouche.
« N'as-tu donc rien à dire pour ta défense ? »
Demanda le grand prêtre Caïphe.
Mais Jésus se taisait toujours.
« Es-tu le Messie ?
— Oui, je le suis.
Et vous verrez le Fils de l'Homme
Assis à la droite de la Puissance
Venant sur les nuées du ciel. »
Alors, le prêtre déchira sa tunique.
« Qu'avons-nous désormais besoin d'autres
                                        [témoins ?
Vous avez entendu son aveu de trahison.
Qu'allez-vous décider ? »
Car il était le prêtre impie.

Et le conseil décida que Jésus méritait la mort.
Il avait blasphémé
Non point contre Dieu
Mais contre Tibère César.
Ils furent les delatores
Ils formulèrent leur accusation
Contre Jésus devant le représentant de César.
Et Jésus n'avait pas blasphémé contre la loi
Ainsi il ne fut pas lapidé
Car il n'avait pas prononcé le nom sacré de Dieu.
Le lendemain matin,
Il comparut devant Ponce Pilate.
Ils dirent qu'il se livrait à la subversion
Au sein de la nation,
Qu'il interdisait le paiement du tribut à César
Qu'il affirmait être le Messie, *le Roi*.
Alors Pilate sortit sur sa terrasse
Et il demanda :
« De quoi s'agit-il ?
— Cet homme est un criminel.
— Dans ce cas, prenez-le vous-mêmes
Et jugez-le selon votre loi.
— Ce n'est pas un délit religieux.
— Es-tu le roi des juifs ?
— Dis-tu cela toi-même,
Ou d'autres te l'ont-ils soufflé ?
— Suis-je juif moi-même ?
Ce sont les tiens, les principaux sacrificateurs,
Qui t'ont livré à moi.
Qu'as-tu fait ?
— Mon Royaume n'est pas de ce monde.
— Tu es donc le Roi ?
— Je suis Roi, tu l'as dit,
Je suis né
Et je suis venu dans ce monde pour témoigner de
Qui fait cas de la vérité m'écoute.   [cette vérité.
— Que signifie la vérité ?
Je ne retiens aucune charge contre lui.
— Il soulève le peuple en enseignant
Par toute la Judée,

Depuis la Galilée,
Où il est venu,
Jusqu'ici.
— Il est donc galiléen ?
Il relève de la juridiction d'Hérode Antipas,
Tétrarque de Galilée,
Renvoyez donc vos accusations devant Hérode. »
Alors le prêtre impie l'emmena chez Hérode
Mais il resta silencieux
Et le prêtre impie porta des accusations contre lui.
Il renvoya le prisonnier à Pilate.
Alors le prêtre impie réunit ses esclaves
Et leurs amis dans la cour du prétoire.
Mais Pilate disait qu'il fallait flageller,
Puis renvoyer Jésus
Car c'était la Pâque.
Alors, poussée par le prêtre impie,
La foule s'écria qu'elle voulait Jésus Barabas
Et non Jésus.
Il fit flageller Jésus
Il le déguisa,
D'une cape cramoisie sur les épaules
Et d'une couronne d'épines.
Et la foule cria
Qu'il fallait le crucifier.
Alors Barabas fut libéré
Jésus fut condamné.
Il fit afficher sur la croix
Jésus le nazaréen, le Roi des juifs
Car Jésus était nazaréen,
Comme les esséniens qui se nommaient
Nozerei Haberith,
Les gardiens du Contrat
Les nazaréens.

Et Jésus fut emmené par les gardes romains.
Il passa par la porte ouest de la ville.
Mais personne ne savait rien
De ce qui s'était déroulé sur la Colline du
C'était le début de la fête   [gouvernement.

Tous les événements avaient été précipités
Et entourés de secret
Et personne ne savait rien
Du complot qui se tramait.
Près de la croix,
Il y avait sa mère
Il y avait Jean, le disciple bien-aimé.
Marie de Magdala,
Marie, mère de Jacques
Salomé, mère de Jacques
Jean, fils de Zébédée.
Les soldats tirèrent au sort la tunique de Jésus
Ainsi il est écrit dans le psaume.
Ils percèrent ses mains et ses pieds
Ainsi il est écrit dans le psaume.
Les principaux sacrificateurs et les scribes se
Ainsi il est écrit dans le psaume.   [moquèrent de lui
Ils s'écrièrent :
« Il s'est confié dans le Seigneur,
Que le Seigneur le délivre s'il l'aime. »
Ainsi il est écrit dans le psaume.
Puis ils lui donnèrent du vinaigre.
Ainsi il est écrit dans le psaume.
Son flanc fut percé d'une lance.
Ainsi il est écrit dans Zaccharie.
Ces choses sont arrivées,
Afin que le Plan soit respecté
Afin que l'Écriture fût accomplie.

La foule, poussée par les prêtres,
Réclamait la mort de Jésus.
Le prêtre impie clamait
Sa haine du Sauveur.
On ne vit pas les pharisiens,
Qui furent absents.
Car ils étaient proches des esséniens.
On ne vit pas Judas,
Le sacrifié,
Le religieux,
Le fort et l'honnête

Qui croyait en Jésus et en Dieu
Et qui comprit
Et qui rendit l'argent
Non aux esséniens
Mais aux prêtres
Et qui se suicida.

Car c'était trop tard
Le temps de la confrontation était arrivé
Et plus personne ne pouvait rien
En ce monde.

Ce soir-là,
Les esséniens jeûnèrent
Ils prièrent toute la nuit,
Pour réclamer l'intervention divine.

Au sombre Golgotha on le traîna
Sur une croix on le cloua
Ses vêtements furent partagés
Tirés au sort.
Avec lui, il y avait deux bandits,
L'un à sa droite,
L'autre à sa gauche.

Il livra son dos
À ceux qui le frappaient
Et ses joues
À ceux qui lui arrachaient la barbe,
Il ne déroba pas son visage aux ignominies
Ni aux crachats.
Il fut maltraité et opprimé,
Il n'ouvrit point la bouche,
Semblable à un agneau qu'on mène à l'autel.
Il fut pris par la peine, par l'angoisse
Et par le châtiment.
Et parmi ceux de sa génération,
Qui avait cru qu'il était retranché de la terre des
Et frappé pour les péchés de son peuple ?   *[vivants*

Et pis, il fut un ver, non un homme,
L'opprobre des hommes
Et le méprisé du peuple.
Tous ceux qui le virent se moquèrent de lui,
Ils ouvraient la bouche,
Secouaient la tête :
« Recommande-toi à l'Éternel !
L'Éternel te sauvera,
Il te délivrera
Puisqu'il t'aime.
— Je suis comme de l'eau qui s'écoule,
Et tous mes os se séparent :
Mon cœur est comme de la cire,
Il se fond dans mes entrailles.
Ma force se dessèche comme l'argile
Et ma langue s'attache à mon palais,
Tu me réduis à la poussière de la mort.
Car les chiens m'environnent,
Une bande de scélérats rôde autour de moi,
Ils ont percé mes mains et mes pieds.
Je pourrais compter tous mes os.
Eux, ils observent
Ils me regardent
Ils se partagent mes vêtements,
Ils tirent au sort ma tunique.
L'opprobre me brise le cœur
Et je suis malade.
J'attends de la pitié,
Mais en vain mes consolateurs,
Je n'en trouve aucun.
Ils mettent du fiel dans ma nourriture,
Et pour apaiser ma soif,
Ils m'abreuvent de vinaigre.
Car ils persécutent celui que tu frappes,
Ils racontent les souffrance de ceux que tu blesses.
Et ils tourneront leurs regards vers moi,
Celui qu'ils ont percé.
Ils pleureront sur lui
Comme on pleure sur un fils unique,

Ils pleureront amèrement
Comme on pleure sur un premier-né. »

Les passants l'insultaient
Et ils disaient :
« Toi qui détruis le Sanctuaire
Et le rebâtis en trois jours,
Sauve-toi toi-même
En descendant de la croix. »
De même, le prêtre impie
Avec les scribes
Se moquaient entre eux :
« Il en a sauvé d'autres,
Il ne sait pas se sauver lui-même.
Le Messie,
Le Roi d'Israël,
Qu'il descende maintenant de la croix,
Pourvu que nous voyions
Et que nous voyions ! »
Ceux qui étaient crucifiés avec lui l'injuriaient aussi.

Les rois de la terre se soulevèrent
Et les princes se liguèrent avec eux
Contre l'Éternel et son Oint.
Méprisé et abandonné des hommes,
Homme de douleur habitué à la souffrance,
Semblable à celui dont on détourne le visage,
Ils n'ont pas dédaigné en faire cas
La pierre qu'ont rejetée
Les architectes
Est devenue la clef de voûte.
Ses ennemis dirent méchamment de lui :
« Quand mourra-t-il ?
Quand périra son nom ? »
Tous ses ennemis chuchotèrent entre eux contre lui,
Ils pensaient que son malheur causerait sa ruine.
Et si on lui demandait :
« D'où viennent ces blessures que tu as aux mains ? »
Il répondait :

« *C'est dans la maison de ceux qui m'aimaient*
Que je les ai reçues.
Épée, lève-toi sur mon pasteur.
Frappe le pasteur, que les brebis se dispersent.
Ils ouvrent contre moi une bouche méchante
Et trompeuse,
Ils me parlent avec une langue mensongère,
Ils m'environnent de leurs discours haineux
Et ils me font la guerre sans cause.
Tandis que je les aime,
Ils sont mes adversaires.

— Quand je marche au milieu de la détresse,
Tu me rends la vie,
Tu étends ta main sur la colère de mes ennemis,
Et ta droite me sauve.
L'Éternel agira en ma faveur.
Le silence de la mort m'avait environné,
Les filets de la mort m'avaient surpris.
Dans ma détresse,
J'ai invoqué l'Éternel,
J'ai crié à mon Dieu.
De son palais,
Il a entendu ma voix,
Et mon cri est parvenu devant lui à ses oreilles.
La terre fut ébranlée
Et elle trembla,
Et les fondements des montagnes frémirent.
Il étendit sa main d'en haut,
Il me saisit,
Il me retira des grades.
Il me délivra de mon adversaire puissant.
Venez, retournons à l'Éternel,
Car il a déchiré,
Mais il nous guérira.
Il a frappé,
Mais il bandera nos plaies.
Il nous rendra la vie dans deux jours,
Le troisième jour,
Il nous relèvera,

Et nous vivrons devant lui.
J'ai constamment l'Éternel sous mes yeux,
Il est à ma droite,
Je ne chancelle pas.
Aussi mon cœur est dans la joie,
Mon esprit dans l'allégresse
Et mon corps repose en sécurité.
Car tu ne livreras pas mon âme au séjour des morts,
Tu ne permettras pas que ton bien-aimé
Voie la corruption.
Tu me feras connaître le sentier de la vie,
Il y a d'abondantes joies devant ta face,
Des délices éternelles à ta droite.
Dieu sauvera ton âme du séjour des morts,
Car il me prendra sous sa protection.
Éternel ! Le roi se réjouit de ta protection puissante !
Oh ! Comme ton secours le remplit d'allégresse !
Tu as mis sur sa tête une couronne d'or pur.
Il te demandait la vie,
Tu la lui as donnée,
Une vie rendue pour toujours à perpétuité.
Sa gloire est grande à cause de ton secours,
Tu places sur lui l'éclat et la magnificence. »

« Remets ton épée,
Avait-il dit à Pierre,
Penses-tu que je ne puisse faire appel à mon Père,
Qui mettrait aussitôt à ma disposition
Plus de douze légions d'anges ?
Comment s'accompliraient les Écritures
Selon lesquelles il faut qu'il en soit ainsi ? »
Il pensait,
Il croyait qu'il serait sauvé.
Il le sut jusqu'au moment
Où enfin il comprit qu'il n'en serait rien.
Et que Dieu l'abandonnait.

Le jour où le Messie rendit l'âme,
Le ciel n'était point obscur
Aucune lumière ne l'éclairait,

Tel un signe miraculeux.
Aucunes ténèbres ne l'obscurcissaient,
Sur le ciel encore était une faible lueur.
C'était un jour comme un autre,
Et cette normalité n'était pas le présage
D'une absence de présage.

Son agonie fut lente, difficile.
Sa respiration s'éternisa en une longue plainte,
Immense de désespoir.
Ses cheveux et sa barbe n'avaient plus l'ardeur
De la sagesse,
Ce soin, cette guérison.
Son regard était vide de la flamme
De la passion
Des bonnes paroles
Et des prophéties,
Lorsqu'il prononçait l'avènement du monde
Son corps tordu comme un linge, ravagé, [nouveau.
N'était que souffrance.
Les os saillaient sous la chair,
Stries macabres.
Sa peau était flétrie,
Déchiquetée comme un habit
Parti en lambeaux,
Un suaire partagé,
Un rouleau déplié et profané,
Un parchemin vétuste aux lettres de sang
Aux lignes scarifiées.
Ses membres étaient étirés,
Percés par les clous,
Maculés de taches violacées,
Ses mains étaient trouées,
Recroquevillées
Le sang coula
Abondant,
Une lave tiède jaillie du cœur.
Sa bouche était desséchée,
Aride des paroles d'amour
Prostrée

Sa poitrine faible
Se souleva d'un bond,
Comme si le cœur allait en sortir tel qu'il était,
Nu, éclatant, sacrifié.

Puis il se figea,
Enivré de son propre sang
Les yeux pâmés
La bouche entrouverte,
Images de l'innocence.
Allait-il vers l'Esprit ?
Mais l'Esprit l'abandonnait,
Alors même que par l'ultime espoir,
Il semblait l'invoquer
Et l'appeler par son nom.
« *Dieu sauve*
Dieu avec nous
Sauve-moi. »

Mais il n'y eut point de signe pour lui,
Le rabbi, le maître des miracles,
Le rédempteur, le consolateur des pauvres
Le guérisseur des malades, des aliénés et des perclus.
Personne ne pouvait le sauver,
Personne, pas même lui.
On lui donna un peu d'eau.
On épongea ses peines.

À trois heures,
Il se rendit compte que tout était fini
Dans le désespoir,
Dans la solitude
Dans la désolation
Dans la déception
Jésus cria :

« *Eloï, Eloï, Lama sabaqtani ?* »

Ainsi Jésus remit l'esprit.

Qui est monté aux cieux,
Et qui en est descendu ?
Qui a recueilli le vent dans ses mains ?
Qui a fait paraître les extrémités de la terre ?
Quel est son nom,
Et quel est le nom de son fils ?
Le sais-tu ?

Ils avaient dit
Que Dieu ne l'abandonnerait pas
Pour la mission qu'ils avaient prévue
Ils voulaient qu'il aille jusqu'au bout
Tant ils étaient sûrs qu'il était le Messie
Tant ils pensaient qu'ils gagneraient leur bataille.
Ils voulaient provoquer la guerre finale.
L'affrontement avec les prêtres
Avec les Kittim
Montrer à tous
En cette infernale domination
Que Jésus était le Messie qu'ils attendaient.
Ce devait être le début de la dernière guerre,
Celle qui précéderait l'avènement du Royaume de
À l'issue de laquelle ils seraient sauvés.   [Dieu,
Cette guerre, ils étaient las de l'attendre.
Ils voulaient agir
Et ils se sentaient assez forts pour précipiter le cours
Leur émissaire avait nom Jésus.   [du temps.
Ils ne voulaient pas le voir mourir
Ils pensaient qu'ils allaient vaincre.

Pourquoi ce tumulte parmi les nations,
Ces vaines pensées parmi les peuples ?
Pourquoi les rois de la terre se soulèvent-ils ?
Et les princes se liguent-ils avec eux
Contre le Seigneur
Contre Son Oint ?
Dans les derniers temps,
Les impies se ligueront
Contre le Maître de justice pour le détruire,

Mais leurs projets seront un échec.
Les Kittim dominent beaucoup de nations.
Les princes
Et les anciens
Et les prêtres de Jérusalem qui gouvernent Israël
À l'aide de leur Conseil impie.

Il savait le sort qui l'attendait,
Ainsi que son retour dans la gloire
Pour régner sur les nations
Et pour les juger.

Ainsi ils l'avaient persuadé.
Et ils l'avaient fait tuer.
Ils en conçurent une telle honte,
Qu'ils jurèrent solennellement qu'ils cacheraient
La véritable histoire de Jésus.   [entre eux

Certains attendirent
Que le miracle se produise,
Qu'il ressuscite en une apothéose
Ou qu'un cataclysme emporte tout comme dans
                                        [leurs prophéties.
D'autres virent un éclair lumineux traverser le ciel.
Certains dirent
Qu'ils l'avaient vu en songe.
Mais ici-bas
C'était la terre, ce monde, rien.

Un jour il viendra
Il sera de la lignée de David
De la lignée des esséniens
Il sera grand sur la terre
Tous le vénéreront et le serviront
Il sera nommé grand et son nom sera désigné
Il sera appelé le fils de Dieu
Et ils l'appelleront le fils du Très-Haut.
Comme une étoile filante,
Une vision, tel sera son royaume.

Ils régneront pour plusieurs années
Sur la terre
Et ils détruiront tout.
Une nation détruira une autre nation
Et une province une autre province
Jusqu'à ce que le peuple de Dieu se lève
Et se désiste de son épée.

Par l'homme des nations
Le juste sacrifié
Il sera oint
En son temps
Il se battra contre les fils des ténèbres
Contre le prêtre impie
En son temps
Il les vaincra.

> *En l'an 3787*
> Par Jean, l'essénien, le prêtre caché,
> le disciple que Jésus aimait.

> *Car celui qui a vu doit rendre témoignage,*
> *Un authentique témoignage,*
> *Car celui-là sait qu'il dit vrai.*

Huitième rouleau

LE ROULEAU DU MESSIE

Il reviendra, celui qu'on appela Yéochoua
Dieu sauve
Car Dieu ne le sauva pas
La première fois.
Il était fils,
Il devint Saint-Esprit
Il deviendra père
Ainsi il reviendra
Et il sera ligoté
Tel un agneau
Et sauvé
Car Dieu sauve
Pour que s'accomplisse sa parole.

Et un surgeon croîtra de ses racines.
Et l'esprit de l'Éternel reposera sur lui,
L'esprit de sagesse et d'intelligence,
L'esprit de conseil et de force
L'esprit de science et de crainte de l'Éternel
Sera sur son fils.

Et rien ne se produira
Avant la guerre, la revanche,
Des fils de lumière contre les fils des ténèbres,
Des fils de Lévi,
Des fils de Judas,
Des fils de Benjamin,
Des exilés du désert

Contre les armées de Bélial,
Les habitants de Philistie,
Les bandes de Kittim d'Assour
Et ceux qui les aident, les traîtres.
Et les fils de lumière
Feront la reconquête de Jérusalem
Et du Temple
Et cette guerre contre sept pays
Durera plus de quarante ans.

Et cela aura lieu
Après le siècle de la destruction
De la catastrophe
De la haine
De la maladie
De la guerre fratricide
De la guerre ethnocide
Du génocide.

Et cela aura lieu
Lorsque le Fils de l'Homme viendra
De la lignée de David
De celle des Fils du désert.
Il sera oint
On versera sur sa tête
L'huile de balsam.
Par l'homme des nations,
Le juste percé,
Élie et Jean ressuscités,
Par lui, il sera annoncé.

Et par le diable dans la forêt
Il sera tenté.
Par trois fois
Il sera vainqueur
Lui, Roi de Gloire qui vient sur les nuées des cieux,
La faible plante,
Tel le rejeton qui sort d'une terre desséchée,
Le roi humble monté sur un âne
Et le serviteur souffrant

Ainsi l'a dit Osée
Je m'en irai, je reviendrai dans ma demeure,
Jusqu'à ce qu'ils s'avouent coupables
Et cherchent ma face.
La main de l'Éternel fut sur moi.

Et tous ceux qui mangent son pain
Contre lui ils lèveront le talon.
Ils diront du mal de lui,
Avec une langue perverse,
Tous ceux qui se sont associés à son assemblée.
Ils le calomnieront près des fils de malheurs,
Mais c'est afin que fût exaltée Sa voix,
À cause de leur faute,
Il a caché la source d'intelligence
Le secret de vérité.

Et d'autres ajouteront encore à sa détresse
Ils l'enfermeront dans les ténèbres,
Il mangera un pain de gémissement,
Sa boisson sera dans les larmes, sans fin.
Car ses yeux seront obscurcis à cause du chagrin
Son âme sera plongée dans des amertumes
                                        [quotidiennes.
La crainte et la tristesse l'envelopperont.

Puis ce sera la guerre
Dans le monde entier
Il se battra contre les fils des ténèbres
Il les pourchassera
Sans trêve,
Et contre le prêtre impie,
Il se battra
Et il le vaincra
Et il tuera le prêtre impie
Avec la Loi.

Et en ces temps, tout sera prêt pour l'avènement du
Tout se préparera dans le désert   [Messie
Il y aura un trésor

De pierres précieuses et d'objets saints
Venus du Temple ancien,
Pour qu'il se rende à Jérusalem
Couvert de gloire
Pour qu'il reconstruise le Temple
Et il reconstruira le Temple
Qu'il aura vu en sa vision.

Et le Fils de l'Homme aura une armée
Qui sortira d'une campagne pleine d'os.
Voici, ils seront en fort grand nombre sur le dessus
Ils seront fort secs.   [de cette campagne,
Alors l'Éternel des Armées lui dira :
« Fils de l'homme, ces os-ci pourraient-ils bien
Et il répondra :   [revivre ? »
« Seigneur et Éternel,
Tu le sais. »
Alors il lui dira :
« Prophétise sur ces os-ci,
Et dis-leur
Vous, os qui êtes secs,
Écoutez la phrase de l'Éternel.
Ainsi a dit le Seigneur l'Éternel
— Ces os : voici, je vais faire entrer l'esprit en vous,
Et vous revivrez.
Et je mettrai des nerfs sur vous,
Je ferai croître de la chair sur vous,
Et j'étendrai sur vous de la peau
Puis je mettrai l'esprit en vous,
Et vous revivrez,
Vous saurez que je suis l'Éternel. »
Alors il prophétisera,
Ainsi qu'il lui a été demandé
Et sitôt qu'il aura prophétisé,
Il se fera un bruit,
Puis un tremblement,
Ces os s'approcheront l'un de l'autre.
Il regardera,
Et voici,
Il se formera des nerfs sur eux,

Et il y croîtra de la chair,
Et la peau s'y fera étendre par-dessus,
L'esprit sera sur eux,
Ils revivront
Ils se tiendront sur leurs pieds,
Et ils feront une fort grande armée.

Et il prendra son armée
Il se rendra à Jérusalem
Il rentrera par la porte Dorée
Il reconstruira le Temple
Ainsi qu'il l'aura vu en la vision qu'il a eue,
Et le Royaume des cieux
Tant attendu
Viendra par lui
Le sauveur
Qui sera appelé
Le *Lion*.

Et toutes ces choses se produiront
En l'année 5760.

1	2	3
א	א	A
ג	ב	B
ג	ג	Γ
ד	ד	Δ
ה	ה	E
ו	ו	Y
ז	ז	Z
ח	ח	H
ט	ט	Θ
י	י	I
כ	כ	K
ל	ל	Λ
מ	מ	M
נ	נ	N
ס	ס	Ξ
ע	ע	O
פ	פ	Π
צ	צ	
ק	ק	
ר	ר	P
ש	שׁ	Σ
	שׂ	
ת	ת	T

1. Alphabet hébreu contemporain des rouleaux de Qumran.
2. Alphabet hébreu moderne (définitivement établi à partir du Vᵉ siècle), dit « carré ».
3. Alphabet grec équivalent.

Glossaire

ASHKÉNAZE : Juif originaire d'Allemagne et d'Europe.

BAAL TÉCHOUVA (*plur.* baalé téchouva) : Juif non religieux devenant pratiquant.

BAHOURIM : Élèves des yéchivoth.

BAR MITSVAH : Cérémonie religieuse à l'âge de treize ans, marquant l'entrée dans l'âge adulte, par la lecture d'un passage de la Torah.

BELZ : Petit groupe hassidique en faveur de la paix.

CACHER (*fém.* cachère) : Apte à être consommé. Sens élargi : conforme.

CHABBATH : Septième jour de la semaine, consacré au repos, à la vie sociale et spirituelle.

CHAVOUOTH : Fête des semaines, célébrant le don de la Torah sur le mont Sinaï.

CHOFFAR : Corne de bélier dans laquelle on souffle lors de certaines fêtes.

DEVEQOUT : Pour les hassidim, idéal le plus élevé de la vie mystique où s'établit un lien intime avec Dieu.

GABBAÏ : Trésorier, collecteur de fonds pour la communauté.

GALOUTH : Diaspora.

GOUR : Principaux représentants des hassidim polonais, qui vouent leur vie à l'étude.

GOY (*fém.* goya) : À l'origine « peuple » puis : non-juif.

GUEMARA : Commentaire rabbinique de la Mishnah.

GUERTL : Long ruban de soie noire tressée distinguant le haut et le bas du corps.

HABAD : Mouvement missionnaire et messianique répandu partout dans le monde, selon lequel le Messie ne pourra venir que lorsque tous les juifs profanes deviendront religieux.

HAGANAH : Organisation juive clandestine pour la défense du peuple juif et l'indépendance d'Israël.

HALOTH : Pains de chabbath.

HANOUCA : Fête juive commémorant la victoire des Maccabées sur les Romains en 167 av. J.-C.

HASSID (*plur.* hassidim) : Littéralement, « le pieux ». Désigne un homme faisant partie d'une communauté juive orthodoxe reconnaissant l'autorité d'un rabbi.

HOLOT : Peignoir noir aux revers ronds et courts, à larges bords et à large ruban de soie mate autour de la calotte.

KADDICH : Prière pour les morts.

KIDDOUCH : Prière que l'on fait avant de boire le vin.

KIPA : Couvre-chef.

KOLLEL : Yéchiva pour hommes mariés.

KVTITL : Requête écrite à l'intention d'un rabbi.

MACHIAH : Messie.

MATSOTH : Pain azyme que l'on mange à Pessah.

MIDRACH : Méthode juive d'interprétation des textes à l'aide d'images et de paraboles.

MEZOUZOTH : Petites boîtes accrochées aux linteaux des portes, qui contiennent des versets de la Torah.

MIKVÉ : Bain rituel juif.

MINIANE : Quorum de dix participants nécessaire à la conduite d'une prière.

MISHNAH : Juridiction rabbinique mise par écrit par rabbi Juda Hanassi vers la fin du IIe siècle, qui forme le noyau du Talmud.

MITSVA : Commandement, loi.

PARNASSE : Chef de la communauté.

PESSAH : Fête de Pâque, commémorant la sortie d'Égypte des Hébreux, sous l'égide de Moïse.

PIDIONE : Contribution monétaire donnée après avoir obtenu l'avis du rabbi.

PILPOUL : Méthode d'étude talmudique, consistant en distinctions conceptuelles subtiles et alambiquées.

ROCH HACHANA : Nouvel an juif.

SABRA : Personne née en Israël.

SANHÉDRIN : Tribunal rabbinique.

SATMAR : Mouvement hassidique antisioniste qui se trouve surtout aux États-Unis et qui refuse tout subside de l'État d'Israël, cherchant même à lui nuire.

SEDER : Repas rituel que l'on prend le soir de Pessah.

SÉFARADE : Juif originaire d'Espagne ou du bassin méditerranéen.

SCHIKZE : Terme yiddisch péjoratif désignant une femme non juive.

SHOHET : Abatteur rituel.

SOFFER : Scribe.

SOUCCOTH : Fêtes des cabanes.

STREIMEL : Chapeau noir à bords souvent recouverts de fourrure, revêtu par les hassidim pour le chabbath.

STRUDEL : Gâteau d'Europe centrale généralement fourré aux pommes.

TAREF : Non cacher.

TALMUD : Composé de la Mishnah et de la Guemara, il représente la Torah orale mise par écrit.

TALITH : Châle de prière.

TÉCHOUVA : Retour à la vie religieuse pratiquante.

TÉFILIN : Phylactères que l'on porte lors de la prière du matin, sauf le Chabbath.

TÉKOU : Abréviation signifiant que les questions ne seront résolues qu'à la fin du monde.

TIKOUN : Réparation ou rédemption.

TISH : Banquet à la fin du chabbath.

TORAH : Le Pentateuque, la Loi écrite, fondement scripturaire du judaïsme. Plus largement, la Bible dans son ensemble.

TSAHAL : Armée israélienne.

TSIMTSOUM : Terme clef de la cabale qui désigne la

rétraction, le rétrécissement de Dieu en lui-même pour laisser un espace à sa création.

VISHNITZ : Groupe hassidique modéré politiquement.

YÉCHIVA (*plur.* yéchivoth) : École où l'on étudie le Talmud.

YIDDISCH : Langue vernaculaire des juifs ashkénazes, née vers l'an mil dans les vallées du Rhin et de la Moselle, d'un mélange entre l'hébreu, le moyen-haut allemand et l'araméen.

ZOHAR : Livre de la splendeur, pivot de la littérature cabalistique, mis par écrit par Moïse de Léon (1240-1305) en Castille à la fin du XIIIe siècle.

REMERCIEMENTS

Je remercie l'Académie française qui m'a alloué une bourse m'ayant permis de faire un séjour d'études et de recherches en Israël, ainsi que Jacques Lautman.

Que soient remerciés mes parents, Norbert Engel, Yetta Schneider, ainsi que Yuval Dolev pour ses remarques de fond ; Henri Verdier et Thierry de Vulpillières pour leurs précieux conseils et leurs encouragements, Thierry Binisti pour sa lecture féconde, et Stéphane Israël pour son aide tout au long du chemin.

CRÉDITS DES TEXTES

Composition réalisée par S.C.C.M. – Paris XIIe

IMPRIMÉ EN FRANCE PAR BRODARD ET TAUPIN
Usine de La Flèche (Sarthe).
LIBRAIRIE GÉNÉRALE FRANÇAISE - 43, quai de Grenelle - 75015 Paris.
ISBN : 2 - 253 - 14363 - 4